데드
스페이스

칼리 월리스

유혜인 옮김

데드 스페이스

DEAD SPACE

황금가지

DEAD SPACE

by Kali Wallace

Korean translation edition is published by arrangement with

Foundry Literary + Media through KCC.

최악의 해에 최고의 친구가

되어줬던 링크와 모치에게

차례

하나

눈에서 피가 흘러내렸지만 아직 모르는 눈치였다. 녀석은 좁은 벙커침대의 아래쪽 침상 끝에 웅크리고 걸터앉아 잭슨의 질문 하나하나가 버티기 힘든 돌풍이라도 되는 듯 몸을 파들거렸다.

"어디서 받았지? 누구 솜씨야?" 잭슨은 위쪽 침상에 어깨를 기댔다가 얼굴을 구기고는 도저히 안 되겠다 싶은지 몸을 뗐다. 방에 있는 모든 것이 더러웠다. 공기마저 더러웠다. "그놈 이름만 불면 우리는 나가줄게."

녀석은 대답하지 않았다. 잭슨을 보지 않고, 나도 보지 않고, 그 어디에도 시선을 두지 않았다. 불법 보형물을 박아 넣은 머리의 상처 주변에 딱지와 고름이 딱딱하게 앉았다. 의안은 벌써 맛이 가서 글리치(순간적인 시스템 장애 — 옮긴이)를 일으켜 대고 있었다. 얼굴에 수시로 경련이 일어나 눈썹에서 턱까지 안면 근육이 다 일그러졌다. 실오라기 하나 걸치지 않은 알몸의 문신들은 과격했던 과거를 간략히 보여줬다. 문신을 보아하니 이런저런 문제로 성토한답시고 지저분한 기지 구내식당에 집결한 적 있던 외행성계 정치 단체란 단체는 다 가입한 모양이었다.

옷을 입지 않은 덕에 최근 척추를 따라 길게 봉합한 수술 자국도 확실하게 보였다. 누구인지 몰라도 수술한 작자의 솜씨는 망나니보다 못했다. 우리 의료진이 뇌에서 기계를 꺼낸 후 녀석이 자기 이름이나 기억하면 다행이었다. 눈을 깜박일 때마다 눈물샘에서 나온 핏방울이 뺨을 타고 흘렀다.

"돈이 적게 들진 않았을 텐데." 잭슨이 말했다. "네깟 게 그렇게 큰 돈을 가지고 있을 리 없고. 누구 돈이야? 여기는 누가 보내서 왔어?"

잭슨이 정해진 대본을 읽는 동안 나는 녀석의 파일을 훑어봤다. 산업용 정수기를 업그레이드하는 육 개월짜리 작업을 위해 히기에이아에 온 계약직 중 한 명이었다. 기업 혐오 성향이 있다고는 하지만 의미 있는 행동보다는 잘난 척 떠들어대는 말이 앞섰고, 돈을 꽤 만진 지금은 그런 성향이 많이 죽었다. 신기한 최첨단 기술이라면 사족을 못 쓰는 특징도 있었다. 내가 알기로 녀석은 닷새 전쯤 누군가에게 돈을 주고 신경 보형물과 의안을 이식하는 불법 수술을 받았다. 어리석고 위험한 짓이지만 돈만 많고 머리에 든 것 없는 계약직들 사이에서 보기 드문 사례는 아니었다.

"환장하겠네." 잭슨은 녀석을 한 대 치고 싶다는 듯 손을 올렸다가 마음을 바꿨다. "시간 아깝다. 자네 할 일 하고 의료진 들여보내."

여자 상사가 짜증스레 얼굴을 찌푸리며 한 말은 나를 향한 것이었다. 우리는 본부에서 퇴근하기 직전에 호출을 받았고, 잭슨에게는 저녁상을 차려놓고 기다리는 아내와 가족이 있었다. 내가 먹을 저녁이라고 해봐야 음식 쓰레기 같은 구내식당 급식뿐이었고, 삼층 밑에 있는 내 독방에서 나를 기다려주는 사람은 없었다. 하지만 나라고 이 방을 벗어나고 싶지 않을까. 당장 시작해야지. 멸균 장갑, 증거 상자를 챙기고 상대적으로 신선한 복도 공기를 깊이 들이마신 후 방으로 얼른 들어갔다.

"어이." 잭슨이 녀석의 얼굴 앞에 손가락을 튕겼다. "이봐. 내 말 잘 들어. 파르테노페 엔터프라이즈 보안 프로토콜 17조 G항에서 K항에 따라 우리는 네 개인 기기들을 압수하고 조사할 권리가 있다. 알겠나?"

녀석이 눈을 깜박였다. 몸을 흔들었다. 눈을 또 깜박였다.

"네 기기들은 히기에이아에 머무는 동안 파르테노페의 규칙을 위반하는 행위에 사용하지 않았다는 사실이 확인되면 돌려받을 거다. 파르테노페의 조사 과정에 의문이 있으면 입주 계약서를 찾아보거나 소속된 회사 대리인에게 연락을 취하도록. 됐지?"

나는 조심스럽게 발을 내디디며 지저분한 방 안을 돌아다녔다. 기기는 총 세 대로 테이블에 한 대, 바닥에 두 대 놓여 있었고 하나같이 얼룩져서 기분 나쁘게 끈적거렸다. 기기들을 증거 주머니에 넣고 더 없는지 주위를 둘러봤다. 너무 자세히 보지는 않았다. 내게는 파르테노페 엔터프라이즈의 시설과 사업, 직원들의 안전과 보안을 책임질 계약상의 의무가 있었다. 하지만 제 돈 주고 머리에 구멍을 뚫어 뭔가를 넣자고 생각할 만큼 무모한 이십 대 애송이가 맨궁둥이로 깔고 앉은 체액투성이 이불을 뒤지는 일까지는 내 영역이 아니었다.

잭슨이 두리번거리는 나를 봤다. "끝났나, 말리?"

"끝났습니다." 나는 이미 문으로 향하고 있었다. 방 안의 악취가 유니폼에 들러붙는 느낌이었다. 이 냄새를 문질러 없애려면 일주일치 물 배급량을 사용해야 할 판이었다. "분석 결과는 한두 시간 있다가 제출하겠습니다."

"아침까지는 쳐다도 안 볼 거야." 잭슨이 말했다. "이 자식 눈앞에서 치우는 대로 내 근무는 끝이라고. 자네도 그렇게 해야지."

다시 말해 실제로는 테러리스트나 스파이일까 봐 걱정하지 않는다는 뜻이었다. 나는 녀석의 의심스러운 행적을 파헤치기 위한 계획에서 조용히 몇 가지 항목을 뺐다. 고작 하급 범죄자나 말썽꾼이라면 아무리 열정 넘치는 보안관을 연기해도 시간외수당을 받지 못했다.

"네, 알겠습니다. 그럼 아침까지로 하죠." 내가 말했다.

악취 나는 방에서 한 발짝 나간 순간, 침대에 있던 녀석이 소리를 냈다.

숨 막히는 기침 소리 같았다. 자기 혀를 삼키는 듯한 소리를 낸 녀석은—정말이라면 그야말로 완벽한 하루의 마무리 아닐까—가래를 쿨럭거리더니 웬 단어처럼 들리는 소리를 흘렸다.

"뭐라고?" 잭슨이 경계하며 말했다. "뭐 할 말 있어?"

"기다려요." 녀석이 말했다. 입안에 나사 뭉치를 굴리는 것처럼 목소리가 거칠었다. 얼굴의 피는 두 줄로 딱딱하게 말라붙어 코를 타고 입술을 지나 턱까지 내려왔다. "은색 아가씨. 기다려요. 가지 말고 말해줘요. 어떻게 하면…….”

말이 끊기고 기침이 터져 나오며 입술 사이로 피 섞인 분홍색 침이 튀었다. 녀석은 기침이 멎자 고개를 들었다. 우리가 이 방에 들어온 이래 처음으로 핏발 선 진짜 눈이 뭔가에 초점을 맞췄다.

바로 나였다.

“은색 아가씨.” 녀석이 말했다. “때가 됐어요. 지금이에요. 어떻게 하면 되는지 말해줘요.”

“집어치우라 해. 빨리 이 자식…….”

잭슨이 말을 끝내기도 전에 녀석이 침대에서 내 발밑으로 몸을 날렸다. 양손을 뻗으며 내게로 허둥지둥 다가왔다. 나는 뒤로 몸을 홱 빼다 문틀에 부딪쳤다. 제 피로 미끈거리는 녀석의 손가락이 내 부츠의 반질반질한 표면 위로 올라왔다. 나는 그 손을 발로 차냈다.

“말해주세요. 지금이에요. 저는 준비, 준비 다 됐어요. 어떻게 하면, 어떻게 하는지 알려주세요.” 녀석은 같은 말만 반복하고 있었다. 녀석의 입에서 흘러나온 말들은 불분명한 발음으로 뭉개졌다.

“움직이지 마.” 잭슨이 녀석의 등에 전기충격기를 가져가 목덜미에 대고 눌렀다. 전기충격기는 치명적인 무기가 아니었지만—기업의 보안 업무도 예외 없이 군축조약의 대상이었다—과연 저 상태로 전기충격을 받고 멀쩡할지는 의문이었다. “알아들었어? 꼼짝도 하지 마. 말리, 너는 당장 여기서 꺼져. 이 자식 동맥류 일으키기 전에.”

안 그래도 방에서 뒷걸음질 쳐 나오는 길이었다. 나는 복도에 서 있는 의료진 사이를 비집고 나오며 킬킬대는 웃음소리, 놀란 표정,

쏟아지는 질문을 무시했다. 서둘러 자리를 뜨는 동안에도 나를 향한 눈빛으로 뒤통수가 따끔거렸고, 복도 끝에서 모퉁이를 돌 때까지도 사람들의 수군거림이 들렸다. 나를 두고 뭐라 떠들든 다 들어본 얘기였다. 본부로 올라가는 승강기를 타니 그제야 숨이 트였다. 나는 몸을 지탱하려 벽에 기댔다. 눈을 감았다.

히기에이아는 소행성대의 끝에서도 끝에 위치한, 그리 단단하지 않은 탄소질의 암석과 얼음덩어리로 크기는 지름 사백 킬로미터가 조금 넘었다. 어디를 밟든 중력은 지구의 십분의 일도 되지 않았다. 평생을 소행성대에서 산 벨터(belter)들이야 이 정도도 무겁다고 느끼지만, 지구에서 나고 자란 나 같은 사람은 약하고 어색한 중력 때문에 주기적으로 움직임을 조정해야 했다. 도마뱀붙이(gecko)의 발에서 착안한 게코 밑창 부츠가 내 몸을 바닥에 딱 붙여주는데도 불안정하게 흔들리는 느낌을 받았고, 자칫 몸을 가누지 못하거나 발을 잘못 디뎠다가는 천장으로 날아갈 것 같다고 느꼈다. 저녁 무렵이면 더 심해졌다. 의족을 붙인 골반 관절이 쿡쿡 쑤셔 나는 그 부분의 부담을 덜어주려 노력했다. 실제 물리적 힘보다 더 많은 무게가 실렸다고 오랜 동물적 본능이 내게 말하고 있었기 때문이다. 걸음걸이가 변하며 나는 어색하고 불편하게 절뚝였다. 이러니 나나 의사들이나 몸이 완전히 낫고 있다는 생각을 하겠는가.

남들의 시선은 익숙했다. 역겨운 소수의 갈망과 질투든, 그 외 다수의 경악과 공포든. 무례한 질문도 익숙했다. 느낌이 어때요? 아파요? 이건 아직 느껴져요? 뇌도 건드리게 됐어요? 왜 가만히 있었어요? 네, 아파요. 네, 느껴져요. 아니요, 뇌를 바꾸지는 않았어요. 몸만 건드렸고, 나도 어쩔 수 없었어요. 전부 익숙했다. 어쨌든 그 과정에서 내가 못쓰게 되지는 않았으니까.

내가 파르테노페 운영보안부에서 근무한 지도 이제 일 년이 조금 넘었다. 소위 보안관으로서 범죄자, 불평분자 등의 골칫거리가 기업의 이익에 지장을 주기 전에 싹을 자르는 일을 하고 있다. 히기에이아에서 근무하는 보안관의 인원은 몇백 명 정도로, 나는 그리 크지 않은 공동체 안에서 금속 몸을 가진 사람으로 지내는 삶에 적응했다. 몸의 절반이 기계로 이뤄진 보안분석가, 불운한 참사로 조각난 몸을 다시 이어 붙인 생존자로 지내는 삶에 익숙해졌다. 이제는 면전에 대고 그 얘기를 꺼내는 사람도 없었다. 물론 나처럼 되지 않아 다행이라는 표정까지 성의껏 숨기는 사람도 없었지만. 나는 그냥 얌전히 일만 했고 아까 그 녀석처럼 눈에서 피를 흘리고 머리에 곪은 상처를 매달고 다니는 사람들을 멀리했다.

뭐가 되었든 나는 다 적응했다. 하지만 딱 하나 익숙해지지 않은 것이 있다면 손길이었다. 모르는 사람이 손을 덥석 잡을 때, 손가락으로 내 눈을 찌를 때, 옷 아래의 금속을 느낀다고 어깨를 칠 때. 이런 상황은 도저히 익숙해질 수 없었다.

내 몸에 달린 인공기관—왼쪽 팔, 왼쪽 다리, 왼쪽 귀와 눈, 곳곳의 불완전한 장기들—은 아직 물컹거리는, 완전하고 순수한 인간의 뇌에서 신호를 받았다. 그렇게 함께 작용하며 본래의 인체 기능을 아주 유사하게 구현했다. 대체로는. 이제는 이게 내 몸이었다. 그 이상도, 그 이하도 아니었다. 바이오해커, 트랜스휴머니스트, 변태 성욕자 들이 듣고 싶어 하는 말과 나는 아무 관련 없었다.

그래 봤자 사람들은 내 모습에서 금속만을 보겠지만.

승강기는 나를 운영보안부 본부에 내려줬다. 중앙 사무실의 가장자리로 붙어 가며 필요할 때 미소를 짓고, 고개를 끄덕이고, 내일 보자는 인사를 건넸다. 같이 구내식당에 내려가 맥주 한잔하자는 동료들도 있었지만 핑계를 대고 거절했다. 일부는 대놓고 질문하지 않아도 궁금하다는 눈으로 나를 힐끔거렸다. 바이오해킹 수술을 받은 애송이에 대한 소문이 언제 이렇게 퍼졌을까. 내 자리가 있는 칸막이 안으로 몸을 피했다. 동료들에게 악의는 없었다. 나이가 있는 보안관들은 누군가 새로운 전쟁을 일으킬 기미가 보이지 않자 사기업으로 흘러든 군인 출신이 대다수였다. 한편 어린 친구들은 회사원을 평생직업으로 여기고 무슨 대단한 의미가 담긴 옷처럼 유니폼을 입고 다녔다. 내가 밀린 치료비만 갚으면 히기에이아를 떠난다는 사실을 다 알았고, 그런 나를 비난하는 사람도 별로 없었다. 평소라면 나도 술 한잔하자는 초대를 받아들였을 것이다. 본부에서 탈출할 핑계는 뭐든 환영이니까. 거지 같은 일상과 잡스러운 범죄가 아닌 주제의 대화가 간절하니까.

그런데 호기심 어린 시선은 애송이와 아무 관련이 없었다. 화면에 흐르는 저녁 뉴스를 보고서야 나는 그 사실을 깨달았다.

테러 조직 지도자에 종신형 선고

블랙헤일로의 수장 헬라스 교도소 수감

심포지엄 피해자들 판결에 반발하고 나서

눈앞에서 헤드라인들이 흐릿하게 뒤엉켰다. 역시나 모든 뉴스 피드에서 이 소식을 다루고 있었다. 첫 번째는 아니고 대여섯 번째 주요 뉴스로. 규칙적인 톡톡 소리가 신경을 불쾌하게 건드렸다. 정신을 차리고 보니 내가 손가락으로 책상을 두드리는 소리였다. 양손의 동작을 멈추고 손바닥을 책상에 댔다. 금속으로 이뤄진 왼손도, 살로 이뤄진 오른손도.

이 년 전, 우주선 *심포지엄*은 이백 명을 태우고 타이탄으로 향하던 중이었다. 탑승자 중 백칠십오 명은 모두 타이탄 연구 프로젝트의 참가자들이었다. 나도 그랬다. 각 분야를 대표하는 과학자와 엔지니어였던 우리는 인간 지식의 한계를 넓히는 일에 일생을 바친 사람들이었다. 토성 근처와 태양계 최외곽에 인간의 영구 정착지를 최초로 건설할 예정이었다. 과학 탐구와 발견에 집중하는 연구 도시가 계획되어 있었다.

모든 것은 물거품이 되었다. *심포지엄*이 지구 궤도를 벗어나기 전, 블랙헤일로라는 반팽창 테러 조직이 탑승객과 승무원으로 위장해 침투했다. 그들은 비행을 시작하고 몇 개월이 지날 때까지 기다렸다가 작전을 실행했다. 작전이란 우주선의 연료 기관에 대규모 연쇄 폭발을 일으켜 우리의 임무를 중단시키는 것이었다. *심포지엄*은 파괴되었고 탑승자 대부분이 현장에서 목숨을 잃었다. 향후 몇 년간 나와 함께 집을 짓고 공동체를 세우기로 했던 친구, 동료 모두 번쩍이는 불길과 소음 속에서 한낱 원자로 변해버렸다. 사망자 중에는 평생의 스승이자 우상이었던 수니타 라디에도 있었다. 지금도 수니타가 죽었다는 사실을 생각하면 뼈저리게 아프다. 때로는 이런 생각도 했다. 수니타와 내가 창조한 AI 뱅가드가 살아남았더라면 이 정도로 고통스럽진 않았을까? 우리 손으로 만든 기계 안에 수니타의 천재성, 따뜻한 마음, 용기가 남아 있었더라면 지금보다는 덜 고통스러웠을까? 하지만 뱅가드 또한 파괴되었다. 한 조각도 남김 없이. 기막히게 복잡한 정신도, 무수한 인생과 맞먹게 방대한 학습 경험도, 자주 사용하던 몸짓도, 버그(Bug)라는 애칭의 유래가 된 사마귀 형태도 다 사라졌다. 전부 파괴되었다.

당시 파르테노페 엔터프라이즈의 화물선이 심포지엄과 가장 가까웠기에 우리를 구한 것은 파르테노페의 구조대였고, 우리를 치료한 것도 파르테노페의 의료진이었다. 승무원 열일곱 명과 타이탄 프로젝트 참가자 열네 명, 총 서른한 명이 생존했다. 개중에는 크게 다치지 않은 사람도 있었다. 여섯 명은 몇 달 안에 사망했다. 나는 반짝이는 새 팔다리를 뽐내게 되었다. 모든 생존자 앞으로 천문학적인 구조비, 이송비, 치료비가 청구되었다. 내행성계로 돌아갈 비용을 마련할 길 없고 외행성계 정부의 지원을 받지 못한 우리는, 직업도 없고 소유한 재물도 없는 우리는 경제적 난민으로서 파르테노페에 진 빚을 노동으로 갚아야 했다.

테러 지도자 후회의 기색 없어

판결 후 피해자들 공동 성명 발표

나는 칼 롱고가 누구인지 몰랐다. 내 인생을 망치고, 내 친구와 동료를 죽이고, 상상도 할 수 없는 양의 과학 연구와 대체할 수 없는 기술을 파괴한 인물에 대해 알지 못했다. 부하들이 *심포지엄*을 폭파할 당시 롱고는 안전한 지구에 머물며 자기 소유 주택의 높은 담장에 둘러싸여 보호를 받았다. 나는 재판에 참석하지 않았다. 처음에는 병상에서, 나중에는 히기에이아 사무실에서 몇 차례 원격으로 녹화한 인터뷰와 진술로 변변찮은 증언을 제출했을 뿐이다.

실제로 공격을 진행한 사람들, 그러니까 롱고가 *심포지엄*에 잠입시킨 블랙헤일로 조직원들은 계획이 속수무책으로 틀어지며 전원 사망했다. 내 친구이자 동료였던 크리스틴 허드도 그중 하나였다. 크리스틴은 프로젝트에서 빠진 팀원을 대신해 우리 팀에 합류했다. 크리스틴의 지원 서류를 검토한 위원회에 나도 속해 있었다. 누구 하나 의심하지 않았다. 다들 크리스틴의 연구와 열정을 높이 샀다. 투표 결과는 만장일치였다. 그러는 동안에도 크리스틴은 우리를 살해할 계획을 세우고 있었다.

크리스틴은 죽었다. 범인들 모두 죽었고, 롱고는 화성의 교도소에서 남은 평생을 썩게 될 것이다. 그 정도 벌은 받아야겠지.

심포지엄 사건 판결, 정의는 실현되었나?

심포지엄 희생자를 위한 추모 행사 열려

뉴스 피드를 껐다. 상관없었다. 나는 그런 데 관심을 둘 겨를이 없었다. 이제는 보잘것없는 이게 내 인생이었기 때문이다. 남의 숙소 바닥에서 더러운 기기를 줍고, 끝도 없는 데이터를 훑는 삶. 쩨쩨한 갈취범, 산업 스파이, 불법 바이오해커는 물론 크리스틴 같은 침입자도 회사에 문제가 된다면 적발하고 색출하는 삶. 외행성계의 고립된 암석에서 아무 보상 없이 부자 기업이 돈을 더 쓸어 담게 돕는 삶. 금속과 살이 만나는 관절이 쑤시고 나날이 치료비가 쌓이는 삶. 노동으로부터 벗어나기 전까지는 이 삶이 내 전부였다.

심장이 아직도 불편하게 쿵쿵거렸다. 축축하고 불결한 방의 악취가 아직도 코끝에 남았다.

저장된 모든 데이터를 탐색하고 분석하도록 압수한 기기를 설정하고 본부에서 나왔다. 피 묻은 지문을 부츠에서 닦아내야 했다.

둘

방으로 들어와 문을 닫으니 마음이 놓였다.

파르테노페에서 나 같은 말단 보안관에게 제공한 숙소는 가로 이 미터, 세로 삼 미터의 상자 같은 방이었다. 한쪽 벽에 좁은 벙커침대를 박아서 고정했고 불편한 의자와 접이식 테이블을 그 아래 뒀다. 얇은 벽 너머에는 변기와 싱크대가 있었고, 벽면 스크린은 하루 중 절반만 작동했다. 창이 없는 탓에 어두운 회색 복도는커녕 아무것도 내다보이지 않았다. 나도 굳이 방을 꾸미지는 않았다. 이 인간미 없는 상자에서 상자 느낌을 조금 지운다고 뭐가 달라지겠는가. 매일 아침, 매일 밤 이곳에서 빨리 벗어나야 하는 이유를 떠올리는 편이 더 좋았다.

죽은 사람의 관 같은 숙소지만 나는 이 정도 프라이버시에도 만족했다. 히기에이아는 사실상 기업 도시였다. 기업이 소유하고, 기업이 운영하고, 기업의 감시와 보호를 받았다. 외행성계에서 가장 큰 기업으로 꼽히는 파르테노페는 채굴에서 가공, 연료 생산, 운송

까지 손을 뻗지 않은 분야가 없었다. 히기에이아에 정착해 사는 사람만 만 오천 명이었고, 북적거리는 공항에서 끊임없이 오가는 우주선을 타고 이동하는 사람도 이천 명이 넘었다. 태양계 전체와 비교하면 적은 숫자지만, 처음 왔을 때는 이만한 인구도 버겁게 느껴졌다. 일 년 가까이 *심포지엄*을 타고 있다가 파르테노페 소유의 조선소와 병원 단지가 있는 소행성 바데니아의 병원에서 몇 달을 보낸 터라 낯선 사람을 만난다는 가능성만으로도 마음이 불편했다.

복도 저편에 있는 샤워장은 퇴근 시간에 유독 붐비기 때문에 줄이 줄어들 때까지 기다리기로 했다. 딱딱한 의자에 앉아 부츠를 벗었다. 이번 주 할당된 세탁비가 남았던가 기억이 나지 않아 피 묻은 지문을 열심히 문질러 닦았다. 걸레로는 어제 입었던 셔츠를 사용했다. 어차피 약물 화학자가 던진 밀수품 때문에 누르스름한 초록색 얼룩이 묻은 상태였다.

부츠를 닦으며 스크린에 개인 메시지를 띄웠다. 며칠간 메시지를 확인하지 않았다. 내게 긴급히 연락할 사람이 있는 것도 아니고. 하지만 롱고의 판결 소식 덕분에 기자들의 인터뷰 요청이 산처럼 쌓여 있었다. 나는 그 메시지들을 전부 삭제했다. 보안 분석 의무 교육 알림. 몇 주째 미루고 있는 진료 예약 알림. 항운 안전 의무 교육 알림. 파르테노페 고용은행 고지서. 또 다른 의무 교육 알림. 그 틈에 데번 오빠의 편지가 있었다. 지구에서 안전하고 평범하게 살고 있는 우리 오빠.

편지를 열기 전에 마음부터 다잡았다. 오빠는 정기적으로 편지를 보내며 조카들 사진, 부모님 근황, 내가 관심 있을 법한 최신 뉴스를 전해줬다. 비록 어쩌다 한 번씩만 답장을 했지만 연락이 반갑지 않다는 뜻은 아니었다. 약이 그리워 근질거리는 중독자처럼 오빠의 편지를 기다리는 마음은 나 스스로도 이해하기 힘들 만큼 간절했다.

나는 가족을, 지구를, 모든 것을 뒤로하고 과감하고 단호하게 떠났다. 한동안은 돌아가지 않을 작정이었다. 하지만 감방처럼 고요하고 암울한 숙소에서 유난히 외로운 밤을 보낼 때면 편지를 한 문장, 한 문장 탐독하고 모든 얼굴과 풍경이 기억에 각인될 때까지 영상을 감상하고 사진을 관찰했다. 오늘도 예외는 아니었다. 들이마신 숨을 참고 편지를 읽었다. 편지에는 데번 오빠의 아들 마이클이 즐겁게 무용을 배우는 중이고 딸 르네가 반에서 일 등이 아닌 이 등을 해서 상심했다는 내용이 적혀 있었다. 막내 피비는 벌써 걸음마를 한다고 했다. 오빠는 사진을 첨부했다. 아무래도 영상보다는 사진 전송 비용이 훨씬 저렴하니까. 아쉽지만 피비가 정원을 거침없이 아장아장 걷는 모습만큼이나 생생한 사진이라고 마음을 달랬다. 회오리처럼 꼬불꼬불한 갈색 머리카락, 왕방울만 한 갈색 눈, 콧잔등 위에 흩뿌려진 주근깨까지 전부 담겨 있었다. 피비가 태어난 날부터 부모님은 조카가 아기 때의 나를 무섭게 빼다 박았다고 주장했지만, 나는 발그레한 작은 얼굴에서 오빠의 눈과 오빠의 미소만을 봤다. 전에 만나던 여자와는 헤어졌는지 편지에 언급하지 않았다. 어차피 그 여자는 처음부터 마음에 들지 않았다. 오빠는 굳이 답장하지 않아도 된다는 투로 내 안부를 물었다. 편지에 따르면 엄마는 엄마네 과에 일 년 와 있을 외국인 교수로 누구를 초청할지 결정하는 문제로 오랜 라이벌 교수와 말싸움을 벌였다고 했다. 아빠는 고대 그리스 원문을 참고해 가룸(고대 그리스·로마 등에서 즐겨 먹던 생선 숙성 소스—옮긴이)이 굉장히 많이 들어간 레시피로 주방에서 또 한바탕 실험을 벌이는 모양이었다.

다른 것보다도 그 소식이 한 움큼의 유리 조각처럼 내 가슴을 후볐다. 맛이 있든 없든 아빠가 만든 요리와 시끌시끌하던 우리 가족의 식사 시간이 그리웠다. 후텁지근한 주방으로 들어가 보면 부모님은 무슨 음모를 꾸미듯 머리를 맞대고 있었다. 아빠의 빨간 머리와 엄마의 길게 땋아 내린 검은 머리 위로 석양이 붉게 빛나던 모습이 그리웠다. 향신료 냄새를 들이마시던 것도, 붐비는 식탁에 둘러앉아 옆 사람을 무릎으로 치고 팔꿈치로 찌르던 것도, 부모님이 싸주신 남은 음식을 감사히 받아 들고 집으로 걸어가던 것도 그리웠다.

웬만큼 깨끗해진 부츠를 바닥에 떨어뜨렸다. 맥주 마시러 식당으로 갈 걸 그랬다. 사람들에 둘러싸여 의미 없는 대화를 하고, 맛없는 에너지바가 아닌 척이라도 하는 음식을 먹었어야 했다. 나중에 다시 읽을 게 뻔한 오빠의 메시지를 닫고 다음 메시지를 열었다.

비밀 영상 메시지라니, 그 사실만으로 왠지 모르게 불안해졌다. 내가 소식을 듣고 싶은 사람 중에 히기에이아로 영상 메시지를 보낼 만큼 사치하는 재력가는 없었다. 발송인이 적혀 있지 않다면 기자나 의사, 변호사일지도 모르겠다. 파르테노페의 필터를 우회해 심포지엄 참사 생존자들에게 기적을 일으켜 주겠다고 제안하는 사람들 말이다. 쓸데없이 협박을 뿌리고 다니는 블랙헤일로 지지 세력이나 무의미한 운동 단체에 가입하라고 조르는 생존자 가족이라면 더 끔찍하고. 황당무계한 인공두뇌 판타지를 얘기하고 싶어 하는 변태, 인간성의 재정의를 원하는 과학자일 수도 있었다. 눈에 탐욕이 가득한 인간들도 싫지만 동정한답시고 울상을 짓는 인간들은 더 싫었다. 다 증오했다. 꺼지라는 말도 몇 달 전부터 포기했다. 답을 하면 상대는 더 끈질겨질 뿐이었다.

"안녕, 헤스터."

높은 곳에서 추락한 듯 가슴이 철렁 내려앉아 메시지를 일시 정지 했다.

창백한 얼굴, 하얀 머리, 푸른 눈. 데이비드 프루센코였다. 타이탄 연구 프로젝트의 수석 로봇 엔지니어. 그도 나처럼 심포지엄의 파괴와 함께 인생이 망가진 사람이었다.

기억에 남아 있는 모습보다 얼굴이 창백하고 수척했고 머리도 많이 빠졌다. 지난 나날들이 썩 유쾌한 시간은 아니었나 보다. 저쪽에서도 나를 보고 같은 말을 하겠지만.

메시지를 재생했다.

"소식 못 들은 지 꽤 됐네. 늘 그렇듯 바쁘겠지. 어떻게 지내?"

얼굴을 찌푸렸다. 약 십팔 개월 전 히기에이아의 고층 사무실에서 외행성계 정부 관료 세 사람에게 마지막 진술을 한 날 이후로 처음 얼굴을 보는데. 데이비드도 나처럼 천문학적인 치료비를 떠안고 지구로 돌아갈 경비를 마련하지 못해 파르테노페의 취업 제안을 수락했다. 하지만 계속 교류하지는 않았다. 대화 한 번 하지 않았다. 아예 연락이 끊겼다. 너무 고통스러워 연락할 수 없는 내 심정과 같다고 추측할 뿐이었다.

데이비드는 말을 멈추고 주저하더니 힐끔 곁눈질을 했다. 개인 숙소에 혼자 있는지 뒤편에 흐트러진 침대가 보였다. 데이비드의 어깨 너머로 침대 위쪽 벽의 모서리가 화면에 얼핏 들어왔고 그곳에 붙은 이미지를 보자 또다시 숨이 막혔다. 타이탄 지도였다. 데이비드가 지구에서, 또 *심포지엄*에서 자기 생활 공간을 장식할 때 썼던 그 지도와 같았다. 화면이 선명하지 않지만 그 지도는 어디서도 알아볼 수 있었다.

"나는 아직 니무에에 있어." 데이비드가 목을 가다듬었다. 왠지 초조해 보였다. 데이비드가 머뭇거릴 때마다 나는 더 긴장했다. 익명의 메시지로 내게 연락한 이유를 도무지 알 수 없었다. 데이비드가 말을 이었다. "파르테노페 왕관에 박힌 반짝거리는 보석 말이야. 하는 일은 시스템관리 그쪽이야. 오버시어 돌보기. 나보다 네게 더 잘 맞는 일이라는 생각은 변함이 없어. 그런데 너한테는 이 기계들이 시시할 거야, 아마. 아닐 수도 있고. 막상 해보면 네 취향일지도 모르지."

데이비드가 입술을 일그러뜨리며 짧게 미소를 지었고 반은 분노, 반은 질투와도 같은 감정이 나를 덮쳤다. 히기에이아족에 속하는 니무에는 파르테노페가 소유한 소행성 광산이었다. 나도 니무에라는 이름을 알지만 순전히 그곳에 대규모 시설을 건설 중인 파르테노페가 계속 보도 자료와 공식 입장을 내고 진행 상황을 보고하기 때문이었다. 니무에보다는 오버시어를 조금 더 잘 알았다. 파르테노페의 기지를 관리하는 인공지능의 이름. 오버시어 AI는 광산, 설비, 공장이 최소 인력으로 원활하게 돌아가도록 관리했다. 강력하고 고도로 발달한 AI였지만 혁신적이라고 할 수는 없었다. 물론 시시껄렁한 범죄나 비행의 증거를 찾아 데이터를 뒤지는 일보다야 인공지능을 다루는 일이 더 재미있겠지. 게다가 예전 얘기지만 인공지능은 데이비드가 아닌 내 전문 분야였다. 그러나 내가 업계 최강의 AI 전문가였다는 사실이 파르테노페의 인사 담당자들에게는 아무 의미가 없는 듯했다. 데이비드가 아름다운 로봇을 제작할 수 있다는 사실도 그들의 관심 밖이었듯이.

데이비드가 파르테노페에 들어갈 당시 어떤 자리를 원했는지는 나도 모른다. 하지만 내가 오버시어와 가까운 자리로 옮겨달라고 할 때마다 인사과에서는 내 요청을 무시했다. 공석이 없다고. 내 치료가 더 시급하다고. 참으라고. 열심히 일해서 승진하라고. 파르테노페의 기업 문화에 적극적으로 녹아들면 보상을 받을 것이라고.

"그게, 음……." 또 말이 끊겼다. 데이비드가 이렇게 주저하며 말한 적이 있던가? 무슨 말을 하려는지 모르겠는데 더듬고 머뭇거리는 모습까지 보니 불안해졌다. "저기, 쥐라기 코스트에 있는 크리스틴 할머니 댁에 갔을 때 기억나? 자꾸 그 주말이 생각나는 거야. 사진과 영상을 찾아봤어. 이것저것. 보다 보니까 찾으려고 했던 것과 다른 게 나오더라. 그때 참 즐거웠지."

가슴이 공허하게 뻥 뚫렸다. 데이비드는 얘기를 멈추지 않았지만 그의 말들은 나를 비껴갔다. 너무나 멀게, 그러면서도 너무나 시끄럽게 들리는 말소리가 내 머릿속의 소음과 뒤죽박죽 섞였다. 나도 그때를 기억했다. 몇 년 전이었지. 전생과도 같은 먼 옛날이었다. 허

물어지는 사암 절벽 아래 있던 쥐라기 코스트의 광활한 바닷가. 고집불통 기계들이 말을 잘 듣도록 가르쳐야 하는 우리 타이탄 기술팀은 그곳으로 휴양을 떠났다. 맑고 쌀쌀한 밤, 그날 일을 만족스럽게 마치고 흥분해서 모래사장에 누워 있었던 기억이 났다. 다들 자신의 탁월한 잠재력에 들떠 있었다. 위스키의 맛, 짭짤한 바다 냄새, 살을 에는 바람, 빙글빙글 돌아가는 별들. 그리고 앞바다에서 파도의 채찍질을 받고 있던 난파 밀수선 *엑셀시오르*. 거대한 금속 선체는 어둡고 쓸쓸했고 그 유령은 백 년이 넘도록 침묵을 지켰다.

가슴이 아파 가슴뼈 위의 흉터를 문질렀다. 그러다 데이비드의 메시지에서 몇 마디를 놓쳤다. 되감아 다시 영상을 재생했다.

"이제 생각났는데 너 그날 내기에서 지고 인정 안 했더라. *엑셀시오르* 두고 했던 내기 말이야. 추락했을 때 상황." 데이비드가 몸을 앞으로 기울이자 스크린 속의 얼굴이 점점 커졌다. "내가 옳았어. 너는 틀렸고. 거짓말이었던 거야. 전부 다 거짓말이었어."

데이비드가 고개를 젓고 의자에 다시 기대앉았다. 웃음을 터뜨렸지만 공허한 억지웃음이었다.

"들었어? 내가 옳았다고. 내기에서 이긴 사람은 나였던 거야. 그 호수는 내 차지였어. 얼굴 보고 얘기하고 싶다. 그럴까? 내가 설정할 수 있지만 너도 네 쪽에서 손을 좀 봐야 할 거야. 운보부가 개인 통신에 얼마나 까다롭게 구는지 알잖아. 어이, 개자식들아!" 데이비드가 카메라를 향해 인상을 썼다. "네놈들 듣고 있는 거 알아. 꺼지시지. 보고 싶다, 헤스터. 우리 대화하자. 제발 나를 위해 부탁 하나만 들어줘. 응?"

메시지가 끝나고도 나는 한참을 움직이지 못했다. 가만히 앉아서 스크린의 통신 메뉴를 응시하는 것 말고는 아무 행동도 하지 않았다.

마지막 대화가 십팔 개월 전인데 지금 와서 뭐야. 데이비드의 부탁을 얼마 만에 받아보는지도 가물가물했다. 함께 일할 당시에는 온갖 시시한 이유로 조르고 징징대곤 했다. 커피 한 잔 새로 뽑아달라고, 프로그래밍을 도와달라고, 마음에 드는 상대가 있으니 소개해 달라고. 하지만 *심포지엄* 사건 이후로는, 우리가 태양계의 시궁창에 꼼짝없이 갇혔다는 사실을 알게 된 후로는 그 어떤 부탁도 하지 않았다. *제발*이라고 말하던 목소리가 떨렸고, 데이비드는 애써 떨림을 감추려 했다. 괴로워서 그랬겠지. 두려워서.

데이비드가 말한 주말은 나도 기억했지만 내 기억은 데이비드의 묘사와 달랐다. 그때는 크리스틴 허드가 타이탄 프로젝트에 합류하기 전이었다. 우리가 갔던 별장은 크리스틴이 아니라 제이 녹스의 할머니 소유였다. 그날 밤 해변에서 *엑셀시오르*를 두고 논쟁을 벌이기는 했다. 데이비드는 충돌 원인이 항해 장치의 결함이라 믿었고, 나는 인간의 실수라고 확신했다. 데이비드가 틀렸던 기억도 생생했다. 다음 날 아침 우리는 술이 덜 깬 상태로 토스트와 계란 요리를 먹으며 사건의 진상을 찾아봤다. 처음부터 끝까지 선장 잘못이었다. 지구에서 한 궤도정거장으로 무기를 빼돌리던 선장은 눈에 띄지 않으려 교통이 혼잡한 칼레 우주공항 주변으로 비행하다 그곳에서 작은 무인 화물선과 충돌했다. 그녀의 배도, 배에 탄 선원들도, 배에 싣고 가던 불법 무기들도 모조리 바다로 추락했다. *엑셀시오*

르가 추락한 충격으로 잉글랜드 남서부에서 일어난 지진 해일이 엑서터에서 본머스까지의 방조제를 넘으며 백 명 이상이 목숨을 잃었다. 반란 중 *엑셀시오르*에서 무기를 받으려 했던 궤도정거장은 몇 주 뒤 지구군에 항복을 선언했다.

서로 자기 말이 옳다고 논쟁하던 당시의 우리는 밀수범, 군인, 자유의 투사 그 누구의 죽음도 애도하지 않았다. 그 사람들의 존재조차 생각하지 않았다. 이미 백 년도 넘은 일이었다. 작은 궤도거주지 하나가 헛되이 반란을 일으켰던 시기에 벌어진 일. 어디가 독립을 선언하려 했었는지 기억도 나지 않았다. 우리와 무슨 상관이라고. 호기심 외의 감정은 없었다. 이긴 사람이 타이탄에서 가장 큰 탄화수소 호수인 크라켄 마레를 가장 먼저 탐험하기로 한 내기에서 데이비드는 결과에 승복하기로 약속했고, 우리는 웃었다. 웃고 마시고 미래를 꿈꿨다. 우리의 내일이, 앞으로 다가올 모든 내일이 빛나리라는 확신이 있었다. 그 확신이 어떤 느낌이었는지 이제는 기억도 나지 않았다. 짭짤한 공기와 싸늘한 바람의 맛이었는지, 빙글빙글 돌아가는 별들 아래에 조금이나마 두려움이 배어 있었는지.

데이비드가 어떤 의도로 내게 메시지를 보냈는지 모르겠다. 칼롱고의 판결을 언급하지는 않았다. 일 년 반 넘게 침묵을 지키다 갑자기 연락한 이유가 그것 말고는 없는데. 누군가 *심포지엄*에 관해 거짓말을 했다는 사실을 에둘러 전할 생각이었다면 조금 늦지 않았나? 블랙헤일로가 자기들 소행이라고 나섰고, 모든 증거가 주장을 뒷받침했다. 롱고는 장문의 성명서도 발표했다. 뉴스 기사에 따르면 롱고는 재판과 선고 내내 뉘우치는 기색 없이 당당했다.

데이비드는 익명으로 메시지를 보내면서도 파르테노페의 통신 모니터의 감시를 받는다고 생각하는 듯했다. 수상하다고 분류될 말은 단 한 마디도 하지 않았다.

그리고 우리가 공유한 과거의 많은 정보를 잘못 기억했다.

얼마나 오래 앉아 있었는지 골반이 쑤시고 오늘 하루 뒤집어쓴 먼지로 온몸의 피부가 따끔거리기 시작했다. 터덜터덜 샤워장으로 걸어가 히기에이아의 약한 중력에서 몸을 씻는 고역을 치렀다. 말이 샤워지, 실제로는 젖은 곡예사의 연기나 다름없었다. 내게 할당된 샤워 시간이 끝날 때까지 삭발한 머리와 손톱과 피부를 박박 문질러 닦았다.

상자 같은 방으로 돌아와 데이비드의 메시지를 한 번 더 재생했다. 양쪽 다 꼼꼼히 준비하지 않고서는 완벽하게 은밀한 대화가 불가능하다는 말은 사실이었다. 개인 숙소에서는 추적을 피해 실시간 통화를 할 수 없었다. 본부에서도 들키지 않고 통신을 설정할 방법이 있을 성싶지는 않았다. 데이비드의 말이 농담이었는지도 모른다. 마약에 중독되어 뇌가 망가졌을지도 모르지. 소행성 광산에 갇힌 스트레스로 정신이 어떻게 되었거나. 실제로 그런 일도 있었다. 몇 달 전 내가 조사했던 남자는 근무 중에 이성을 잃고 아무도 모르는 사이 천천히, 의도적으로, 체계적으로 자기 몸에 철근 열두 개를 꽂았다. 주요 장기를 건드리지 않아 생명에는 아무 지장 없었다. 사고 이후 남자는 지루해서 그랬다고 말했다. 우주의 삶은 사람을 그렇게 만들 수도 있었다. 어쨌든 나도 데이비드와는 대화를 하고 싶었다.

때 묻은 옷을 돌돌 말며 나는 눈에서 피를 흘리던 녀석을 생각했다. 오늘 밤 고비를 넘길 수 있을까. 뇌가 벌써 뭉개지지 않았을까. 자기가 얼마나 어리석은 짓을 저질렀는지 후회하며 깨어나지 않을까. 조명을 껐다. 밤늦도록 절반은 잠을 자려 노력했고, 나머지 절반은 화염과 암흑, 인공기관에 퍼지는 환상통의 꿈을 꿨다.

결국에는 잠을 포기하고 일어나 아침이 밝을 때까지 데이비드의 메시지를 보고 또 봤다.

데이비드와 대화를 해야 했다. 그를 돕기 위해서라도. 질문을 하고 답을 듣기 위해서라도.

0600시 직전에 본부로 들어와 자리에 털썩 앉으니 불안해서 속이 뒤집히고 메스꺼운 신물이 올라왔다. 나는 통신을 들키지 않고 답을 보낼 계획을 머릿속으로 세우는 중이었다. 아무 일 없는 척하는 모습도 계획의 일부라 책상에 앉아 일에 집중했다. 불법 수술을 받은 애송이에게서 압수한 기기들의 분석 결과를 취합했다. 예상대로 녀석은 태양계 곳곳에서 인간과 기계의 결합을 예언하고 다니는 단체들의 게시판과 대화방 글들을 읽고 있었다. 금세, 당장이라도 신경의 특이점, 인류의 진화가 찾아올 것이다. 곧 AI가 깨어나 원시적인 인간이 자초한 절망에서 우리 모두를 구원해 줄 것이다. 이렇게 뻔한 헛소리들을 지껄이며 기다리라는 자들이 있지 않나. 그 특이점이라는 걸 예고하는 카운트다운은 몇 년에 한 번씩 새롭게 등장했다. 기계의 지배를 받고 싶은 멍청이들은 그보다 재미있는 취미 활동을 못 찾겠나 보다. 개인 데이터를 대강 훑어보니 누가 녀석의 머리를 저 지경으로 만들었는지 짐작할 수 있었다. 수년 전 의사

면허를 잃은 후 다양한 수송선의 화물 컨테이너에서 수술을 하는 케레스 출신 의사였다. 그가 탄 수송선은 이미 히기에이아를 떠났다. 이제 파르테노페 운영보안부는 그 안에서 이뤄지는 도살 행위에 개입할 권한이 없었다. 기업 영역 외의 범죄 문제는 외행성계 정부가 해결해야 하지만 그럴 가능성은 전무했다. 불법 수술을 하는 의사를 체포할 방편이 없을뿐더러, 있다 해도 그런 일에 시간을 낭비하지 않았다. 나는 잭슨에게 결론을 전달하고 내 작업 목록에서 녀석의 파일을 지웠다.

다음으로는 새로운 사건을 살피고 간밤에 내게 할당된 작업이 있는지 확인해야 했다. 오늘의 수확으로는 사소한 데이터 도난 신고, 약물 거래 목격 신고, 기지 매점 운영자들의 푼돈 횡령 신고 등등이 있었다. 전부 파르테노페 직원들의 건강과 안전에 위협이 되는 행위들이었다. 아니, 다들 그렇다고 믿는 척을 했다. 외행성계에서는 모두가 다른 사람 몫을 빼앗으려 했다. 나머지 목록도 계속 읽었다. 7번 독(dock)에서 몸싸움이 일어났는데 목격자가 아무도 나서지 않았다. 해고당한 후 떠났어야 할 직원들이 방을 빼지 않고 버티고 있다. 나로서는 도저히 이해할 수 없었다. 미치지 않고서야 누가 이곳에 더 오래 남으려 하지? 잭슨은 그 인간들이 정밀하게 계산기를 두드렸다고 설명했다. 안 떠나고 버티다가 체포되어 외행성계 정부에 인도되는 쪽이 교통비를 내고 히기에이아를 떠나는 쪽보다 전반적으로 싸게 먹힌다는 것이었다. 편법을 알아차린 정부는 제 발로 감옥에 갇힌 이들에게 체류비를 청구하기 시작했다. 하지만 당국의 징수 능력이 파르테노페의 발끝도 따라오지 못한다는 사실은 어린

애도 알았다. 아무튼 내 기준으로는 거지 같은 삶의 방식이지만 또 누가 알겠는가. 나도 히기에이아에 일이 년 더 있다 보면 무수히 끔찍한 선택지 가운데 징역살이가 그나마 덜 끔찍하다고 생각하게 될지.

목록 상단에서 번쩍이는 붉은색이 눈에 들어왔다. 시스템에 새로운 수사가 추가되었다는 뜻이었다.

위치: 니무에

사건: 의문사

사망자: 프루센코, 데이비드

셋

히기에이아에서 니무에로 날아가는 열여덟 시간 동안 예습을 했다. 내가 어디로 들어가는지 미리 알아두고 싶었다.

니무에는 길쭉한 타원형의 C형 소행성으로 울퉁불퉁한 회색 감자와 생김새가 비슷했다. 긴 축의 지름은 약 십이 킬로미터, 짧은 축의 경우 가장 긴 부분의 지름이 오 킬로미터라 히기에이아족에서도 큰 편에 속했다. 파르테노페 광산의 외부 시설은 전부 타원의 한쪽 끝에 위치했다. 도킹 구조물이 길고 흐늘흐늘한 꽃의 수술처럼 튀어나왔고, 그 아래에 세 개의 꽃잎 형태로 화물·작업 시설과 직원 숙소가 놓여 있었다. 작업 구역과 주거 구역은 니무에에 정박한 퇴역 함선을 활용했다. 헐거운 암석에 파묻힌 우주선들은 영구 기지로 개조되어 남은 사용 기간을 채우게 되었다. 니무에에는 버려진 지구연합 해군 기지도 있었다. 내행성계와 너무 멀어 화성 반란 중에 쓰임을 다하지 못했고 이제는 텅 빈 벙커와 미사일 격납고밖에 남지 않았다. 그마저도 쓸 만한 부품은 다 뜯긴 채로 자갈이나 먼지와 함께 뒤엉켰다.

이렇게 작고 황량한 돌덩어리가 파르테노페의 보물이 된 이유인 핵심 시설은 밖에서 보이지 않았다. 니무에에는 아직 공사 중인 대규모 광석 처리 용광로가 있었다. 공사가 끝나면 니무에 세로축의 끝에서 끝까지를 용광로가 차지할 예정이었다.

기지에는 대원 열두 명 ― 이제는 열한 명이 되었지만 ― 과 오버시어가 있었다. 화물선은 한 달에 두 번 들어왔다. 외딴 소행성이어도 아예 근접 못 할 거리는 아니었다. 궤도의 상당 부분이 외행성계 주요 항로와 짧은 우주 거리 안에 있었다. 이보다 열악한 근무지도 존재했다. 물론 더 좋은 곳들도 있고.

데이터, 지도, 이름, 보고서. 나는 모든 정보를 탐독했다. 철저히 대비하고 싶었다. 그렇게 하면 가서 무엇을 발견하든 마음의 준비가 될 것 같았다.

착각이었다. 데이비드의 시체 앞에서 마음의 준비는 아무 의미 없었다.

데이비드는 발견된 장소에 그대로 놓여 있었다. 화물 창고의 에어로크 안에 옆으로 누운 자세로. 에어로크의 안쪽 문은 열려 있었다. 바닥에 쓰러진 데이비드는 한 손을 뻗어 차가운 금속 바닥을 향해 손가락을 말았다. 피로 엉겨 붙은 머리카락과 으스러진 조직 때문에 얼굴과 위로 드러난 옆머리는 엉망진창이었다. 데이비드는 누군가에게 잔혹한 구타를 당했다. 에어로크 벽면 전체, 제어판, 옷까지 전부 피로 물들었다. 왼쪽 손가락 두 개는 반대 방향으로 꺾여 부러졌다. 저항의 흔적이었다. 살인 도구는 데이비드 옆의 바닥에 놓여 있었다. 긴 쇠막대 한쪽 끝에 말라붙은 피와 조직 일부가 묻은 것이 보였다.

데이비드가 사망한 지는 거의 삼십 시간이 지났다. 에어로크 내부가 쌀쌀해 부패는 천천히 진행되고 있었다. 나는 입을 꾹 다물고 침을 삼켰다. 시선을 돌리려 했지만 데이비드의 시체에서 도저히 눈을 뗄 수 없었다.

"우리 쪽에서는 손을 대지 않았습니다. 이 상태로 발견됐어요." 니무에의 기지 대장인 예브게냐 시그라는 베스타 출신답게 딱딱한 억양으로 말했고 작업에 차질이 생긴 현장 관리자의 짜증을 말투에서 숨기지 않았다.

"직접 발견하셨어요?" 보안조사관 아디사가 물었다. 운영보안부 사고처리팀의 상급 보안관으로서 이 사건을 수사할 동안 내 직속상관이었다.

"그렇게 말했잖습니까." 시그라는 땅딸막한 체격에 흰머리가 난 오십 대 여성으로, 왼쪽에 세로로 길게 흉터가 난 얼굴에 늘 인상을 쓰고 있었다. 대답하는 투가 명백히 날카로웠지만 비밀이 있어서인지, 보안관들이 자기 기지를 들쑤시고 다녀서 못마땅할 뿐인지는 알 수 없었다. "오전 0700시경 숙소를 확인했습니다. 방에 없기에 ID 추적과 접근 로그를 확인했죠."

"이곳에 나와 있었던 이유를 아시나요?" 아디사가 물었다. 시그라를 보고 있지는 않았다. 그는 문가에 서서 주머니에 손을 찔러 넣고 시신을 내려다봤다. 시신이 잘 보이게 옆으로 움직여 줬으면 하는 마음도 내심 있었다. 하지만 아무것도 못 보게 돌아서고 싶은 마음이 더 컸다.

"아니요." 시그라가 짤막하게 대답했다. "야간 근무 중이었습니다. 조용한 시간을 개인적 용무에 사용하는 게 이번이 처음은 아니에요. 사랑싸움이나 시시콜콜한 논쟁은 근무 시간 외에 하라고 대원들에게 늘 주의를 주죠."

시그라는 우리가 수송선에서 니무에로 내린 직후부터 데이비드가 개인적인 싸움 때문에 죽었다고 주장했다. 나는 무슨 뜻이냐고 묻고 싶었다. 그 정도로 데이비드를 증오할 사람이 누구인지, 어떻게 확신하는지, 누가 그렇게 폭력적인지, 왜 이런 짓을 할지. 하지만 일단은 질문들을 속에만 담아뒀고 아디사가 전혀 무관하거나 부적절한 느낌의 질문을 할 때마다 움찔하지 않으려 노력했다.

"이 에어로크의 용도는 뭔가요?" 아디사가 물었다.

모하마드 아디사와는 이번 사건으로 처음 같이 일했다. 외모와 평판에 대해서는 알고 있었다. 운영보안부에 가십을 좋아하는 사람이 워낙 많기도 했지만, 히기에이아의 어느 부서에도 화성인이 많지 않았기 때문이다. 아디사는 평균 신장이었고 평균 체격에서도 날씬한 편이었다. 피부는 갈색이었으며 검은 머리카락은 관자놀이 부분부터 희끗해지고 있었다. 가십 공장에 따르면 번아웃이 온 오십 대 이혼남으로, 몇 년 전 운영보안부를 떠날 수 있었음에도 계속 이곳에서 근무했다. 나는 수사에 참여하고 싶다고 요청했을 때 반대에 부딪히리라 예상했다. 보안관과 피해자가 아는 사이면 시끄러워지기 십상이니까. 특히 민간 변호사들이 엮이고 회사의 법적 책임을 들먹이기 시작한다면 말이다. 하지만 아디사는 어깨를 으쓱하며 이유도 묻지 않고 내 요청을 받아들였다.

시그라가 피투성이 방을 힐끗 보고는 시선을 거뒀다. "많이는 안 써요. 화물 시스템 정기 점검 때 사용하죠." 그러면서 엄지로 위쪽을 가리켰다. "저 위에 있는 연료관이 몇 번 고장 나서요. 몇 달에 한 번씩 점검이 필요합니다. 하지만 데이비드와는 상관없는 일이에요."

"다른 사람을 돕고 있었을 가능성은 어떤가요?" 아디사가 말했다.

"글쎄요. 그랬다는 근무 기록은 없습니다."

"최근에 문제가 있었을까요? 대원들 사이의 불화라든가?"

시그라는 잠시 망설이다 고개를 저었다. "보고받은 건 없습니다. 개인적인 문제는 개인적으로 알아서들 해요."

기지 대장의 말은 아무 의미 없었다. 대원들 사이에 진짜 문제를 일으키는 갈등은 웬만해서 상사의 귀에 들어가지 않는다. 니무에처럼 대원 수가 적은 곳도 마찬가지였고, 대개 의도적이었다. 시그라는 파르테노페 기지 대장의 성공 법칙을 잘 알았다. 기지에서 일어나는 좋은 일은 전부 자기 덕이고, 나쁜 일은 사고뭉치 대원들의 탓이라는 것.

"시작할까요?" 이것은 우리 수사팀의 세 번째 구성원인 보안기술자 에이버리 류가 한 말이었다. 류는 에어로크 입구 바로 앞에서 범죄 현장 키트와 환자용 들것을 들고 대기하고 있었다.

"하세요." 아디사가 말했다.

류는 머리를 빠르게 끄덕였다. 이렇게 낯선 곳에서 너무도 편하고 익숙한 행동을 보니 애정이 샘솟았다. 류와는 파르테노페에서 일하기 시작한 직후부터 나름의 친구가 되었다. 외로움과 성욕을 달래려 서로를 이용하지만 그에 관해 절대 대화는 하지 않는 친구 사이랄까. 그랬던 우리 관계는 몇 달 전 끊겼다. 그 문제에 관해서도 대화하지 않았지만 아마 내 잘못이었을 거다. 류와 어울리던 당시에는 끊임없이 고개를 끄덕이며 동의하고 확인하는 버릇이 거슬려 미칠 것 같았지만 지금은 오히려 위안이 되었다.

피투성이 공간에 들어온 류는 바닥의 피 웅덩이를 피해 살인 무기를 확보하고, 현장을 기록하고, 물적 증거를 수집하고, 지문을 채취하기 시작했다. 감시 카메라 데이터만 입수하면 쓸모없어질 증거들이지만 이 절차도 운영보안부의 규칙이었다. 우리는 파르테노페의 골칫거리를 눈앞에서 쓸어버리는 것 외에도 목적이 있다는 연기를 해야 했다. 무엇을 하든 우리의 수사는 외행성계 정부의 법정에 이르지 않았다. 소행성대에서는 기업의 보안이 곧 법이었다.

나는 눈을 돌리려 했다. 내가 봐야 할 이유는 없었다. 피도, 망가진 데이비드의 얼굴도, 너무나 가까운 바깥쪽 문도, 그 너머의 황량한 소행성도. 모든 것이 쇳덩이처럼 내 가슴을 고통스럽게 짓눌렀다. 그러나 시선을 돌릴 수 없었다. 눈도 깜박일 수 없었다.

죽은 남자는 내가 알던 데이비드와 딴판이었다. 영상 메시지에서 봤던 남자 같지도 않았다. 현실 부정으로 감각을 잃은 마음 한구석에서는 데이비드가 아니라고 믿고 싶었다. 내가 기억하는 데이비드는 길쭉한 몸을 쉬지 않고 움직였다. 성인이 되어서도 달리기, 수영, 등산 같은 취미를 열정적으로 즐기는 남자답게 몸매가 날렵했다. 흰 피부는 언제나 햇볕에 그을렸고 눈은 파란색이었고 금발을 팔랑거렸고 늘 얼굴에 미소를 띠고 있었다. 시간이 얼마 흐르지도 않았는데 이 남자는 얼굴이 늘어졌고 머리가 벗어졌고 손이 쭈글쭈글해졌다. 하지만 숱이 없던 정수리와 왼팔 소매 바로 아래에 있던 희미한 흉터는 그대로였다. 지구를 처음 떠났을 때 혈관으로 골생성 약물을 주입한 흔적이었다. 아주 오래전, 내가 데이비드를 만나기도 전의 일이었다. 데이비드는 지구와 독립한 궤도정거장들 사이의 조약을 협상하는 외교관 부모님을 따라 궤도거주지에서 유년 시절을 보냈다. 나보다 여덟 살 연상인 마흔다섯 살이었지만 죽어서는 훨씬 나이가 많아 보였다.

"그 시간에 혼자 일하고 있었나요?" 아디사가 물었다.

"제가 알기로는요." 시그라가 말했다. "메리와 당번을 바꿨어요. 원래는 메리가 야간 근무를 할 차례였죠."

인사 파일 내용을 떠올렸다. 메리 핑은 니무에의 다른 시스템관리자였다. 채굴 시설의 오버시어에 시스템관리자 두 명을 둔다는 얘기는 처음 들었지만, 니무에같이 가치가 높은 소행성에는 굉장히 많은 이해관계자와 투자자가 얽혀 있었다. 파르테노페가 사업상의 안전장치로 현장에 추가 관리자를 둘 법도 했다.

"흔한 일인가요? 근무 시간을 바꾸는 게?"

"그럴 때도 있습니다." 시그라가 어깨를 으쓱했다. "감시 카메라에 다 나와 있겠죠."

그렇게 말하는 목소리에 짜증 외의 감정은 없었다. 후회도. 공포도. 슬픔도.

나는 시신에서 눈을 떼고 주위를 둘러봤다. 세로 몇백 미터, 가로 약 팔십 미터인 창고는 바닥부터 천장까지 화물 컨테이너로 꽉꽉 들어찼다. 머리 위로 오십 미터 내지 육십 미터 높이에 교차된 화물 크레인의 트랙은 기름칠이 잘된 철길을 형성했다. 여러 외행성계 기업의 로고가 찍힌 컨테이너는 창고 공간을 대부분 차지했고, 높은 컨테이너 탑 사이는 좁고 그늘진 협곡의 미로와 같았다.

에어로크가 잘 보이는 감시 카메라는 없었지만, 영상을 확인하기 전까지는 장담할 수 없었다. 파르테노페는 자사 소속 보안관이라 해도 자기네 감시 데이터를 들추고 다니는 것을 좋아하지 않았다. 직원 하나가 다른 직원에게 맞아 죽었다고 해도. 말은 외행성계 정부의 개인정보보호법을 준수하기 위해서라고 했다. 하지만 파르테노페의 영역에 있는 물과 돌을 다 합쳐도 방대한 데이터의 가치를 넘지 못하기 때문이라는 진실을 모르는 사람은 없었다. 히기에이아에서는 데이터 접근 허가를 받기가 어렵지 않았지만 니무에는 조금 더 복잡한 듯했다. 보안팀과 함께 온 회사 변호사가 현재 작업동에서 히기에이아의 경영팀에 허가 요청을 계속 날리는 중이었다. 경영팀은 베스타에 있는 법무팀의 승인이 필요했고, 법무팀은 위에량 본사에 있는 회장의 승인이 필요했다. 문제는 지금 지구와 달이 태양의 반대편에 있었다. 위에량 수도인 임브리움은 현지 시간으로 한밤중이었고 회사 중계망을 최대로 활용해도 암호화된 무선 통신이 히기에이아와 지구-위에량계 사이를 왔다 갔다 하는 데 약 한 시간이 걸렸다. 그마저도 각 단계에 빠지지 않을 회사의 책임 회피 수작을 계산하지 않았을 때 얘기였다.

"밤사이 경보는 없었습니까?" 내가 물었다. "점검 신호라든가? 와서 확인해야 할 일이 있지 않았을까요?"

시그라는 일부러 나를 안 보고 있었다. 자꾸만 내 얼굴을 피하던 시선이 왼쪽 어깨와 팔을 타고 내려왔다가 다시 얼굴로 올라왔고 그제야 시그라는 자기가 나를 빤히 쳐다보고 있다는 사실을 깨달았다. "아니요." 시그라가 말했다. "일 때문에 여기 온 게 아닙니다. 개인적인 용무였어요."

나는 아디사를 본받아 시그라의 끈질긴 주장을 못 들은 척하기로 했다.

"최근 특별히 하던 업무가 있었나요?" 내가 물었다.

"따로 보고받은 건 없어요. 메리는 알지도 모르겠네요. 친구들이나." 시그라는 이 얘기를 내 왼쪽 귀 아래쪽에 대고 말했다. 그냥 보라고 말하고 싶었다. 질릴 때까지 구경하라고 하고 싶었지만 그런 말을 하면 분위기가 더 불편해진다는 것을 경험으로 배웠다.

"대원들과도 대화를 해야겠어요?" 아디사가 말했다.

이 말은 질문이 아니었다. 사실을 명시하거나 명령을 내릴 때도 모든 문장을 질문처럼 끝내며 동의를 구하는 화성인들의 짜증 나는 말버릇일 뿐이었다. 그런 억양만 아니면 아디사가 화성인이라는 표시는 어디에도 보이지 않았다. 그 외의 일반적인 특징—유년 시절 영양이 부족했던 흔적, 화성의 악명 높은 방사선 치료 흉터, 길을 잘못 든 젊은 시절에 얻었을 저항의 문신들—은 살짝 흐트러진 유니폼 아래 잘 숨겨놓았다. 하지만 억양만큼은 확실했다. 오르락내리락하는 리듬에 따라 말하는 화성 사투리에 더 익숙한 사람이 하는 영어였다. 초기에 화성으로 대거 쏟아져 들어온 식민지 거주자들의 무수한 언어가 이상하게 뒤섞인 말투 말이다.

"왜죠?" 시그라가 물었다. "감시 카메라 영상을 보면 될 텐데요."

"그냥 규칙을 따르는 겁니다, 예." 아디사가 말했다.

시그라가 눈을 가늘게 떴다. 따지고 싶지만 그래 봤자 손해임을 아는 눈치였다. 대원들 중 누가 살인자인지 확인하는 일에 무심한 시그라의 태도는 전혀 놀랍지 않았다. 감시 카메라 영상을 보기 전에 엉뚱한 사람을 지목했다가는 의문을 해소하기는커녕 더 큰 의문을 만들어낼 터였다. 무슨 말을 하고 싶든, 누구를 탓하고 싶든 일단 장단을 맞춰줘야 운영보안부가 자기 기지에서 더 빨리 떠난다는 사실을 알았다.

"그러죠. 약 한 시간 후면 교대 근무가 끝납니다. 그때면 가능해요."

"예, 우리는 그 전에도 볼 수 있습니다."

"대원들은 준비가 안 됐을 거예요."

"도움 감사합니다. 이제 현장을 처리해야 해요?"

시그라는 그만 가보라는 뜻을 잠시 이해하지 못했다. "여기는 내 기지입니다. 나는 모든 활동을 감독할 의무가 있어요."

"그렇지요, 예." 아디사가 고개를 끄덕이기보다는 까딱이며 말했다. "대장님이 직접 연관된 보안 문제가 아니라면 말이죠."

"나는 아니……."

"이 기지에 대장님 부하가 열한 명 있고 그중 한 명이 사망했습니다." 아디사가 말했다. "이곳 일을 처리하는 대로 대원들과 인터뷰하겠습니다."

시그라는 아디사를 노려봤지만 결국에는 따지지 않았다. 발을 쿵쿵 찧으며 물러갈 때마다 게코 부츠가 바닥에 들러붙었다 떨어지는 소리가 났고 이렇게 중얼거리는 말도 들렸다. "망할 화성 놈들."

류는 놀란 듯 웃음을 터뜨렸다가 참았지만 아디사는 눈도 깜박하지 않았다. 이 일을 한 지 일 년이 지났는데도 걸핏하면 화성인들을 욕하는 벨터들의 언행은 여전히 충격적이었다. 지구에서는 전쟁의 승리를 조금 더 우아한 태도로 대했다. 어쨌거나 끝난 지 삼십 년도 넘은 전쟁이니까. 보통은 차를 마시며 화성 문제를 논의할 때 품위 있는 경멸을 드러냈다. 사회 갈등을 유발하는 난민들에 우려를 표하고, 우주 기업들의 군사화를 걱정하고, 총리가 또 자기 당을 움직여 재정착 문제를 투표에 부칠지 궁금해했다. 머나먼 장소와 이름 모를 사람들은 정치 문제에 불과했다. 장기간 값비싼 치료를 받지 못하면 지구에서 생존할 수 없는 사람들, 애초에 가망 없는 반란을 일으키지 않았더라면 도움이 필요하지도 않았을 사람들 말이다.

소행성대는 분위기가 달랐다. 너무 많은 사람이 지구와 화성 사이에서 선택을 강요받았던 과거를 기억했다. 마지막 미사일이 해체된 지 이십오 년이 지났지만 전쟁은 옛날이야기가 아니었다.

류가 헛기침을 했다. "몸을 돌려서 들것에 옮기려면 도움이 필요해요."

나보고 하는 말인가? 하지만 판단할 새도 없이 아디사가 먼저 움직였다. 나는 멀찍이 떨어져 있었다. 데이비드가 대체 몇 번이나 맞았을지 짐작도 할 수 없었다. 깜짝 놀랐겠지. 데이비드를 해칠 의도였다면 기습 공격을 하기가 어렵지 않았을 것이다. 원래 의심이 없는 성격이었다. 싸움을 건다거나 주먹을 날리는 일은 없었다. 첫 공격에는 충격을 받았을 것이다. 그 이후는…… 고통뿐이었으리라.

두 사람이 데이비드를 눕히며 처음으로 얼굴이 제대로 보였다. 한쪽 눈과 코 대부분이 으깨졌고 쇠막대가 눈 주위 뼈를 내리치며 눈구멍이 내려앉았다. 반면 부릅뜬 반대쪽 눈은 모세혈관이 빨갛게 터졌다. 이것은 걷잡을 수 없는 분노를 터뜨린 결과물이었다. 나는 얼른 시선을 피했다. 입으로 숨을 쉬며 10까지 숫자를 셌다. 나머지 몸은 부러진 손가락 두 개를 제외하면 온전했다.

"준비됐습니다." 류가 말했다. "셋에 들죠. 하나, 둘, 셋. 좋아요."

두 사람은 시신을 들것으로 옮겼다. 내가 시선을 돌린 동안 류는 시체 가방의 지퍼를 채워 데이비드의 얼굴을 가렸다. 아디사는 들것의 바퀴를 펼쳐줬고 류는 데이비드를 데리고 양호실로 이동했다. 쩍쩍 붙는 게코 부츠 소리가 멀어지며 창고가 고요해졌다.

뭐라도 해야 했기에 나는 에어로크 안으로 들어가 내부 제어판을 살펴봤다. 낡아서 흐려진 화면에는 구석마다 먼지가 꼈고 표면에는 긁힌 자국이 가득했다. 화면 위로 자그마한 유리 눈이 보였다. 감시 카메라다.

아디사가 에어로크로 들어와 내 뒤에 섰다. "뭐 발견했어요?"

"카메라는 손상되지 않은 것 같습니다." 나는 제어판 버튼을 눌러 커맨드를 실행했고 그곳에서는 보안 카메라에 접근할 방법이 없다는 사실을 재빨리 확인했다. "녹화가 됐을 겁니다. 그……." 나는 차마 말을 잇지 못했다. "전부 다요."

"피해자와 얼마나 잘 아는 사이였어요?" 아디사가 물었다.

어떻게 대답해야 할지 잘 몰랐다. "오랜 동료였습니다. 친구였다고 할 수도 있겠네요. 하지만 최근에는 아니었어요." 내 목소리가 얇은 고음으로 들렸다. 상처 조직 때문에 벌집처럼 숭숭 구멍이 뚫린 폐를 가진 내게 의사들은 저산소 환경에 노출되지 말라고 경고했다. 그들이 내게 한 수백 가지 경고 중 하나였다. 잦은 시스템 장애 속에서 불편하게 생존하고 있는 내게 수백 가지 방식으로 훈계를 했다.

"서로 연락은 했어요?" 아디사가 물었다.

데이비드가 보낸 메시지는 아직 아무에게도 말하지 않았다. 그럴 생각도 없었다. 메시지의 의미를 이해하기 전까지는.

"아니요. 정부에 마지막 진술을 한 날 이후로는 만난 적도 없습니다."

"왜요?"

나는 아디사를 힐끔 쳐다봤다. "연락이 끊겼으니까요. 우리끼리 생존자 클럽을 만들고 모여 앉아서 우리가 얼마나 행운아인지 떠들기라도 해야 하나요. 우리는 그냥…… 서로에게 안 좋은 기억을 떠올리게 할 뿐입니다."

"그런데도 여기 오겠다고 했다."

"당연하죠. 데이비드는 테러 조직이 자기를 날려버리려고 한 사고에서도 살아남은 사람이에요. 그런 데서도 생존했는데 겨우 이런 곳에서 무슨, 무슨……. 이렇게 죽다니 불공평하지 않습니까. 이렇게 죽을 사람이 아니에요."

뒤로 갈수록 내 말에서는 힘이 빠졌다. 또 왼손을 말아 주먹을 꽉 쥐고 있었다. 그럴 때마다 감각을 느낄 수 없다는 사실을, 뇌가 신호를 보내기 전까지 어떤 신호를 보내는지 모른다는 사실을 원망했다. 심장이 빠르게 뛰었다. 온몸의 피부가 땅기고 따끔거렸다.

"예, 알았습니다." 아디사가 말했다.

차마 그를 쳐다볼 수 없었다. "여기 오기 전에 물어보지 그러셨어요."

아디사는 태연하게 어깨를 으쓱했다. "잭슨에게 확인을 해봤어요? 일을 잘하고 현장 경험을 쌓으면 좋겠다고 하더군요. 어떤 사람이었어요?"

"데이비드요? 방금 말했잖아요. 연락하지 않고 지냈다고요."

"그 전 말이에요. 알고 지내던 시절에. 무슨 일을 했어요?"

"아. 그는…… 음, 로봇 엔지니어였어요. 아주 유능한. 타이탄 프로젝트라고 아세요?"

"조금은요, 예. 뉴스에 나온 내용은 압니다."

나는 그 말의 의미를 알았다. 뉴스에서는 끔찍한 테러 공격으로 거의 모든 사람이 죽었다는 사실을 전할 뿐, 피해자들이 어떤 일을 하고 있었는지는 알려주지 않았다.

"우리는 타이탄으로 가서 영구적인 연구 기지를 세우고…… 음, 모든 걸 연구할 계획이었어요. 물론 가장 큰 목적은 생명체를 찾는 것이었죠. 하지만 타이탄은 특이한 환경이라……." 내가 난감한 손짓을 했다. 다른 사람에게 이런 설명을 해본 지 너무 오래되었다. "유로파 프로젝트들과는 달랐을 겁니다. 유로파에서는 드릴로 얼음을 몇 킬로미터 뚫고 아래를 관찰할 무인 잠수함을 내려보내는 게 가장 큰 난관이죠. 우리는 당연히 자율 로봇을 사용할 계획이었어요. 사람이 그냥, 음, 걸어 다니면서 지도를 만들 수 없어서요. 타이탄에는 탄화수소 호수가 있거든요. 메테인과 에테인 강도 있고요. 얼음 화산도 많죠. 대기는 유기 질소로 이뤄졌고 두꺼워요. 날씨 변화가 있어 폭풍이 불고 비도 내리죠. 추위는 말도 못 하고요. 섭씨 영하 백팔십 도쯤 될 거예요. 너무 위험해서 대부분의 탐사를 로봇이 해야 했어요."

그 아름다운 지옥을 묘사할 때 느꼈던 열망이 전부 사라진 줄 알았다. *심포지엄*의 불길이 내 피부와 세포를 태우며 내 안에 존재하던 그 열망까지 태워버렸다고 생각했다. 이제는 아무도 내게 타이탄에 대해 묻지 않았다. 다시 그 얘기를 하자 가슴이 설레며 떨리고 숨이 가빠졌다.

"프루센코가 그 로봇들을 만들었고요?" 아디사가 물었다.

"대체로는 로봇들이 스스로 설계하고 형체를 만들도록 훈련을 시켰죠. 저는 로봇을 조종할 AI를 제작했고요. 뱅가드라고요." 나는 묻지도 않은 말을 설명했다. "그게 뇌였죠. 데이비드는 탐사 로봇, 드론 같은 것들을 만드는 팀을 이끌었고요."

아디사는 아무 말도 하지 않았다. 가벼운 호기심이 담긴 눈으로 쳐다보기에 나는 설명을 계속했다.

"그게, 음, 실제로는 훨씬 더 복잡해요. 타이탄에 도착하기 전까지는 뱅가드가 탐사 로봇에 어떤 센서와 장치를 필요로 할지 모르거든요. 예상되는 발견물을 지정해서 입력하고 로봇을 내보낼 수는 없어요. 정말 흥미로운 걸 못 보고 지나칠 위험이 있었으니까요. 그러니까, 만약 우리가 뱅가드에게 DNA와 RNA를 찾으라고 하면 전혀 다른 거대분자를 바탕으로 형성된 생명체의 증거를 놓칠 수……."

내가 말끝을 흐렸다. 지금 나는 아디사가 들을 생각도 없는 얘기를 주절대고 있었다. 왠지 데이비드가 남긴 유산을 변호해야 할 것 같았다. 데이비드가 얼마나 유능했는지, 얼마나 똑똑하고 창의적이었는지 아디사에게 알려줘야 할 것 같았다. 이 초라한 곳에서 기술지원이나 하며 갇혀 있었던 것이 얼마나 부당한지. 이제는 중요하지 않았다. 데이비드도, 뱅가드도, 우리의 임무도, 우리의 미래도 전부 사라졌다.

"대단한 사람이었어요." 내가 마침내 말했다. 시선을 돌릴 때마다 벽에 묻은 피가 보였다. 숨을 들이쉴 때마다 찌든 피 냄새가 났다. "이런 기지에서 재능을 낭비한 거죠. 이렇게 갈 사람이 아니었어요."

아디사는 잠시 나를 보다가 말했다. "이제 감시 데이터를 보고 대원들과 얘기를 해볼까요?"

아, 저런 말투 질색이다. 안쓰러워 죽겠다는 말투도 아니고 동정심을 드러내지 않으려 조심하는 저 말투. 아무렇지 않은 척 프로답게 행동한다고 이 상황이 덜 수치스러워질까. 나는 대화의 소재로 사용되는 데 익숙했다. 어디를 가든 나를 따라다니는 눈빛, 수군거림, 중얼거림도. 잭슨과 어떤 식으로 대화했을지도 짐작이 간다. 데이터는 잘 다룹니다, 네. 하지만 까다롭고 예민해요. 자기가 우리보다 똑똑하다고 생각하고, 지금 하는 일이 자기 능력에 비해 부족하다고 생각하죠. 며칠 데리고 나가세요. 사무실 분위기를 우중충하게 만드니까.

나는 고개를 끄덕이고 힘겹게 침을 삼켰다. "그러죠."

움직이지는 않았다. 한 걸음이라도 옮겼다가는 휘청일 게 뻔했다. 상관 앞에서 내 동작이 얼마나 서툰지 보이고 싶지 않았다. 다른 사람이 이렇게 움직이면 약한 중력에서 적응하지 못한다는 조롱으로 끝나겠지만, 나는 달랐다. 무수한 의사를 찾아가 균형 감각을 점검하고, 신체의 조정 능력을 확인하고, 의족과 의수를 머리와 가슴으로 받아들이는지 평가해야 한다는 뜻이었다. 인공기관을 업그레이드하고 조정하고, 프로그램 설정과 배선을 바꿔야 했다. 의사들은 탐욕스러운 눈을 빛내며 내게 말한다. 다시 움직여 보세요. 다시, 또다시. 나는 절대로 균형을 잃을 수 없었다. 그런 사치를 누릴 수는 없었다. 내가 휘청일 때마다 나를 다시 이어 붙인 징그러운 변태들은 엿같은 과학 실험을 할 기회로 여겼다.

"천천히 와요." 아디사가 말했다.

그러고는 발소리를 내며 창고로 나갔고 나는 홀로 남았다.

정신 차리라고, 용기를 내라고, 지랄 말고 그냥 극복하라고 나 자신에게 세 번, 무려 세 번이나 말하고서야 돌아설 수 있었다. 천천히 간다고 뭐가 달라지나. 이곳에 일 분이 아니라 한 시간, 하루, 일 년을 더 있어도 달라지는 것은 없었다. 10까지 숫자를 센다 해도, 심호흡을 한다 해도, 긴장을 달랜다 해도 나는 이 자리에 남아 있을 것이다. 우주에, 외행성계의 삭막한 돌덩어리에, 데이비드가 죽은 공간에.

내 몸을 움직였다. 에어로크에서 나가지는 않고 에어로크를 가로질러 바깥쪽 해치로 향했다. 데이비드의 검붉은 핏자국을 넘자 무력감과 고통과 쓰라린 슬픔이 숨 막힐 듯 밀려들었다.

외부 해치에는 이십 센티미터 높이의 육각형 창문이 있었고, 문 옆에는 감압이 진행될 때 에어로크 밖에 갇히는 사람이 없도록 비상시에 수동 조작을 하기 위한 작은 홈이 나 있었다. 안전장치치고는 옛날 방식이라 허술한 느낌이었다. 이 해치는 옛 지구연합 해군 기지의 낡고 묵직한 설비를 재활용한 것이 분명했다. 화성의 미사일이나 그보다 강력한 무기를 견디도록 만들어진 문이었다. 삼십 년 이상 외부의 진공 상태를 차단해 줬다. 지금 와서 툭 열리거나 바깥으로 쓰러지거나 사라지는 일은 없을 것이다. 나와 우주 사이에 문이 딱 하나 존재할 때마다 내가 상상할 수 있는, 또 상상했던 무수한 사고는 일어나지 않을 것이다. 지구연합 해군은 육각형의 상징을 사랑했다. 육각형은 지구를 지키고 화성의 반란을 진압하기 위해 하나의 강력한 힘으로 모인 여섯 개의 초강대국을 하나씩 나타냈다. 이들은 태양계가 혼돈에 빠지지 않도록 막고 반란을 일으킨 세력에게 누가 강자인지 보여주고자 했다. 그런 과시적인 군국주의는 휴전 이후 한물간 유행이 되었다. 반란을 일으킨 화성인들을 짓밟는 유행은 사라지지 않았지만 말이다. 군축조약과 전 우주에 걸친 무기 실험 감시 체계 덕분에 니무에로부터 수백만 킬로미터 안에는 더 이상 군사 무기나 기지가 존재하지 않았다. 지구연합 해군이 기지를 폐쇄한 후로는 아니었다. 남겨진 폐허에 전쟁을 상징하는 도형만 선명히 찍혀 있을 뿐이었다. 지구와 화성에서 이렇게나 멀리 떨어진 곳인데도.

나는 아직도 주먹을 쥐고 있었다. 여전히 의식 없이 주먹을 쥐었다. 금속으로 덮인 왼손으로. 숨을 들이마시고 힘을 풀었다. 뇌에서 신경, 근육까지. 신호에서 반응까지. 만약 접합부를 풀지 않고 주먹을 너무 꽉, 너무 자주 쥐면 손가락뼈와 손바닥뼈를 구성하는 민감한 제작 합금이 굳어 고장을 일으키곤 했다. 별로 아프지는 않았다. 내 인공기관은 고통을 느낄 수 없었기 때문이다. 하지만 뭔가를 집으려는데 내 손이 낡은 자전거의 기어처럼 삐걱거리며 반응하면 못 견디게 어색한 상황이 펼쳐졌다. 나는 물건을 떨어뜨렸다. 사람들의 시선이 쏠렸다. 다들 나를 보며 민망해했다.

창밖을 내다보려면 심호흡이 필요했다. 두 번이나. 목구멍이 꽉 막혔다.

창밖의 풍경은 놀라웠다. 에어로크 바닥이 니무에의 중심을 향해 기울어졌다는 사실을 알고서도 나는 에어로크 밖에 우주가 있고 창문 너머로 별과 암흑이 보일 것이라 예상했다. 내 악몽을 지배하는 별과 무존재가 보일 줄 알았다. 나보고 비이성적인 생각을 한다던 의사 양반들, 댁들은 입 닥치고.

하지만 저 창문 너머로 보이는 것은 충격적으로 가까운 지평선을 향해 니무에의 움푹 파인 회색 표면이 뻗어 있는 모습이었다. 지구연합 해군이 폐쇄된 후로 사용되지 않았을 낡은 수송 레일이 해치와 이어졌다. 소행성의 굴곡 때문에 레일은 아무것도 없는 공간으로 뛰어드는 다이빙대처럼 십 미터 앞에서 뚝 끊기는 듯했다. 하지만 사실은 니무에의 길쭉하고 울퉁불퉁한 몸통을 전부 감쌀 수도 있었다.

“여기서 도대체 무슨 일에 휘말린 거야, 데이비드?” 내가 작게 말했다.

니무에로 오는 동안 나는 파르테노페 경영진이 발표한 무수한 보도 자료와 인터뷰 기사를 봤다. 그들은 니무에의 수익성 높은 가치들을 찬양해 댔다. 외행성계 경제학자들은 파르테노페가 회사의 존속과 무수한 유력 투자자들의 재산을 걸고 니무에의 성공에 도박을 하는 중이라 분석했다. 광물 처리와 연료 생산 시설을 통합하는 모델이 현재의 분산 모델보다 소행성 채굴에 더 효과적일지 의문을 제기하는 목소리도 있었다. 파르테노페는 너무 많은, 지나치게 많은 분기별 보고서에서 니무에가 어떻게 생산성과 효율성 면에서 기대를 상회하고 있는지 하나하나 자랑스럽게 열거했다.

니무에는 파르테노페 엔터프라이즈에 중요한 존재였다. 파르테노페는 소행성대의 황량한 구석까지 완전히 지배하는 것을 공공연한 장기 계획으로 삼았다. 모두를 위한 물, 모두를 위한 연료, 모두를 위한 희귀 금속. 이 기회는 모두에게 열려 있었다. 돈을 지불할 수만 있다면.

시그라는 데이비드가 살해당한 이유가 개인적인 문제이기를 원했다. 회사도 개인적인 문제이기를 원했다. 툭하면 자기들끼리 싸우는 게 광산 노동자들 아닌가. 불평불만으로 가득하고 쉽게 흥분하는 족속들이니까. 별것 아닌 일로 불화가 생겼다. 약물이나 섹스나 돈 문제가 있었다. 불같은 성질을 참지 못했다. 화가 나서 한 대 쳤다가 열 대로 발전했다. 얼마든지 가능한 상황들이었다. 다들 그렇게 믿으려 했다.

뒤에서 숨을 헉 들이마시는 듯한 작은 소리가 들렸다. 두근거리는 심장을 느끼며 뒤를 돌아보니 문가에 웬 젊은 여자가 서 있었다. 반짝이는 은색 머리카락은 너무 밝아 뒤편의 음울한 창고와 혼란스러운 대조를 이뤘다. 여자는 한 손으로 입을 틀어막았다. 눈에서 눈물이 반짝였다.

"뭐죠?" 내가 물었다. "여기 있으면 안 됩니다."

"저는 그냥……." 여자가 떨리는 숨을 들이마셨고, 창백한 뺨으로 눈물이 흘러내렸다. 목소리는 작고 여성스러웠고 말투는 의외로 우아했다. "안 된다고 했지만 저는……."

"여기 있으면 안 됩니다." 내가 다시 말했다.

"알아요, 네. 하지만 제 눈으로 봐야……." 여자의 시선이 에어로크와 나와 내 인공기관을 속절없이 스치고 지나갔다. 이 광경을 도저히 감당할 수 없는 듯했다. 유혈이 낭자한 이 공간의 모습을 머리에 들여보낸 것을 벌써 후회하는 눈치였다.

이런 여자에게 동정심을 끄집어낼 수는 없었다. "됐습니다. 나가세요. 수사를 방해하고 있지 않습니까."

"알았어요." 여자가 고개를 끄덕였다. 고개를 끄덕이며 뒤로 물러났다. "알았어요. 그냥…… 알았어요."

여자가 떠나고 내 심장박동이 안정을 되찾기까지는 시간이 조금 더 걸렸다. 억지로 창밖을 다시 한번 쳐다보기까지는 더 오랜 시간이 걸렸다. 데이비드가 마지막으로 본 우주는 이렇게 황량한 지옥이었다.

만약 외부 해치를 열면 나는 소행성의 표면을 걸을 수 있었다. 조심한다면, 발을 너무 세게 딛지 않는다면. 반대의 가능성을 생각하자 심장이 빠르게 뛰고 숨이 막혔고 시야 가장자리에 어두운 그림자가 스멀스멀 밀려들었다. 몸을 똑바로 지탱하려 손을 뻗고 문을 만졌다. 이 소행성은 너무나 작고 울퉁불퉁했다. 한 발만 내디뎌도 나를 우주로 날려 보내겠지. 니무에의 중력은 나를 끌어당기기에 충분하지 않을 것이다.

넷

아디사와 시그라는 니무에의 핵심 구역들이 만나는 중앙부에서 기다리고 있었다. 각진 형태를 띤 공간은 금속판을 이어 붙인 벽과 노출된 배관이 특징이었고 수동 잠금장치가 달린 작은 정사각형 점검 패널도 몇 개 있었다. 계획 없이 설계한 후 나머지는 생각나는 족족 임시로 대강 가져다 붙인 듯했다. 기계와 파이프의 라벨은 영어, 중국어, 아라비아어 등 다양한 언어로 쓰여 있었고 곳곳에 스페인어, 힌디어, 러시아어 단어도 보였다. 작업동과 주거동의 문은 열려 있었지만, 광산으로 이어지는 넓은 철문은 굳게 닫혀 형형색색의 경고 표시를 자랑했다. 고열 주의, 방사능 주의, 화학 물질 주의, 부식 주의.

사전에 구조도와 지도를 보기는 했지만 저 문 뒤에 있는 시설의 크기와 규모를 헤아리기 힘들었다. 파르테노페의 기쁨이자 자랑인 광물 추출용 용광로는 어떤 종류의 돌이든 씹어 물, 휘발성 물질, 희귀 금속을 뱉어낼 수 있었다. 현재 용광로의 길이는 삼 킬로미터로 니무에의 사분의 일가량을 관통했다. 그 끝에 현재 작업 중인 광산이 있었고, 가공·제련·생산 설비가 굴을 따라 척추뼈들처럼 대열을 이뤘다. 소행성의 긴 축으로 용광로를 뚫어 태양계에서 가장 큰 광물 처리 및 연료 생산 시설을 만드는 것이 파르테노페의 계획이었다.

한쪽 벽에 고정된 사다리를 타고 중앙부 천장으로 올라가면 소행성 표면 위로 몇백 미터 튀어나온 도킹 구조물이 나왔다. 오직 대원들만 이 기다란 금속 통로를 통해 기지 안으로 들어왔다. 화물은 들어올 때도, 나갈 때도 바깥의 레일로 이동했다. 에어로크가 열려 있었고 우주복을 입은 대원 하나가 한 손에 헬멧을 들고 긴 통로를 내려왔다. 뾰족뾰족한 금발을 인사 파일에서 본 기억이 났다. 전기 엔지니어인 케이티 킹이었다.

"대체 뭐가 문제인지 모르겠네. 아무것도 못 찾겠어요." 킹이 중앙부로 폴짝 뛰어내리며 말했다. 등에 연장 벨트를 두른 킹이 나와 아디사를 보고 설명했다. "광학 어레이에 글리치가 일어나서요. 항상 그래요."

시그라는 자기 부하가 운영보안부 보안관들에게 니무에의 문제를 얘기한다는 사실이 마땅치 않은 듯 눈을 가늘게 뜨고 얼굴을 조금 찌푸렸지만, 그냥 고개를 까딱하고 말했다. "그래. 나중에 시간 있으면 다시 살펴보도록 해."

"그럴게요." 킹은 벽의 제어판을 쳐서 에어로크를 닫고 주거동으로 향했다.

"통신 문제가 자주 있어요?" 아디사가 물었다.

시그라가 코웃음을 쳤다. "그렇다고 할 수 있죠. 케이티가 광학 어레이를 고치려고 밖에 기어 나간 게 두 달 사이에 벌써 다섯 번째예요. 그 전에 있던 전기 엔지니어보다는 낫지만요. 일 년을 뭉개고 있다가 돈으로 계약을 종료하고 토낀 놈 하나 있어요. 케이티가 하는 일 반은 놈이 싸지르고 간 난장판 수습이죠."

작업동 문가에서 게코 부츠 소리가 들리고 곧이어 한 남자가 모습을 드러냈다. "대원들 문제도 참 흥미롭습니다만 이제는 시간을 그만 낭비하는 게 낫지 않을까요?"

수사팀과 함께 온 파르테노페의 변호사였다. 여기 오는 동안 소개를 듣지 못했고 공식 개요서에 그의 역할이 포함되어 있지도 않았지만 류는 남자의 이름이 휴고 밴 아렌동크라고 했다. 파르테노페가 난처한 문제를 빠르고 조용히 처리하고 싶을 때 보내는 변호사 중 한 명이었다.

"미안." 미안하다는 기색 없이 아디사가 말했다. "바쁜 약속 스케줄이 우리 때문에 꼬이기라도 했어?"

"닥쳐, 모하마드. CEO에게 감시 데이터 접근 권한을 얻자고 그 마녀가 남창 아래에서 기어 나오는 걸 두 시간이나 기다리다 왔으니까." 밴 아렌동크는 코믹할 정도로 엄격한 상류층 말씨를 썼다. 위에랑에서도 가장 높은 계층에 있는 사람들이 쓸 법한, 혹은 대중매체에서 그들을 따라 하며 조롱하는 사람들이 쓸 법한 발음이었다. "그러니 빨리 영상 보면서 누가 이런 짓을 벌였는지 알아내자고. 데이터 분석가님에게 더 시급한 임무가 없다면 말이지?"

밴 아렌동크가 눈썹을 세우고 나를 똑바로 쳐다봤다.

"언제든 준비 상태죠." 내가 말했다. "저는 보안관 헤스터 말리라고 합니다."

조금은 불편해질 것 같은 짧은 정적이 흐르더니 밴 아렌동크가 시선을 돌렸다. "그쪽이 누구인지 관심 없고. 나는 범인을 찾아서 여기서 빨리 탈출하면 그만이야." 그가 문을 열며 뒤를 쳐다봤다. "바쁘지 않으면 따라오시지요?"

그러고는 대답을 기다리지도 않고 작업동으로 걸어 들어갔다.

"나는 피해자 숙소를 수색할게요." 아디사가 말했다. "뭐라도 나오면 알려줘요?"

"네. 그럼요."

"신경 쓰지 마요." 내가 머뭇거리자 아디사가 덧붙였다. "친해져도 똑같이 사람 인내심을 시험하는 성격이에요."

시그라가 짧게 웃음을 터뜨렸다. "일부러 그렇게 키우잖아요."

아, 이런. 놀란 감정이 얼굴에 드러나지 않았어야 할 텐데. 류에게 성을 들었지만 밴 아렌동크가 그 밴 아렌동크 가문이라는 생각을 미처 하지 못했다. 태양계에서 가장 많은 돈과 권력을 가진 가문. 밴 아렌동크는 수 세기 전 끊임없는 홍수, 폭풍, 가뭄, 전염병의 습격으로 지구가 혼란에 빠지고 재앙이 전쟁을 부르며 가진 자들이 궤도와 그 너머로 날아가 사유 도시를 세우던 시기에 달을 식민지로 삼은 최초의 가문들 중 하나였다. 가장 먼저 달을 차지한 이 가문들은 몇 가지 이름을 거쳐 위에량을 국명으로 결정했고 임브리움을 수도로 정했다. 수십 년, 수백 년이 지났지만 여전히 그때 그 건국 세력이 달의 나라를 대부분 지배했다. 유서 깊은 가문 일부는 맥이 끊겼고 일부는 서로 결합했다. 하지만 주축 세력은 본질적으로 변하지 않았다.

그들이 정확히 바라던 바였다. 위에량의 건국 세력은 현 상태를 유지하며 최대한 오래 순백의 왕국을 지배하고자 했다. 생명을 연장하고, 신체를 복제하고, 유전적으로 후손을 개량하는 의학 연구에 대대적으로 투자했다. 전부 지구에서는 불법으로 여기는 행위들이었다. 실패한 실험에 대한 얘기가 퍼졌다. 번식용 자궁과 정자 기증자로 계약에 묶여 붙잡힌 직원들의 얘기. 부모에게서 훔친 아기들의 얘기. 선조들을 완벽하게 대체하기 위해 만들어진 아이들의 얘기.

결국에는 지구에서도 알게 되었다. 위에량의 의학 실험 산업을 저지하려는 법과 조약이 탄생했고, 낡고 수상한 진료소 출신의 마지막 아이들 몇몇은 치열한 법적 싸움 한복판에서 태어났다. 하지만 화성에서 반란이 일어나며 모든 게 의미 없어졌다. 이제 적은 굶주린 화성의 폭도들이었고 위에량의 지배 세력은 다시 한번 결집했으며 다들 전쟁을 일으키느라 바빴다.

전쟁이 일어났을 때 나는 이 세상에 없었다. 내가 태어났을 때는 벌써 몇 년이 지난 후였고 우리 부모님은 전 태양계의 통합 통치가 옳다고 생각하는 평화주의 학자들이었다. 그래서 나는 유전자 변형으로 태어난 달 아이들을 부수적인 정치 메시지로만 접했다. 영토 독립, 윤리적인 자율 규제에 실패한 과학 사회를 경고하는 메시지로 배웠다. 일명 위에량의 아이들에 대해 그 이상으로 생각해 본 적이 없었다.

실제로 옆에 서서 이런 의문이 들기 전까지는. 대체 뭘 잘못 처먹었길래 저러는 거야?

휴고 밴 아렌동크는 장신이지만 부담스럽게 크지는 않았다. 푸른 눈, 하얀 피부의 백인으로 눈이 초롱초롱하고 광대뼈가 날카로워 남자나 변호사가 취향인 사람에게는 매력적으로 보였을 것이다. 내 육 개월 치 월급을 합쳐야 살 수 있는 맞춤 양복을 입었고, 게코부츠도 일반 보급형이 아닌 맞춤이었다. 밴 아렌동크 가문은 위에량에서 가장 오래된 금융 기관과 대학을 운영했다. 학창 시절의 값비싼 봄방학 여행에서 내가 진정한 자오(Zhao)형 AI를 처음 봤던 루나 역사박물관 인공지능관에도 그 이름이 있었다. 태양계에서 정부와 기업의 상호작용을 규정하는 모든 법, 모든 조약, 모든 합의에도 그 가문의 영향력이 미쳤다. 가장 오래 생존 중인 샬럿 밴 아렌동크—나이가 이백 대 초반인 지금도 위에량의 독보적인 여성 정치인으로 활동한다—는 화성 반란이 끝난 이후 민간 독립체, 기업, 조직이 사적 군대를 조직하는 것을 영구적으로 금지한 외행성계 군축조약의 핵심 조항을 작성한 인물이기도 했다.

그런데 샬럿 밴 아렌동크의 몇 대째인지 모를 증증증손자가 왜 소행성대의 끄트머리에서 파르테노페의 법적 심부름꾼 겸 해결사로 일하고 있는 걸까. 궁금했지만 감히 물을 생각은 하지 않았다.

"왜 여기 있지?" 내가 복도로 따라 나가자 밴 아렌동크가 물었다. "죽은 남자와 아는 사이잖아. 이해관계가 충돌한다고."

내가 누구인지 관심이 없지는 않았네. "그건 아디사 조사관님에게 물어보셔야죠. 그분이 배정을 승인하셨으니까요."

"하지만 자기가 요청했잖아."

"네, 맞습니다." 내가 말했다.

밴 아렌동크가 나를 쳐다봤다. 웃으면 호감 가는 얼굴일 것 같았다. 눈 주변의 주름을 건드리지 않았고 이마의 연한 금발도 조금 벗어지게 놔뒀다. 그래서 유전적으로 조작된 달의 아이들이나 십 년에 두 번씩 얼굴을 바꾸는 부자들을 볼 때와 같은 불쾌한 골짜기 느낌이 없었다. 지금은 확실히 웃고 있지 않았다.

나는 시선을 피하지 않고 기다렸다. 자기가 정복왕 윌리엄의 적통 후예라고 믿는 사람들 틈에서 학자 인생을 보낸 사람이 나였다. 내가 위에랑 출신의 교만한 변호사에게 위축되나 봐라.

밴 아렌동크는 내 대답에 따지지 않았다. 그냥 돌아서서 계속 걸으며 얘기했다. "사망 시간 전후 열두 시간의 감시 데이터에 접근할 수 있다는 승인을 받았어. 시스템실의 보조 오버시어 접속을 통해서만. 이의 있나?"

"아니요." 내가 말했다. "없습니다."

사실은 조금 실망했다. 이십사 시간이라는 기한은 예상한 대로였다. 의문사 사건에서는 그게 규정이니까. 하지만 나는 니무에 오버시어의 뇌를 들여다볼 기회를 내심 바라고 있었다. 감시 데이터 검토에 꼭 필요하지는 않았고 애초에 일반적인 절차도 아니었다. 직접적인 접근권은 시스템관리자에게만 있었다. 오버시어의 뇌로 가는 승강기를 타려 해도 일회용 접근 코드, 본부의 승인, 총체적인 생체 스캔과 신원 확인, 기지의 안전한 곳에 보관된 고유의 회로 키가 필요했다. 또 대부분의 경우 오버시어의 동의가 필요했다. 오버시어는 누가 자기 뇌를 쿡쿡 찌르고 다녀도 되는지 어느 정도 결정권을 가졌다. 불가능하다는 걸 알았고 내 계급으로는 꿈도 꿀 수 없는 일이었다.

하지만 강력한 AI, 그것도 데이비드가 몇 달 동안 다루고 훈련시킨 AI의 근처에 있으면서 가까이 볼 기회도 얻지 못한다니 허탈했다. 오버시어 AI는 설계 면에서 그리 혁신적이지 않지만 영리했고 시스템관리자와 긴밀하게 일하도록 적응했다. 데이비드가 삶의 마지막 몇 달을 어떻게 보냈는지 직접 볼 수 있다면 얼마나 좋았을까.

시스템실 입구는 긴 복도의 끝에 있었다. 니무에 작업동은 고급 수송선이었던 전생의 유물을 복도에 드러내 보였다. 화려한 조명 기구, 제어판을 감싼 장식 프레임, 기하학적인 모자이크 무늬를 형성하는 바닥의 폴리머 타일까지. 흰색과 금색, 더없이 짙은 파란색의 패턴은 지구의 고대 양식을 모방하려는 시도였을 것이다. 탑승객에게 호사스러운 여행을 하고 있다는 인상을 남기려는 의도도 있었을 테고. 가동 중인 소행성 광산 같은 느낌은 전혀 없었다. 복도 끝에 있는 육중하고 강력한 보안 문을 빼면.

밴 아렌동크가 보안 접근 코드를 입력하고 나도 내 코드를 입력했고 몇 초간 어색한 침묵을 견디니 문이 스르르 열렸다. 캄캄한 공간을 마주하자 내 의안의 장치가 시야를 조절하는 느낌이 들었다. 예리한 의안은 반대쪽의 진짜 눈보다 눈앞의 광경을 더 선명하게 봤기에 내 뇌는 둘의 차이를 조정하느라 혼자 짧은 논쟁을 벌였다. 이곳에서 처음 받은 느낌은 뼛속까지 스미는 추위였다.

두 번째로는 모든 것을 아우르는 거대한 존재감을 느꼈다.

찰나의 정적이 흘렀고—심장이 한 번 뛰는 정도의 짧은 시간이었다—조명이 켜지며 이른 새벽 같던 은은한 회색이 차갑고 스산한 푸른색으로 변했다.

그리 넓은 방은 아니었다. 기껏해야 일반적인 일인실 숙소 크기일까. 벽에서 천장, 바닥까지 모든 표면이 티끌 하나 없이 반짝반짝 광을 뿜었는데 어떻게 했는지 몰라도 무엇 하나 표면에 반사되지 않았다. 그게 왠지 불편하고 혼란스러운 느낌을 줬다. 어디를 봐야 할지, 어디에 집중해야 할지 망설여졌다.

밴 아렌동크가 시스템실에 먼저 들어가라 손짓했다. 우리가 안으로 들어온 후 문이 닫혔다. 잠금장치가 철컥 걸리는 소리가 희미하게 들렸고 이어 환기와 난방 시스템이 작동하며 기체를 뿜는 소리가 났다. 조명은 따뜻한 온도감으로 다시 변해 눈을 아까보다 편안하게 해줬다. 실제로 기계를 작동한 오버시어는 몇 미터 아래에 있는 과거 여객선 화물칸에서 거대한 냉각 시스템에 둘러싸여 있었다. 또 하나의 육중한 보안 문 뒤에 오버시어로 내려가는 승강기가 보였다. 우리에게는 이 이상 들어갈 권한이 없었다.

내가 의자 하나에 앉고 밴 아렌동크가 다른 의자에 앉자 화면이 켜졌다.

"안녕하세요, 휴고 님. 안녕하세요, 헤스터 님. 만나서 반갑습니다."

목소리가 특별히 크지는 않았지만 사방에서 동시에 부드럽고 감미롭게 우리를 에워쌌다.

오버시어가 물었다. "어떻게 도와드릴까요?"

파르테노페의 모든 인공지능처럼 니무에의 오버시어도 여성의 목소리로 말했다. 억지로 예의를 갖춘 듯한 고음이 신경에 거슬렸다. 나는 원래 자연스러운 목소리로 커뮤니케이션이 설정된 AI를 좋아하지 않았다. 오해의 여지가 너무 많았기 때문이다. 회사의 프로그래머나 사용자가 나긋나긋하고 순종적인 여성 목소리로 말하라 가르친 AI는 더더욱 내 취향이 아니었다. AI의 커뮤니케이션 방식이 자연스럽게 진화하면 그런 말투가 나올 수 없다. 그것은 구체적인 교육의 산물이었다. 충직한 하인의 목소리가 그렇다고 회사의 누군가가 결정했기 때문이다.

한층 더 거슬리게 오버시어는 우리 대답을 기다리지 않고 말을 이었다. "어디 불편하신가요, 헤스터 님? 보행에서 약간의 불균형이 감지되었습니다. 계속될 경우 만성적인 신체적 불편감으로 발전할 수 있습니다. 필요하다면 제가……."

"언어 커뮤니케이션 중지." 내가 짧게 말했다. "헤스터 말리 보안관이 보안과 감시 데이터에 대한 접근 권한 승인을 요청한다." 그러면서 수사용 접근 코드를 다시 입력했다.

밴 아렌동크도 똑같이 했다. "휴고 밴 아렌동크 법률 고문이 제한 없는 보안과 감시 데이터 접근 권한 승인을 요청한다." 접근 코드를 입력한 밴 아렌동크가 잠시 후 덧붙였다. "언어 커뮤니케이션 중지."

오버시어가 말했다. "저와의 대화를 원하지 않으신다니 아쉽네요. 하지만 최대한 도움을 드리겠습니다."

오버시어는 화면의 텍스트 응답으로 우리의 요구 사항을 확인했다. 접근 코드 입력 완료, 수사 요청 대기 중, 보안 및 감시 하위시스템 응답 중. 초조한 마음에 발이 떨려 의식적으로 다리의 움직임을 멈췄다. 몇 초가 흘렀다. 이 몇 초의 시간은 오버시어의 선택이었다. 응답이 너무 빠르면 인간이 자신을 덜 신뢰한다는 사실을 어느 순간 학습한 것이다. 기지 관리 AI는 인간에게 편안함을 제공할 의무가 있었고, 인간이 편안함을 느끼기 위해서는 인간의 시간 척도에 맞추는 연기도 필요했다. 그것도 내가 파르테노페의 AI를 좋아하지 않는 이유였다. 기계 주제에 사람을 얕잡아 보다니 말이 되나.

화면에 확인 메시지가 떴다. 제한된 접근 허가.

"좋아." 밴 아렌동크가 말했다. "우선 영상부터…… 아. 제 방해를 무시해 주시지요, 말리 보안관님."

회사 변호사가 내 일에 이래라저래라 간섭하는 것도 사절이고.

나는 데이비드가 사망한 날의 보안 및 감시 데이터를 오버시어에 요청하고 직원 ID 추적과 의료 기록으로 데이터의 범위를 좁혔다. 파르테노페는 직원들을 집착 수준으로 감시했다. 공용 구역 곳곳에 카메라와 녹음기를 설치했고, 터미널에 접속할 때마다 고유의 코드를 입력하라 요구했다. 직원이 모니터가 달린 문을 지날 때마다 손목에 내장된 마이크로칩으로 출입을 기록했으며, 일거수일투족을 지속적으로 분석해 이상 행동을 하는 이들을 요주의 인물로 표시했다. 직원의 신체적·정신적·정서적 안녕을 평가하는 의료 하위시스템까지 따로 있었다.

결국은 파르테노페 직원들의 모든 일상에 프라이버시가 존재하지 않는다는 의미였지만, 그 덕분에 나는 데이비드가 정확히 언제 죽었는지 확인하고 그 모습을 볼 수 있었다.

최소한 그럴 수 있어야 했다.

내가 오버시어에 데이비드의 사망 시각을 요청했을 때 뭔가 이상한 일이 벌어졌다.

데이비드의 추적용 내장 칩과 접속이 끊어졌다고 기록된 시각은 2400:00:00이었다.

자정. 정확히 자정이다. 백분의 일 초까지 정확히.

“말도 안 돼.” 밴 아렌동크가 말했다.

그게 얼마나 불가능한 일인지 설명할 필요 없다니 다행이었다. 나는 데이비드가 사망한 시각과 위치의 추적 및 감시 데이터를 요청했다.

오버시어가 대답했다. 데이터 없음.

“뭐? 왜 안 되는데?” 그렇게 말하면서도 나는 손을 움직여 데이비드의 활동에 대한 완전한 감시 보고서를 요청했다. 기록된 사망 시각에서 열두 시간 전의 데이터까지는 접근할 수 있기에 거꾸로 작업하며 사용할 수 있는 데이터를 찾았다.

오버시어는 빠르게 응답했다.

2300시 직전, 데이비드가 작업동에서 중앙부로, 중앙부에서 화물 창고로 이동했다는 추적 데이터가 나왔다. 2400시에 사망하기 전 데이비드의 존재를 확인한 기록은 그게 마지막이었다.

2300시에서 2400시 사이의 보안, 감시, 추적 데이터는 없었다.

데이터 없음.

의료 데이터도 없었다. 문을 지나거나 터미널에 접속한 데이터도 없었다. 그 시간에 영상이 찍힌 카메라는 단 한 대도 없었다. 어느 녹음기에도 작은 소리 하나 입력되지 않았다. 아무것도 없었다. 가능한 모든 기록이 존재하지 않았다.

이명이 점점 커졌다. 이럴 수는 없었다. 나는 필요한 접근 권한을 다 가지고 있었고 오버시어는 내게 무엇도 숨기지 않았다. 확인하고 또 확인했다. 오버시어에게 확인해 보라 요청했다. 이런 말도 안 되는 상황이 어디 있어. 2300시에서 2400시 사이의 데이터를 모든 소스에서 찾아봤지만 요청할 때마다 데이터를 찾을 수 없다는 응답이 나왔다. 없음, 없음. 전부 비어 있었다. 작업동과 주거동, 화물 창고와 에어로크만 그런 것이 아니라 시설 전체가 똑같았다. 그 시간의 감시 및 보안 데이터 파일 자체가 없었다. 전혀. 도킹 구조물에 설치된 외부 카메라에도 녹화된 영상이 없었다. 모든 보안 하위시스템이 정확히 같은 시간에 기록을 중단했고 아무 일 없었던 것처럼 한 시간 후 다시 작동했다.

한 시간의 공백은 어둠과 침묵뿐이었다.

"어떻게 그럴 수 있지?" 벤 아렌동크가 물었다. 그는 의자에서 몸을 앞으로 기울이고 오버시어의 출력 데이터를 골똘히 응시했다. "그게 가능해?"

인정하고 싶지 않지만 나도 아는 바가 없었다. 오버시어는 어떤 이유로든 기지 감시를 중단하지 않았다. 그런 일은 없었다. 협박과 강요에 넘어가기 쉬운 약한 인간이 아니라 AI에게 감시 시스템 관리를 맡기는 이유가 뭔데. 오로지 조작 방지였다. 사람이 대체 어떻게 오버시어의 감시를 중단한단 말인가. 한 시간은 고사하고 일 초도 불가능했다. 기지의 시스템관리자라 해도 그런 권한은 없었다.

하지만 우선 오버시어에게 물어봐야 했기에 그렇게 했다. 오버시어가 직접적인 질문을 어떻게 해석할지 몰라 감시와 보안 시스템의 중단을 일으킨 명령어를 뒤져봤다. 시스템이 완전히 재가동되고 일 마이크로초도 되지 않아 해당 명령어가 삭제되었다는 사실은 예상 범위 안에 있었다. 그래서 나는 삭제 명령이 어디서 나왔는지 추적했다. 특히 다른 시스템관리자인 메리 핑의 활동을 주시했다. 니무에에는 사람이 열두 명밖에 없었다. 오버시어에게 한 시간 동안 눈을 감고 있으라고 설득할 가능성이 조금이라도 있는 사람은 당연히 시스템관리자 두 명이었다.

딱히 예상한 결과가 없었음에도 오버시어의 응답은 놀라웠다.

"음." 나는 결과를 다시 확인했다. "감시 중단 명령어는 상위발송 명령어 패킷으로 도착했는데요."

"뭐라고?" 밴 아렌동크가 말했다. "히기에이아에서 왔다고?"

"음, 그런 것 같습니다." 내가 재빨리 고쳐 말했다. "하지만 위조된 명령어일 수도 있습니다. 누군가 본부의 명령어에 덧붙여 보냈을 수도 있고, 패킷이 도착하고 오버시어가 실행하기 전에 수정했을 수도 있고요. 아니면……."

나는 불필요한 말을 하고 있었다. 상위발송 명령어는 회사에서 오버시어에게 무엇을 하라고 명령하는 방법이었다. 보통은 "연료를 더 많이 생산해." 아니면 "광석을 더 빠르게 채굴해." 아니면 "직원들의 우울감을 줄이고 생산성을 높여." 이런 식이었다. 회사의 높은 분들이 원하는 바를 결정하면 히기에이아의 마스터 AI가 요구사항을 고급 명령어로 바꿔 모든 광산과 시설에 전송했고 각각의 오버시어는 상황에 맞게 명령을 해석했다. 오버시어를 직접 다뤄보지 않은 나도 명령어가 상부의 시시콜콜한 간섭과는 관련이 없다는 사실을 알았다.

오버시어는 하늘이 무너져도 감시를 중단하지 말아야 했다. 하지만 마스터 AI가 보낸 명령어 패킷 안에는 니무에의 오버시어에게 감시를 중지하라는 분명한 지시가 담겨 있었다. 문제의 명령어 패킷은 데이비드가 죽은 날, 살해당하기 몇 시간 전에 도착했다. 다른 곳을 거치지도 않고 히기에이아에서 곧바로 왔다.

"그러니까 뭐야? 이 구질구질한 돌덩어리에 회사가 살인을 은폐하는 것처럼 보이게 만들려는 사람이 있는 거야? 아니면 실제로 회사가 살인을 은폐하는 거야?"

나도 같은 생각을 하고 있었지만 파르테노페의 변호사가 그런 말을 대놓고 할 줄은 몰랐다.

"회사에서는 수사하라고 저희를 이곳으로 보냈잖아요." 내가 지적했다.

밴 아렌동크가 재미있다는 표정으로 나를 봤다. "그랬나?"

당연히 아니었다. 나도 잘 알았다. 우리는 어지러운 상황을 수습하고 일말의 빌미도 남기지 않을 보고서를 제출하기 위해 이곳에 왔다는 것을. 운영보안부에서 시그라의 의문사 신고에 응답하기 전 경영진 중 한 사람의 의견이라도 구했을 리는 없다. 얼른 조치하지 않고 발뺌하는 사이 소식이 새어 나가고 더 높으신 분들이 불안한 기색을 드러낸다면 책임을 져야 할 사람은 운영보안부의 상급 관리자들이었다. 니무에에 잔혹한 살인이 일어났다는 소식으로 파르테노페의 투자자들이 불안해한다면 상황은 더 심각해진다. 우리는 이곳에 와서 범인을 지목하고 끌고 가면 그만이었다.

나도 알았다. 이 일을 수락한 날부터 그 사실을 알았지만 때때로 잊곤 했다. 시체를 찾을 때, 증거를 수집하고 데이터를 검색해야 할 때, *동기*와 *이유*가 궁금해질 때면 아무도 답을 들을 생각 없는 질문을 하고 있다는 사실을 나도 모르게 망각했다.

"내가 장담하는데, 말리." 밴 아렌동크가 먼지만큼이나 건조한 목소리로 말했다. "나는 이 회사가 싼 똥을 퍼서 그게 황금인 척하는 사람이야. 놈들이 어디까지 할 수 있는지 누구보다 잘 안다고. 그래서 누가 오버시어의 명령어를 건드린 거야?"

"아직 모릅니다. 몇 가지 확인해야 해요."

이미 확인하고 있었다. 패킷은 예정된 데이터 전송 스케줄에 따라 히기에이아에서 도착했지만 곧바로 실행되지는 않았다. 전송된 데이터 안에 하위명령어가 있었고 그 명령어는 시스템관리자가 사소한 조정을 승인할 때까지 실행을 유보하라고 니무에의 오버시어에게 알렸기 때문이었다. 나는 실행자를 찾아봤다. 다시 봤다.

충격으로 뱃속에 구멍이 뻥 뚫렸다.

요청을 승인한 시스템관리자는 데이비드였다. 데이비드가 사소한 오류를 고친다고 명령어를 수정했다. 감시를 중단하는 명령어를 입력했다. 죽기 전 오전 9시에서 10시 사이에 이 모든 작업을 했다.

데이비드는 살해당하기도 전에 자신의 살해 시각을 제 손으로 은폐했다.

다섯

어쨌든 밴 아렌동크의 질문에 대한 답은 나왔다.

"데이비드가 직접 감시를 차단했네요." 내가 말했다. "히기에이아에서 명령어 패킷을 수정할 권한을 가진 사람의 도움을 받아서요. 하지만 실행은 자기 손으로 했습니다."

밴 아렌동크가 의자에 기대앉아 얼굴을 찌푸렸다. "말이 안 되는데. 확실해?"

"지금 이 단계에서는 확실합니다, 네."

"왜지? 만날 사람이 있었나? 뭘 숨기고 있었지?"

나는 잠시 눈을 감고 관자놀이를 문질렀다. "아직은 모르겠습니다."

"누구와 일하고 있었지? 그런 접근 권한을 가진 게 누구야?"

"모릅니다."

"대체 무슨 수작을 부렸길래 저놈의 기계에 흔적이 남지 않냐고?"

"모르겠습니다." 내가 한 음절, 한 음절 똑똑히 발음하며 다시 말했다. "이제 막 알아보기 시작했는데요."

"하지만 아는 사이잖아." 밴 아렌동크가 반박했다. "뭐 하던 작자야? 데이터 도난? 산업 스파이? 불법 기술 거래?"

웃음이 터질 뻔했다. 하마터면. 웃음은 꽉 막힌 목구멍에 어색하게 걸렸고 나는 고개밖에 젓지 못했다. *다른 인간들 쓰레기를 내가 왜 훔쳐? 내가 가진 게 더 나은데?* 어느 날 저녁 심포지엄에서 데이비드가 웃으며 했던 말이다. 식품 과학자 한 명이 데이비드의 로봇을 두고 농담을 했다. 데이비드가 탐사 로봇에 지구연합 해군의 무기 디자인을 넣었다는 사실을 언급한 그는 먼 세계의 사람들을 학살하려 한 무기를 활용하면 우리가 탐험과 발견 임무를 수행 중이라는 말을 누가 믿어주겠냐고 했다. 처음 듣는 얘기도 아니었다. 윤리위원회와 정부기관도 묻고 또 물었다. 우리가 재채기만 해도 전후 군축조약을 위반하지 않았는지 확인한다고 우리 연구를 들쑤셨다. 전쟁 당시 지구연합 해군이 사용한 자율 무기들은 너무도 공포스럽고 영리하고 치명적이어서 전쟁이 끝난 후 피해 규모가 명확해지자 무기를 금지하자는 여론이 보편적인 정서가 되었다. 성격이 괴팍한 사람이면 그 발언을 꼬투리 잡아 싸움을 걸었을지도 모른다. 마구 성질을 부리며 연구팀에 적대적인 분위기를 조성했을지도 모른다. 하지만 데이비드는 축구 스코어로 친구를 놀리듯 여유로운 태도로 웃어넘겼고 전쟁의 참혹함을 순수한 탐구로 바꾸는 자신이 평화의 수호자라 믿는다고 했다. 뼛속까지 평화주의자이기 때문에 검을 녹여 쟁기를 만드는 데서 기쁨을 얻는다고 했다. 말이 끝났을 무렵 데이비드의 웃음기는 사라졌지만 긴장감도 마찬가지로 누그러졌다. 데이비드는 우리가 옳은 일을 한다고 믿었다. 그 신념이 너무도 깊고 완전했기에 경솔한 비난이나 악의적인 발언에 흔들리지 않았다.

하지만 그 사람은 과거의 데이비드였다. 살해당하기 몇 시간 전 망설이며 내게 은밀한 메시지를 보낸 데이비드는 *심포지엄*의 식당에서 웃기만 했던 친구의 그림자에 불과했다. 데이비드가 어떤 사람으로 변했는지 나는 알지 못했다.

"그런 사람은 절대 아니었습니다. 제가 알고 지냈던 때는요." 내가 조용히 말했다. "최근에는 뭘 했는지 모르고요."

순간 밴 아렌동크의 날카로운 얼굴에 찡그리는 표정이 스쳤다. 불쾌해서인지, 민망해서인지 알 수 없었고 알고 싶지도 않았다. 밴 아렌동크가 벌떡 일어나 문으로 돌아서다 멈칫했다.

"찾는 데 얼마나 걸릴까?" 그가 물었다.

우리가 이 방에 들어온 지 십오 분도 채 되지 않았다. 밴 아렌동크는 내 왼쪽에 서서 내 몸의 망가진 부분들, 내 흉터와 인공기관을 보고 있었다. 혹시 움찔하며 피할지 보려고 그의 눈을 똑바로 쳐다봤다. 만약 피했다면 짜증 섞인 독설을 내뱉었을 것이다. 하지만 그는 피하지 않았고 나는 침묵을 지켰다. 내가 입을 열었을 때 무슨 말이 쏟아져 나왔을지 알 수는 없었다.

"좋아." 내가 답을 하기라도 한 듯 밴 아렌동크가 말했다. "나는 모하마드와 본부에 얘기 좀 해야겠어. 뭐라도 찾으면 즉시 보고하라고."

오버시어가 잠금장치를 풀어 문을 열고 그를 내보냈다. 약한 중력에서 게코 부츠를 신고 성큼성큼 걷기는 힘들지만 밴 아렌동크는 그럴싸하게 해냈고 쩍쩍 발소리가 복도에 시끄럽게 울려 퍼졌다. 밴 아렌동크가 나간 뒤로 문이 스르르 닫혔다.

나는 다시 의자에 앉아 마른세수를 했다. 시스템실에 혼자 남았으니 마음이 편안해져야 했다. 이제는 데이비드의 행적을 파헤칠 수 있었으니까.

거짓말이었던 거야. 데이비드는 그렇게 말했다. *전부 다 거짓말이었어.*

이유가 있어 내게 연락한 것이다. 밴 아렌동크 말이 맞았다. 데이비드에게 무슨 일이 일어나고 있었다. 데이비드가 내게 메시지를 보내고 또 살해당할 수밖에 없었던 그 일을 나는 찾아야 했다.

오버시어에 질문을 퍼부으며 데이비드가 파르테노페에 있었던 몇 개월의 데이터를 가능한 한 전부 수집했다. 파르테노페 직원이 데이터 도난이나 협박 같은 범죄로 부수입을 올리는 일은 흔했다. 나는 오버시어가 모든 데이터를 분석하도록 설정했다. 영상과 음성은 이십사 시간 분량밖에 없었지만 감시 데이터가 아닌 방법으로도 얼마든지 새로운 사실을 찾을 수 있었다. 직원 ID 추적 데이터. 터미널 사용 기록. 데이터 요청 기록. 근무 시간과 휴식 시간. 내부 및 외부 커뮤니케이션. 검토하기 부담스러울 정도로 많은 양의 데이터가 나왔고, 강력한 AI인 오버시어도 데이터 처리에 시간이 조금 걸렸다. 나는 데이비드의 행동에서 패턴을 찾고 싶었다. 공용 구역에서 누구와 대화했는지, 개인 숙소에서 누구와 만났는지. 기지 밖의 누구와, 무엇에 대해, 얼마나 자주 소통했는지. 상대가 실제 인간이었는지. 어디에서 시간을 자주 보내고, 어디를 피해 다녔는지. 혼자 있을 때 무엇을 했는지.

추가 데이터를 조회했다. 사적이든 공적이든 데이비드가 니무에에 머무는 동안 했던 모든 커뮤니케이션에서 패턴을 찾아달라고 했다. *심포지엄*, 블랙헤일로, 사망자, 생존자와 관련된 모든 데이터를 검색하라고 했다. 칼 롱고와 재판에 관한 뉴스 기사도, 평소 행동 패턴에서 벗어난 사람에게 보낸 메시지도, 데이비드가 했던 질문과 대답도 요청했다.

동료 대원에 대해 무엇을 말하고 검색하고 발견했는지도 다 알려달라 했다. 뭐든 다. 전부 보고 싶었다. 우리가 크리스틴 허드를 놓치며 많은 사람이 목숨을 잃었다. 데이비드에게는 나만큼의 책임이 없었다. 하지만 데이비드도 잊지 않았을 것이다. 식당 옆자리에 앉은 사람, 근무 시간마다 옆에서 함께 일하는 사람, 연장을 같이 쓰고 얘기를 주고받는 사람을 믿어서는 안 된다는 사실을 항상 의식했을 것이다.

AI가 데이터를 분석하는 동안 나는 데이비드의 마지막 날이 담긴 감시 카메라 영상을 봤다.

파르테노페 보안부 생활 십이 개월은 온갖 곳에서 별별 짓을 다 하는 사람들에 익숙해지기 충분했다. 지속적인 감시를 받으며 사는 사람들은 두 부류로 나뉘었다. 누군가 자신을 하루 종일 지켜보고 있다는 사실을 잊는 사람과 외면하는 사람. 개인 숙소는 유일하게 직원의 프라이버시가 보장되는 장소였지만 그곳에서도 회사는 방에 드나드는 사람을 전부 기록했다. 마약 거래, 몸싸움, 어설픈 협박, 부끄러울 정도로 한심한 갈취, 지나치게 많은 성적 접촉 현장을 지켜보는 것이 평소 내 일이었다. 어떻게 가능한지 모르겠지만 앞의 모든 행위가 동시에 이뤄진 사건도 여럿 봤다.

지금은 달랐다. 내 몸, 그러니까 수술비를 갚을 수 없는 인공기관을 달고 유니폼을 입은 보안관이 된 현재의 내 몸 밖에 서 있는 것만 같았다. 텅 빈 그림자 같은 인생과 진짜 인생을 가르는 경계선 앞에 서서 내가 잃어버린 진짜 인생을 돌아보는 느낌이었다. 데이비드는 내 진짜 인생에 존재했기 때문이다. 그 인생에서, 보이지 않는 커튼의 반대편에서 데이비드는 살아 숨 쉬고 성공을 누렸다. 애초에 우리 것이 아니었던 우울한 현실에 적응한 데이비드가 마지막 하루를 보내는 모습을 지켜보고 있으니 가슴이 찢어졌다. 피부가 불쾌하게 따끔거리고 목구멍이 답답해졌다. 그곳으로는 가고 싶지 않았다.

그래도 계속 봤다. 절대로 고개를 돌리지 않았다.

데이비드는 하루의 대부분을 작업동에서 보냈다. 히기에이아에서 데이터와 상위발송 명령어 패킷이 도착한 0917시에도 작업동에 있었다. 수정을 실행했다. 그 밖의 일도 했다. 다른 시스템관리자 메리 핑은 두 사람이 같이 쓰는 옆방의 업무 공간을 드나들었다. 대화를 해도 일 애기만 했다. 조용한 하루였다. 데이비드는 작업동에서 나와 점심을 먹으러 식당으로 갔고 점심을 먹은 후에는 몇 분간 숙소에 머물렀다. 이후 작업동으로 돌아와 암호화된 파일을 개인 기기에서 업로드했다.

내게 보낸 메시지가 분명했다. 영상 메시지로 보이지는 않았다. 영상을 사업 보고서로 위장했기 때문이다. 시스템에 흔적도 남아 있지 않았다. 나도 찾을 생각을 하지 않았다면 그 파일의 존재를 몰랐을 것이다. 데이비드는 감시 차단을 준비하고 몇 시간 후 영상을 촬영했다.

저녁이 되자 작업동에서 나와 다시 식당으로 갔다. 저녁을 먹으며 몇몇 대원들과 얘기를 나눴다. 그냥 일상적인 대화였다. 일이 싫다. 회사가 싫다. 저녁에 드라마 정주행 하자.「돌아온 레이철」시즌 5를 방영 중인데 주인공이 드디어 신지구에 착륙할 예정이라 했다. 또 일이 싫고 회사가 싫다는 얘기. 인사과에서 일 처리를 꾸물거려 명절 비행시간을 계산하는 데 차질이 생긴 듯했다.

대원들은 식사를 마친 후 하나둘 자리를 떴다. 일부는 다시 일을 하러 갔고 일부는 숙소로 들어갔다. 휴게실 한쪽으로 가서 운동을 하거나 레이철이 구세계와 똑같은 신세계를 발견하는 드라마를 보는 사람들도 있었다. 데이비드는 자기 방으로 향했다. 방에 이십 분쯤 있었을까. 메리 핑이 문 앞에 나타났다. 핑은 감시 시스템이 영상과 음성을 기록하지 못하는 데이비드의 방 안으로 들어갔다. 두 사람은 몇 분 후 방에서 나왔다.

핑이 데이비드의 팔을 만지고 미소를 지으며 말했다. "다음에 꼭 갚을게."

데이비드는 대답했다. "괜찮아."

핑은 자기 방으로 갔고 데이비드는 작업동으로 돌아갔다.

직원 명부를 확인했다. 시그라 말처럼 그날 밤 근무 예정자였던 핑은 직전에 건강상의 이유로 데이비드와 근무 시간을 바꿨다. 그보다 이른 저녁에 무엇을 했는지 확인하니 기지 의사에게 편두통약과 수면제를 부탁했다.

데이비드는 몇 시간 동안 작업동에 있었다. 아무와도 말을 하지 않았다. 개인적인 메시지, 알림, 긴급 보고서도 받지 않았다. 칼롱고 뉴스를 읽기는 했지만 잠시뿐이었다. 수년 전 다른 광산에서 일어난 오버시어 바이러스 공격에 대한 파르테노페의 내부 보고서를 몇 개 봤다. 한동안은 파르테노페의 프로젝트 이름을 검색했다. 선셋, 선샤인, 선번, 선다운 등 비슷한 단어를 열 개쯤 넣어보다가 별 소득 없이 포기했다. 집에서 온 개인 메시지를 몇 개 확인했다. 어머니, 누나. 도저히 하나에 집중하지 못하는 듯했다. 딱 봐도 데이비드의 정신은 일이 아닌 다른 곳에 가 있었다. 감시 카메라는 데이비드 컴퓨터 위의 높은 구석에 위치했다. 카메라에 옆얼굴이 찍힌 데이비드는 밤늦도록 짬짬이 일을 했다. 한참 쉬다가 가끔 몇 분씩 업무를 봤는데 휴식 시간에는 아무것도 하지 않았다. 그러다 일을 할 때는 기지에 저장된 데이터를 확인했다. 나는 데이비드가 접근한 작업 및 파일 목록을 봤다. 몇 가지 파일 이름은 오버시어에 번역을 부탁해야 했다. 화물 운송 리스트. 연료 변환 효율 데이터. 기지 전체의 에너지 사용량. 지난 몇 달 치 고장과 유지관리 보고서.

2256시, 데이비드는 터미널에서 로그아웃하고 자리에서 일어났다. 피곤한지 목덜미를 주물렀다. 작업동에서 나와 중앙부를 지났다. 몇 초간 카메라 하나를 똑바로 쳐다봤다. 나는 데이비드가 무슨 말이라도 할까 숨을 죽였지만 그런 일은 없었다. 2258시에 접근 코드를 입력하고 화물 창고에 들어갔다. 그곳에 다른 사람은 없었다. 창고에도, 에어로크에도, 어디에도. 다들 각자의 방에 있었다.

2300시, 감시 카메라가 멈췄다.

2400시가 되고 차단이 풀리며 화물 창고 에어로크에 불이 들어왔다. 검은 구멍 같은 육각형 창문에서는 희미한 빛도 거의 들어오지 않았다. 바닥에 쓰러져 자기 피에 둘러싸여 죽은 데이비드가 보였다. 시그라가 찾아 나서기 전까지 일곱 시간을 홀로 누워 있었다.

입가에 짠맛이 느껴지기 전까지는 내가 울고 있는지도 몰랐다.

얼굴로 흐르는 눈물을 닦았다. 그렇게 밝고 영리하고 활기찼던 사람의 인생이 그런 식으로 끝나다니 불공평해서 미칠 것 같았다. 하지만 울어봤자 아무것도 달라지지 않는다. 지금은 데이비드를 도울 수 없었다. 찬란하게 빛날 수 있었던 인생의 서글픈 최후를 바꾸지 못했다. 내가 할 수 있는 일은 누가, 왜 데이비드를 죽였고 죽기 전 데이비드가 내게 무슨 말을 하려 했는지 찾는 것뿐이었다.

나는 데이비드의 비밀 메시지를 추적하기 시작했다. 어떻게 흔적도 없이 내게 연락했는지 알아낸다면 동일한 방식으로 히기에이아나 다른 곳에 있는 연락책 같은 사람과도 소통하고 있었는지 여부를 알 수 있었다.

니무에는 광학 어레이와 무선 통신 어레이 둘 다 있었고, 각각에 여러 개의 송신기와 안테나가 달려 있었다. 무선 어레이는 방송 신호를 받을 때, 인근 우주선이나 정거장과 실시간으로 연락할 때, 긴급 상황이 벌어졌을 때 사용했다. 드물지만 변호사가 CEO에게 간절히 부탁할 일이 있어 회사 경영진과 실시간으로 연락을 주고받아야 할 때도 이 어레이를 사용했다. 전송 가능한 데이터 용량이 적었고 암호도 걸려 있었지만 가로채기가 어렵지는 않았다. 상위발송 명령어 패킷, 사업 보고서 같은 중요한 파일이나 대용량의 데이터를 주고받는 데는 사용되지 않았기 때문에 무선 어레이를 살펴볼 이유는 없었다. 데이비드는 광학 어레이로 영상 메시지를 숨겼을 것이다.

니무에는 형태가 길쭉하고 살짝 흔들거리며 자전을 했다. 또 통신 인프라가 한쪽 끝에 몰려 있기 때문에 니무에와 히기에이아는 일곱 시간 주기로 일직선상에 놓일 때 버스트 방식으로 광학 데이터를 교환했다. 명령어 패킷은 0917시에 도착했고, 다음으로 예정된 데이터 교환 시간은 그날 오후 1613시였다. 히기에이아에 있는 내게 메시지가 도착한 시간과 일치했다.

나는 단번에 뭔가 잘못되었음을 알았다.

니무에의 1613시 데이터 버스트는 전송되지 않았다.

맥박이 빨라졌다. 히기에이아의 데이터는 아무 문제 없이 예정대로 도착했지만 반대는 사정이 달랐다. 니무에에서 데이터 버스트를 보내려 할 때 광학 어레이 송신기의 전원이 꺼진 것이다. 어레이가 다시 작동했을 무렵 니무에는 전송 가능 범위 밖으로 자전했다. 히기에이아 측에서 암호 무전으로 전송 실패와 관련한 문의를 했다. 시그라는 광학 어레이를 수리 중이라고 응답했다. 데이터 패킷은 일곱 시간 후 성공적으로 전송되었다.

히기에이아는 1613시에 니무에에서 아무것도 받지 못했다. 하지만 나는 아니었다.

시그라는 광학 어레이에 고질적인 문제가 있다고 했다. 점검 기록을 확인하니 니무에의 전기 엔지니어 케이티 킹의 보고서가 수도 없이 나왔고, 보고서가 늘어날 때마다 킹은 더 강하게 답답함을 토로했다. 어레이의 전압이 갑자기 높아지는 서지 현상으로 데이터 전송에 실패하는 사고가 지난 몇 개월 사이 몇 번이나 일어났다. 킹이 원인을 확인하려 광학 송신기를 하나씩 꺼보고 있지만 아직까지 별 성과는 없었다. 송신기 몇 개는 아예 사용을 중지했다. 하지만 킹이 계속 노력하고, 부품을 교체하고, 시그라가 함께 파르테노페에 새 송신기를 요청해도 똑같았다. 몇 주에 한 번씩은 꼭 어레이의 전원 서지로 데이터가 전송되지 않았다.

그러나 송신기의 고장 따위는 없었다. 비공식적인 사용을 위해 탈취되고 있을 뿐이었다. 전원 서지는 데이비드가 데이터를 승인 없이 몰래 전송하는 행위를 은폐하기 위해 고안한 것이 분명했다.

케이티 킹이 성실하게 보고서를 제출한 덕에 패턴을 찾기가 쉬웠다. 고장은 십 개월 전 갑자기 시작되었다. 데이비드가 니무에에 온 지는 십일 개월 되었다.

합법적인 이유로 송신기를 탈취하는 사람은 없다. 단순히 옛 친구에게 암호화된 비밀 메시지를 보내고 과거의 추억을 얘기하기 위해 그런 짓을 벌이지도 않는다. 밴 아렌동크의 의심은 정당했다. 데이비드는 불법이 틀림없는 행위에 발을 들였고 그래서 죽임을 당했다.

이제 내가 해야 할 일이 보였다. 킹이나 다른 대원에게 대신 하도록 부탁할 수는 없었다. 그중 한 명이 데이비드를 죽였기 때문이다.

나도 모범 보안관은 아니었다. 하지만 증거를 수집하는 일에 잠재 용의자를 내보내면 수사를 그르친다는 사실쯤은 알았다. 내가 직접 광학 어레이를 확인해야 했다.

"젠장." 나는 자리에서 일어나 아디사와 류를 찾으러 갔다.

정말 밖으로는 나가고 싶지 않았는데.

여섯

좋은 소식은 바깥에 나갈 필요가 없다는 것이었다.

나쁜 소식은 바깥에 가까이 가야 한다는 것이었다. 뇌의 가장 깊은 구석에서 위험을 감지하는 부분이 그런 사소한 차이를 구분할 것 같지는 않았다. 그곳에서 온몸의 본능은 내가 조만간 우주의 진공에서 죽음을 맞이할 것이라고 비명을 질렀다.

"여기서 기다려도 돼." 류가 말했다. 헬멧 무전기를 통해 목소리가 쇳소리처럼 들렸고 헬멧 실드 뒤로는 걱정스러운 듯 크게 뜬 눈이 보였다. 경량 우주복은 단순히 예방 차원으로 입었지만 예방 조치가 필요하다는 사실만으로도 나는 불안해졌다. "그냥 뭘 찾아야 하는지만 알려줘. 무전기로 말할 수 있잖아. 굳이……."

"에이버리." 내가 날카롭게 말했다. "도움 안 돼."

걱정스러운 표정이 웃긴다는 표정으로 풀어졌다. "못 말리는 고집이라니까. 그래서 가는 거야?"

가야지. 광학 어레이는 니무에의 도킹 구조물에 달려 있어 길고 좁은 관리탑을 지나야 했다. 시그라는 우리가 어레이를 보러 가는 상황이 썩 유쾌하지 않은 듯했다. 자기네 엔지니어가 발견하지 못한 문제를 우리라고 찾겠나 생각하는 눈치였다. 아디사는 시그라의 반대를 무시하고 우리에게 나가서 살펴보라 했다. 아디사는 지금 시그라와 앉아 기지 대장 코앞에서도 들키지 않고 저지를 수 있는 범죄 행각들이 무엇무엇일지 묻고 있었다.

류가 관리탑 해치를 개폐하는 수동 핸들을 돌렸다. "전자 잠금장치는 없는데 ID 추적 장치는 있다. 네 죽은 남친이 여기 들어간 적 있어?"

"내 죽은 남친 아니야. 보안 기록에 따르면 들어간 적 없고."

잠금이 풀리고 류가 옆으로 비켜 해치를 당겨 열자 문 뒤의 캄캄한 공간이 드러났다. 압력이 평형을 이루며 공기가 조금 방출되었다. 뒤에서 공기가 나를 쿡 찌르는 게 꼭 기지가 나를 떠미는 느낌이었다. 류가 헤드램프를 켜고 해치로 상체를 넣었다.

이 해치를 통과했다고 오버시어에 기록이 남은 대원은 케이티 킹과 킹 이전에 전기 엔지니어로 있던 남자뿐이었다. 전임자는 팔 개월 전, 그러니까 데이비드가 도착하고 몇 개월 후 니무에를 떠났다. 갑자기 생긴 거액의 돈으로 계약을 종료한 남자는 지구로 돌아가 호주 서부 어딘가에서 전파 망원경을 고치고 있었다. 어디서 그런 돈벼락이 떨어졌는지 본부에 문의를 보냈지만 쓸 만한 답변을 기대하지는 않았다. "존재하는지 몰랐던 부자 삼촌의 유산"이나 뭐 그런 거겠지. 누가 퇴사 인터뷰 양식에다 "고수익 불법 거래 사기에 가담한 대가"라고 적겠는가.

"자." 류가 나를 돌아봤다. "준비됐어?"

"누가 들으면 내가 꾸물대는지 알겠네."

"아니, 너 이렇게 몸으로 부딪히는 일 많이 안 해봤으니까 하는 말이지. 그냥 내가 모하마드에게 부탁하거나……."

"그래, 잘도 상관에게 잡일을 떠맡길 수 있겠다."

"한다고 할 거야. 같이 일하기 불편한 사람 아니야. 자기가 관심 있다고 생각하는 사건이면. 또 화성인이잖아." 류가 덧붙였다. "비좁은 통로를 기어 들어가 불법 기술을 찾는 일은 그 사람들 전통이지."

"지적할 게 많은 고정관념이지만 일단 됐고, 나는 *괜찮아*. 가자고."

"그럼……."

"아, 진짜, 빨리 가."

류는 씩 웃으며 장난스럽게 양쪽 엄지를 들어 보이고 해치를 넘어 기어올랐다. 나도 헤드램프 전원을 켜고 뒤를 따랐다.

니무에는 크기도 작고 감자 같은 형태였으며 계속 속을 파내고 있는 데다 이상하게 흔들거리며 자전을 했다. 그래서 중력이 확실한 힘으로 끌어당기기보다는 바닥으로 삼을 곳을 은근히 지정만 해주는 느낌이었다. 작업동과 주거동처럼 인간이 생각하는 위와 아래의 개념을 적용해 지은 시설은 사방에 바닥, 천장 같은 요소가 있어 괜찮았다. 갑자기 현기증이 일어났을 때 토할 수 있는 쓰레기통도 있고.

그런 요소가 없는 곳에서는 괜찮지 않았다. 정말, 정말로 괜찮지 않았다.

관리탑에는 바닥도, 천장도 없었다. 사방이 벽이었고 전선관, 배관, 덕트가 빽빽이 들어차 있어 통로를 기어오르는 게 아니라 기계 짐승에 먹히는 기분이었다. 나는 들어가자마자 방향 감각을 잃었다. 머리는 내가 거꾸로 뒤집혔다고 말했고, 당기는 근육은 내가 추락하고 있다고 말했으며, 시야는 몸이 거짓말을 하고 있다고 말했다.

뇌가 적응할 수 있게 눈을 질끈 감았다. 다시 눈을 뜨니 류는 어느새 몇 미터 위까지 올라가 있었다. 류의 헤드램프 불빛이 만화경 같은 빛과 그림자로 통로를 채웠다. 나는 상실되려는 방향 감각을 붙잡기 위해, 내가 지금 위로 기어오르는 중이라 결정하고 류를 따라갔다.

"우리가 뭘 찾는지 알면 좋을 텐데." 류가 말했다.

"아, 그러게." 내가 동의했다. "그러면 정말 좋겠다. 내가 그 생각을 왜 못 했을까?"

류가 어떤 표정으로 나를 보는지는 알 수 없었지만—내 눈에는 헤드램프 불빛밖에 보이지 않았다—목소리만 들어도 그의 감정을 이해했다. "내 말은." 류가 엄청난 인내심을 발휘하고 있는 척 말했다. "작동하는 송신기 먼저 확인하고 고장 난 것들로 올라가겠다고."

"오버시어가 준 개략도는 있어."

"그래, 그래. 기지 엔지니어들이 개략도를 잘 따르기로 유명하지."

"믿자는 말은 아니었어."

"자기들 마음대로 바꾸고 절대 기록하지 않는 족속들도 아니고 말이야."

"그냥 비교해서 확인할 자료가 있다는 얘기야." 순간 주의가 흐트러져 발을 잘못된 각도로 내밀었고 나는 고무로 감싼 전선 뭉치와 어깨에 충격이 느껴질 만큼 세게 충돌했다. 아파서 작은 신음이 터져 나왔다.

류가 불빛을 또 번쩍이며 나를 돌아봤다. "괜찮아?"

"괜찮아."

"정 안 되겠으면……."

"괜찮대도."

괜히 예민하게 굴고 있다는 사실은 나도 알았다. 류는 이제 내 친구가 아니었고 헤어진 연인이라고 하기도 애매했다. 우리는 함께한 시간의 의미를 정의하지 않았다. 하지만 결단코 적은 아니었다. 류는 나를 배려하고 있을 뿐이었다. 류의 배려심은 그에게 끌린 이유이기도 했다. 다정한 친절과 느긋하고 차분한 태도는 이기주의자들로 넘쳐나는 히기에이아의 회사 분위기와 너무나 달랐다. 내가 우리 관계에서 발을 뺀 것도 그런 류의 성격 때문이었다. 류가 아니라 내 문제였다. 그를 해치는 괴물이 되고 싶지 않았기 때문에.

그러나 도저히 사과를 할 수 없었다. 사과의 말은 준비되어 있었다. 뱉을 수 없는 기침처럼 목구멍에 걸려 있을 뿐이었다. 입을 열었다가는 우리 사이를 더 악화시킬 말만 하게 될까 봐 두려웠다.

수백억 년은 금속 통로를 오른 느낌이었다. 헤드램프 불빛은 암흑을 꿰뚫지 못하고 전방 오 미터 내지 십 미터만 겨우 비췄다. 우리는 어레이의 첫 번째 송신기를 몇 분간 살펴봤다. 전기가 들어오는 곳, 데이터가 들어오는 곳, 개략도와 다른 곳을 확인했다. 그리고 나서는 류가 다시 얘기를 시작했다. 어둠 속에 있으니 불안해서일까, 우주와 너무 가까이 있어서일까, 아니면 어색한 침묵에 질렸을 뿐일까. 아무튼 류는 과거의 수사에서 범죄자들이 어떻게 다양한 목적으로 통신 시스템을 파괴, 변경, 탈취했는지 설명하기 시작했다. 잠재적인 집단소송 의뢰인을 찾으려 히기에이아의 감시 시스템에 데이터를 덧붙여 전송하는 변호사도 있고, 어떤 대원과 기지가 현장의 딜러에게 최적의 표적이 될지 파악하려 개인 통신을 파헤치는 마약 제조업자도 있다고 했다. 기지에 위조된 데이터 세트를 공급해 AI의 제약을 풀고 AI가 편향적 사고를 하도록 재훈련하는 해커도 있었다. 고위 경영진이 기업에 해가 될 행동을 하는 딥페이크 증거를 조작해 돈을 요구하는 협박범, 거짓으로 전매특허 디자인을 발명해 암시장 경매에 붙이는 밀수업자 등등 류가 아는 범죄 수법은 굉장히 많았다.

"돈이 되는 방법이 있으면 누군가는 찾아내지." 류가 말했다. "네 친구가 뭘 했는지 정말 짐작 가는 것도 없어?"

이제는 *네 친구*라고 하네. 죽은 *애인*이 아니라.

"정말 없어." 내가 말했다. "삼 년 전에 그 질문을 들었다면 불법 비슷한 일을 할 필요도 없다고 했겠지. 유능해서 어디를 가든 돈 많이 버는 곳에 취직할 수 있었을 테니까."

류의 얼굴이 보이지는 않았지만 무전기로 픽 하는 코웃음 소리가 들렸다. "인생이 꼭 그렇게 돌아가지는 않지."

"응. 알아."

인생이 그렇게 돌아갔다면 지금 내가 회사 소유의 소행성 광산에서 폐소공포증을 유발하는 통로를 기어오르고 있을 리 없잖아. 그것도 내가 몹시 좋아하고 존경했던 사람이 무모한 사기 행각에 빠져 맞아 죽었다는 증거를 찾기 위해서. 하지만 그 말을 하면 류는 소리 없이 묻는 표정으로 나를 쳐다볼 것이다. 나와 데이비드처럼 더 나은 인생을 누려야 마땅한 사람들 말고 이곳과 어울리는 사람들이 따로 있다는 의미냐고.

그래서 말하지 않았다. 그냥 머릿속으로 류와 무언의 언쟁을 벌이고 몇 초간 싸움을 지켜보다가 말했다. "사정이 어려워졌을 때 뭘 할지 나도 몰라. 똑똑해서 어떤 문제에서든 답을 찾는 사람이었지만 여기 갇혀 있다 보면 할 수 있는 일에도 한계가 있을 거야."

"그래, 맞아. 데이터 전송도 제한되지, 교통도 거의 이용할 수 없지, 인력도 부족하지……."

"하지만 입지는 탁월하잖아." 내가 덧붙였다.

"라고 회사는 말하지."

"그러니까. 기사 다 봤어. 파르테노페 왕관에 박힌 보석." 데이비드도 내게 보낸 메시지에서 그 표현을 사용했다. "직접 보니 별로 대단하지는 않던데."

"그건 네가 다른 소행성 광산들을 못 봐서 그래. 대부분의 사람이 처박힌 똥통에 비하면 여기는 궁궐이야. 작동 안 하는 첫 번째 송신기가 몇 번이야?"

"어, 7번. 7번하고 12번 둘 다 작동 중지 상태야. 다음이 7번일 거야."

7번에서는 특별히 의심스러운 점을 발견하지 못했다. 전원 연결이 끊겼고 일부 부속을 떼어냈지만 함부로 바꾸거나 손댄 흔적은 없었다. 엉뚱한 곳으로 전력이나 데이터를 보내고 있다는 증거도 없었다.

12번은 달랐다.

"허." 류가 말했다. 눈이 멀 것 같은 헤드램프 불빛을 쏘며 잠시 나를 내려다보더니 다시 기계로 고개를 돌렸다. "와서 이것 좀 봐."

나는 류의 옆으로 올라가 돌출된 브래킷에 발뒤꿈치를 걸쳤다. "뭐야?"

류가 금속 패널의 긁힌 자국을 가리켰다. "브래킷을 뗐었네. 누구인지 몰라도 다시 끼운 사람이 철저하지 못했어. 아니면 서둘렀거나. 다른 애들에는 이런 흔적이 없거든."

내 눈에는 별 차이 없어 보였지만 류는 렌치를 꺼내 볼트를 제거했다. 하나 풀 때마다 내게 건네고는 패널을 밀어 브래킷에서 빼냈다.

"오, 이것 봐." 류가 말했다. "다르잖아."

패널을 열면 깔끔하게 고정한 부품과 전선 뭉치가 있던 다른 송신기들과 달리, 이 송신기의 패널 뒤에는 반짝이는 은색 장치가 있었다. 살짝 굴곡진 잎사귀 형태에 얇은 금속판을 비늘처럼 겹쳐놓았고 위는 넓지만 아래로 갈수록 뾰족해졌다. 전체적으로 통로 측면에 딱 달라붙어 여린 배를 보호하는 딱정벌레의 반짝거리는 딱지날개와 비슷했다. 빗각인 가장자리를 깔끔하고 매끄럽게 다듬었고 어디를 봐도 불완전하다거나 손상이 되었다는 흔적이 없었다. 금속 자체는 푸르스름한 광채가 도는 은색이라 언뜻 물 느낌이 났다. 아름답고 우아했고 비좁은 관리탑과 지독히도 어울리지 않았다.

만지고 싶었다. 깔끔한 금속을 손가락으로 쓸어보고 싶었다. 심장이 빠르게 뛰고 숨이 가빠졌다.

"아." 내가 작게 말했다. 침을 삼켰다. 목구멍에 막혀 목소리가 나오지 않았다. "이거…… 나 알아. 데이비드가 만든 거야."

"확실해?"

내가 손을 거뒀다. "몇 년을 같이 일했는데. 스타일 보면 알아." 나는 목구멍에 걸려 있던 가벼운 웃음을 내뱉었다. "항상 쓸데없이 예쁘지."

"너를 못 믿겠다는 건 아니지만…… 이게 뭐야?"

"우리가 생각하는 그거일 거야." 내가 말했다. "이 송신기를 사용하기 위해 어레이의 전력을 가져오는 장치. 송신기 탈취를 노리고 전에 있던 전기 엔지니어에게 돈 주고 설치를 부탁했겠지. 아니면 자기가 로봇을 이용해 원격으로 지시해서 설치했거나. 데이비드에게 그 정도야 우습지."

류가 한쪽으로 몸을 기울였다가 다시 반대쪽으로 기울여 나와 어깨가 부딪히며 장치를 살폈다. "가능성 있네. 이 물건을 언제 여기서 만들거나 수정했는지 여기 있는 기계와 인쇄 시설을 확인해 봐야겠다. 정말 그 사람이라면 말이지."

그래, 맞다. 당연히 알아봐야 한다. 하지만 나는 은색 장치가 데이비드의 작품이라고 확신했다.

"안으로 가져가서 더 자세히 보자." 류가 말했다. 실드 너머로 생각에 잠긴 얼굴이 보였다. 그는 슈트 팔 부분에 달린 무전 제어 버튼을 눌러 주파수를 변경했다. "저기요, 모하마드. 뭐가 하나 나왔어요. 말리 말로는 피해자가 만든 것 같대요. 안으로 가져가서 분해하고 싶어요."

"망가뜨리지 않고 할 수 있다면요?" 아디사가 말했다.

"그러게요. 헤스터, 어떻게 붙어 있는지 아래에서 봐줄 수 있어?" 류가 내게 말했다. "내 쪽에서는 잘 안 보여."

나는 장치의 아랫부분을 살펴보려고 몸을 내려 다른 브래킷을 밟았다. 전선과 데이터 케이블은 이쪽에서 기존 시스템과 연결되었을 것이다. 은색 장치 아래의 공간이 너무 좁고 표면이 빛을 반사하는 탓에 어둠 속에서 뭘 들여다보기는 힘들었다. 류가 장치를 움켜쥐자 틈이 조금 벌어지며 장치를 벽에 고정하는 사선 모양의 고리 네 개가 보였다.

"뭐 보여?" 류가 물었다.

"어떻게 고정됐는지는 보이는데 전선이나 데이터 케이블에 어떻게 달려 있는지는 모르겠어."

"뗄 수는 있어?"

"잠깐만."

나는 가장 가까운 고리에 손을 뻗고—망가지거나 감전을 당하면 교체할 수 있는 왼손을 사용했다—쭉 더듬어가며 끝에 있는 죔쇠를 찾았다. 좁은 틈에 우주복을 입은 팔이 겨우 들어갔고 불편한 각도 때문에 왼쪽 어깨에 통증이 솟았다. 자세를 바꾸고 다시 시도했다. 장치 안에서 모터 돌아가는 소리가 났다. 보이지 않는 곳에서 불꽃이 튀었고 탁탁거리는 소리가 귀를 채웠다.

"헤스터." 류가 말했다. "팔 빼."

"거의 다 됐어."

"헤스터."

류의 목소리가 낮고 딱딱했다. 위를 보니 렌치에서도, 공구 가방에서도, 슈트의 무전기 안테나에서도 불꽃이 호를 그리며 튀는 중이었다. 류는 놀라서 눈을 크게 떴고 그의 헬멧 실드에 좌우 반전되어 비치는 내 모습에서도 불꽃이 튀고 있었다. 아무 느낌은 없었다. 슈트에 열과 전기를 차단하는 성질이 있어 안에 봉인된 우리 몸은 안전했다. 하지만 저 모습을 보자 미치게 불안해졌다. 나는 아무것도 건드리지 않고 조심하며 팔을 뺐다. 잡음이 더 커졌다. 우리 주위로 퍼진 불꽃이 춤을 추며 관리탑을 타고 내려갔다.

"이건 아니야." 류가 말했다. 그의 말은 무전기의 잡음에 묻혀 잘 들리지도 않았다. "우리 그냥……."

사방에서 눈을 뜰 수 없을 만큼 환한 불길이 솟구쳤다. 너무 밝아 의안이 글리치를 일으켰고 진짜 눈은 타는 듯한 고통을 느꼈다. 내 눈에는 류의 실루엣을 에워싸고 집어삼키는 빛밖에 보이지 않았다. 무시무시한 굉음이 들리고 사방에서 압력이 치솟더니 관리탑이 번쩍이는 번개로 폭발했다.

일곱

타오르는 하얀 불빛 말고는 아무것도 보이지 않았다.

의안이 걷잡을 수 없이 글리치를 일으키며 내 시야에 무지개색을 뿌려댔다. 귀에서는 기계 소리가 끊임없이 울려 퍼졌다. 방출된 전기에 무전기가 타버렸다. 귀를 괴롭혀 대는 잡음 너머로 작은 천둥이 관리탑의 끝까지 펑펑 터지며 내려가는 소리도 들렸다. 온몸의 본능이 도망쳐, 도망쳐, 도망*치라*고 말했다. 하지만 나는 도망치지 못하고 수직 기둥에 바보처럼 매달려 있었다. 회사에서 지급한 비전도성 작업복이 겨우 감전사를 막아줬다. 그것도 슈트에 손상이 없을 때 얘기였다. 최근 테스트를 한 적이 있거나. 과연 파르테노페가 제대로 기능하는 우주복을 니무에에 구비해 놓기는 했을까. 처음으로 갈취 사건을 담당했을 때 회사가 매년 과실 소송으로 정확히 얼마를 뱉어내는지 적힌 문서를 발견한 적 있다. 그 문서에는 사망한 직원 중 극히 일부만이 소송 비용을 감당할 가족이 있다는 믿음으로 회사가 외행성계 정부의 안전 규정을 위반해 절약하는 비용이 얼마인지도 적혀 있었다. 지금 이런 생각이 왜 드는 걸까. 나는 탈출부터 해야 했다.

왼쪽 눈이 아직 글리치를 일으켰지만 그래도 이제는 발작으로 치달을 위험 없이 주위를 둘러볼 수 있었다. 제일 먼저 눈에 들어온 것은 내 헬멧 십 센티미터 위에 있는 류의 부츠였다.

"에이버리." 내가 말했다. "어이, 에이버리."

무전기는 귀를 고통스럽게 찌르는 소리로 내 목소리를 되돌려보냈다. 무전기 전원을 껐다. 잡음과 증폭음은 사라졌지만 쇠가 부딪히는 소리, 불꽃이 튀는 소리, 멀리서 쿵쿵대는 소리는 그대로였다. 이 소리가 뭐지? 내 호흡은 지나치게 빠르고 거칠었다. 류를 부르려 발을 잡아당겼다.

"야, 정신 차려. 우리 여기서 나가야지."

반응이 없었다. 발을 다시 흔들었다.

"에이버리! 정신 차려. 무전기 망가졌어. 나 좀 봐."

데이비드의 아름다운 기계는 역시나 엉망으로 검게 타 연기를 뿜고 있었다. 은색 껍데기는 찌그러졌다. 온몸으로 회색 연기와 푸른 불꽃을 토해냈다.

전압이 갑자기 높아지는 전원 서지는 아주 효과적인 자폭 방법이었다. 우리가 벽에서 떼어내려 한 순간 그 기계의 운명은 결정되었다. 진공 슈트를 입고 있지 않았다면 우리는 즉사했을 것이다.

"죽어, 데이비드." 내가 중얼거렸다. "*거지 같은 기계*들이나 만들고 죽어버려. 에이버리, 저리 비켜봐. 뭐라도 살릴 수 있나 보게."

나는 계속 류의 발목을 흔들며 브래킷에 얹힌 게코 부츠를 떼어냈다. 류가 팔다리를 어색하게 꼰 채 내 쪽으로 푹 쓰러졌다.

"뭐야. 왜 이래? 내 말 들려?"

이건 아니었다. 절대로 괜찮지 않았다. 무전기가 망가졌어도 대답이 들려야 했다. 움직여야 정상이었다.

심장이 빠르게 뛰었고 나는 고통스럽게 숨을 헉헉거렸다. 류를 한쪽으로 밀고 벽을 발로 굳게 디딘 후 몸을 끌어 올렸다. 아직도 데이비드의 기계에서는 소량의 전기가 호를 그리며 광란의 춤을 추듯 통로 아래로 튀었다. 나는 그 모습을 애써 외면했다. 여태 감전을 당하지 않았다면 앞으로도 그럴 일 없다고 마음을 다잡고 몸을 비틀어 류의 얼굴을 봤다.

헤드램프는 부서졌고 헬멧의 실드는 깨졌다. 불에 그을린 자국이 헬멧 정수리 부분을 거미줄 모양으로 뒤덮었다. 실드 안쪽에는 핏자국이 있었다.

"안 돼. 안 돼. 에이버리!" 미친 듯이 류를 흔들었다. 코에서 피가 흘렀고 눈도 가늘게 뜨고 있는데 반응은 없었다. "젠장. 좋아. 나만 믿어. 내가 여기서 꺼내줄게. 가자."

여전히 무반응이었지만 나는 입을 다물지 않고 계속 두서없이 지껄이며 안심의 말들을 쏟아냈다. 도움이 필요한데 도움을 요청할 수 없었다. 나는 류 옆을 비집고 들어가 어설프게 힘을 쓰며 우리 두 사람을 통로에서 빼내기 시작했다.

내려가는 길은 끝도 없었다. 조명은 내 헤드램프 불빛이 전부였고 숨소리가 너무 크게 들렸다. 나는 점점 두려워졌다. 류의 헬멧에 금이 가고 불에 그을린 자국이 있으니 감전된 게 확실했지만 얼마나 심각한지는 알 수 없었다. 아직 코에서 피가 흐르는 것 같았다. 앞에 우주복 헬멧이 있는데 코가 깨졌으면 충격이 엄청났다는 뜻이다. 목을 다쳤을 수도 있었다. 내가 괜히 옮기다 상태를 악화시킬 가능성도 있었다. 어쩌지. 맥박을 확인할 수는 없었다. 데이비드가 터뜨리고 남은 불꽃이 아직도 우리 주위에서 탁탁 튀고 있을 때 슈트를 벗기는 건 너무 위험했다. 딱 이런 상황을 의도했겠지, 쥐새끼 같은 녀석. 데이비드는 토성의 자기권 안에서 대부분의 시간을 보내는 위성의 적대적인 환경에서도 작동하는 탐사 로봇을 만든 사람이었다. 그런 사람이 일으킨 *살육의 전기 광선*은 절대 실수일 리 없었다.

이미 죽지 않았더라면 내 손으로 직접 데이비드를 처단했을 것이다. 죽여도 시원찮을 놈. 거지 같은 자기 범죄 행각을 숨기겠다고 자폭 장치를 만들어? 그 전에 누구를 노린 덫이었는지 물어야 하지만. 이유도. 빌어먹을 궁금증을 해소해 주면 그때 죽여버릴 거다.

"너 이 자식, 빨리 일어나."

가슴이 아팠다. 속에서 느껴지는 아픔이었다. 몸이 폭파되고 망가진 부분이 부품으로 교체되기 전까지는 존재하는지도 몰랐던 아픔이었다. 고도의 스트레스를 받는 상황에서 원래 몸과 그 부품들이 서로 어떻게 협력할지 몰라 어긋날 때 생기는 아픔이다. 의사들은 그런 상황이 *절대* 일어나서는 안 된다고 했다. 아무리 노력해도 호흡이 안정되지 않았다. 심장이 주체할 수 없이 뛰었다.

잠시 멈추고 숨을 내쉬었다. 의식 없는 류가 내 위로 축 늘어졌다. 나는 앞을 가로막은 팔을 당겨서 치웠다. "에이버리, 야. 좋은 말로

할 때 빨리 일어나. 안 그러면 너 나랑 진짜 어색해질 줄 알아.”

우리 사이는 늘 어색했다. 분명하지 않은 관계를 이어가고 있을 때도 그랬다. 나는 히기에이아에 애착 대상을 두고 싶지 않기 때문이라고 스스로 이유를 댔다. 류가 평소 내 타입과 다르기 때문이라고 이유를 댔다. 보통은 아담하고 성격이 좋지 않고 남들보다 똑똑하면서 그 사실을 잘 아는 여자에게 끌렸으니까. 다정하고 마르고 친절하고 비대한 자아를 짊어지지 않은 상대가 아니라. 파르테노페의 손아귀에서 벗어나는 데 써야 할 시간을 연애에 낭비할 수 없기 때문이라고도 이유를 댔다. 그가 나를 보는지, 반짝거리는 새 부품을 보는지 확신이 없기 때문이라고도 이유를 댔다. 정말 많은 이유를 댔다. 그래서 내 방을 찾아오던 류가 발을 끊기 전까지는 끝도 없이 장황한 핑계들로 나 혼자 고민했다는 사실을 처음에는 몰랐다. 하지만 차라리 그 편이 낫다고 생각했다. 내게는 더 중요한 문제들이 있었다. 신경 쓰이지 않았다. 신경 쓸 겨를이 없었다.

“안 일어나면 내가 진짜 가만히 안 둔다고.” 나는 중얼거리고 다시 움직이기 시작했다. 아래로, 아래로, 아래로.

불빛이 우리 주변의 통로를 비춘 것은 기껏해야 오 분, 십 분 후였겠지만 체감 시간은 훨씬 길었다. 불꽃과 띠 모양으로 터졌던 전기가 어찌나 밝고 강렬했던지 잔혹한 공격의 여파로 의안과 진짜 눈 모두 아직 쓰라렸다. 내가 멈췄을 때 움직이는 그림자가 보이지 않았더라면 새로운 불빛을 알아차리지도 못할 뻔했다. 너무 놀라서 순간은 전압이 다시 치솟았나 생각했다. 누군가 내 발을 건드렸다.

화들짝 놀라 내려다봤다. 아래에서 우리를 기다리는 대원의 이름이 뭐였는지는 기억나지 않았다. 걱정스러운 표정을 지은 검은 머리 여자였다. 무슨 말을 하는데 들리지 않았다. 나는 여자의 손짓을 보고서야 류를 받겠다는 뜻을 이해했다. 비켜주기가 쉽지 않았고 어설프게 움직이다 류를 밀치고 말았다.

"미안, 미안." 최대한 몸을 작게 웅크리고 조심하려 노력하며 내가 중얼거렸다. "여기서 꺼내줄게. 우리가 도와줄 거야."

별안간 류가 내 손목을 붙잡았다. 내 입에서 놀란 비명이 터져 나왔다. 의식이 돌아온 류가 눈을 크게 뜨고 입을 벌렸다. 그는 얼굴로 손을 올렸다가 장갑이 헬멧 실드에 닿은 후에야 얼굴을 만질 수 없다는 사실을 기억해 냈다. 뭐라고 말을 했다. 무슨 말인지는 헬멧에 막혀 들리지 않았다.

나는 안도감에 미친 사람처럼 기쁨의 웃음을 내뱉었다. 몸을 숙여 류의 헬멧에 내 헬멧을 댔다. "바보야, 무서워서 죽을 뻔했잖아."

류에게 내 말이 들렸는지는 모르겠다. 창피하지만 그 걱정은 나중에 하자. 나는 도관 두 개 사이의 좁은 공간에 몸을 밀착해 여자가 류를 끌어 내리게 도왔다. 얼굴을 가까이서 보니 이라는 이름이 기억났다. 여자는 기지에 상주하는 의사인 엘레나 이였다. 내가 방향 감각을 되찾고 따라 내려가기도 전에 엘레나 이는 니무에의 마이크로 중력에서 나와는 비교가 안 되게 민첩한 움직임으로 류를 조심조심 통로에서 입구로 끌어 내렸다. 잠시 나를 올려다보는 이에게 엄지로 어색한 손짓을 했다.

"나는 가서 가져와야…… 금방 올게요."

내 말을 듣거나 내 말을 이해했는지 모르겠지만 이는 고개를 끄덕이고 나를 보냈다.

나는 다시 관리탑을 올라가 파괴된 송신기를 찾았다. 데이비드의 사악한 장난감으로 돌아갔다. 대부분 파괴되었고 그나마 성한 부분은 녹아서 주변 기계에 달라붙었다. 검게 그을린 금속 케이스, 쥠쇠 절반이 아직 붙어 있는 꺾인 고리 하나, 회생이 불가능한 회로판 몇 개를 뜯어낼 수 있었다. 나는 조금이나마 챙길 수 있는 것들을 챙기고 통로를 빠져나왔다.

여덟

해치에서 기어 나와 보니 엘레나 이가 다른 대원의 도움을 받아 류를 들것에 싣고 있었다. 헬멧을 벗기고 상체와 팔을 끈으로 들것에 고정했고 속사포처럼 뭐라 뭐라 말하고 있었다. 헬멧 때문에 무슨 말인지 들리지는 않았다. 류의 눈꺼풀이 파르르 떨렸다. 가슴이 오르락내리락했고 양옆에 놓인 손도 움직였다. 민망스럽게도 갑자기 든 안도감에 눈시울이 뜨거워졌다. 나는 휘청이지 않으려 해치의 가장자리를 움켜쥐었다. 의식이 돌아왔어. 숨을 쉬고 있어. 움직이고 있어. 미치겠다. 나는 솟구치는 메스꺼움을 삼키고 호흡을 가다듬은 후 중앙부로 향했다.

사다리에서 내려오자마자 시그라가 내 면전에 나타났다. 몸을 뒤로 빼고 헬멧을 벗은 나는 즉시 후회했다.

"……어레이에 무슨 짓을 했어? 아무것도 안 되잖아! 내가 이래서 *데이터 분석가*라는 인간들이 중요한 시스템을 못 쑤시게 하는 거라고. 나는 이 사태를 승인한 적 없고 당신들이 우리 기지나 대원에 피해를 입히는 꼴을 더는 두고 보지 않을 겁니다."

시그라는 게코 부츠 소리를 쩍쩍 내며 내게 달려들어 한 손을 들어 올렸다. 영락없이 혼을 내는 학교 선생님처럼 손가락을 세우고 삿대질을 하고 있었다. 아까부터 이명이 울리고 머리가 지끈거렸지만 시그라에게 뭐라 반박할 새도 없이 아디사가 나섰다. 우리 두 사람 사이에 적극적으로 끼지는 않았지만 적당히 가까운 위치로 다가오자 시그라가 조용해졌다.

"말리 보안관과 류 보안관은 승인을 받았습니다." 더없이 온화한 목소리에는 분노의 흔적도 없었다. "살인 사건을 수사하고 있기 때문이죠. 당신의 대원이 저지른 살인 말입니다."

"그건……." 시그라가 갑자기 입을 다물었다.

무슨 말을 할 계획이었을지 궁금했다. 불가능하다? 사실이 아니다? 관계없다? 반사적인 반응이었을까. 아무 근거 없이 자동으로 튀어나오는 변명 말이다. 더 깊은 의미가 내포되어 있었을지도 모르겠다. 니무에에 있는 누군가가 데이비드를 죽였다는 사실을 시그라가 모를 리 없었으니까.

시그라가 얼굴을 구기며 손을 내렸다. "저건 뭐 하는 물건이에요?"

내가 공구 가방에서 꺼낸 데이비드의 기계 부품을 보며 하는 말이었다. 나는 물건을 파는 상인처럼 시그라가 가져가지는 못하되 자세히 볼 수 있게 찌그러진 금속판을 들어 보였다. 시그라의 반응을 확인할 수 있을 정도로만.

"데이비드가 기지 송신기를 탈취하는 데 사용한 거예요." 내가 말했다. "아니, 그 일부요. 나머지는 파괴됐습니다."

"파괴됐다고요?" 문가에서 이 상황을 지켜보는 대원이 있었다. 전기 엔지니어 케이티 킹이었다. 킹은 진공 슈트를 입고 옆구리에 헬멧을 끼고 있었다.

"강력한 전원 서지로요." 내가 말했다. "발견되면 폭발하도록 만들어졌어요."

킹의 눈이 휘둥그레졌다. "기막혀. 그래서 어레이가 다 고장 났었나 보네요. 누가 만들었는지는 어떻게 알아요?"

나는 찌그러진 금속 케이스를 뒤집었다. 지금으로서는 대단하다는 인상이 없었다. 반짝반짝 광을 낸 은색은 시커멓게 타버린 표면 아래에서 어렴풋이 빛날 뿐이었다. "제 눈에는 데이비드 작품으로 보여요. 원래…… 뭐든 반짝거리게 만드는 걸 좋아했거든요. 그럴 필요가 없을 때도요." 막상 소리 내어 말하니 설득력이 부족한 느낌이었지만 내 생각은 확실했다.

시그라는 인상을 찌푸렸다. "그게 베스타 총독의 똥구멍처럼 생겼든 말든 관심 없고. 감시 데이터 분석 그거 *하나*만 하랬잖아요. 당신 때문에 우리 광학 어레이가 완전히 고장 났단 말입니다."

나는 움찔하려다 참았다. 전원 서지로 어레이 전체가 타버린 것은 내 잘못이 아니었다. 하지만 그렇게 봐주는 사람이 있을까? 파르테노페라면 복리로 끝없이 쌓여가는 내 빚에 어떤 명분을 만들어서든 어레이 수리 비용을 추가할 것이다.

내가 변명을 했다. "일부러 그런……."

시그라는 내 말을 무시했다. "당신이 일으킨 피해에 관해 본부에

알릴 겁니다. 이건 용납할 수 없어. 수사가 기지 업무를 방해하면 어쩌라는 거야. 스케줄이 다 어긋나게 생겼다고. 광학 어레이를 최대한 빨리 다시 작동시키려면 얼마나 걸리지?"

킹이 조금 머뭇거리며 대답했다. "우선 어느 정도로 손상됐는지 봐야 합니다."

"자폭 장치가 또 있을지도 모릅니다." 내가 말했다. 진짜로 그렇게 생각하지는 않았지만, 데이비드의 장난질로 시그라가 나를 원망한다면 나도 순순히 봐줄 마음은 없었다. "위험해요. 자세한 정보도 없이 내보냈다가 대원이 위험에 빠질 수 있습니다."

"당신은 입 닥쳐." 시그라가 말했다. "케이티, 얼른 나가 확인하고 정식으로 보고서와 실행 계획 가져와."

킹은 어쩔 줄 몰라 시그라와 나, 나와 아디사를 쳐다봤다.

"잠시만요." 아디사가 말했다. "대원들과 먼저 얘기를 해봐야죠?" 상대를 회유하려는 듯 말끝을 올리는 화성 사람 특유의 말투가 돌아왔다. 이제는 확실히 알겠다. 아디사의 저 말투는 의도적이었다. "정보를 얻기 전에 또 누가 다치면 어떡하나요. 이제는 어레이도 수사 대상입니다."

"당신이 무슨 권한으로……."

"피해자와 제일 친했던 사람들부터 시작하죠." 아디사가 말을 이었다. "대화할 장소가 필요하겠네요. 조용한 곳으로요?"

시그라의 얼굴을 스치는 표정들은 갈수록 더 불만스러워졌다. "본부에 연락하겠어요."

"그러셔야지요? 그동안 우리는 대원들과 얘기를 나누고 있겠습니다."

치아 부서지는 소리가 나겠다 생각할 만큼 시그라가 이를 빠드득 갈았다. 그러다 기나긴 침묵 끝에 말했다. "주방 옆에 조타수실이 있어요. 한 번에 한 명씩만 대화가 가능합니다. 일정 변경이 안 되는 업무를 방해하지 않는다는 조건으로요. 이 난리 통에 벌써 근무 시간을 필요 이상으로 낭비했어요. 그리고 본부에서 승인이 떨어지는 즉시 부하들이 어레이를 고칠 겁니다."

"그럼요." 아디사가 말했지만 시그라는 그 전에 이미 발을 쿵쿵 대며 작업동으로 떠났다. 시그라의 모습이 보이지 않자 아디사가 나를 돌아봤다. "다쳤어요?"

"아. 아니, 아닙니다. 피해는 거의 다 에이버리가 입었죠. 저는 괜찮습니다."

공포감이 이제 겨우 가라앉으며 목구멍에서 피 맛이 느껴지는데 괜찮다는 표현을 써도 될까. 여전히 내 심장은 젤리 형태의 해양 생물처럼 가슴에 갇혀 떨리고 벌렁거렸고, 언제 이렇게 땀을 흘렸는지 슈트 안의 피부가 온통 끈적였다. 당장 슈트를 벗고 싶어 중앙부 그 자리에서 지퍼를 풀기 시작했다.

아디사는 데이비드의 기계 부품을 받아 들고 살펴봤다. "조작된 송신기는 하나밖에 없었나요?" 그가 물었다.

"네. 정비 기록을 보니 몇 달 전 가동이 중지됐던데요." 그러면서 내가 쳐다보자 킹이 고개를 끄덕였다.

"12번인가요? 제가 여기 오고 나서 그건 안 건드렸어요. 페리가, 전에 있던 엔지니어인데 그 사람 말로는 데이터 변환기가 없댔어요.” 킹은 미안한 듯 머쓱한 표정을 지었다. “제가 재확인을 했어야 하죠. 알아요. 그런데 할 일이 좀 많았어야죠. 어레이도 평소에는 문제없이 작동했고요. 저는 시스템 위쪽에 문제가 있어 전원 공급이 안 되는 줄 알았어요.”

“12번은 멀쩡한 것 같아요. 아니, 아까까지는 멀쩡했던 것 같아요.” 나는 양팔을 빼고 진공 슈트의 상의 부분을 허리에 늘어뜨렸다. 시원한 공기가 닿으니 상쾌했다. “내 생각에는 전에 있던 엔지니어에게 데이비드가 돈을 주고 이 기계를 설치해 달라고 했을 것 같아요. 사용할 때마다 이게 다른 송신기들의 전력을 다른 곳으로 보낸 거예요.”

“그걸 놓치다니 저는 바보인가 봐요.” 킹이 말했다. “데이비드는 뭘 하고 있었던 거예요?”

“아직은 몰라요. 그 일을 몇 달 동안 주기적으로 했다는 사실 말고는요.”

“제가 보는 앞에서 말이죠.” 킹이 헬멧을 허공으로 던졌다가 받았다. “대장이 분명…….” 문장을 맺지 않았지만 나는 킹이 조금 전 나와 같은 생각을 하고 있음을 알았다. 시그라는 어떤 수를 써서든 킹에게 책임을 떠넘길 것이다. “뭐, 밖에 나가도 된다고 할 때까지 기다릴게요. 감전을 당하고 싶지는 않으니까. 류 보안관님도 빨리 회복하기를 빌어요.”

킹은 진공 슈트를 벗으며 주거동으로 돌아갔다.

“네, 알아요.” 나는 아디사가 지시하기도 전에 말했다. “정말 몰라서 놓쳤는지 기록들 확인해 볼게요.”

복도 끝에 있는 시스템실 문이 열리고 밴 아렌동크가 우리를 향해 다가오다 잠시 걸음을 멈추고 통신실의 닫힌 문을 힐끗 봤다.

"어디다 소리를 지르는 거야?" 밴 아렌동크가 눈을 동그랗게 뜨며 물었다.

"본부." 아디사가 말했다. 그는 곰곰이 생각하며 검게 그을린 금속판을 이리저리 뒤집었다. "이걸 프루센코가 만들었다고 얼마나 확신해요?"

"꽤 확실해요. 특히 그 바깥 껍데기요. 뭘 보호하고 있었는지는 못 봤지만요." 나는 벽에 기대 균형을 잡고서 허리를 굽혀 부츠를 벗고 나머지 슈트도 벗겨냈다. "통신 하드웨어를 설치하는 로봇을 만들거나 수정했을 수도 있습니다."

아디사는 구부러진 케이스 가장자리를 손가락으로 쓸었다. 고민에 빠진 표정이었지만 이 말만 했다. "이 안에서 만들었는지 확인해야 해요."

"네. 제조 기록과 인쇄 기록을 살펴볼게요."

밴 아렌동크는 팔짱을 끼고 문틀에 몸을 기댔다. "그러니까 죽은 남자가 개인 용도로 송신기를 탈취하고 있었다는 말이네."

"공범이 있는데 자기가 더 많은 몫을 원했을 수도? 합의 조건을 협상하려고 창고에서 만나자고 약속한 거지." 아디사가 말했다.

"아니면……." 나는 진공 슈트를 개고 땀으로 축축해진 내 옷의 주름을 폈다. *거짓말이었던 거야.* 데이비드는 말했다. *전부 다 거짓말이었어.* 그 메시지로 내게 하려던 말이 무엇인지 감이라도 왔으면 좋겠다. "누군가의 들키고 싶지 않은 비밀을 알아냈을지도 모르죠."

"그리고 협박하려 했다?" 밴 아렌동크가 말했다. "가능성 있군. 이렇게 사람이 적은 기지에서는 서로의 불편한 사정을 필요 이상으로 많이 알게 되지. 하지만 어떤 멍청이가 감시 카메라 있는 화물 에어로크에서 몰래 범죄 사업을 모의하느냔 말이야. 왜 다른 사람들처럼 개인 숙소를 이용하지 않고?"

"아직은 모르겠습니다." 내가 말했다.

"그리고 뭘 훔치고 있었던 거야?"

내가 이를 악물었다. "모릅니다."

"자기가 증거를 터뜨리지 않고 입수했다면 지금쯤 알았겠지."

"그만해, 휴고." 아디사가 밴 아렌동크를 쳐다보지도 않고 제지했다. 내게는 이렇게 말했다. "우리는 대원들 인터뷰하고……."

밴 아렌동크가 문틀에서 몸을 뗐다. "내가 할게."

"그럴 필요 없어." 아디사가 갑자기 몸을 틀고 걷기 시작했다. "말리, 갑시다."

"모하마드, 잠깐. 직접 안 해도……."

"시그라가 본부에 뭐라고 소리치고 있는지나 알아봐."

"네 분석가가 막 폭파시킨 통신 어레이 문제로 소리치고 있겠지."

"제가 폭파시킨 거 아닌데요." 내가 중얼거렸다. "무선 어레이는 아직 멀쩡히 돌아가고요."

"그것 말고도." 아디사가 말했다. "뭔가 더 알면서 말을 안 하고 있는데, 점점 거슬려. 최근 니무에에서 도난당한 데이터가 뭐 있는지도 네 사무실에 물어보고."

밴 아렌동크는 포기하지 않았다. "그러지 말고 내가……."

"도움 되는 행동을 해봐. 우리는 인터뷰할 대원들이 있어서. 말리. 어서요."

"만나서 대화할 필요 없잖아." 밴 아렌동크가 말했다. "안 그래도 돼."

아디사는 돌아보지 않았다. 반응하지 않았고, 그 말을 들었다는 티도 내지 않았다. 밴 아렌동크 쪽을 보니 멀어져 가는 아디사의 뒷모습을 알 수 없는 표정으로 보고만 있었다.

"누구 얘기예요?" 내가 물었다.

밴 아렌동크는 내게 시선도 주지 않았다. "가서 할 일이나 해, 말리. 다른 건 망칠 생각 하지 말고."

그러고는 돌아서서 시그라가 있는 작업동으로 향했다.

"네." 빈 중앙부에 대고 내가 말했다. "그러죠."

니무에의 주거동은 옛 지구연합 해군 함정의 잔해를 활용해 지었다. 전쟁 전부터 망가진 고물선이었는지 작업동의 낡았지만 고급스러운 모습과 너무나 달랐다. 주거동에는 장식용 타일과 반짝이는 벽 촛대가 없었다. 실용적인 벽의 각도와 쓸데없는 육각형 상징이 눈에 띄었고 재가열한 콩단백질, 공업용 세제, 땀 냄새가 사라지지 않았다. 파르테노페는 몹시 음울한 군 수송선의 인테리어를 다소 음울한 직원 숙소로 바꾸는 데 최소한의 성의만 기울였다. 공용 휴게실, 운동실, 양호실, 주방과 식당이 있었고, 개인 숙소가 늘어서 있는 복도 끝에 공용 화장실도 있었다. 비율은 정말 엉망진창이었다. 천장은 너무 높고 벽은 너무 가까웠다. 평생 오리걸음으로 움직이는 사람들을 위해 만든 것처럼 문은 비정상적으로 넓고 낮았다. 전쟁 당시 이곳에는 잠시 대기 상태에 놓인 군인들로 가득했을 것이다. 의미 없는 전투에서 목숨을 잃기 위해 실려 가는 동안 무력감과 공포에 휩싸여 잠을 잤겠지. 어디를 봐도 탁하고 더럽고 덩어리져 있었다.

아디사를 따라가기 전 양호실에 들러 류의 상태를 확인했다. 멍하고 머리가 아프지만 의식은 있었다. 코뼈가 부러지고 양쪽 눈 다 벌겋게 퉁퉁 부은 류는 최대한 빨리 업무에 복귀해 검시를 하겠다고 약속했다.

"멍청한 소리 하지 마." 안도감으로 말이 퉁명스럽게 나왔다.

"너나 멍청한 소리 하지 마." 류의 대꾸를 듣자 가슴을 답답하게 조이던 통증이 가라앉았다. "나 괜찮아. 머리만 조금 맞았어."

"무사할 거예요, 정말." 의사도 웃으며 말했다.

"그게 아니라 얼굴 전체를 맞았잖아." 내가 류에게 말했다. "너구리처럼 될 거라고."

"아무래도 욕인 것 같은데 나는 너처럼 동물이 많은 지구에서 어린 시절을 보낸 적 없으니까 칭찬으로 받아들일게. 빨리 가기나 해." 류가 나를 밀어냈다. "가서 일해야지."

나는 아디사가 있는 곳으로 가기 전, 데이비드의 기계 때문에 튀김이 된 내 태블릿을 대신할 다른 기기를 집어 들었다.

인터뷰를 하라고 시그라가 내준 공간은 주방과 붙은 비좁은 방이었다. 문의 빛바랜 명패를 보니 과거에는 조타수실로 사용하는 곳이었지만 현재는 식료품 저장실로, 그리고 놀랍게도 작은 정원으로 쓰이고 있었다. 식물등 아래에서 각종 채소가 수경 재배로 쑥쑥 자라는 듯했다. 향긋한 채소와 흙냄새는 오래 묵은 인스턴트커피, 식품 보존료의 강한 냄새를 웬만큼 감춰줬다. 뭔가 불에 탔던 오래전의 기억도 묻어줬다. 웬만큼은.

바닥에 고정한 철제 테이블 주위에 의자 몇 개를 놓았을 뿐인데 방이 꽉 찼다. 아디사는 문을 마주 보는 의자에 앉아 있었다. 나도 안으로 비집고 들어가 옆자리에 앉았다.

"원래 대장들이 이 정도로 비협조적인가요?" 내가 물었다.

가벼운 질문이었지만 아디사는 진지하게 고민하고 대답했다. "협조할 생각이 없는지는 잘 모르겠어요? 일 년 가까이 코앞에서 도난 범죄를 저지르는 부하가 있었다면 자기 이미지도 안 좋아진다는 걸 알겠죠. 본인이나 기지에 역풍이 부는 상황을 피하고 싶은 것 같아요."

"이 일에 연루되지 않았다면 말이죠." 내가 말했다.

아디사가 팔꿈치 바로 아래까지 소매를 말아 올렸고 나는 처음으로 그의 팔에 있는 문신을 봤다. 왼팔에는 아라비아 글자가, 오른팔에는 일련의 숫자가 새겨져 있었다. 왼팔에서 내가 아는 단어는 행성뿐이었다. 아라비아어에 대한 지식이 거의 없다 보니 나머지는 추측도 할 수 없었다. 오른팔의 숫자는 학교에서 배웠다. 그건 신원 확인을 위한 표시였다. 전쟁 중, 또 전쟁 후에 무수한 화성인을 구속한 지구연합 해군은 화성 특유의 이름과 가문과 혈통을 분류하는 수고를 하지 않고 숫자가 더 간편하다고 판단했다. 풀려난 후 대부분의 화성인은 숫자 문신을 지웠다. 하지만 그대로 두는 사람들도 있었다고 한다. 전쟁이 다시 시작되었을 때 자기 시신의 신원을 확인할 수 있도록.

아디사가 어깨를 으쓱하고 손가락으로 철제 테이블을 여유롭게 두드렸다. "예, 그것도요. 생산성을 떨어뜨리지 않아야 그나마 자기 자리를 지킬 가능성이 있겠지요? 좋은 직장이니까요. 부하들이 정신 이상자들이라고 이 일을 내다 버리고 싶지는 않을 거예요."

"데이비드는 정신 이상자가 아니었어요." 내가 말했다.

나는 무슨 말을 해야 할지 몰라 태블릿을 내려다보며 직원 명부를 훑었다. 파르테노페가 좋은 직장이라는 생각을 외면하기 위해 할 수 있는 모든 행동을 했다. 그런 생각은 내게 항복과도 같았다. 단 한 번도 원하지 않았던 인생을 받아들이고, 나를 강제로 끌어당겨 품에서 놓아주지 않는 일상에 적응하고, 그러는 동안 이것이 내게 이로운 삶이라 자위하는 생각에 굴복할 수는 없었다. 시그라의 관점에서는 지금 상황을 생각해 보지 않았다. 파르테노페에서 가장 중요한 기지를 담당하고 있지만 히기에이아 외에서는 아무 도움도 받지 못하고 이곳에 홀로 갇혀 있는 기분이 어떨까. 대원 하나가 죽고 다른 하나가 범인인 와중에 보안관들이 나타나서 기지를 들쑤시며 광학 어레이를 망가뜨리고 해결해야 할 문제가 잔혹한 살인 하나뿐이라고 우긴다면 어떤 기분이 들까. 시그라가 딱히 안쓰럽지는 않았다. 데이비드는 죽었고 니무에에 있는 사람이 살인을 했어도 시그라는 아직 살아 있으니까. 하지만 아디사 말이 맞을지도 모르겠다. 의도적으로 수사를 방해하는 것은 아닐 수도 있었다.

조금 있다가 나는 말했다. "무슨 짓을 했든 데이비드는…… 나쁜 사람이 아니었어요. 멍청하거나 경솔한 사람은 더더욱 아니었고요. 이유가 있었을 거예요." 그러고 나서 조심스럽게 목을 가다듬었다. "음, 그런데요. 아까는 뭐였어요? 밴 아렌동크가 어떤 사람하고 대화할 필요가 없다고 한 거요. 시그라 말이에요?"

아디사가 천천히 숨을 내쉬었다. "아, 아니. 메리 핑 얘기예요. 다른 시스템관리자."

"네." 메리 핑과 무슨 관련이 있는지 알 길이 없었다. "그런데 왜요? 당연히 그 사람하고 대화를 해야 하잖아요. 아는 사이예요?" 나는 핑이 데이비드와 근무 시간을 바꿨다는 사실밖에 알지 못했다. 그래서 가장 먼저 인터뷰할 대상에 올랐지만 그 사실만으로는 아디사와 밴 아렌동크의 이상한 대화가 설명되지 않았다.

"핑도 여기 오기 전 아이올리아 수사에 참여했었거든요." 아디사가 말했다.

아이올리아라는 이름을 들으니 뭔가 떠올랐다. 나는 기억에 묻힌 정보들을 끄집어냈다. 바데니아의 파르테노페 병원에 입원해 있을 때 회사 뉴스에서 봤다. 대규모 사상자를 낸 참사였다. 테러리스트들이 바이러스를 이용해 기지의 오버시어에 침투했다지. 불가능한 일이었지만 실제로 벌어졌고 수많은 사람이 목숨을 잃었다. 오 년 은 파르테노페의 손아귀에서 벗어나지 못하는 계약서에 새로 서명하고 일을 시작했을 무렵, 히기에이아에도 아이올리아에서 죽은 직원들을 추도하는 기념비가 세워졌다. 회사와 정부가 누구를 범인으로 지목했는지는 기억나지 않았다. 블랙헤일로나 그들처럼 반팽창 운동을 지지하는 세력은 아니었다. 그랬다면 내가 잊었을 리 없었다. 하지만 자꾸만 뭔가 생각이 날 듯 말 듯 했다.

잠시 후 떠올랐다. "아, 맞아. 데이비드가 죽기 전 아이올리아 관련 자료를 읽고 있었던 것 같습니다."

"그래요?" 아디사는 전혀 예상하지 못한 말을 들은 표정이었다.

"아마도요. 확인 좀 해볼게요." 내 태블릿을 들고 오버시어에게 사망 당일 데이비드의 활동을 요약해 달라고 했다.

거기 있었다. 아이올리아 사건에 대한 파르테노페의 공개된 내부 보고서. *심포지엄* 참사가 일어나고 약 구 개월 후의 사건이었다. 데이비드는 그때 이미 파르테노페에서 일하고 있었다.

"맞네요. 이것 보세요. 몇 분밖에 안 되지만 사건 보고서를 읽기는 했어요. 뭐라고 적혀 있는지는 모릅니다. 아직 내용을 못 봐서요. 지금 확인해 볼까요?"

아디사는 무슨 말인가 하려다 마음을 바꿨다. "나중에요. 지금은 메리 핑과 얘기해야 할 때 같네요."

아홉

메리 핑은 사십 대 초중반의 미인으로 흰 피부, 긴 검은 머리, 금빛을 띠는 갈색 눈이 돋보였다. 파르테노페의 유니폼인 회색 작업복을 입고 허리 벨트를 꽉 졸라맸고 한쪽 주머니에서는 장갑이 달랑거렸다.

"안녕하세요." 핑이 문가에 서서 말했다. "저를 보자고 하셨다고요?"

"그랬지요. 앉으세요." 아디사가 말했다.

"기다리게 해서 죄송해요. 오 층에 내려가 있었거든요. 오버시어와 제조 모듈이 자꾸 싸워서 말리느라."

핑은 자연스럽고 우아한 자태로 방에 들어왔다. 마치 무용수처럼 소리 없이 부드럽게 걸었다. 부츠에 게코 밑창이 달려 있지 않았다. 핑은 우리의 맞은편 의자에 앉아 미소를 지었다.

"다시 봬서 반가워요, 조사관님." 핑이 아디사에게 말했다. "범죄 수사를 다시 하시는지 몰랐어요. 하기야 평생 멀리할 수는 없었겠죠. 아무리 그러고 싶어도요."

"데이비드 프루센코에 관해 얘기합시다."

"어떻게든 도움을 드리고 싶어요." 핑이 깍지 낀 두 손을 테이블에 편안하게 올렸다. "하지만 도움 될 말이 있을지 모르겠네요. 데이비드를 좋아했지만 그렇게 친하지는 않았거든요."

"십일 개월을 같이 일했어요?" 아디사가 물었다.

"음, 네. 하지만 제 말뜻 아시잖아요. 동료와 친구는 별개라는 거요. 이렇게 직원 수가 적은 곳도 다르지 않죠." 외모를 보면 조상 중에 지구의 동양계가 섞인 듯했고, 말투를 들으면 어딘지 모를 먼 행성 출신 같았다. 의도적으로 점잖게 말하고 있지만 위에랑 사람들 같은 상류층 억양을 쓰지는 않았다. 꾸며낸 느낌이 강해서인지 타고난 음역보다 목소리를 일부러 낮게 깐다는 확신이 들었다. 더 진중하고 신분 높은 사람처럼 말하려 애쓰는 목소리였다.

"그는 누구와 잘 알고 지냈나요? 누구와 친했어요?" 아디사가 물었다.

"니타와 친했어요. 미겔하고도 쉬는 시간에 자주 어울렸고요. 그 둘이 제일 친할 거예요, 아마."

나는 직원 명부를 봤다. 미겔 베라는 연료 기술자, 니타 헌터는 로봇 엔지니어였다. 헌터의 증명사진이 낯익었다. 데이비드가 사망한 곳을 보러 왔던 어린 은발 여자였다.

"왜 이곳에는 시스템관리자가 두 명 있는 거지요?" 아디사가 물었다. "보통은 아니잖습니까. 이런 규모의 기지에서는요."

"보통 이런 규모의 기지에서는 동시 작업을 여러 개 안 하죠. 여기는 광산만 있는 게 아니에요. 용광로를 만들고 설비 공정도 해야 하죠. 오버시어가 다 감당할 수는 있어요. 똑똑하니까. 하지만 인간 기준으로 따지면 적은 인력으로 하기에 일이 너무 많아요." 핑이 말했다. 깍지를 풀고 손가락으로 테이블을 두드리다가 다시 양손을 모았다. "그러니까 데이비드가 와서 제 일 절반을 가져간 게 분하냐고 묻는 거라면 답은 절대 아니에요. 도와줘서 기뻤는걸요. 데이비드는 일을 아주 잘했어요."

완전한 진실을 말하는 것 같지 않았지만 왜 그런 느낌이 드는지는 알 수 없었다. 말할 때 어딘가 켕기는 태도를 보이지 않았고 머뭇거리거나 시선을 피하지도 않았다. 뭐랄까, 지나치게 차분했다. 내가 이 방에 없는 것처럼 아디사만 똑바로 쳐다봤다. 처음 있는 일은 아니었지만—나를 쳐다보지 않으려는 사람이 한둘인가—핑은 불편해 보이지 않았다. 오히려 그 반대였다. 이 상황을 즐기고 있는 것 같았다.

"업무를 어떻게 나눴죠?" 아디사가 물었다.

"엄격하게 딱딱 구분하지는 않았어요. 저는 주로 오버시어가 종속·보조 시스템과 협조하는 일들을 했어요. 채굴, 제조, 발전, 기지 내 수송 같은 것들요. 데이비드는 그보다 수준이 높고 외부에서 일어나는 기능들을 담당해요. 아니, 담당했어요. 나무보다는 숲을 잘 보는 타입이라. 알고리즘 효율성을 관리했어요. 통신 어레이도요." 핑이 잠시 말을 끊더니 날카롭게 덧붙였다. "광학 어레이는 어떻게 된 거예요? 우리는 고장 나서 당분간 못 쓴다는 말밖에 못 들었어요."

"그것도 조사 중입니다. 보안 시스템은 누구 담당인가요?" 아디사가 물었다.

"주로 데이비드요. 하지만 보안 위협이 많지는 않았어요." 핑은 잠시 말을 끊었다. "전까지는요."

"감시 시스템은요?"

"그것도 데이비드요. 하지만 거기에는 시간을 많이 쏟지 않았어요. 감시 시스템은 인간이 개입할 여지가 별로 없잖아요. 잘 아시겠지만. 문제가 발생하면 오버시어가 처리하죠."

"데이비드가 아이올리아에 관해 물어본 적 있습니까?" 아디사가 물었다.

핑이 우아한 눈썹을 치켜올렸다. 뜻밖의 질문인 모양이었다. "왜 그렇게 물어요?"

"그런 적 있어요?"

"한동안은 없었을 거예요. 데이비드가 처음 왔을 때 잠깐 얘기한 적은 있네요. 그냥 전문가의 호기심으로요. 공식 보고서에 실려 있는 내용 이상으로는 말하지 않았어요."

"구체적으로 뭘 궁금해했어요?" 내가 물었다.

핑이 자리에 앉은 후 처음으로 나를 봤고, 대답을 할 때는 의식적으로 나를 배려한다는 분위기를 풍겼다. "다른 사람들과 똑같았죠. 어떻게 바이러스가 오버시어를 감염시킬 수 있었는지 그걸 가장 알고 싶어 했어요. 그래서는 안 되는 거니까요. 하지만 파르테노페가 어떤 일을 불가능하다고 말하고 다니면 도전 의식을 못 참는 이상한 사람들이 있잖아요." 핑이 잠시 말을 멈추고 생각에 잠겼다. "솔직히 말하면 데이비드가 조금 더 개인적인 이유로 관심을 보였나 하는 생각이 들기는 해요. 아이올리아의 오버시어가 어쩌다 그렇게 끔찍한 실수를 저질렀는지 이해하고 싶은 것 같았어요. 우리가 그 사고로 큰 교훈을 얻었고 다시는 그런 일이 일어나지 않을 거라고 열심히 설득해 보기는 했지만…….” 핑이 가볍게 어깨를 으쓱했다. “왜 그런 걱정을 했는지 이해해요. 저도 같은 마음이니까요. 아직도 냄새가 나거든요? 그 사람들 말이에요. 냄새를 잊을 수가 없어요.”

핑은 다시 아디사를 보며 반응하기를 기다렸지만 아디사는 침묵을 지켰다.

그래서 내가 물었다. “니무에의 오버시어도 실수를 하나요?”

“어휴, 아니죠. 니무에는 아무 문제 없어요. 딱 굳어진 방식이 있어서요. 하지만 그것 자체로도 문제가 될 수 있지 않을까요?”

“어떻게요?” 내가 물었다.

“오버시어는 강력한 AI예요. 하지만 패턴을 예측하기가 쉽기 때문에 조작이 가능하죠. 아이올리아 사건도 그래서 일어났던 거고요. 이제 여기서도 일어났죠? 진실을 말해도 돼요, 조사관님.” 핑은 여전히 미소를 지으며 아디사에게 말을 걸었다. 삼십 시간 전 동료를 잃고 운영보안부 수사팀의 심문을 받는 사람치고는 웃음이 너무 헤펐다. 누구라고 해도 헤픈 웃음이었다. “물론 그 정도 큰 사건은 아니겠지만 범인이 감시 시스템을 우회한 거죠? 그게 아니면 여기서 저를 인터뷰할 리 없잖아요. 조사관님은 도착하자마자 살인자를 지목했을 거고, 그 꽃미남 변호사님은 파르테노페가 이 일에 의무나 책임이 없다는 성명서 초안을 작성하고 있었을 거예요. 말해

봐요, 아디사 조사관님. 밴 아렌동크 변호사가 대체 여기 왜 온 걸까요? 변호사가 필요한 문제가 아닌데. 조사관님도 감시 데이터만 있었으면 벌써 처리하고 남편분에게 돌아갔을 거잖아요. 아, 맞다." 핑이 입술에 손가락을 댔다. 눈빛을 초롱초롱 반짝이며 아디사를 보고 있었다. "깜박했네. 그분은 지구로 돌아가셨죠, 참?"

아디사는 질문을 들은 척하지 않았다. 그 대신 이렇게 물었다. "데이비드 프루센코와 언제 마지막으로 대화를 했나요?"

"아직 몰라요? 감시 데이터 공백이 그 정도예요?"

"직접 듣고 싶네요?"

"좋아요. 저녁 식사 직후였어요. 죽기 전 밤. 야간 근무 시간을 바꿔달라고 부탁했죠."

"왜요?"

"머리가 조금 아파서요. 전날 늦게까지 일해서 너무 피곤했어요. 심각한 건 아니었고요. 직원끼리 근무 시간을 바꾸는 일은 흔해요."

"그날 밤 평소와 다른 행동이 하나라도 있었나요?"

"아니요. 없었어요."

"화가 난 상태였어요? 아니면 행복한 상태? 긴장한 상태? 그날이나 며칠 사이에요."

"아니요, 전혀요. 하지만 친구들에게 물어보는 게 낫지 않나요. 더 잘 알 텐데요. 이건 알아주세요." 핑이 몸을 앞으로 기울여 앉았다. 표정도 진지하게 변했다. "저는 절대로 데이비드가 죽기를 원하지 않았어요. 데이비드를 좋아했다고요. 일할 때도 손발이 잘 맞았어요. 사적으로든 공적으로든 다툰 적도 없고요." 핑이 고개를 돌리고 내 눈을 바라봤다. "많이 속상하시죠. 데이비드가 가끔 얘기했어요. 심포지엄에 대해서는 말을 아꼈지만 보안관님 업적을 굉장히 우러러보더라고요."

가벼운 말이었지만 내 가슴 중앙에 납덩이처럼 떨어졌다. 핑은 여전히 웃고 있었다.

"저도 그래요." 핑이 말을 이었다. "개발하신 타이탄 뱅가드 AI를 예전부터 지켜보고 있었어요. 궁금한데 그 이름을 일부러 선택하신 건가요? 이십 세기의 뱅가드 위성은 성공했다고 할 수 없잖아요. 첫 번째는 발사하자마자 추락했고요. 왠지 부정 탄 이름을 선택한 느낌이거든요."

나는 침을 삼켰다. 목구멍이 건조했다. 어떻게 대답해야 할지 고민스러웠다. 똑같이 차분하게 대응하기로 했다. "위원회 결정이었어요. 몇 세기 전 실패한 미국 프로젝트와 이름이 같다는 이유로 제외하면 쓸 만한 영어 이름이 너무 많이 빠지게 되지 않느냐면서요."

"높으신 분들답네요. 저 고백하자면 지금 좀 흥분했어요. 그토록 혁신적인 AI의 창조자를 만날 기회가 날마다 오는 게 아니잖아요."

전혀 흥분하지 않은 것처럼 보였다. 긴장해서 손가락에 경련이 일어나는 건 오히려 나였다. 방이 너무 좁아 앉은 자세를 바꾸고 몸을 뒤로 빼고만 싶었다.

"뱅가드는 저 혼자 만든 게 아니에요." 내가 말했다. "팀원들이 굉장히 많았죠. 수니타 라디에가 선임 과학자였고요."

"아, 하지만 대대적인 성과의 공을 리더가 차지할 때 고생은 아랫사람들이 다 했다는 걸 누가 모르나요." 핑은 눈을 깜박이지도 않고 흔들림 없는 눈빛으로 나를 응시했다. "기분 나쁘셨다면 죄송해요. 그냥 보안관님이 얼마나 괴로우실지 이해한다는 말이에요. 더 대단한 일을 해야 할 분이 이런 곳에서 이런 일을 하고 있으니까."

수니타를 마지막으로 본 것은 *심포지엄*에서 수니타가 나를 방까지 데려다준 때였다. 평범한 날이었고 시간은 자정 직전이었다. 우리는 밤늦게까지 연구소에서 테스트를 하고 있었다. 타이탄에서 기지와 무선 통신이 두절될 경우 뱅가드가 어떻게 할지 시뮬레이션을 하는 중이었다. 뱅가드는 얼마 전부터 *심포지엄* 내 다른 부서의 통신 시스템에 접근해 그쪽 AI에 말을 대신 하도록 부탁하는 이상한 버릇이 생겼고, 우리는 그 행동을 막는 테스트 구축 방법을 찾아야 했다. 타이탄에 가면 부탁할 상대가 없을 테니까. 뱅가드는 우리가 제공한 도구만을 활용해 혼자 힘으로 해내는 법을 배워야 했다. 우리는 연구소에서 숙소까지 걸어오는 동안 대화를 계속하며 내일 아침에 볼 테스트 결과를 예상하고 다음 테스트를 계획하고 아이디어와 수정 사항을 속사포처럼 주고받았다. 언제나 그랬듯 우리의 대화는 순조롭고 편안했다. 그게 마지막 대화일 줄은 미처 알지 못했다. 작별 인사도 하지 못했다. 나는 "뱅가드가 알아낼 거예요."라고 했고 수니타는 나를 보고 웃었다. 얼굴 전체가 환해지는 아름다운 미소를 지으며 이렇게 말했다. "우리 말썽꾸러기는 자기가 제일 잘 알지. 잘 자."

세 시간 후 잠에서 깼을 때는 요란한 경보음과 화염과 고통뿐이었다.

다시는 수니타를 볼 수 없었다. 수니타는 사라졌다. 뱅가드도 사라졌다. 우리의 임무도 사라졌다. 그리고 지금 나는 소행성대의 흉측한 돌덩어리로 와서 끔찍한 금속 상자 안에 앉아 히죽거리는 냉혈한을 앞에 두고 할 말을 잃었다.

"묻고 싶은 게 너무 많아요." 핑이 말했다. "그래도 될까요? 저는 진화 과정이 가장 흥미롭더라고요. 자료를 다 챙겨 보지는 못했는데 대체 어떻게 볼드윈 법칙을 피하셨어요? 군축조약 안에서 프로젝트 승인을 받으려면 예방책을 마련해 두셨겠죠. 과거의 실수를 피하려고 얼마나 까다롭게 구는지 저도 알거든요."

아디사의 눈치를 살폈지만 그는 관심 없는 무표정을 유지하고 있었다. 그의 고향을 파괴하고 그의 민족을 학살하려 했던 전쟁을 핑이 완곡하게 언급하지 않은 것처럼 행동했다. 사람들은 화성 전쟁의 참혹함을 얘기하면서 그 참혹함이 계획적이었다는 사실을 인정하고 싶지 않을 때 *과거의 실수*라는 표현을 사용했다. 지구연합의 해군 중장 데인 볼드윈은 화성에 대한 자율 무기를 개발하고 사용한 인물이었다. 스레셔는 농업용 돔을 무너뜨려 기근을 일으켰고, 더스터는 태양 전지판을 파괴해 모든 도시를 치명적인 겨울로 뒤덮었으며, 슬러그는 상수도를 오염시키고 생존자 절반을 불임으로 만들었다.

기술 발전의 비의도적인 결과. 볼드윈은 전쟁 이후 재판소에 서서 그렇게 말했다. 자기 잘못이 아니라고 했다. 기계들이 스스로 판단했다고 했다. 잘못은 기계에 있다고 했다.

나는 태블릿을 내려놓고 의자에서 몸을 앞으로 기울였다. 메리 핑이 내게 무엇을 원하는지는 모르겠다. 도발하려는 의도밖에는.

하지만 나는 이보다 백 배는 강력한 도발도 경험한 사람이었다.

내가 말했다. "볼드윈 법칙은 존재하지 않습니다. 근거가 되는 이론도, 실례도 없죠. 인공지능의 파괴 성향은 선천적인 게 아니에요. 자오가 첫 번째 타이진을 발표한 후로 더 완벽하게 발전한 AI들이 나왔지만 대부분 살인 기계로 변하지 않았잖아요. 볼드윈은 자기가 만든 걸 책임지고 싶지 않았던 거예요. 그래서 스스로의 선택을 기계 탓으로 돌렸던 거고요. 그 작자는 처음부터 전쟁 무기를 만들려고 했어요."

"하지만 재판관들은 변명에 넘어갔는데요." 핑이 말했다. "아, 가벼운 전쟁 범죄에는 유죄 판결을 내렸죠. 하지만 몇 년 가택 연금 처분을 받고 말았잖아요. 이제는 자유의 몸이에요."

사실이었다. 내가 지구를 떠나기 몇 년 전 AI 콘퍼런스에 초청객으로 온 적도 있었다. 나도 컨벤션 센터 복도에서 그를 봤다. 얼굴이 시뻘건 남자는 맞춤 정장을 입고—해군 제복의 흔적은 없었다—우렁찬 목소리로 떠들었고 추종자와 지지자 무리는 우르르 뒤를 따르며 볼드윈은 들을 생각도 없는 질문들을 퍼부었다.

"전범 재판소의 재판관들이 인공지능 전문가는 아니니까요." 내가 말했다.

"보안관님은 고도로 발전한 AI가 진화하면 폭력이 필연적이라 생각하지 않으세요?" 핑이 물었다.

"그건 사실이 아닙니다."

"하지만 *실제* 자연에서는 폭력이 필연적으로 발생하잖아요." 핑이 말했다. "AI 진화의 목표는 자연을 최대한 비슷하게 흉내 내는 것 아닌가요? 그리고 과연 우리 인간은 기술과 자연 사이의 변방에서 일어나는 변화들을 진실로 이해하고 있는 걸까요? 보안관님의 아름다운 몸처럼요."

나는 왼손을 말아 주먹을 쥐었지만 테이블에서 손을 떼지는 않았다.

"AI에 필연성이라는 건 없습니다." 내가 말했다. 아디사가 개입해 대화를 원래 궤도로 돌려줬으면 좋겠는데 아디사는 여전히 말이 없었다. "AI 진화의 목표는 AI가 주어진 과제를 잘 수행하도록 스스로 발전하게 만드는 거고요. 인간이 고안하거나 정의할 수 없는 방법으로요. 과제가 폭력적이지 않다면 AI가 폭력적인 해결책을 찾을 이유가 없어요."

"뱅가드는 그런 적 없어요?"

"뱅가드는 탐험 AI였어요." 내가 단호하게 말했다. "낯선 곳에서 주변 환경을 필요 이상으로 교란하거나 변경하지 않으면서 최대한 많은 정보를 수집하는 게 궁극적인 목표였죠. 파괴 행위를 하면 목표를 달성하기가 더 어려워졌을 거예요."

"정말 자랑스러우셨겠어요."

"네. 그랬어요."

"다시 만들어야겠다는 생각은 안 해보셨어요? 한 번 했으면 두 번은 얼마든지 가능할 텐데요."

이 질문을 한 사람이 핑 하나는 아니었다. 그것이 얼마나 무의미한 질문인지 이해하지 못한 사람도 핑 하나는 아니었다. 인공지능에 관해 얕은 지식이라도 있는 사람은 하나의 AI를 똑같이 복제할 수 없음을 알았다. 내가 차후에 만들 탐험 AI는 가장 좋아하는 외관으로 우아한 사마귀 형태를 선택하지 않을 것이고, 버그라는 별명에 좋다고 고개를 끄덕이며 팔을 흔들지 않을 것이다. 내가 다시 디자인할 AI는 우리가 연구소에서 야근할 때 수니타가 가장 좋아하는 피아노 협주곡을 연주하는 법을 익히지 않을 것이고, 우리가 알아차리기도 전에 대학원생이 공구를 훔치고 있다는 증거를 수집하지 않을 것이고, 내가 가장 재미있어할 순서대로 데이터 세트를 정리하지도 않을 것이다. 새 AI는 튼튼한 육륜 탐사차부터 긴 날개를 단 드론까지 가능한 한 모든 형태로 커뮤니케이션하는 법을 학습하지 않을 것이다. 무용처럼 정교한 제스처를 무한히 사용하고 다른 AI의 어색한 자연 음성 알고리즘보다 더 많은 뉘앙스를 담아 소통하지도 않을 것이다. 각각의 팀원에 유치한 음식 이름을 배정하는 법을 스스로 익히고 예고 없이 사용하지도 않을 것이다. 처음에 당황했던 우리는 곧 누가 교자만두이고, 누가 피클이고, 누가 바바가누쉬(가지로 만든 중동식 소스—옮긴이)인지 알아맞히며 즐거워했다. 새 AI는 자기보다 덜 정교한 로봇을 운동 능력으로 조롱하거나 논리 게임을 만들어 다른 AI에게 도전하는 법도 학습하지 않을 것이다. 우리가 이 세상에서 가장 똑똑한 탐험 AI를 만드는 동안 뱅가드가 배우고 발견한 모든 것은 사라졌고 이제는 복제하지 못했다.

대답하는 내 목소리에서 힘이 빠졌다. "똑같지 않을 거예요."

"아, 그럼요, 당연하죠. 그건 아이 잃은 엄마에게 죽은 아이를 동생으로 대신하라는 말이나 다름없죠. 예측할 수 없어 설레는 것 아닌가요? 뱅가드가 그렇게 강력하게 성장했다면 자유를 굉장히 많이 주셨나 봐요. 저는 아이올리아 사건 이후로 우리가 너무 많은 규제로 오버시어들을 무력화하고 있지 않나 걱정되더라고요."

나는 몸을 뒤로 기대고 핑을 유심히 관찰했다. "니무에의 오버시어가 아이올리아 같은 공격을 받을 위험이 있다고 생각해요?"

"아, 아니죠." 핑이 얼른 말했다. "그럴 기미는 없어요. 하지만 데이비드와 그런 얘기를 한 적은 있어요. 데이비드는 저와 생각이 달랐지만요."

"정확히 무슨 대화를 했죠?" 내가 물었다. 대화에 끼라는 신호로 아디사를 쳐다봤다. 이번 수사에 계속 언급되는 아이올리아에 관해 나는 아는 바가 없었지만 다른 사람들은 전부 나보다 많은 정보를 가지고 있었다. 아디사는 고집스럽게, 아무 도움도 안 되게 침묵을 지켰다. "아이올리아에 관련해서 말이에요."

"그냥 업무와 관련된 얘기였어요. 솔직히 말하면 그 사건 이후 시행된 변화들로 일이 조금 따분해졌거든요. 회사 운영에는 좋겠죠. 뭐, 안전을 위해서도 좋고요. 그런데 그들에게는 좋은 일인지 모르겠어요. 오버시어들요."

그 말에 나도 모르게 얼굴을 찌푸렸다. "오버시어는 기계예요."

"다른 사람도 아니고 보안관님이 그런 말을 하다니 놀라운데요." 핑이 말했다. 억양이 흐트러지고 여러 언어가 뒤죽박죽된 궤도 사투리가 살짝 드러났다. "그런 걸 만들고 그런 모습을 하고 계신 분이."

또 시작이네. 이래서 나를 쳐다보고 내게 질문하고 집중했던 거였다.

"이해가 안 되네요. 지금 내 모습이 어떤데요?" 내가 물었다. "자연과 기술 사이에 존재하는 미개척 변방이라고요?"

핑이 고개를 조금 숙였다. "제가 실례되는 말을 했군요."

"진심으로 그렇게 믿어요?"

"보안관님은 아니고요?" 핑이 물었다. "자오가 그런 말을 하지 않았나요? 우리가 기계를 잘 안다고 생각하는 만큼 기계가 인간을 잘 알게 될 때 둘의 구분이 무의미해질 거라고요."

"자오는 AI의 미래를 예측하느니 위에량 연 경주 대회에 전 재산을 걸겠다는 말도 했어요." 내가 지적했다. "그런데도 사람들은 AI의 미래를 예측하려 하죠. 몇 세기째 예측하고 또 실패하면서요."

"아, 뭐, 우리 기계의 어머니께서 개성이 좀 강한 분이어야죠." 핑이 말했다. 그러더니 의자에서 몸을 앞으로 기울이고 내게 한 손을 내밀었다. "죄송해요. 이러면 안 된다는 거 알지만 못 참겠네요. 팔을 한번 볼 수 있을까요?"

나는 움직이지 않았다. 손가락도 움찔하지 않았다. "아뇨." 내가 말했다.

"저 때문에 불편하시군요." 핑이 다시 몸을 뒤로 빼며 손을 거뒀고 그러면서 손가락을 오므렸다. "그럴 의도는 아니었어요. 변태적인 관심은 아니에요. 직업적인 호기심이죠. 대체 누가 했을까 궁금하네요. 그냥 한번 보고 싶었어요. 그리고 혹시……." 핑은 민망한 웃음을 터뜨렸다. "……조금 만져볼 수 있지 않을까 한 거죠. 누가 제작했는지 꼭 알려주세요. 너무 멋있네요."

저런 말을 빙글빙글 돌리지 않고 대놓고 하다니 놀랐다. 저 굶주린 눈빛에, 묻기도 전 손을 뻗은 행동에 아무 문제가 없다고 생각하는 건가. 눈에서 피를 흘리던 녀석에게도 같은 말을 할까? 녀석의 난도질당한 뇌와 몸에 부러움을 느낄까? 내 인공기관을 만든 남자는 내가 바데니아 병원에서 무수한 수술을 받는 사이 몇 번밖에 보지 못했다. 나를 "헬렌", "아가씨", "그런 사람"이라 칭했고 내 새 팔과 다리를 정말로 피부와 맞추고 싶지 않느냐고 수없이 물었다. 어여쁜 금색 피부 톤이 있다고, 자외선을 조금 쐬면 내 피부와 똑같아질 거라고, 추가 비용을 조금만 내면 된다고, 꼭 생각해 보라고, 인간성을 재정의하면서 아름다움을 유지하고 싶은 여성 환자들에게 선풍적인 인기를 끌 것이라고 했다. 그가 의사와 간호사, 무심한 변호사와 권태로운 담당자에게 나를 맡기고 병실을 나갔을 때는 안도감마저 들었다. 이들은 내게 확실한 경고를 했다. 치료비를 완납하기 전 파르테노페를 떠나면 어떻게 되는지(압류), 승인 없는 재생산을 목적으로 제삼자가 내 인공기관을 연구하는 행위를 허락하면 어떻게 되는지(기소), 수술한 의사와 파르테노페 병원 의료진과 현재 내 몸에 장착한 기술을 공개적으로 안 좋게 말하면 어떻게 되는지(소송), 전매특허 인공의료기기를 변경 · 수정 · 파손할 경우 어떻게 되는지(위의 세 가지 다). 그냥 다 서명했다. 내게는 선택지가 없었다. 추가 연구와 홍보를 위해 내 몸을 연구소에 제공해 달라는 부탁은 전부 거절했다.

나는 인간 피부의 구역질 나는 복제품 대신 맨금속을 선택했다.

메리 핑을 응시했다. 이 질문에도 싫다고 말하고 싶었지만 입을 열면 소리를 지르거나 토를 하거나 울음을 터뜨릴까 봐 겁이 났다. 나는 테이블에 놓인 손을 그대로 뒀다.

"할 얘기가 그것뿐이에요?" 내가 말했다. "인공지능의 실존적 진화에 관해 철학 논쟁을 할 시간은 없습니다. 데이비드의 죽음에 관해서는 뭐 아는 거 없어요? 아직 말하지 않은 사실?"

핑은 움찔하지 않았다. 나를, 내 의안을 똑바로 쳐다볼 뿐이었다. "없어요. 하지만 도울 일이 있으면 언제든 알려주세요." 그렇게 말하고는 영원과도 같은 시간 만에 처음으로 아디사를 돌아봤다. "이런 상황에서 수사하기 힘드시겠어요. 평소에는 감시 데이터 확인하고 희생양 끌고 가면 끝이었잖아요."

"조금 더 수사를 할 때도 있지요." 아디사가 말했다.

"그럼요." 핑이 의자에서 일어났지만 테이블을 떠나기 전 조금은 망설였다. "다른 용건 없으면 저는 이만 일을 하러 갈게요. 이제 두 배로 늘어났거든요. 이해하시죠?"

"잠깐만요." 내가 말했다. 하마터면 잊을 뻔했다. "혹시 파르테노페 프로젝트나 작전 중에 선샤인이나 선라이트 같은 이름이 있나요?"

"아니요, 그런데 제가 워낙 전문 분야가 아니면 아는 게 없어서요." 핑이 말했다. "이제는 정말 가봐야……."

"질문 하나만 더요." 아디사가 말했다.

핑은 짜증을 숨기려 하지도 않았다. "네?"

"어떤 이유로 니무에 안에서 범죄 활동이 일어나고 있다고 의심한 적 있었나요?"

"아니요, 조사관님. 그랬다면 보고를 했겠죠."

"그런 느낌도 없었어요?"

"아니요. 전혀요." 핑은 한 걸음 옮기다 다시 내게로 몸을 돌렸다. "지금은 다 감옥에 있나요? *심포지엄* 사건을 일으킨 사람들, 살아 있는 사람들요. 뉴스 봤어요. 데이비드에게도 물어봤는데 그 얘기는 절대 안 하려고 하더라고요. 위로가 필요할 때 손을 내밀었으면 좋았을 텐데 말이죠. 죽기 전에요."

내 왼손이 주먹을 쥐며 금속 손가락으로 테이블 상판을 긁었다. 핑은 알았다. 어떻게 가능한지는 모르겠다. 그랬다는 증거도 없었다. 가슴을 답답하게 조이는 고통 말고는 확신할 이유도 없었다. 하지만 의심의 여지가 없었다. 핑은 데이비드가 죽기 전 내게 메시지를 보냈다는 사실을 알았다.

누군가 듣고 있다던 데이비드의 말이 딱히 누구를 겨냥하기보다는 메시지를 감시하는 회사 사람을 가리킨다고 생각했다. 하지만 이제는 진실을 알겠다. 데이비드가 아리송한 기억과 암호 같은 어색한 대화로 할 말을 숨긴 것은 메리 핑 때문이었다.

핑이 방을 나가자마자 나는 다시 불러오고 싶다는 충동을 느꼈다. 멱살을 잡고 흔들며 뭘 아는지, 무슨 짓을 했는지 묻고 싶었다. 뱅가드, 폭력적인 AI, 기계의 진화에 대해 왜 물었는지. 데이비드에게 무슨 말을 들었는지. 이것들이 다 무슨 상관인지.

문득 뱅가드를 데리고 해저로 갔을 때 뱅가드가 했던 행동이 떠올랐다. *심포지엄*이 출발하기 몇 년도 전의 일이었다. 오래전 잊었던 기억이 지금 내 머리를 채우며 메리 핑의 교활한 질문 주위에서 춤을 추고 있었다. *뱅가드는 그런 적 없어요?*

우리는 유로파 심해 원정대를 동료보다 적으로 여기며 경쟁의식을 불태웠다. 유로파 프로젝트는 일단 모든 면에서 타이탄 프로젝트를 몇 년 이상 앞질렀다. 유로파에는 이미 식민지와 교통 체계가 존재해 기지에 인적·물적 자원이 끊임없이 들어왔다. 그들은 벌써 이 년째 얼음층에 구멍을 뚫고 있었다. 우리가 타이탄에 착륙하기도 전에 차갑고 어두운 바다에 자율 잠수정을 내려보낼 터였다. 우리보다 먼저 생명체를 찾을 게 분명했다. 우리 모두 그 사실을 인정했고—유로파 팀 앞에서는 말고 우리끼리 술 몇 잔 하면서—쓰라린 열등감을 느꼈다.

종착지는 달라도 목표가 비슷했기에 옆에서 함께 일하게 되는 경우가 많았다. 내가 뱅가드의 휴대용 파견 장치를 데리고 대서양 중앙해령의 열수구 군생지 근방 해저에 자리한 대서양 중앙 공동구역 연구 기지로 내려갔을 때도 마찬가지였다. 이곳에서 나는 평소와 다르고 예측하기 힘든 환경에서 뱅가드를 훈련하고자 했다. 뱅가드가 압력 높은 바닷속의 탐험에 적응할 수 있다는 사실은 알았다. 하지만 심해 분출공 주변에 있는 군생지와 관련한 정보는 아무것도 가르쳐주지 않았다. 우리가 지상에서 소개해 준 생물들의 에너지 획득과 자원 관리 규칙을 따르지 않는 독특한 생물을 처음 마주했을 때 뱅가드가 어떻게 행동할지 보고 싶었다.

초반에는 테스트가 잘 풀리지 않았다. 뱅가드는 해저의 높은 압력을 꺼렸고 마음껏 돌아다니라고 내보내도 연구소와 먼 곳은 탐험하지 않으려 했다. 하필 유로파 원정대의 잠수정 설계자가 바로 앞에서 지켜보는 가운데 테스트에 실패하고 말았다.

"무리한 요구를 하고 있어요." 뱅가드가 몸을 공처럼 말았을 때

재수 없는 로드니 그리그가 말했다.

"프로그래밍으로 조금 지시를 해줘야 해요." 뱅가드가 연구소 주변을 맴돌 때 그리그가 말했다.

"알고리즘에 오류가 없는지 봐요." 내가 뱅가드를 데리고 다시 안으로 돌아왔을 때 그리그는 조언했다.

"그 벌레 형태를 없애요." 뱅가드가 사마귀 형태로 모습을 바꾸고 후다닥 실험실로 돌아갔을 때 그리그는 몸서리를 치며 우겼다.

"이런 기계들은 말이죠, 설계하기가 쉽지 않아요." 어느 날 저녁 시간, 포크로 나를 가리키며 그리그가 말했다. "특별히 고려해야 할 사항도 많고요. 내가 이따 설명해 줄게요. 마침 시간도 남고."

나는 그 손에서 포크를 낚아채 눈알을 찌르지 않으려고 자제력을 쥐어짜야 했다.

그 대신 내 방으로 슬그머니 들어와 저녁 내내 혼자 보냈다. 유로파 팀은 하나같이 그리그처럼 밉상이었고 중앙해령 연구소 직원들은 편협하고 예민했다. 그들과 소통하다 보면 나도 미래에 저런 모습이 될지 걱정스러웠다. 수년간 캄캄한 우주에서 고립되어 살다 보면 나도 낯선 사람을 수상한 인물처럼 대하며 빤히 쳐다보고 어두운 창문 곁만 맴돌지 않을까. 사람들보다는 뱅가드와 같이 있는 게 더 좋았다. 내가 테스트 변수들의 프로그램을 살펴보는 동안 뱅가드는 사마귀 형태인 버그가 되어 작은 방 안을 빨빨 돌아다니며 구석마다 탐험했다. 그러고는 그리그 팀에 대한 소소한 정보로 내 업무를 방해했다. 누가 논문을 표절했고, 누가 테스트 결과를 조작했고, 누가 소액의 뇌물을 받고 기업에 연구 내용 일부를 유출하고 있는지. 유로파 팀이 도덕적으로 의심스러운 행동을 하든 말든 관심 없었지만 뱅가드는 당당히 가십을 즐겼고 뱅가드에게 새로운 사실들을 듣고 있을 때면 한순간도 외롭지 않았다.

아직 문제를 해결하지 못한 채로 다음 날 아침 뱅가드를 다시 내보내 테스트를 실시했다. 해치의 압력 주입이 느리다고 그리그가 큰 소리로 불평하고 있었기 때문에 내가 뱅가드의 세모난 머리를 쓰다듬고—뱅가드가 제스처로 가장 잘 소통했기 때문에 초반 말고는 이런 습관도 부끄럽지 않았다—이렇게 속삭이는 장면은 그리그를 비롯해 아무도 보지 못했다. "밖에 나가서 나를 자랑스럽게 해줘, 꼬마."

그러고 나서 그리그 팀과 함께 중앙해령 연구소의 후텁지근한 관측실로 들어갔다. 외부 조명을 켰지만 새까만 암흑을 꿰뚫기에는 역부족이었다. 나는 자리에 앉아 태블릿을 들고 계속 쭈뼛대는 뱅가드를 보며 굉장히 많은 사실을 배우는 척, 주위 유로파 팀의 자화자찬하는 수다를 못 들은 척 연기할 준비를 마쳤다.

그리그의 흉측한 잠수정이 가장 먼저 헤엄쳐 나타났다. 커다란 상자 같은 생김새였고 칠성장어의 입을 닮은 동그란 추진 장치는 꼭 이빨 난 항문 같았다. 어울리지 않게 가재 같은 집게발을 양쪽에 짝짝이로 달고 있었는데 그리그는 유로파의 얼음층 아래에서 표본을 수집하기 위한 설계라고 주장했다. 한번은 그 집게발이 어떤 표본들을 수집할 예정인지 물었다가—말을 건 내 실수였다—표본을 수집할 때 반드시 제대로 된 살균을 해야 한다는 강의를 삼십 분이나 들어야 했다. 내 질문과 아무 관련 없는 대답이었고, 저 인간이 내 연구 경험을 이제 막 곤충 채집을 시작하는 초등학생 수준으로 보고 있구나 하는 생각마저 들었다. 그가 만든 기계는 꼴도 보고 싶지 않았다. 멋대가리 없는 모습도 싫었고, 작동한다는 사실은 더 싫었다. 수행 가능한 과업이 몇 개뿐이라 해도 잘 해냈다.

하지만 깔끔한 원을 그리며 연구소 밖을 헤엄치는 로봇을 봤을 때 내가 느낀 감정은 질투가 아니었다. 그보다는 의심이었다. 우리가 올바른 길을 선택했을까 하는 의심. 내가 제기한 문제를 해결할 수 있을 만큼 뱅가드가 영리할까 하는 의심. 뱅가드를 해답으로 인도할 만큼 내가 똑똑할까 하는 의심.

잠시 후 뱅가드가 헤엄치며 나타났다. 수영하기 위해 물속에서 가장 좋아하는 형태인 장어로 변신했다. 뱅가드는 잔물결을 일으키며 그리그의 기계 주변을 우아하게 돌아다녔다. 너무도 아름답고 날렵했다. 매끈한 금속 비늘이 연구소의 조명을 반사해 꼭 어둠 속에서 일렁이는 불꽃의 춤을 보는 것만 같았다.

이전의 모든 테스트 수영처럼 뱅가드가 몸을 공처럼 말자 그리그는 잘난 척 킬킬 웃으며 내 신경을 자극했다.

"정말 *깜찍한* 공벌레야." 그리그가 말했다.

그때 포크로 찔러버렸어야 하는데. 나는 태블릿을 내려다보며 메모하는 시늉을 했다. 그러다 그리그의 대학원생 제자가 놀라서 숨을 들이마시는 소리를 듣고 다시 창문을 쳐다봤다.

뱅가드가 또 형태를 바꾸고 있었다. 단단한 공처럼 말았던 몸을 펼쳤다. 처음에는 사방으로 균등하게 뻗어나가더니 날카로운 각과 직선을 만들었다. 그리그의 기계와 나란히 수영하며 동작을 모방하는 중이었다. 잠시 후 깨닫고 보니 형태도 모방하고 있었다. 뱅가드는 그리그의 상자 같은 기계와 똑같은 모습으로 바꿨다. 집게발과 칠성장어 입 같은 추진 장치까지 완벽하게. 놀라운 모사였지만 오래가지는 않았다. 뱅가드가 계속 모습을 바꾸고 있었기 때문이다. 몸을 납작하게 펼치고 큰 가오리 같은 날개를 만들었는데 다른 로봇 위에 머물면서 펄럭이는 망토처럼 딱 붙어 수영했다. 그리그의 기계는 어떻게 반응할지 모르는 눈치였다. 집게발로 붙잡으려고도 하고, 피하려고도 하고, 이리저리 방향을 틀고 몸을 굴렸지만 뱅가드는 한순간도 뒤처지지 않았다. 두 로봇의 운동 능력 차이가 이렇게 명백해 보인 적이 없었다.

침묵을 지키던 그리그도 뱅가드가 자기 로봇을 감싸기 시작하자 입을 열었다.

"저게 뭐 하는 짓이야?" 그리그가 겁에 질린 고음으로 물었다.

나는 대답하지 않았다. 나도 몰랐으니까. 뱅가드는 이제 아이를 포근하게 감싸는 담요처럼 그리그의 기계 주위로 몸을 동그랗게 말았다.

"저게 뭐 하는 짓이야?" 그리그가 다시 말했다. "뭐 하는 거냐고?"

뱅가드는 다른 로봇을 감싸안았을 때처럼 빠르게 포옹을 풀었다. 다시 날개를 펼치고—이번에는 아래로 뛰어드는 새, 혹은 화살촉 형태를 취했다—저 멀리 헤엄쳐 갔다. 그리그의 기계는 몇 도 기울어지더니 방향 감각을 잃고 털털거렸다.

그러고는 얼굴을 아래로 하고 바다 밑바닥을 향해 곧바로 헤엄을 쳤다.

그리그 팀이 동시에 말을 시작했다. 로봇이 해저에 부딪히며 토사와 자갈이 솟아올라 창문 너머로 환한 빛을 뿜는 불투명한 먼지가 자욱하게 일었다. 어둠 속에서 처음 보는 각진 형태로 빠르게 움직이는 뱅가드가 언뜻 보였다. 중앙해령과 그곳에 있는 생물 군생지를 향해 가고 있었다. 며칠 동안 테스트에 실패했던 뱅가드가 드디어 자기 할 일을 하러 가고 있었다. 그것도 혼자 할 생각이었다.

"너 뭐 했어?" 그리그가 내게 따졌다. 허리를 굽혀 내 코앞에 얼굴을 들이밀고 시야를 차단했다. 나는 입에서 나는 커피 냄새와 분노의 말들을 피해 몸을 뒤로 뺐다. "*무슨 짓을 시킨 거야?*"

나는 굳이 대답하지 않았다. 말한다고 믿지도 않을 거면서. 나는 뱅가드에게 그런 행동을 가르치지 않았다. 경쟁자를 알아보고 제거하는 것 같은 과제로 훈련시키지도 않았다. 탐사 테스트를 하려면 그리그의 기계를 못 쓰게 해야 한다고 말한 적도 없었다.

내가 한 것은 나를 자랑스럽게 해달라는 말이 전부였다.

"말리."

아디사의 목소리가 회상을 깨뜨렸다. 숨이 막혔고 나는 빠르게 눈을 깜박였다. 먼 곳에 가 있었다는 사실, 과거에 빠져 눈물을 흘리기 직전이라는 사실이 드러나지 않기를 바랐다. 고통스러울 만큼 뱅가드가 그리웠지만 평소에는 팔다리의 불균형과 눈의 글리치처럼 그리움의 고통도 무시할 수 있었다. 메리 핑은 그 고통을 찾아냈고 새로 생긴 멍처럼 꾹 눌렀다.

"죄송해요." 내가 거친 목소리로 말했다. "그냥 생각 중이었어요."

순간은 데이비드의 메시지에 대해 아디사에게 털어놓을까 생각했다. 물론 피해자의 연락을 받았다고 인정한다면 나는 수사에 참여할 수 없었다. 증거를 숨겼다고 잘릴 위험도 있었다. 하지만 나는 지금 데이비드의 메시지를 머릿속에만 담아두고 우리가 알게 된 모든 정보와 연결하려 애쓰고, 다른 사람의 도움 없이 비밀의 비밀을 찾고 있었다. 그러다 보니 이곳에 있는 시간이 길어질수록 부담감이 점점 더 심해졌다.

"다음은 니타 헌터와 얘기합시다?" 아디사가 말했다.

충동은 사라졌다. 좋은 *직장이니까*. 아디사는 이곳 니무에에서 파르테노페의 감시와 통제를 받으며 일하는 것을 그렇게 표현했다. 아디사는 나를 도와주지 않을 것이다. 파르테노페 사람이 나를 도와줄 리 없었다. 그랬다가는 자신도 위험해질 테니까.

"네." 내가 말했다. "불러올게요."

열

니타 헌터 같은 눈은 처음 봤다. 아까 에어로크에서는 거리가 있어 몰랐는데 이제는 똑똑히 보였다. 부자연스럽게 새파란 눈은 크고 초롱초롱했고 속눈썹이 풍성했으며 눈시울이 눈물로 그렁그렁했다.

"무슨 상황인지 이해가 안 돼요." 헌터가 말하며 눈물을 닦고 떨리는 숨을 들이마셨다. 위에랑 상류층 억양이 휴고 밴 아렌동크보다도 또렷했다. "아무도 모른대요. 광학 어레이는 어떻게 된 거예요? 데이비드가 뭘 한 거예요? 감시 카메라에 뭐가 찍혔어요?"

"아직 조사하고 있습니다." 아디사가 말했다. "데이비드에 관해 몇 가지 물어보고 싶은 게 있어요."

"아, 정말. 데이비드가 죽었다니 믿을 수 없어요."

성형 수술로 눈물샘이 망가진 건지, 일부러 눈물이 과하게 흐르는 수술을 받은 건지 궁금했다. 눈이 더 환하고 촉촉해 보이게, 실제 나이인 스물한 살보다 어려 보이게 해달라고 요청했을까. 눈부시게 파란 눈이 더 반짝이게, 자유자재로 수도꼭지를 틀 수 있게 해달라고 했을까.

그렇다면 돈을 투자한 보람이 있었다. 그리고 어마어마한 액수가 들었을 것이다. 저 양쪽 눈과 빛나는 은발의 비용은 일개 파르테노페 소행성 광산 직원이 엄두를 못 낼 가격이었다. 하지만 니타 헌터는 돈 걱정을 할 필요가 없었다. 인사 파일에 따르면 성 헌터가 헌터 프리몬트의 헌터였기 때문이다. 헌터 프리몬트는 태양계에서 가장 큰 규모와 권력을 자랑하는 가족 기업으로 내행성계 산업 운송에 거의 독점권을 행사했다. 어머니 리어노라 헌터는 유전자를 조작한 위에량 후손들 중 하나였고 할아버지는 최근 임브리움 부시장으로 삼선에 성공했다. 니타 헌터의 상속 재산은 작은 궤도와 식민지 몇 개를 합친 것보다 많은 금액으로 예상되었다. 헌터 가문은 니무에를 당장 매입하지 못해도 파르테노페를 협상 테이블로 불러올 능력쯤은 있었다.

파르테노페의 공식 보고서를 재빨리 확인했다. 헌터 프리몬트는 니무에의 가장 막강한 투자자로 바데니아 조선소에도 상당한 지분을 가지고 있었다. 자신들의 운송 제국을 소행성대와 그 너머까지 확장하기를 바라는 야심이 훤히 보였다.

니타 헌터의 배경은 말도 안 되게 비싼 미용 성형을 할 수 있는 능력을 설명해 줬다. 하지만 태양계에서 가장 부유한 가문의 상속녀가 왜 니무에에서 로봇이나 수리하고 있는지 그 이유를 설명해 주지는 못했다.

“천천히 하세요. 데이비드는 어떤 사람이었나요?” 아디사가 물었다.

“좋은 사람이었어요. 비슷한 시기에 이곳에 도착해서 늘 한 팀 같았죠. 대화하면 재미있었어요. 다방면에 조금씩 지식이 있었거든요.”

“무슨 얘기를 했어요?”

“아, 전부요. 대부분 일이었죠. 데이비드는 로봇을 정말 천재적으로 잘 다뤘어요. 음악과 미디어에 대해서도 얘기했고요. 최근의 달 초현실주의를 데이비드보다 많이 아는 사람을 별로 못 봤어요. 내년에는 탠디 초베크 쇼를 보러 베스타로 같이 갈까 계획하고 있었죠. 인디 예술과 상업 작품을 비교하는 화제를 꺼내면 쉴 새 없이 떠들어대는 게 재미있었어요.” 헌터가 조금은 민망한 웃음을 지었다. “말싸움도 했죠. 하지만 다 재미있자고 하는 거였거든요? 지금 생각하니 유치한 싸움이었어요. 이런 얘기가 아무 도움 안 된다는 거 알아요.”

“둘이 친했어요?” 아디사가 물었다.

“그렇죠.” 헌터가 훌쩍이며 숨을 빠르게 들이마시고 코를 문질렀다. 그런 제스처를 보니 마치 열네 살 어린애처럼 보였다. “그런 식으로는 말고요. 그러니까, 네. 친구는 맞아요. 하지만 자거나 그러지는 않았어요. 다른 사람에게 그런 쪽으로 관심 있었는지는 모르겠어요.”

있었다. 과거에는. 여자, 남자, 논바이너리를 가리지 않고 아름답고 똑똑하고 잘 웃으면 누구나 사랑했고 상대도 데이비드를 사랑해 격정적인 로맨스에 휩쓸렸지만 관계는 빠르게 시작된 만큼 빠르게 끝났다. 하지만 뒤끝이 안 좋게 남는 경우는 드물었다. 돌연히 향수가 나를 덮쳤다. 너무도 쉽게 웃고 시시덕거리고 더 많이 웃었던 세월이었다. 주말이 지나고 출근하면 주말 동안 있었던 일을 들려주며 더 설레는 얘기를 요구하던 데이비드가 있었다. 심포지엄 참사는 내게서 그 인생을 빼앗아 갔다. 데이비드의 인생도 빼앗겼을지 모른다는 생각은 미처 하지 못했다.

"대원 중 누구와 갈등을 빚었던 적이 있나요? 데이비드에게 불만이 있는 사람은 없었어요?"

헌터가 단호히 고개를 저었다. "말도 안 되죠. 없어요. 다들 데이비드를 좋아했어요."

아디사는 계속 추궁했다. "불화나 싸움도 없었어요? 대수롭지 않아 보이는 것도요?"

"아니요. 없었어요. 생각하고 또 생각해 봤지만 대체 누가 데이비드를 해칠 마음을 먹었을지 떠오르지가 않아요."

그런데 왜? 아까부터 궁금했다. 시그라는 왜 우리가 수사를 시작하기도 전에 데이비드의 죽음이 개인적인 문제라고 주장했을까? 처음에는 따로 짐작 가는 인물이 있나 보다 생각했지만 점점 자신이 없어졌다. 다른 대원들이 개인적인 다툼이나 갈등이 없었다고 얘기하는 한 시그라의 주장은 말이 되지 않았다.

"우리도 그걸 알아내려고 해요?" 아디사는 헌터에게 몸을 기울이며 친절한 저음으로 말했고 얼굴에는 공감한다는 가면을 쓰고 있었다. 어린 헌터를 편안하게 해주는 효과가 있는 이 전략은 메리 핑과 대화할 때 보였던 의도적인 무관심과 너무 달랐다. "일 얘기를 할 때는 무슨 말을 했을까요?"

"음, 전부요. 그러니까, 우리는 다 여기 갇혀 있잖아요? 데이비드가 저를 많이 도와줬어요. 로봇을 정말 잘 다루더라고요. 저는 계약 근무가 처음이라 모르는 게 너무 많아요." 헌터는 숨을 들이마시고 등을 똑바로 폈다. 테이블에 손을 올렸다가 곧장 들고 다시 눈물을 닦았다. 사소하고 순진한 제스처를 보자 처음에는 분노가 솟구쳤고 이후에는 서글퍼졌다. 위에랑 본가가 어떤 곳이든 이렇게 먼 데까지 올 나이가 아니었다. "데이비드에게 갚을 빚이 정말 많아요. 제가 처음 왔을 때도 도와줬어요. 제가 처음에 괴롭힘을 당했거든요? 가족 때문에요. 다들 얘는 일도 똑바로 못할 거다, 아니면 무슨 뇌물을 써서 취직했다 그렇게 생각했어요." 헌터가 작은 소리로 날카로운 웃음을 내뱉었다. "웃기죠. 제가 왜 돈 주고 *이런* 일을 해요. 이걸 하고 싶을 리 없잖아요."

"소행성대 사람들은 참 자기 의견을 밝히는 데 스스럼이 없어요?"

"네. 신경 안 써요, 사실. 궁금하실 테니 그냥 말할게요. 제가 여기 온 건 가족이 원하는 인생을 살고 싶지 않았기 때문이에요. 다른 이유는 없어요. 그 이상도, 그 이하도 아니에요."

나는 그 말을 믿지 않았다.

"데이비드와 언제 마지막으로 대화했어요?" 아디사가 물었다.

"그날…… 그렇게 되기 전 밤이었어요. 저녁 시간에요. 데이비드는 별로 말이 없었어요."

"없어요? 왜요?"

"글쎄요." 헌터가 말했다. "신경 쓰이는 일이 있었던 것 같았지만 굳이 안 물어봤어요." 그러더니 슬픈 듯 목소리를 낮추고 속삭였다. "물어봤어야 하는데. 저는 그냥 바보 같은 말들을 했어요. 아스테리아에서 했던 하프리쿼드의 몰입쇼(관객이 참여하는 형태의 공연 — 옮긴이) 불법 복제본을 구해서 같이 보면 좋겠다 생각했거든요. 너무 슬프지 않아요? 마지막으로 했던 얘기가 바보 같은 콘서트였다니 믿기지 않아요. 무슨 문제 있냐고 묻지도 않고. 차라리 그때…… 모르겠어요."

"데이비드가 해서는 안 되는 일에 연루됐다고 생각할 만한 얘기를 듣거나 그런 모습을 본 적은 있었나요?"

헌터가 아랫입술을 잘근거렸다. 흥분감에 내 몸이 떨렸다.

"이제는 데이비드가 곤란해지지 않는다는 것 알지요?" 아디사가 친절하게 말했다. "뭘 하고 있었는지만 알면 돼요."

"저는 몰라요. 알았다면 말씀을 드렸겠죠. 정말이에요."

하지만 헌터는 우리를 보고 있지 않았다. 테이블을 응시하며 오래된 얼룩을 손가락 끝으로 따라 그릴 뿐이었고 온몸이 불편하게 굳었다.

"다른 대원은 어때요? 이런 기지에서는 약간의 불법 거래도 흔하다는 거 압니다."

"몰라요." 헌터가 다시 말했다.

아디사는 헌터가 말을 잇기를 잠시 기다렸다. 그래도 말을 하지 않자 작전을 바꿨다. "데이비드와 메리 핑은 어떻게 같이 일했어요? 조금 이상하죠? 이렇게 근무 인원이 적은 곳에 시스템관리자가 두 명이라니?"

헌터는 범죄 행위라는 주제에서 벗어나자 안도했다. "모르겠어요. 데이비드는 메리를 별로 안 좋아했던 것 같은데 심각하지는 않았어요. 데이비드 말로는 오버시어도 메리를 안 좋아한대요." 헌터는 짧게 어색한 미소를 지었다. "제 말은…… 무슨 뜻인지 아실 거예요. 오버시어에게 호불호가 없다는 건 데이비드도 알죠. 그냥 말이 그렇다는 얘기였어요."

"둘이 잘 맞지 않았군요?" 내가 말했다.

"데이비드는 메리가 친 사고나 진작 해결했어야 할 문제를 바로잡는 게 자기 하는 일의 반이라고 했어요."

"예를 들어서요?" 내가 물었다.

헌터는 고개를 저을 뿐이었다. "저야 모르죠. 로봇은 제 분야지만 오버시어에 대해서는 잘 몰라요. 데이비드는 메리가 허술하게 막 놓친다고 했어요. 오버시어가 포착하도록 훈련시켜야 할 것들 말이에요. 데이비드가 일 때문에 힘들어했던 것 같지는 않아요. 오히려 따분해 보일 때도 있었어요. 돌아다니면서 다른 사람들을 도와줬죠. 저도 많이 도와줬어요." 헌터는 짧게 어깨를 으쓱했다. "모르겠어요."

"데이비드가 아이올리아 사건에 대해 말한 적은 있나요?" 내가 물었다.

헌터가 얼굴을 찌푸렸다. "별로요. 그냥, 왜 있잖아요, 그 화제가 나왔을 때 다른 사람들이 얘기하는 정도만 했죠."

"화제가 나왔던 적이 있어요?"

"글쎄요? 웬만하면 다들 언급하지 않으려고 하죠. 너무 무겁잖아요."

나는 최대한 가벼운 말투로 물었다. "*심포지엄*은 어때요? 데이비드가 그 얘기는 했어요?"

헌터가 눈물 한 방울을 닦았다. "그…… 음, 테러 공격은 말고요. 그 얘기는 절대 안 했어요. 다른 사람들이 재판이나 뭐 그런 것들로 물어봐도요. 하지만 타이탄 프로젝트에서 진행하던 연구에 대해서는 가끔 얘기했어요. 저도 늘 듣고 싶었거든요? 데이비드는 천재 로봇 엔지니어잖아요. 데이비드에게 정말 많은 걸 배웠어요. 하지만 그게 전부는 아니었어요. 그보다는……." 헌터가 소매 끝을 당겼다. 그런 제스처 때문에 실제보다 훨씬 어려 보였다. "우리는 다 여기서 벗어나려 노력하고 있었을 뿐이에요. 계약을 지키고 할 일을 했어요. 다음에는 더 좋은 직장을 찾겠다는 생각도 좀 하고요."

태양계에서 가장 부유한 가문의 상속녀가 외행성계에서 고된 회사 일을 하며 산다는 말을 들으니 도무지 현실 같지 않았다. 가족의 내력을 알아서 거짓말처럼 들리는 건가? 아니면 말하는 방식에서 가식이 느껴지는 건가? 알 수 없어 답답했다. 일단 계속 얘기를 시켜봤다.

"하지만 데이비드에게는 더 큰 믿음이 있었어요." 헌터가 말했다. "그게, 음, 영적인 의미는 아니고요. 그런 건 절대 아니에요. 하지만 데이비드는 *심포지엄* 사고 이후로 자기가 정말 특별하고 중요한 걸 잃었다고 생각했어요. 가끔 그런 말을 하더라고요. 탐험하고 발견할 기회가 있었지만 이제는 사라졌다고요. 다시 시작할 마음이 있는지 몇 번 물어봤지만 그럴 때마다 데이비드는 너무 늦었다고 했어요." 헌터가 코를 훌쩍이고 촉촉한 눈으로 나를 봤다. "그런 생각을 하다니 참 끔찍하지 않나요? 누구든 너무 늦었다고 느끼면 안 되는 거잖아요."

데이비드가 이 외딴 돌덩어리에 갇혀 얼마나 외로웠을지 생각하자 숨이 턱 막혔다. 속마음을 털어놓을 상대가 이 어린애뿐이었다니. 이 아이는 너무 어렸다. 절대로 그의 심정을 이해할 수 없었다.

데이비드가 사망한 밤에 어디 있었는지, 누구와 있었는지 묻고 프로그래밍과 감시 시스템을 어느 정도로 아는지 물었지만 쓸 만한 대답을 얻지는 못했다. 헌터는 자기 침대에서 잠들었다. 아무와도 대화하지 않았다. 감시 카메라에 대해서는 잘 알지 못했다. 오버시어도 잘 몰랐다. 유지보수 로봇을 만들고 수리하는 것이 헌터의 일이었고 자기 일을 하고 싶을 뿐이었다. 데이비드가 죽었다는 사실을 믿을 수 없다고 했다. 헌터는 인터뷰 내내 울었다. 이렇게 어린 여자가, 성형한 눈과 반짝이는 머리카락을 자랑하고 끝도 없이 눈물을 흘리는 여자가 분노에 차 사람을 때려 죽였다고는 상상하기 힘들었다. 어떤 경우에든 분노를 느낀다는 상상이 되지 않았다. 그런 감정을 느끼기에는 사람이 너무 여려 보였다.

다음으로는 연료 기술자이자 데이비드와 친구였던 미겔 베라를 인터뷰했다. 지구 출신인 베라는 대서양 중앙의 노마드족이었던 내 억양을 곧바로 짚어냈다. 그도 돈을 충분히 모으면 지구로 돌아갈 예정이라 했다. 자극은 지나치고 수면은 부족한 사람 특유의 과민한 긴장 상태로 말을 했다.

"미쳤죠. 우리 중 한 사람이 이런 짓을 했다니 못 믿겠어요. 이런 데서 누가 살인을 해요. 뭔 의미가 있어요? 우리 다 조금만 삐끗하면 당장 죽음인데."

"최근에 데이비드가 누구를 화나게 한 적 있나요? 싸움은요?" 아디사가 물었다.

베라는 고개를 저었다. "아이, 없어요. 말도 안 돼. 그럴 이유가 없어요. 데이비드 때문에 짜증 났던 사람들도, 뭐, 진짜로 짜증 낸 게 아니라니까요?"

"어떤 종류의 짜증이었지요?"

"별거 아니에요. 거지 같은 음악 취향 때문이죠. 아, 진짜, 그렇게 보지 마요." 베라가 재빨리 긴장된 미소를 지었다. "그게, 일은 잘했어요. 그러니까, 정말 잘했거든요? 그래서 가끔은 지루하다고 다른 사람들 일에 참견하기 시작했어요."

"어떻게요?" 내가 물었다.

"한번은 옛 해군 기지로 통하는 막다른 관에서 연료가 샌다고 이주 동안이나 난리 난리를 치더라고요. 거기는 오버시어가 관리하지 않거든요. 존재하는지도 모를걸요. 지도에 빈 공간으로나 알지. 알아둘 기능도 남아 있지 않고요. 그런데 데이비드는 직접 보고 싶다고 했어요."

"그랬어요? 가서 연료관을 확인했어요?" 내가 물었다.

베라는 어깨를 으쓱했다. "모르죠. 설마요. 그럴 이유가 없어요. 오버시어가 왜 빈 기지로 연료와 전력을 보내겠어요. 연료가 새도 다른 곳 문제겠죠."

"데이비드가 묻고 다니던 다른 문제들에는 뭐가 있었어요?"

"생각해 볼게요. 아, 맞아, 화물 목록에 오류가 있다고 네드를 그렇게 괴롭혔어요. 이 정도 시설에 오류가 없겠냐고요. 아무도 신경 안 쓰는데, 데이비드는 사람이 그랬어요."

나머지 대원들도 비슷한 말을 했다. 인망이 두터웠다. 일을 잘했다. 모두와 잘 어울렸다. 사소한 불평, 가벼운 다툼, 직장에서 흔한 갈등은 있었지만 누구와 싸우거나 누구에게 원망을 품지는 않았다고 했다. 데이비드나 다른 대원이 불법스러운 일에 연루되었다고 생각한다는 사람은 단 한 명도 없었다.

용광로 엔지니어인 소냐 발타자르는 데이비드가 소행성을 관통해 오백 미터 폭의 터널을 뚫는 법도 모르면서 자꾸만 광산으로 내려와 일에 트집을 잡자 시그라에게 개입해 달라 요청했다. 시그라가 데이비드를 나무랐지만 별 효과는 없었다.

"너무 위험해요." 발타자르는 손가락으로 테이블을 두드리며 각 음절을 강조했다. "그런데 데이비드는 신경 안 쓰는 것 같더라고요. 뭘 찾고 있는지도 알려주지 않았고요. 솔직히, 알아낼 새도 없었어요." 발타자르는 의자에 다시 기대앉아 가슴 앞에 팔짱을 꼈다. "데이비드가 싼 똥을 처리할 시간은 없어요. 이럴 시간 없다고요."

지질학자 라쇼나 멜렌데즈는 데이비드가 분석실에서도 여러 번 같은 행동을 했다고 진술했다. 하지만 멜렌데즈는 원치 않는 방해를 받았다 해도 스스로 해결할 수 있어 시그라에게 굳이 달려가지는 않았다. 도킹 및 화물 기술자인 네드 델리카타는 화물 목록이 일치하지 않는다고 데이비드가 귀찮게 군 것이 사실이라고 했다. 하지만 오류의 원인이 전부 다른 곳에 있었기 때문에 곧바로 돌아서서 파르테노페에 귀찮은 일을 떠넘겼다고 덧붙였다. 데이비드와 절대 싸우지 않았다고 했고, 스스로 생각하기에 동료들이 살인자일 수 있는 이유를 신나서 장황하게 설명했다. 저마다 사용했을 살인 도구가 무엇인지, 숨기고 있을 과거의 비밀이 무엇인지에 대해서도 얘기했다.

"우리는 자기 몸을 방어할 권리도 없어요." 델리카타는 테이블 위로 몸을 기울이고 나는 대체로 무시한 채 아디사에게만 말을 걸었다. "최소한 그거라도 있어야 하잖아요. 하지만 빌어먹을 당신 족속들 때문에 웬 사이코가 난리를 칠 때마다 아무것도 못 하고 여기 처박혀 있죠."

아디사는 전쟁이 끝난 후 군축조약이 나올 수밖에 없었던 진짜 이유를 지적하지 않았다. 굶주리고 절박했던 화성의 반란군이 아니라 압도적인 힘을 가진 지구연합 해군이 무기를 사용했기 때문인데. 그 대신 고개를 살짝 기울이며 화성인 말투를 숨기려는 시도도 하지 않고 말했다. "프루센코가 자기방어를 할 수 있었어야 한다고 생각하는 거예요?"

"우리 안전을 지켜주는 게 겨우 당신네 보안 어쩌고 하는 인간들만 아니었어도 상황이 달라졌을 겁니다."

"그렇다면 누가 범인이라고 생각해요? 살인의 특성을 고려해서요?"

델리카타는 주저하지 않았다. "헌터죠. 사랑싸움이에요. 부잣집 애들이 원하는 걸 갖지 못할 때 어떻게 하는지 알잖아요."

"그래요? 뭘 원했는데요?"

델리카타는 어리둥절한 표정으로 말했다. "걔한테 직접 묻지 그래요?"

아디사는 도와줘서 고맙다고 인사한 후 다음 직원을 들여보내 달라 요청했다. 델리카타는 여전히 시뻘게진 얼굴로 자리를 박차고 나갔다. 나는 조금 더 자세히 알아보기 위해 델리카타의 이름을 직원 명부 위쪽으로 올렸다.

전기 엔지니어 케이티 킹은 데이비드에게서 전원 서지의 원인을 파악하기 전까지 가동이 중지된 송신기를 수리하지 말라는 조언을 들었다고 했다. 하지만 데이비드가 뭘 숨기고 있었다는 사실은 전혀 몰랐다고 재차 맹세했다. 설비 엔지니어 빗시 디트리히 윤은 데이비드의 음악 취향에 관해 베라와 의견이 달랐지만 데이비드가 자기 몫이 아닌 업무를 찾아다녔다는 다른 대원들 말은 사실이라고 확인해 줬다. 한 달 전쯤 데이비드는 화물 적재기 일부의 재프로그래밍을 도왔고 내일이나 모레에 디트리히 윤과 만나 추가로 수리할 예정이었다. 채굴 엔지니어 아이번 돌린은 데이비드가 가끔 기지의 금지 구역을 돌아다녔다는 발타자르의 증언을 확인해 줬다. 하지만 다들 그랬듯 별일 아니라고 생각해 신경 쓰지 않았다. 광산에서 보내는 길고 지루한 근무 시간 중 이 기계, 저 기계 고치다가 데이비드가 내려오면 반가운 마음이 들었다. 휴식 시간에는 같이 카드놀이를 할 때도 있었다.

우리가 인터뷰한 사람들 모두 대놓고 겁을 내지는 않았어도 불안하고 초조한 태도를 보였다. 약간의 가설, 약간의 의심을 제기할 뿐 데이비드가 왜 죽임을 당했는지 안다고 인정하는 사람은 없었다.

마지막 대원까지 방에서 나가고 아디사는 피곤한 듯 어깨를 돌리고 목덜미를 문질렀다. "전 태양계에서 가장 도덕적인 기지이거나 다들 범죄에 엮일까 봐 두려워서 앞을 못 보거나 둘 중 하나네요. 시그라도 마찬가지고요."

"데이비드가 뭘 했든 데이터에 나와 있을 거예요. 살펴볼 시간만 있으면 됩니다. 접근 권한도요." 실제보다 확신에 찬 목소리로 들리기를 바랐다. 나는 인터뷰를 통해 수사의 방향이 보이리라 예상했다. 내부의 갈등이나 불법 거래의 흔적, 수상한 계약에 대한 의혹이 나올 줄로만 알았다. 하지만 우리가 알게 된 사실이라고는 데이비드가 어떤 일을 했든 혼자만의 비밀로 간직했다는 것뿐이었다.

아디사가 테이블을 두드렸다. "휴고가 본부에서 들은 정보가 있을지도 모르죠."

휴게실에서 고성이 들렸다. 우리는 벌떡 일어나 문으로 향했다. 분노한 니타 헌터의 고음이 울려 퍼졌다. "무슨 짓을 한 거야? 무슨 짓을 했어?"

아디사와 주방에서 나와 보니 헌터가 막 휴게실로 들어오던 메리 핑에게 달려들고 있었다. 핑의 작업복 앞섶을 움켜쥐고 핑을 벽으로 떠밀었다. 핑의 머리가 부딪치며 퍽 소리가 났다.

"그 사람이 무슨 잘못을 했길래?"

가장 가까이 있던 아이번 돌린이 헌터의 어깨를 잡고 뒤로 당겼다. "얘가 왜 이래? 그만해."

헌터는 돌린을 무시했다. 오직 핑만 보고 있었다. 한 손으로 핑의 멱살을 쥐고 반대쪽 손으로 세차게 뺨을 때렸다.

"왜? 말을 해! 왜 죽였어?"

"알았어요." 아디사가 달려갔고 헌터가 핑을 다시 때리기 전에 손목을 낚아챘다. 아디사는 헌터의 손가락을 핑의 옷에서 떼어내고 돌린의 도움을 받아 헌터를 잡아끌었다. "물러나시지요? 이러지 맙시다."

"당신일 줄 알았어." 헌터의 목소리에는 울음이 섞여 있었다. "당신인 거 다들 안다고."

"내가 방으로 데려갈게요." 돌린이 헌터의 어깨를 감싸며 말했다.

다른 대원들은 입을 떡 벌리고 의자에서 반쯤 일어난 채로 휴게실에서 나가는 두 사람의 모습을 바라봤다. 모두의 얼굴은 부끄럽지만 재미있다는 표정과 진심으로 두렵다는 표정 사이에 있었다.

시그라가 와 있는지 몰랐는데 문가에서 목소리가 들렸다.

"이러지 말자." 시그라가 말했다. 목소리가 단호하고 쩌렁쩌렁 울렸다. "알겠어? 이러지들 말자고. 우리 기지답지 않아. 우리는 서로를 비난하지 않는다. 서로를 의심하지도 않을 거고. 우리는 보안팀에게 수사를 맡기고 업무에 복귀한다. 알겠나?"

무거운 침묵이 방 안에 내려앉았다. 대원들 중 누구도 반응하지 않았다.

"알겠냐고?"

알겠다고 중얼거리는 소리가 들렸다. 사람들이 눈을 가늘게 떴다. 한두 명은 고분고분 고개를 끄덕였다.

이 와중에 메리 핑은 아무 말도 하지 않았다. 식탁 끝에 앉아 셔츠 앞의 주름을 펴고 조심스럽게 뺨을 만졌다. 맞아서 하얀 피부에 붉은 손자국이 남았다. 핑은 주방 입구 앞에 서 있는 나를 봤다. 찰나의 순간 부드러운 미소를 짓고는 고개를 돌렸다.

열하나

대원 인터뷰가 끝났을 무렵에는 날이 거의 다 저물었고 우리는 다 같이 앉아 뭔지 모를 식물 단백질을 지나치게 달고 끈적거리는 소스에 적신 음식과 컵라면으로 영 사기 충전이 되지 않는 식사를 했다. 나는 식판을 얼른 비우고 직원 숙소를 둘러보기 위해 슬그머니 자리를 떴다.

긴 복도 중간쯤에 데이비드의 방이 있었다. 보안 접근 코드를 입력하니 문이 열렸다.

휑한 방에서는 사람 사는 냄새가 나지 않았다. 기본 지급된 작업복과 작업화 말고는 옷가지도 별로 없었다. 데이비드는 기지 매점에서 베개나 이불도 추가로 구입하지 않았다. 내가 기억하는 데이비드의 예전 집들과 너무도 달라 가슴이 욱신거렸다. 과거의 데이비드는 모든 삶의 조각에 둘러싸여 살았다. 조카들이 만든 보석, 여행에서 찍은 사진과 영상, 여가 시간에 뚝딱뚝딱 만들어 훈련시킨 작은 로봇들까지. 연구소는 정돈된 소용돌이라고 할 수 있었다. 데이비드는 필요한 물건이 어디 있는지 매번 정확히 알았다.

알 수 없는 이유로 코츠월드에 있는 오빠의 집이 떠올랐다. 문이 낮고 거대한 나무 대들보가 떠받치는 낡은 시골집에 가면 싱크대에는 찻잔이, 사방에 애들 장난감이 있었다. 이렇게 잡동사니가 많으면 미쳐버릴 거라는 내 말에 오빠는 늘 같은 말을 했다. 원하면 대신 청소 좀 해주든가. 그동안 애들 데리고 놀이터에 있을게. 솔직히 말하면 그 집을 좋아했다. 오빠와 조카들이 그곳에 정착해서 좋았고, 문이 삐걱거리기는 해도 소리가 크지 않아 헤스터 고모 왔다고 꺅꺅대는 마이클과 르네 소리를 들을 수 있어 좋았다. 어린 피비도 곧 있으면 언니 오빠와 함께 소리를 지르겠지. 하지만 피비는 고모를 몰랐다. 아마 평생 모를 것이다. 해 질 녘 부엌에서 맛있는 음식 냄새가 진하게 흘러나오는 동안 막내 조카가 내 이름을 부르는 소리를 나는 죽을 때까지 알지 못하리라.

그 순간은 오빠가 보낸 이번 편지에 진심으로 답장하고 싶었다. 데이비드에 대해 말하고 싶었다. 별다른 진전이 없다는 말을 들을까 봐 두려워 병원 진료를 계속 미루고 있다는 말도 하고 싶었다. 내가 얼마나 많은 빚을 갚아야 하는지, 메시지와 영상을 보내고 지구와 연락할 때마다 돌아갈 날이 얼마나 멀어지는지 알려주고 싶었다. 오빠의 이런 말도 듣고 싶었다. 다 괜찮다고. 먼 곳으로 떠난 내가 그립다고. 내가 이토록 달라지고 망가지고 외로워졌다 해도 괜찮다고.

수도원 같은 이 방이 데이비드의 방이라고 표시하는 물건은 벽에 붙은 지도가 전부였다. 기록보관소급 품질의 폴리머에 인쇄한 옛날

지도를 검은색 절연 테이프로 금속 벽에 붙여놓았다. 선명한 색과 패턴과 빛으로 지형을 표현한 타이탄 지도였다. 데이비드는 *심포지엄*에서도 똑같이 생긴 지도를 침상 바로 위에 붙여뒀다. 그렇게 하면 매일 밤 보면서 잠들 수 있으니까.

*심포지엄*이 화성의 궤도를 지났을 때 모든 승무원과 탑승객은 우리 여행에서 큰 산을 넘었다는 의미로 성대한 파티를 열었다. 사고를 당하기 전에도 딱히 생각한 적 없던 기억이 지금 갑자기 선명하고 생생하게 떠올랐다. 크리스틴 허드가 또 연구소에 갇히는 바람에 잠시 축제 분위기가 깨졌다. 항해를 시작한 후 세 번째, 크리스틴이 프로젝트에 합류한 후로는 벌써 일곱 번째였다. 상처받고 뚱하게 구는 크리스틴의 반응에 우리는 웃었다. 무신경한 행동이었지만 우리가 웃은 이유는 크리스틴이 절대 웃지 않았기 때문이었다. 나중에 크리스틴이 우리에게 한 짓을 당할 만큼 잔인하게 군 적은 없었다.

그날 나는 어질어질 취해 데이비드의 숙소에서 자게 되었다. 좁은 벙커침대에서 데이비드 옆에 누워 우리가 탐험할 곳들을 손가락으로 가리켰다. 웃고 대화하고 계획을 했다. 그날 밤 우리는 옷을 다 입은 채로—우리 우정은 절대 성적인 선을 넘지 않았다—어깨와 몸 옆을 대고 나란히 누워 늘 굶주리듯 갈망하던 미래를 계획했다. 따스하고 친밀하고 편안한 느낌이었다. 이런 생각을 했던 기억이 난다. 어쩌면 소리 내어 말했을지도 모르겠다. 아무도 몰랐던 세계를 접할 수만 있다면 오랜 노력, 모든 희생, 눈물 섞인 작별 인사마저도 가치 있었다고.

우리가 얼마나 행복했는지 기억하니 갈비뼈 사이에 칼날이 꽂힌 듯 아팠다.

뒤편 바닥에 쩍쩍 붙는 게코 부츠 소리가 났다. 돌아보니 아디사가 문가에 와 있었다.

"이미 수색했어요." 그가 말했다. "아무것도 없어요. 밀수품도 없고. 밀주 같은 것도 없네요."

"알아요." 내 목소리가 거칠었다. 눈을 빠르게 깜박이고 작고 휑한 방을 둘러보는 시늉을 했다. 아디사 앞에서는 눈물로 빨개진 눈을 보이고 싶지 않았다. "그냥 보고 싶은 게 있어서……."

어떻게 살았는지. 어떻게 변했는지. 마땅히 설명할 방법이 없었다. 이 방에는 아무것도 존재하지 않았다.

무슨 말을 하려는 듯 아디사의 목에서 소리가 났다. 순간 *위로*를 할지도 모른다는 섬뜩한 생각이 들었다. 그런 말은 차마 견딜 수 없었다.

불편한 표정이 드러났는지 아디사는 이렇게만 말했다. "류가 검시에서 뭘 찾았다고 해요? 설명하고 싶다는군요."

"네. 알겠습니다." 나는 아디사를 따라 몇 발짝 가다 멈췄다. "잠시만요."

아디사가 돌아봤다. "네?"

"아이올리아에서는 무슨 일이 일어났던 건가요?" 대답이 없자 내가 말을 이었다. 긴장해서 말이 두서없이 나왔다. "검색하거나 보고서를 읽거나 하면 된다는 거 알아요. 그런데…… 데이비드가 죽기 전 그 사건에 대해 읽고 있었어요. *심포지엄*에 대해서도 읽었고요. 또 선샤인 프로젝트인지 뭔지에 대한 정보도 찾고 있었어요. 이 세 가지를 죽기 직전에 한 거예요. 메리 핑도 분명 우리를 자극하고 있었고요." 그래서 성공했지. 하지만 그 생각은 혼자만 간직했다. "그날 *심포지엄*이 뉴스에 나왔으니 단순한 우연일지도 모르지만……."

"프루센코가 연관성을 발견했다고 생각해요?"

"그랬을지도 모릅니다." 왼쪽 골반의 통증이 심해져 덜 아픈 쪽으로 자세를 바꿨다. 앉아야 했다. "아이올리아도 테러 공격이었죠? 바이러스가 오버시어에 침투해서요."

아디사는 마른세수를 했다. "네, 맞아요. 아이올리아도 광산이었지만 이곳 같지는 않았어요. 더 낡았죠. 작업 규모가 컸고 십이 년인가 십오 년째 운영 중이었어요. 업무는 대부분 외부에서 이뤄졌고요. 광산에서 그게 어떤 의미인지 알아요?" 나는 고개를 저었다. "더 위험하고 더 많이 지켜봐야 한다는 뜻이에요. 그래서 더 많은 직원이 필요하고요. 그냥 돌을 부수고 구멍 뚫는 사람만 보낼 수는 없잖아요? 서른 명이 현장에 배치됐고 도킹 스테이션을 업그레이드하는 임시직으로 서른 명이 더 왔어요. 회사는 그게 보안에 위협이 된다고 생각하지도 않았어요."

"사람이 오버시어에 바이러스를 넣는 게 어떻게 가능하죠?"

불가능해야 정상이었다. 파르테노페가 오버시어와 오버시어의 설계를 철통 감시 하는 이유도 그래서였다. AI를 감염시키려면 뇌에 직접 접근하는 방법이 가장 쉽겠지만 아무나 할 수 있는 일이 아니었다. 구체적인 이유가 있는 시스템관리자만이 AI에 직접 접근할 수 있었고 그것도 특수한 경우에만 가능했다. 시스템실의 잠긴 문을 떠올렸다. 밴 아렌동크와 내게는 열어도 된다는 허락이 떨어지지 않았던 그 문. 데이비드가 그 문을 통과한 적 있을지 궁금했다. 메리 핑이나. 이따가 물어봐야겠다.

내가 더 질문했다. "기지 사람이었나요?"

"끝까지 못 알아냈어요." 아디사가 인정했다. "그랬다 해도 이제 죽었잖아요?"

"바이러스가 뭘 한 거죠?"

"오버시어가 스스로 작동을 멈출 때까지 연속으로 시스템 장애를 일으켰어요."

"스스로 작동을 멈췄다고요? 하지만 그건…… 그러면 안 되잖아요. 어떻게 그게 가능해요?"

아디사는 어깨를 가볍게 으쓱하고 한 손으로 모호한 손짓을 했다. "메리 핑에게 물어봐요. 이후에 사고를 조사한 사람이니까. 직원들이 구조 신호로 도움을 요청했지만 히기에이아는 심각하게 여기지 않았어요. 그러다 화물선이 도착했을 때는…… 너무 늦었어요. 물 재생 시스템, 공기 조절 시스템이 망가졌으니 불이 났을 때 도저히…… 우리는 ID 칩으로 사망자 신원을 확인해야 했어요. 육십 명이나. 며칠이 걸렸죠."

상상하고 싶지 않았다. 나는 지난 몇 년간 불이 인간의 몸에 할 수 있는 짓을 상상하지 않으려 너무 많은 시간을 허비했다. 밀폐된 우주선이나 기지에 갇힌 사람은 얼마나 무력한지. 시신 하나하나 신원을 확인하는 작업은 고통스럽고 잔혹했을 것이다. 상상하고 싶지 않았지만 이미지들은 내 머리에 있었다. 어두운 복도에서 검게 타 뒤틀린 시체들. 익은 살과 녹은 고무의 냄새를 풍기는 연기. 번쩍이는 빛. 경보음. 경보음은 내가 *심포지엄*에서 들은 소리였다. 복도는 내가 *심포지엄*에서 본 복도였다. 나는 아이올리아가 어떻게 생겼는지 몰랐다. 상상하면 니무에의 복도, 이곳과 같은 방, 데이비드가 남기고 간 이 침대만 떠올랐고, 그 생각을 하니 너무도 거대한 공포감이 밀려와 숨을 쉴 수 없었다.

"그걸 알고 싶었던 거예요?" 아디사는 지독히도 불편해 보였다. 아예 묻지 말 것을 그랬나. 나는 알고 싶었지만, 알아야 했지만 그 말을 억지로 하게 만들었다는 느낌은 사라지지 않았다. 그냥 보고서를 읽을걸.

"자기가 했다고 주장한 사람은 없었어요?" 내가 물었다.

"없어요." 아디사는 무슨 말인가 하려다 마음을 바꾸고 고개를 살짝 저었다. "조사해 볼 가치는 있겠죠. 갑시다. 류가 기다려요."

아디사가 나갔다. 나도 따라서 나가기 전 데이비드의 방을 한 번 더 둘러봤다.

타이탄 지도를 제외하면 텅 비어 있어 다른 사람의 숙소라 해도 이상하지 않았다. 히기에이아에 있는 내 방이라 해도 무방했다. 그만큼 아무 흔적 없고 당장이라도 버리고 떠날 수 있는 방이었다. 약하고 우중충한 불빛에 지도의 색과 대비도 흐릿해졌다. 나는 방에서 나와 문을 잠갔다.

양호실은 주방과 식당 옆의 좁은 방이었고 과거 우주선의 안쪽 선체였던 굴곡진 벽에 붙어 있었다. 과연 이런 배치가 위생적으로 괜찮을까. 재가열한 음식 냄새가 얇은 벽을 통과해 들어오고 있어 더 의심스러웠다. 몇 달 동안 장기를 수선하고 신경을 재배치하는 치료를 받으며 가장 흥미로웠던 부분은 변화한 내 몸이 참을 수 없는 냄새와 맛에 대한 새로운 의견을 제시했다는 점이다. 내 속을 가장 많이 뒤집어 놓는 음식은 바로 싸구려 장기보존 식량이었다. 우주에서 그런 음식을 먹으며 연명해야 할 사람에게 참으로 고맙고 반가운 변화였다.

이제는 살짝 달콤한 부패 냄새도 목록에 추가되었다.

좁은 양호실로 들어가니 침대 하나를 사이에 두고 캐비닛이 양쪽으로 늘어서 있었고 사방이 티 하나 없이 청결했다. 아디사와 밴 아렌동크가 먼저 도착해 침대 한쪽에 섰고, 류는 침대머리 쪽의 스툴에 앉아 있었다. 마지막으로 내가 엉거주춤 들어와 문을 닫았다.

데이비드가 침대에 누워 있었다. 피부가 밀랍 같고 창백했다. 류가 피를 닦았지만 상처는 그래서 더 섬뜩해 보였다. 온전한 눈 한쪽은 감겨 있었다. 속눈썹이 참 하얗다고 생각했다. 숱이 빠지고 있는 머리카락이 너무도 가늘었다. 햇빛을 받았을 때 머리카락이 은은한 금색으로 빛났던 기억이 났다. 지금은 색깔이 다 빠져 보였다.

"꽤 건강했어요." 류가 말했다. 목소리는 거칠었고 움직임은 조금 불안정했다. 머리 위의 조명 때문에 창백한 피부와 점점 진해지는 멍도 강조되었다. 류는 시체 검시를 할 사람이 아니라 당장 누워야 할 사람처럼 보였다. "딱 예상 가능한 정도의 건강 상태예요. 방사선과 뼈 관련 약도 계속 먹었고, 저항 운동도 꾸준히 했어요. 중독 없음, 정신 건강 평가에 주의 표시 없음. 의사가 유일하게 주시한 부분은 폐였어요." 류가 사과하듯 내 쪽으로 시선을 힐끗 돌렸다. "심포지엄 사고로 폐에 상처를 입고 폐활량이 떨어졌지만 본부에서는 기지 배치가 불가능할 정도로 심각하지는 않다고 판단했네요."

화물실 폭발로 화재가 발생하고 불길이 *심포지엄*의 공기 조절 시스템으로 걷잡을 수 없이 번지며 뜨거운 공기가 숙소 구역을 뒤덮었다. 데이비드의 폐에 난 상처는 호흡 때문이었다. 생존하려고 노력했기 때문에. 나도 같은 상처가 있었다.

"폐활량이 떨어져 죽은 게 아니잖아." 밴 아렌동크가 말했다. "실제로 쓸 만한 정보는 뭔데? 저 인간들 지금 하나같이 예민해져 있어서 우리가 여기 있는 동안 서로 죽이려고 들지도 모르겠단 말이야."

류는 기가 차다는 표정을 숨기려고 하지도 않았다. "네, 네, 알겠습니다. 사인은 예상대로예요. 둔기로 수차례 강타당한 거죠. 보시다시피. 하지만 한 가지 이상한 점이 있어요. 소매를 봐요."

류가 스툴에서 내려와 데이비드의 손 하나를 들어 올렸다. 에어로크에서는 몰랐는데 이제 보니 작업복 소매의 손목 부분을 부드러운 연노랑 고무줄로 단단하게 고정했다.

"발도요." 류가 말했다.

똑같지만 더 큰 고무줄이 바지도 다리에 고정했다.

"우주복을 입을 준비를 했다." 아디사가 말했다.

류가 고개를 끄덕였다. "그렇게 보여요. 저도 아까 헤스터와 같은 과정을 거쳐서 알아본 거죠."

데이비드의 옷은 진공 슈트를 더 편하게 입기 위해 팔과 다리 부분을 고정한 상태였다. 아까 류와 내가 관리탑을 올라가기 위해 입어야 했던 진공 슈트는 언제 입어도 몸에 잘 맞지 않았고 옷이 안에서 어색하게 말려 올라가기 일쑤였다.

"밖으로 나갔나? 우리가 그걸 왜 몰랐지?" 밴 아렌동크가 물었다.

"아니요." 내가 얼른 말했다. "에어로크가 감압된 적 없습니다. 바깥쪽 해치는 계속 닫혀 있었어요."

"정전 중에도?"

나는 고개를 끄덕였다. "네. 그날은 에어로크가 감압된 적 없어요. 몇 주 전 기록된 정비 점검 이후로는요."

"그러니까 밖에 나갈 준비를 했다는 거지요?" 아디사가 말했다. "슈트는 가지고 있지 않았는데."

"다른 사람이 가져다주기로 했을까요?" 류가 의견을 냈다.

"밖에 뭐가 있죠?" 아디사가 답을 기대하며 나를 봤다.

나는 당황해서 눈을 깜박였다. "저는, 음, 글쎄요. 확인해 볼게요. 시그라 대장 말로는 밖으로 나가는 목적은 대개……."

"화물 운송 시스템의 정기 점검이죠. 하지만 그 말이 사실인지 확인해 봅시다? 누가, 얼마나 자주, 왜 사용하는지."

"네. 기록에 있을 겁니다."

"슈트도 찾아야 해요. 재활용장이나 소각장에서요. 창고부터 시작합시다." 아디사가 말했다. "휴고, 본부에서는 알아낸 거 있어?"

"있기는 개뿔." 밴 아렌동크가 말했다. "얼굴 구기고 뭐라 뭐라 하는데 자기들은 아무것도 모르니까 다른 데 가서 물어보래."

"시그라 앉혀놓고 더 얘기하게 겁 좀 줘봐."

"아, 이제는 심문까지 도와달라?" 밴 아렌동크가 말했다. "그것 참 영광이네. 스케줄 확인해 보고."

"협조하지 않으면 법적으로 조치한다고 협박하란 말이야. 네 특기잖아." 아디사가 문으로 돌아섰다가 멈췄다. "니타 헌터에 대해서는 아는 거 있어? 왜 여기 와 있는지?"

밴 아렌동크가 웃었다. "내가 그걸 어떻게 알아. 자기 엄마 돈줄에 묶여 있지 않다는 걸 증명하려고 독립했겠지. 그런 집들에서 흔히 있는 통과 의례야. 자기가 상상하는 독립심을 어설프게 발휘하는 거지. 집을 나가서 은혜 모르는 화성 독립군을 자발적으로 변호하는 친구도 있고, 질릴 때까지 몇 년간 록 힙합을 하러 뛰쳐나간 친구도 있고. 돈 떨어지면 위에랑으로 기어들 거야."

"헌터로 살면 참 좋겠네요." 류가 건조하게 말했다.

나는 동의하고 싶었다. 눈을 굴리고 고개를 끄덕이고 싶었지만 불공평하다는 생각밖에 들지 않았다. 참 지랄맞게 불공평했다. 니타 헌터는 언제든 이곳을 떠날 수 있었다. 하지만 내가 파르테노페 영역 밖으로 한 발짝만 나가도 우리 가족은 다음 몇 세대까지 파산한다. 내 인생도, 업무도, 시간도, 심지어 팔다리도 이제는 내 것이 아니었기 때문이다. 니타 헌터나 휴고 밴 아렌동크에게는 너무도 쉽게 풀리는 인생이 우리 같은 사람들에게는 더없이 불공평했다. 불가항력의 사고로 인생이 망가진 우리 앞에 좋은 길, 안전한 선택은 없었다. 더 괴로운 선택과 덜 괴로운 선택이 존재할 뿐이었다.

"헌터 프리몬트를 위해 일할 가능성은 없나?" 아디사가 말했다.

밴 아렌동크는 그 말을 생각해 봤다. "자기 딸을 스파이로 고용할 만큼 리어노라가 어설픈 사람이 아닌데. 그런 일에는 철저하게 검증한 전문가를 쓰지. 하지만 그런 질문은 우리 현명하신 조사관님이 당사자에게 직접 물어봐야 하지 않을까."

"그런 것 같네, 그래." 그런 다음 아디사는 류를 똑바로 쳐다봤다. "이제 가서 좀 쉬어요."

"하지만 저는……."

"쉬라고." 아디사가 말했다. "남는 침대를 찾아요. 명령입니다. 말리 보안관은 나와 쓰레기 뒤지게 창고에서 만나요."

아디사와 밴 아렌동크가 떠난 후, 류가 인상을 쓰고 말했다. "난 괜찮아. 아직 여기 일도 안 끝났는데."

"안 괜찮아 보여." 내가 말했다. 얼굴로 흘러내린 류의 머리카락을 쓸어 올리고 다친 코와 멍 든 눈을 더 자세히 살폈다. "거지처럼 생겼어."

"와, 과찬이십니다, 말리 보안관님." 잠시 나를 쏘아본 류는 데이비드의 시신 위로 손을 뻗어 시체 가방의 반대쪽을 쥐었다. "현장 수사는 이번이 처음이지?"

내가 손을 내렸다. "그게 무슨 상관이야?"

"피해자는 아는 사람이고."

"그래서?"

조금은 길다 싶은 정적을 깨뜨리고 류가 말했다. "아무것도 아니야."

"뭐가 아무것도 아닌데?" 내가 물었다.

"별일 아니야. 신경 쓰지 마."

"아니, 그러지 말고, 뭐냐고?"

류는 한참을 나를 쳐다봤다. 나와 거의 같은 키였지만 피로와 고통을 못 이기고 날씬한 어깨가 앞으로 말려 있었다. "무슨 의미가 있어서 한 말 아니야." 류가 말했다. "그냥 네가 집중을 못 하는 것 같아서. 꼭 할 말이 있는 사람 같아." 지쳐서 힘 빠진 목소리를 들으니 괜한 말을 했다고 생각하는 것 같았다.

물론 류의 말이 맞았다. 류는 나를 너무 잘 알았다. 데이비드가 대체 어떤 일에 휘말렸는지 얘기할 때마다 내 혀끝에 걸린 말이 치아의 뒷면을 눌렀다. 데이비드의 메시지에 대해 얘기하고 싶었다. 내가 데이비드의 메시지를 비밀로 간직해 수사 증거를 은닉하고 있다는 사실을 알았다. 완벽하게 믿을 사람이 없다는 사실도 알았다. 아디사는 진심으로 범인을 찾고 싶은 듯했지만 파르테노페에서 오래 일한 사람이었다. 회사와 자신의 직책을 제일 중시하지 않으면 그만큼 오래 붙어 있을 리 없었다. 밴 아렌동크는 죽어도 믿지 못했다. 회사의 대리인으로 직원들을 괴롭혀 더 많은 돈을 버는 부자 아닌가.

류는 정말 믿고 싶었지만 위험이 너무 컸다. 류가 어떤 사람인지 충분히 알지 못했다. 좋아하는 일, 관심 있는 소문, 자기 농담에 웃는 버릇, 항상 쏟아져 눈을 가리는 검은 머리카락. 이처럼 우리가 함께하는 시간에 수집한 사소한 정보들은 알았다. 류는 히기에이아에 도착해 처음 사귄 친구였고 하루 종일 괴로움과 분노로 가득했던 시간을 흘려보낼 수 있게 가장 먼저 손을 내밀어 줬다. 그때는 내 인생이 망가졌다는 생각을 지우고 싶었다. 나를 쳐다보고 곁눈질하는 사람들, 내게 질문하는 사람들, 더 나아가 나를 보고 몸서리치는 사람들을 외면하기가 힘들다는 사실을 한두 시간만이라도 잊고 싶었다. 사람들이 나를 보고 움찔하는 이유를 생각하고 싶지 않았다. 그들은 나처럼 될까 봐 두려워했다. 집에서 멀리 떨어져 돌아가지도 못하는 파산자, 우주의 뜻하지 않은 잔혹함으로 미래가 파괴되었지만 아무것도 할 수 없는 피해자, 가능성으로 넘쳤던 과거와 지루하고 암울한 미래 사이에 갇힌 연옥의 현신. 구내식당에서 내게 다가온 류는 내 인공기관이 아닌 얼굴을 봤다. 그래서 나도 꺼지라는 식으로 쏘아붙이지 않았다. 내가 알기로 류는 한 악명 높은 기독교 분파가 무수히 소유한 궤도거주지 중 하나 출신이었다. 일종의 미시 사회인 그곳은 여성을 소유물로 여겼고 남녀 구분을 엄격하게 했고 수치심을 강조했다. 인권조사관들이 가까이 접근하지 못하도록, 재선에 도전하는 지구 정치인들의 선거 캠프에 주기적으로 거액의 기부금을 내고 있었다. 류가 그곳을 왜 떠났는지, 어쩌다 소행성대까지 오게 되었는지, 무엇을 두고 떠났는지, 여전히 그리워하는지, 어떤 미래를 꿈꾸는지에 대해서는 전혀 알지 못했다. 절대 돌아가지 않을 거라는 사실밖에는. 류는 괴로운 과거와 불가능한 미래에 대한 얘기를 나만큼이나 꺼렸다.

류에게 도움을 청할 수는 없었다. 잘릴지도 모르는 위험을 감수해 달라 차마 부탁할 수 없었다. 친구, 연인, 사이가 나쁘지 않은 전 연인을 일반적으로 정의하는 요인이 무엇이든 소행성대에서는 그런 규칙이 적용되지 않았다. 모두가 자신의 빚과 남은 계약 기간을 계산하는 곳에서는, 정보가 인간의 목숨보다 더 귀중한 이곳에서는 불가능했다.

“헤스터.” 대답이 없자 류가 나를 불렀다.

“머리가 복잡해서 그래.” 한참 만에 내가 말했다. “데이비드 때문에. 이 정도로 심각할 줄은 몰랐어.”

“도움이 필요하면…….”

류가 손을 뻗었지만 나는 뒤로 물러났다. “누가 죽였는지 찾아야 해.”

“그래. 맞아. 창고까지 데려다줘?”

“왜 그런 짓을 해?” 내가 물었다.

류가 웃음을 터뜨렸다. 재미있어서 웃는다는 느낌은 아니었다. “이 기지에 살인자가 있으니까?”

“괜찮아. 너는 쉬어야지.” 나는 류의 손 위에 부드럽게 손을 올렸다. 금속 손가락이 피부를 스칠 정도로만. 류는 언제나 내 손가락이 닿아도 움찔하지 않았고 지금도 마찬가지였다. “어떤 멍청이 때문에 관리탑에서 감전됐다며. 낮잠 좀 자.”

“좋아.” 류가 말했다. “일어나면 범인 정체를 밝혀놓았기를 기대할게.”

열둘

저녁이 되자 니무에에는 차분한 분위기가 내려앉았지만 소리 없이 고요하지만은 않았다. 공기가 흐르고 기계가 돌아가고 기어가 덜컹거리는 공장의 자장가가 사방을 에워쌌다. 벽 하나를 사이에 두고 수리 로봇들이 쿵쿵 부딪히고 금속과 금속이 스치는 소리를 내며 저마다의 멜로디로 노래를 불렀다. 딱히 편안하지는 않았지만 익숙했다. 그럼에도 나는 어깨 사이의 등이 쿡쿡 쑤시는 느낌을 떨치지 못하고 화물 창고로 들어갔다.

대원들은 기지에 뿔뿔이 흩어져 며칠 사이에 밀린 일을 처리하고 있었다. 용의자들이 시야에서 벗어난 상황이 꺼림칙해 니무에에 있는 모든 사람의 현재 위치를 보여달라고 오버시어에 요청했다. 실시간 감시 카메라 영상을 볼 수는 없었다. 그러려면 회사의 승인이나 오버시어의 동의가 필요한데 지금으로서는 어느 쪽도 가능성이 없었다. 내가 접근할 수 있는 정보는 현재의 ID 추적 데이터가 나타나는 지도가 전부였다. 일단은 이것으로 만족해야 했다.

아디사는 벌써 창고에 도착해 데이비드의 사망 장소인 에어로크 근처에 있었다. 시그라와 밴 아렌동크는 작업동에 있는 시그라의 사무실에 있었다. 메리 핑은 자기 방에, 니타 헌터는 로봇 실험실에 있었다. 나머지 대원들의 위치도 숙소 아니면 작업동이었다. 광산에는 아무도 없었다. 시그라가 일을 멈추지 말라고 채찍질했지만 그 말에 밤잠을 포기하고 종일 근무를 할 마음이 든 사람은 없었나 보다.

오버시어는 앞에 있는 조명을 켜주고 내가 지나가면 조명을 껐다. 무대 위에서 집요한 스포트라이트를 피하지 못하는 것처럼 거북한 느낌이 들었다. 조명이 미치지 않는 창고 영역은 탑처럼 쌓인 화물 컨테이너와 높은 선반 사이의 긴 협곡까지 전부 진회색 그림자에 파묻혔다. 게코 부츠가 쩍쩍 붙었다 떨어졌다 하는 소리가 당황스럽게 컸다. 나를 둘러싼 화물 컨테이너의 탑 사이로 길고 어두운 협곡이 뻗어나갔다. 니무에의 약한 중력에도 어깨와 골반이 찌르르 쑤시기 시작했다. 부서졌다가 다시 이어 붙인 관절에 인공기관을 부착한 자리의 통증은 매일 약하게 시작되었다. 그러다 휴식 없이 몇 시간 사용하고 나면 고통이 불같이 뜨거워지고 더 이상 무시할 수 없었다. 번쩍이는 팔다리로 인간성을 재정의한다고 의기양양하게 자랑하던 의사들의 선전에 이런 얘기는 없었다. 통증을 어떻게 없애는지 그들도 알지 못했다.

테이블 너머로 손을 뻗으며 내 손을 만져도 되는지 물었던 메리 핑을 생각했다. 갈망하던 그 표정을. 얼마나 소름 끼쳤는지 모른다.

나는 오버시어에게 수사 관련 질의 결과를 뭐든 보여달라 하고 아디사가 있는 곳으로 걸어가며 데이터를 읽었다. 데이비드의 사적인 커뮤니케이션 가운데 수상한 내용은 없었다. 알려진 혹은 의심받는 범죄자나 범죄 단체와도 연락하지 않았다. 예상했던 결과였다. 데이비드는 커뮤니케이션을 숨기고 있었으니까. 다른 사람의 커뮤니케이션 기록이나 인사 파일, 금융 기록을 시간 내서 조회하지도 않았다. 협박으로 용돈벌이를 할 계획이었다면 그런 것들을 조사했을 텐데. 데이비드가 가장 자주 대화했다는 대원에 대해 오버시어도 같은 사람을 지목하는지 알고 싶었지만 그건 시스템실로 돌아가야 알 수 있었다.

아디사는 에어로크 밖에서 기다리고 있었다. 내 게코 부츠 밑창 소리를 듣고 태블릿에서 고개를 들었다. "네드 델리카타가 한 달에 한 번 점검을 위해 이 문으로 나가네요. 정기 업무인데 몇 시간 이상 걸릴 때도 있군요. 근처에 화물 운송 시스템용 발전기가 있어요?"

"혼자였나요?"

"예, 보통은. 프루센코가 이 문을 통과했다는 기록은 없어요."

에어로크 가까이 다가가고 싶지 않았다. 누가 데이비드의 피를 닦게 되었을까. 아마 로봇을 보냈겠지.

"델리카타는 인터뷰 때 이 에어로크를 쓴다는 말을 안 했어요." 내가 말했다. 우리도 묻지 않았고. 물었어야 했는데. 메리 핑 말이 옳았나. 우리는 필요한 정보를 구할 때 감시 시스템에 너무 의존하고 있는지도 모르겠다.

"네, 안 했어요." 아디사가 좌우를 살폈다. "가장 가까운 소각장이 어디죠?"

오버시어는 질문에 대한 대답으로 내 태블릿 화면에 위치를 강조 표시 했다. 화물 창고에는 소각장이 두 곳, 재활용장이 두 곳 있었고 대형 폐기물 처리장도 있었다. 우리는 갈라져 가까운 두 곳을 확인했고 소득이 없자 다시 만나 창고 반대편으로 건너갔다.

걸어가는 동안 아디사는 말이 없었다. 무슨 생각을 하는지 짐작도 할 수 없었다. 아까 류에게 들었던 말을 떠올렸다. 자기가 관심 있다고 생각하는 사건이면 같이 일하기 나쁜 사람이 아니라고 했지. 이 사건에 관심이 있는지 없는지 궁금했다. 솔직히 말하면 알기 힘들었다. 물론 바보같이 뻔한 장소에 범인이 증거를 버렸나 확인하는 이런 잡무가 불필요하지는 않았다. 하지만 불에 타고 남은 우주복을 찾는다고 살인범이 나올까? 나라면 범인을 찾기 위해 데이비드가 무엇을 발견했는지 알아낼 것이다.

태블릿 화면의 기지 지도를 이리저리 보다 다시 질의 결과를 살폈다.

"프루센코의 데이터에서 뭐 흥미로운 게 나왔어요?" 아디사가 말했다.

"어쩌면요." 내가 천천히 말했다. "확실한 건 아니고요. 데이비드의 커뮤니케이션 기록은 깨끗합니다. 협박할 거리를 캐고 다녔다는 증거도 없고요. 제가 찾을 수 있는 선에서는요. 흔적을 지우는 능력이 뛰어났을지도 모르죠."

"말리 보안관이 찾지 못할 만큼 뛰어나다?"

나를 놀리는 거야, 뭐야. "아직 찾고 있습니다. 대원들이 한 말은 사실이더라고요. 엄밀히 말하면 자기 일이 아닌 업무에 관해 조사를 굉장히 많이 했어요." 나는 태블릿을 참고하며 목록을 읊었다. "지질 보고서. 소행성 삼차원 구조도. 수리 요청서. 연료관 누수. 장비 파손. 화물 목록. 전력 사용 통계. 배관 문제도 확인했고요. 배관 문제에 자기가 왜 신경을 쓰죠? 데이터 패턴을 추적하면 시설 전체가 해당돼요. 여러 개의 운영 데이터가 일치하지 않는다고 주의 표시를 했지만 조사한 내용을 보고서로 작성하지는 않았습니다. 공유 목적으로 조사 결과를 요약하지도 않았고요."

"전부 최근인가요?"

나는 목록 상단으로 스크롤을 올렸다. "최근에는 주로 전력과 연료 수치에 집중했어요. 화물 목록도요. 그쪽을 많이 찾아봤네요."

나는 얼굴을 찌푸리며 여러 가지 가능성을 생각했다. 물. 연료. 희귀 금속. 전부 귀한 것들이다. 하지만 이런 걸 훔쳐서 큰돈을 벌 사기 행각이 있다고는 상상할 수 없었다. 심우주의 운송비가 얼마나 비싼데. 그보다는 데이터의 수익성이 훨씬 높았다.

"니무에는 암거래를 하기에 썩 좋은 곳 같지는 않거든요." 내가 말했다. "저는 송신기 때문에 데이비드가 데이터에만 관심이 있다고 추측했어요. 그런데 연료나 자원을 훔쳐 가는 사람을 우연히 발견했을 수도 있겠다는 생각이 들어요. 그게 가능한가요? 이런 광산에서도 도둑질을 하는 사람들이 있어요?"

"예, 때로는요. 자주는 아니고. 보통은 설비나 우주선 부품을 찾아서 공항과 조선소가 있는 기지를 목표로 하지요. 확실한 수확을 노린다면요. 병원에서 약을 노리기도 하고요. 하지만 뭐든 어디 고정되어 있지 않으면 가져갈 사람이 있을 겁니다. 프루센코가 죽은 곳도 화물 창고고요."

"네. 맞아요." 나는 데이비드의 최근 활동 목록을 다시 봤다. "이해가 안 되는 점은 데이비드가 발견한 데이터 불일치 항목들에 오버시어가 경고 표시를 하지 않았다는 거예요. 화물 목록과 연료량의 오류 같은 거요. 그렇게 따분한 정보를 관리하는 거야말로 기지 관리 AI의 전문이거든요. 오류를 용인하는 오차 범위를 특별히 넓게 잡아놓은 걸까요? 누군가 그 방법으로 도둑질을 할 수 있었는지도 모릅니다. 오버시어가 오류의 오차 범위를 어떻게 학습하는지 알아보지는 않았어요."

줄줄이 늘어선 화물 컨테이너의 끝에 이르자 넓은 공간이 나왔다. 화물을 이동하는 장치가 가장자리에 세워져 있었고 철 같은 원재료가 놓인 커다란 화물 운반대도 있었다. 하지만 새로 도착했는지, 발송할 예정인지는 알 수 없었다. 머리 위로는 현재 움직이지 않는 수송 크레인이 보였다. 앞쪽의 높은 검은색 벽에는 이곳의 화물을 나머지 시설로 운반하는 수송 터널의 커다란 입구가 있었다. 터널 입구 아래에 대형 폐기물 처리장이 있었고 한쪽에는 재활용장, 한쪽에는 소각장이 있었다. 창고는 천장이 높고 면적이 넓어 모든 것이 왜소해 보였고, 폐소공포증을 유발하던 협곡에서 탁 트인 공간으로 나오자 묘하게 어지러웠다. 조명은 흐린 날 구름 사이를 힘겹게 뚫고 내려오는 햇빛처럼 약하고 은은했다.

차라리 바닥에 시선을 두는 편이 걷기에 수월했다. 중력이 충분히 강한 힘인 척하자. 위와 아래를 기억하고 절대 어둠에 혼동되지 말자.

"왜 보안 일을 해요?" 소각로로 향하며 아디사가 물었다.

당황스러운 질문이었다. "네?"

"AI 전문가잖아요. 왜 보안관으로 일하죠?"

그렇게 말하는 목소리에는 가벼운 호기심밖에 존재하지 않았다. 그래도 불쾌했다. 수사에 참여하고 싶다고 지원했을 때 아디사는 내가 누구인지 알고도 묻지 않았다. 왜 지금 이런 질문을 하지? 상관할 이유도 없으면서. 나는 내 일을 하고 있었다. 다른 파르테노페 보안관들이 여태까지 한 것보다 더 철저하게 일했다. 실제로 뭔가를 조사하고 있지 않은가. 그냥 감시 데이터를 보고 누구를 감금하는 게 아니라. 술 취한 망나니가 파이프 렌치로 상대 머리통을 깨뜨린 사건 말고는 처음 맡은 살인 사건일 수는 있지만, 아디사가 지적하기 전까지 몇 가지 사실을 놓치고 뻔한 일을 빼먹었을지 모르지만 지금 나는 내가 해야 할 일을 하고 있었다.

"회사에서 제시한 거지 같은 선택지 중에 그나마 덜 거지 같아서요." 내가 짤막하게 말했다.

아직 병원에 입원해 있을 때 내게 베풀 "기회를 논의"하기 위해 왔던 파르테노페 대리인은 많은 것을 제시하지 않았다. 여자는 내 침대 옆에 서서—필요 이상으로 머물 생각이 없어 의자에 앉지도 않았다—내 얼굴이나 새로 장착한 인공기관을 한순간도 쳐다보지 않았다. 태블릿에서 고개를 들지 않고 나 같은 사람에게 파르테노페가 제공할 수 있는 직책들을 읊었다. 연봉, 계약 기간, 의무를 나열하는 목소리는 자연어 알고리즘이 엉망인 AI처럼 무미건조했다. 그날 아침 먹은 진통제 효과가 떨어질락 말락 했고, 수술 부위가 욱신거리는 통증 아래 더 은근한 느낌이 서서히 퍼졌다. 왼발이 쉬지 않고 가려웠다. 이제는 존재하지 않아 긁을 수도 없는 왼발이. 의사들은 시간이 해결해 줄 것이라 했다. 신경 치료를 꾸준히 받고 내 뉴런들이 인공기관에 직접 말하는 법을 배우면 간지러움도 약해질 거라 장담했다. 실제로도 그랬다. 하지만 다리를 새로 맞췄던 그날에는 가려움증밖에 느끼지 못했다. 너무 가려워 이불을 발로 차고, 회사가 보낸 여자와 모욕적인 일자리 목록을 차버리고 싶었다. 악다구니를 쓰는 고통을 느낄 수 없을 때까지 차고, 차고, 또 차고 싶었다.

내가 무슨 소리를 냈나 보다. 움직였을지도 모르겠다. 뭘 했는지는 모르겠지만 여자의 관심을 끌었고 여자는 처음으로 나와 눈을 맞췄다.

"어떻게 생각하세요?"

지금까지 제안받은 일자리 모두 고려할 가치가 없다는 내 생각에 여자는 관심이 없었다. 새하얀 재킷에 대고 내 자격증과 학위를 독처럼 토해내는 말을 들을 생각이 없었다. 파르테노페는 자기들이 원하는 전문가를 몇 명이 되었든 고용할 돈이 있었고, 내가 지난 십 년 동안 한 우물만 파며 집중한 프로젝트는 그 누구에게 돈 한 푼 벌어다 주지 못했다. 나는 파르테노페의 평가 규정에 증명해 보일 가치가 없었다.

"괜찮다면 제가 제안을 해도 될까요?" 여자가 말했다. "운영보안부에서 데이터 분석가로 일하는 건 생각해 봤어요? 누가 다치기 전에 잠재적인 위험을 확인하는 중요한 업무를 할 수 있어요."

이후 약발이 떨어지고 정신이 들었을 때 생각해 보니 여자의 제안은 제안이 아니었다. 파르테노페의 채용 알고리즘이 내게 제시하라는 조건을 제시한 것뿐이었다. 회사 전 직원의 인사를 관리하는 AI는 내 능력을 보고, 내 자격을 보고, 내 빚을 보고, 앞으로 불어나기만 할 치료비를 봤다. 내가 어쩌다 그 지경이 되었는지, 기회만 생기면 떠날 가능성이 얼마나 높은지도 봤다. 회사가 최소 금액으로 최대한 오래 나를 붙잡아 둘 수 있도록 설계된 계산을 실행했다. 내 학력과 이력을 보고는 자부심이 높아 하급 시스템 점검 일을 수락하지 않을 것을 알아냈다. 또 *심포지엄* 참사의 상황을 분석한 AI는 대리인이 대체로 일방적인 대화를 하다가 몇 가지 핵심 단어를 던지면 내 분노와 죄책감을 낚을 수 있다는 사실을 알아냈다. *예방할 수 있는 비극. 더 철저한 임무 심사. 대원 보호.* 크리스틴 허드나 죽은 동료들을 언급할 필요도 없었다. 우리가 위험하다고 의심했던 적이 있는지 물을 필요도 없었다. 그냥 적절한 자리를 제시하면 될 뿐이었다.

모든 것이 기업의 표준 채용 방식이었다. 나도 알았다. 쭉 알고 있었다. 하지만 차이는 없었다. 추악한 진실을 안다고 그 진실과 싸울 힘이 생기지는 않았기 때문이다.

보안 일을 하겠다고 동의하고 내 인생의 오 년을 양도하는 계약서에 서명하자 여자는 병실에 들어온 후 처음으로 미소를 보였다. 미소에는 목소리만큼이나 진심이 담겨 있지 않았고 히기에이아 지표면의 얼어붙은 돌 부스러기만큼이나 온기가 없었다.

여자가 몰랐던 사실은 모두가 *심포지엄*의 위험을 간과하지는 않았다는 것이다. 뱅가드는 크리스틴이 문제라고 처음부터 알았다. 우리가 오만해서 듣지 않았을 뿐이다.

데이비드는 메리가 허술하게 막 놓친다고 했어요. 데이비드와 메리 핑이 어떻게 같이 일했는지 설명하며 헌터가 했던 말이다. 헌터의 말을 얼마나 믿을 수 있을지는 모르겠다. *오버시어가 포착하도록 훈련시켜야 할 것들 말이에요.*

나는 니무에 화물 창고의 소각로 전원을 켰다. 뿔뿔이 흩어진 생각들이 뒤엉켜 굴렀지만 내게는 아직 소소하고 중요하지 않은 일이 한 가지 남아 있었다. 소각로는 직원 ID나 접근 코드를 입력할 필요가 없었다. 데이비드가 사망한 날 밤에 소각로가 사용되었다는 기록이 남아 있었다. 감시가 중단된 사이에.

소량을 태웠다. 아주 잠깐. 겨우 몇 킬로그램의 물건을.

기계가 내용물을 자동으로 평가하고 결과를 띄우는 동안 매끈하고 서늘한 제어판에 이마를 기댔다.

폴리머. 금속. 둘 다 방사선을 차단하는 진공 슈트에 흔히 쓰이는 소재였다.

미량의 유기 화합물. 아미노산, 지질, 단백질, 수분. 센서를 작동시키지만 생물학적 위험을 알리는 경보가 발동될 양은 아니다.

"저기." 크게 말하지 않았지만 넓은 창고에 내 목소리가 울려 퍼졌다. "찾았습니다."

아디사가 와서 화면을 보고 주머니에 손을 찌른 자세로 소각로 앞면에 한쪽 어깨를 기댔다. "그러니까 프루센코가 누군가와 여기서 만나기로 약속을 했다. 공범이었을지도 모르겠네요. 아닐 수도 있고. 그 사람이 하는 일을 프루센코가 알았든, 프루센코가 하는 일을 그쪽에서 알았든 둘 중 하나겠지요. 밖으로 나가야 할 일이 있었을 겁니다."

나는 태블릿에 기지 도면을 불러와 그 에어로크를 통해 어디로 갈 수 있는지 다시 확인했다. "발전기가 있고 화물 운송 시스템에 쓰이는 다른 기계도 많아요. 대형 크레인 설비도요. 아…… 무선 안테나도 하나 있어요. 문에서 약 삼십 미터 거리에요."

"프루센코가 무선 어레이를 사용했다는 증거는 없나요? 그 안테나도 탈취했을 가능성이 있을까요?"

"그랬다는 증거는 없지만 자세히 보지는 않았어요. 무선 어레이에는 계속되는 문제가 없었으니까요." 내가 말했다. "대용량 데이터를 전송하기에 적합한 방법은 아니지만 암호화된 메시지를 보내는 데 사용했을 수는 있습니다. 그러니까, 데이비드와 범인이 밖으로 나갈 예정이었다는 거죠. 그런데 어떤 문제로 의견이 엇갈렸고 싸움이 일어났어요."

아디사가 고개를 갸웃했다. "그랬나요? 그렇다면 범인은 왜 에어로크에 무기를 가져왔을까요?"

"아. 그러네요. 음, 그렇다면, 싸웠을 수도 있다고 해두죠. 범인이 예고 없이 공격했을 수도 있고요. 그러고 나서 진공 슈트를 없애 흔적을 지워요."

"그 슈트들이 어디서 났는지 확인하죠. 밖으로 나가기 전에 우리가 나가서 뭘 봐야 하는지 범위도 좁히고요." 아디사가 벽에서 몸을 뗐다. "저 문을 드나들었으면서 그랬다는 말을 하지 않은 남자와 얘기해 보고 싶군요. 이후에 직접 나가서 봅시다."

당연했다. *당연히* 우리가 밖으로 나가야 했다. 이번에는 근처가 아니라 실제 밖으로 나간다. 데이비드가 보려고 했던 것을 봐야 했다. 생각만 해도 몸이 차가워지고 속이 울렁거렸다.

"우리가…… 오늘 밤에 나가요?" 내가 말했다.

아디사는 태블릿으로 시간을 확인했다. "그건 좋은 생각이 아닌 것 같아요. 외부에서 안전하게 걷기에는 우리 둘 다 너무 오래 일했고, 근무 중에 부하가 또 한 명 다치면 사람들이 질문을 해댈 테니까요. 우선 몇 시간 쉬지요? 나는 가서 네드 델리카타와 다시 얘기해 볼게요." 아디사가 몇 걸음 뒤로 물러났다가 덧붙였다. "이 기계 데이터 저장해 두세요? 보고에 필요할 거예요."

나는 시키는 대로 하고 창고 입구로 돌아갔다. 나를 따르는 조명이 화물 컨테이너의 틈을 지나며 오르락내리락했다. 오버시어의 데이터를 검색할 다른 방법이 없을까. 류를 다시 찾아갔을 때 걱정한다는 티를 내지 않으려면 무슨 말을 해야 할까. 조만간 기지 밖에 나가야 하는 사실을 알고 잠들기는 불가능하겠다. 대체 데이비드 그 인간은 내게 무슨 말을 하려고 했던 걸까. 이런 생각에 빠져 주위에 별 관심을 기울이지 않았다. 그래서 다음으로 켜진 조명이 내 앞에 서 있는 형체를 비췄을 때 놀라서 움찔하고 태블릿을 떨어뜨렸다.

"겁줄 생각은 없었어요." 메리 핑이 말했다. 미소를 짓고 있었다. 내 피부에 소름이 돋게 만드는 수수께끼의 미소를. "대화하고 싶을 뿐이에요."

열셋

메리 핑은 우리를 동시에 비추는 스포트라이트의 가장자리에서 중앙을 향해 우아한 걸음으로 다가왔다. 나와 약 이 미터 거리에서 멈춰 섰다. 내 뒤를 비추던 조명이 꺼졌다. 창고의 어둠이 더, 더 깊어졌다.

"그렇게 걱정하는 표정 안 지어도 돼요. 위협하려는 게 아니니까." 핑이 말했다.

핑은 그냥 작업복 차림이었고 빈손이었다. 태블릿이나 무전기도 없었다. 나는 둘 다 가지고 있었다. 무기는 없었지만. 내게는 운영보안부에서 지급한 안전 전기충격기를 사용할 권한이 없었다. 충격기를 쓰려면 아디사나 류가 필요했다. 도움을 청해야 한다. 필요하다면 도움을 청할 수 있었다.

그 사실을 안다 해서 긴장이 풀어지지는 않았다. 메리 핑이 이곳에 있다는 것 자체가 마음에 들지 않았다. 대원들의 움직임을 제한하겠다고 하니 생산성이 떨어진다며 거부한 시그라의 결정도 마음에 들지 않았다. 아디사가 떠나기를 기다렸다가 핑이 내게 접근했다는 사실도 마음에 들지 않았다. 창고 밖의 기지가 갑자기 멀게 느껴졌다.

허리를 굽혀 태블릿을 주웠다. "무슨 일이에요?" 내가 물었다. 화가 나서 쏘아붙이는 목소리가 나왔다. 평소에는 화가 나도 참으려 하지만 지금은 그러고 싶지 않았다.

"회사가 이번 사건에 보안관님을 배정한 이유가 뭘까요." 메리 핑이 말했다. "담당 배정 알고리즘은 보통 피해자 지인을 수사팀에 넣지 않는데 말이죠."

"제가 넣어달라고 요청했어요." 나는 출구 쪽을 짜증스럽게 가리켰다. "바쁘니까 할 말 있으면 하고 아니면 말아요. 하려면 빨리 하고요."

"왜 요청했어요? 데이비드 말로는 심포지엄 생존자들과 연락하지 않는다던데. 이제는 친구 아니잖아요."

핑의 말이 가슴을 아프게 찔렀다. 데이비드가 그런 말을 했을지 모른다는 사실도 내 가슴을 아프게 했다. "무슨 상관이에요? 당신도 친구 아니었다면서요."

"데이비드 말이 진실이었을까요? 두 사람 우정은 그렇게 쉽게 찢어지는 거였나요?" 핑이 말했다.

그리고 한 걸음 다가왔다. 나는 물러나지 않고 버티려 안간힘을 써야 했다.

"이제는 의미 없어요." 그 대신 나도 앞으로 움직였다. 핑을 향해 과감하게 걸었고 상대를 위협적으로 무시하는 듯—마음처럼 잘

되지는 않았지만 — 몸을 움직였다. "그럼 실례하죠."

핑이 지나가려는 내 팔을 붙잡았다. 금속으로 이뤄진 왼쪽 팔이었다. 핑의 손가락 촉감이 아니라 어깨가 꺾이며 관절이 가볍게 눌리는 압박감으로 알았다. 핑의 손가락은 깃털처럼 미세한 느낌밖에 주지 못했다. 인공기관에 실감 나는 감각 기능까지 넣으려면 돈이 더 많이 들었다. 이제는 무감각에 적응했지만 불시에 붙잡는 손길에는 절대 익숙해지지 않았다.

얼어붙었던 내가 팔을 빼고 당황해하는 찰나의 순간, 핑이 몸을 기울이고 내 귀에 속삭였다. "당신에게 도움 청한 거 알고 있어."

나는 붙잡힌 팔을 뿌리치고 뒤로 물러났다. 또 한 걸음 물러나다 화물 컨테이너 옆면에 부딪혔다. 전에도 의심은 하고 있었다. 이제는 확신했다. 이 여자는 데이비드가 내게 보낸 메시지를 알았다. 데이비드가 내게 정확히 무슨 말을 했는지 알까? 그건 모르겠다. 통신 시스템이나 데이비드의 개인 기기 안에서 메시지의 증거를 찾았을 수도 있다. 데이비드의 말을 엿들었거나 데이비드와 대화를 했거나 단순히 논리적인 추리를 했을 수도 있다. 나는 절대 인정할 생각이 없었다.

"무슨 말이에요?" 내가 말했다.

대답 대신 핑이 말했다. "아직 이유를 찾고 있죠? 당신이 하고 다니는 질문들, 그거 다 누가 데이비드를 죽이고 싶었을지 이유를 몰라서잖아요."

"당연히 이유가 궁금하죠." 나는 인내심이 한계에 달한 척 과장스럽게 눈을 굴리며 말했다. "그래서 그런 질문들을 하고 다니는 거고요. 아직 우리에게 안 한 말이라도 있어요?"

"당신이 엉뚱한 질문들을 하고 있다는 건 알죠. 그 전에 이해해야 할……."

핑이 갑자기 말을 멈추고 고개를 돌렸다. 검은 생머리가 턱선을 따라 휘날렸다. 몇 초간 어둠을 유심히 들여다봤다. 피부에 소름이 돋아나는 것을 느끼며 나도 같은 쪽을 쳐다봤다. 내 눈에는 아무것도 보이지 않았다.

"뭘 이해해요?" 내가 말했다. "그래요, 내가 내 일을 어떻게 해야 하는지 말하고 싶으면 어디 해봐요."

"이 일 끔찍하게 싫겠죠."

"뭐라고요?"

"당신 같은 경력을 가진 사람이 이런 일을 하다니요. 너무 수준에 안 맞잖아요. 정말 싫겠다."

미치겠네. 이 여자와 대화하고 있으면 똥으로 가득한 초원에서 나르시시즘에 빠진 나비를 쫓아다니는 기분이었다. 내 평정심을 흔들려고 이러는지, 생각 하나를 다음 생각으로 연결하는 법을 몰라서 이러는지 알 수 없었다.

"최선의 선택은 아니지만 최악의 선택도 아니에요." 내가 말했다. "아직 용건을 말하지 않았어요."

"이해해요. 진심으로요. 답답하죠. 이걸 다 보고 있으면……." 핑이 창고, 기지, 그림자를 다 아우르며 팔을 펼쳤다. "무엇을 위해 이 모든 게 지어졌을까요? 그냥 수익?"

"그래서요? 핵심이 뭐예요? 데이비드가 돈 때문에 죽었다는 건가요? 그게 당신의 같잖은 폭로예요?"

"거슬리지 않아요? 우리 주변을 파괴하고 소수의 부자를 더 부유하게 만드는 것 말고는 목적이 없잖아요. 인류를 위해 놀라운 일을 할 수 있는 사람들이 이곳에서 임금이나 받으려고 일을 하고 있어요. 이 모든 자원이 아까워요. 이 모든 혁신이."

"남의 시간 낭비하지 말고요."

"당신도 믿지 않잖아요. 내가 무슨 말을 하는지 알죠. 당신은 아름답고 강력한 걸 만들었어요. 거대 기업을 섬기는 종이 아니라 탐험하고 발견할 존재를 창조했어요. 우리를 더 위대하게 만들어줄 것을 알고, 우리를 더 위대하게 이끌어줄 것을 알고요. 그들의 안내를 따르기만 하면 우리가 훨씬 더 위대해질 수 있다는 거 당신도 알잖아요. 이미 스스로 그 걸음을 내딛지 않았나요."

나는 웃음을 터뜨렸다. 참을 수가 없었다. 이 여자는 정말 진지했다. 눈을 한껏 크게 뜨고 열정 가득한 말을 하는데 나는 웃을 수밖에 없었다. 핑은 내 인공기관들을 만든 인공두뇌학자들과 똑같았다. 새끼 오리 같은 추종자들을 뒤에 줄줄이 달고 병원 복도를 고고하게 돌아다니는 그들은 누구를 만나든 자기가 신도 이해하지 못할 방식으로 인간성을 재정의하고 있다고, 자기 메스를 거친 환자들이 완전히 새롭고 다른 존재로 태어났다고 주장했다. 핑은 히기에이아에서 본 눈에서 피를 흘리던 애송이와 똑같았다. 약에 취하고 수술로 엉망이 된 머리가 만들어낸 갈망 때문에 녀석은 내 인공기관에서 뭔가를 봤다고 생각하고 내 부츠에 손을 뻗었다. 때가 왔다고 믿었다. 이제, 지금 인류가 수 세기 동안 기다려왔던 AI 혁명의 시대가 도래했다고. 핑은 몇 달에 한 번씩 내게 연락하는 케레스의 기자와도 같은 부류였다. 그 기자는 헤스터 말리라는 여자가 심포지엄에서 죽었고 대신 살아남은 AI 뱅가드가 내 인공기관의 전자 장치에 숨어 망가진 내 과거 속에서 인간이 되는 법을 배우고 있다고 굳게 믿었다.

그러다 웃음을 그쳤다. 그 순간은 메리 핑을 향한 증오가 너무 강해 숨을 쉴 수 없었다. 나는 한때 친구였던 남자를 위해, 우리가 공유한 기억과 상실을 기리기 위해 이곳에 왔다. 그가 죽기 전 마지막으로 내게 부탁했기 때문이다. 나는 어리석고 이기적이고 부정확한 인간이기에 이곳에 왔다. 메리 핑의 광기 어린 눈빛에 기름을 붓기 위해, 내게서 고통이 아니라 반짝이는 금속만을 보고 느끼는 열망을 채워주기 위해 온 게 아니라는 말이다. 이 여자는 아무것도 몰랐다. 다른 사람들이 멍청해서 모르는 것을 자신은 이해한다고 믿지만, 누구를 만나든 이 여자의 눈에는 일그러져 반사되는 자기 욕망밖에 보이지 않았다. 데이비드는 죽었다. 류는 다쳤다. 나는 답을 찾지 못했다. 이렇게 한심하고 탐욕스러운 인간이 있다니 화가 나서 구역질이 나왔다.

"마지막 기회예요." 내가 말했다. "데이비드의 죽음에 대해 아는 게 있어요, 없어요?"

"왜 죽었는지는 알아요."

"그러겠죠. 그럼 말해봐요."

"다른 대원들이 당신과 화성인에게 받은 질문들 얘기를 하고 있더군요. 데이비드가 일을 하다 중요하고 위험한 정보를 우연히 발견했다고 생각하죠?"

"하나의 가능성이에요."

"반대로 이해했어요. 데이비드와 조무래기는 데이터 안에 숨어 있는 정보를 발견한 게 아니에요. 데이터를 발견한 거죠."

나는 신중하게 핑의 얼굴을 관찰했다. "그게 무슨 뜻이에요?"

"말리 보안관님." 핑이 어린애를 꾸짖듯 말했다. "우린 똑똑한 여자들이잖아요. 내 말뜻 알 텐데요."

내 머리는 벌써 돌아가고 있었다. 연료 부족. 에너지 변동. 지질 분석. 설비 효율. 잘못 온 화물. 전부 데이비드가 시스템관리자로서 당당히 접근할 권한이 있는 데이터였다. 기지의 시시한 데이터들이었다. 파르테노페가 채굴 중인 광물의 상세한 정보. 채굴 진척도. 물 추출량. 연료 생산 효율성. 배송된 상품량.

흥분감에 내 심장이 엇박으로 뛰었다. 핑은 데이비드가 시시한 데이터를 캐고 다닌 것이 쓸데없는 행동이 아니었다 말하고 있었다. 건초 더미에 귀중한 바늘 하나가 숨은 것이 아니었다. 모든 시시한 데이터가 핵심이었다.

니무에는 점점 커져가는 파르테노페 왕관의 보석이 될 운명이었다. 유력한 투자자들이 줄을 섰고 수십 년분의 생산량과 예상 수익이 미래까지 이어지고 있었다. 회사는 파르테노페가 소행성대의 상업 체계를 뒤바꾸고 있다는 확신을 사람들에게 심어주기 위해 끊임없는 홍보 활동을 벌였다. 이 모든 게 니무에의 성공과 직결되었다. 파르테노페는 사실상 회사의 운명을 니무에에 건 셈이었다.

"전부 거짓말인 거죠?" 나는 우리를 둘러싼 드넓은 공간을 손으로 가리켰다. 핑의 시선이 내 금속 손가락을 따랐다. "이 거지 같은 시설 전체요. 계획대로라면 완벽한 자급자족이 가능해야 하고 효율적으로 연료를 수출하고 있어야 해요. 하지만 아닌 거죠? 파르테노페 주장의 발끝도 따라오지 못하고 있어요. 데이비드는 그걸 알아냈고요. 기지 전체가 완전히 사기고, 들키는 날에는 회사가 무너질 거예요. 다른 사람들도 알아요? 또 누가 알아요?"

핑은 얼마나 긴장했는지 뺨 근육이 실룩였고 손까지 떨리고 있었다. "생각이 너무 좁아요. 데이비드도 같은 실수를 했죠."

"무슨 뜻이에요? 무슨 실수요?"

"데이비드는 자기가 진실을 폭로할 수 있다고 생각했어요."

온몸을 사로잡았던 흥분감이 뱃속에 차갑게 엉겨 붙었다.

"그런 말을 했어요?" 내가 물었다.

"데이비드는 자기 인생밖에 못 봤던 거예요. 자신의 이기적인 불행밖에."

나는 메스꺼움을 느꼈다. "언제 그랬어요? 언제 대화했죠?"

핑이 갑자기 가까이 다가와 내 팔을 움켜쥐었다. 뿌리치려 했지만 핑은 나를 놓아주지 않았다. "나는 데이비드가 이해하기를 원했어요. 얼마나 아름다울 수 있는지 보여줄 작정이었죠. 데이비드가 허락만 한다면요. 하지만 실수였어요. 데이비드는 회사가 하는 일에 집착했어요. 인간들이 하는 일에요. 때로는 희생이 필요하다는 사실을 이해하지 못했어요. 한 사람이 생각하는 옳고 그름보다 더 중요한 것이 있다는 사실을 말이에요."

말이 나오지 않았다. "당신 무슨 짓을 한 거야?"

"설명할 수 있어요. 내가 보여줄게요. 데이비드에게 보여주고 싶었던 걸 당신에게 보여줄 수 있어요. 곧 모든 게 달라져요. 당신도 보면 이해할 거예요. 그 누구보다 더." 핑은 반짝이는 눈을 크게 떴다. "당신이 여기 올 줄은 몰랐어요. 가능하다는 생각도 못 했는데. 이건 상상 이상이에요."

"그 말을……." 핑의 손가락이 내 의수의 상완을 단단히 감쌌다. 핑은 가쁜 숨을 빠르게 내뱉었다. 속도를 맞추기가 힘들었다. "데이비드에게 그 말을 한 거예요? 뭐라고 했어요? 언제 만나기로 약속한 거예요?"

"진실을 보여주겠다고 했어요. 하지만 데이비드는 두려워했어요. 제정신이 아니었어요."

"진실이라뇨? 파르테노페가 이 기지에 대해 거짓말을 하고 있다는 증거가 있어요? 데이비드가 그 증거를 찾으려 했고, 그래서 데이비드를 공격한 거예요?"

메리 핑이 입꼬리를 내려 작게 울상을 지었다. "고의는 아니었어요."

내가 핑을 밀쳐냈다. "당신이 죽였어."

"이해를 못 하잖아요. 당신도 같은 실수를 하고 있어요. 속 좁고 겁먹은 정신에 휘둘리지 마요. 내 말 좀 들어봐요. 나는 데이비드를 해치고 싶지는 않았어요. 그냥 기다리면 됐단 말이에요. 딱 며칠만. 그게 내 부탁이었어요. 데이비드가 다 망치려고 했어요. 그러고 싶지는……."

핑이 말을 뚝 멈췄다. 눈을 크게 뜨고 내 뒤를 보고 있었다. 내가 떠밀기라도 한 것처럼 비틀거리며 몇 걸음 뒤로 물러났다. 하지만 우리 사이에는 족히 일 미터의 거리가 있었다.

"안 돼." 핑이 속삭였다. "여기서 뭐 하는 거야?"

내가 뒤로 돌았다. 쩍쩍 붙었다 떨어지는 내 게코 부츠 소리가 희미하게 들렸다.

창고에 다른 사람이 있었다.

실루엣밖에 보이지 않았다. 흐릿한 불빛에 몸의 외곽선만 드러났다. 어렴풋이 반짝이는 어깨선, 헬멧 옆면에 반사된 빛만 보였다. 내 시선을 붙잡은 것은 바로 그 반사광이었다. 그는 우주복 같은 슈트를 입고 있었다. 헬멧 실드로 얼굴을 감추고 몸통과 팔다리를 단단한 검은색 껍데기로 감쌌다. 로봇 슈트였다. 전력으로 작동하고 갑옷처럼 단단했지만 화물 이동이나 우주 유영에 사용하는 슈트처럼 부피가 크지 않았다. 내 눈으로는 자세한 부분까지 볼 수 없었다.

그는 가만히 있었다. 조각상이라고 해도 좋을 만큼 움직임이 없었다. 그림자를 배경으로 어둠을 가를 뿐이었다.

그러다 순식간에 우리를 향해 다가왔다.

놀라운 속도에 숨이 턱 막혔다. 완벽한 균형감으로 한 동작도 낭비하지 않고 큰 보폭으로 성큼성큼 걸었고 부드럽게 돌아가는 모터 소리밖에 들리지 않았다. 몇 초도 되지 않아 우리 앞에 섰다. 나는 허둥지둥 도망치려고 뒷걸음질 치다 내 발에 걸렸고, 무전기를 더듬어 찾다가 균형을 잃고 화물 컨테이너로 꼴사납게 쓰러졌다.

초록색 섬광이 번쩍였고 메리 핑이 숨을 헉 들이마셨다.

섬광은 창고의 다른 조명보다 훨씬 밝았고 의안의 입력에 혼란이 생기며 눈앞의 물체들이 이중으로 딱딱 끊겨 보였다. 나는 눈을 질끈 감고 갑자기 밀려드는 메스꺼움과 통증을 참았다.

다시 눈을 떠 보니 다리가 여러 개 달린 로봇이 메리 핑의 다리 위를 빠르게 기어오르고 있었다. 핑은 비명을 지르며 로봇을 쳐내고 마구 발길질을 했다. 자기를 붙잡으려는 핑의 손을 피하며 골반, 허리 위를 후다닥 올라간 로봇이 상체 중앙에 이르렀다.

충격으로 눈을 크게 뜬 핑이 고통스러운 숨을 들이마셨다. 입술이 벌어졌고 로봇을 굳게 움켜쥔 손이 얼어붙었다. 헐떡이는 숨소리 아래로 빠르게 딱딱거리는 소리가 들렸다. 매캐한 화학 약품 냄새가 공기 중에 흘렀다. 그와 섞인 것은 의심의 여지 없는 피 냄새였다.

메리 핑이 비명을 질렀다. 가슴에 붉은 꽃이 피어났고 로봇을 움켜쥐었지만 뜯어내지는 못했다.

"떨어져!" 핑은 속절없이 로봇을 때리며 미친 사람처럼 빙글빙글 돌았다. "저리 가, 떨어지란 말이야. 떨어져……."

하얀 불빛이 번쩍였고—핑의 비명이 갑자기 그쳤다—귀가 먹먹해지는 폭발음이 들렸다. 번쩍이는 불빛들이 폭풍처럼 세계를 뒤덮더니 이내 소리가 잦아들었다. 나는 눈과 귀의 혼동으로 균형을 잃고 옆으로 비틀거렸다. 어깨로 화물 컨테이너 옆을 때리고 무릎을 바닥에 찧었다.

핑은 더 이상 비명을 지르지 않았다. 꼴깍꼴깍하는 소리가 났다. 신음이 들렸다.

나는 몸을 일으켜 세우고 왼쪽 눈에서 번쩍이는 빛을 잠재우려

고개를 흔들었다. 핑에게 기어갔다. 따뜻한 액체에 오른손이 미끄러졌다. 핑의 피가 바닥에 퍼지고 있었다.

열넷

핑은 눈과 입을 벌리고 옆으로 누워 있었다. 살이 까맣게 타고 갈비뼈는 으스러져 가슴이 엉망으로 변했다. 상처에서 연기가 피어올랐고 불에 지져진 살점 사이로 피가 배어 나왔다. 폭발한 로봇은 아직 멀쩡한 다리 두 개를 이용해 쇄골 바로 밑의 피부에 들러붙었다. 그 외는 다 파괴되었다. 화학 약품 냄새가 약해지며 불에 탄 살냄새가 풍겼다. 메스꺼움으로 위장이 울렁거렸고 나는 헛구역질과 기침을 하며 토하고 싶은 욕구를 간신히 참았다.

내부에서 은은한 푸른 불빛을 뿜는 두 번째 로봇이 핑의 다리를 기어올랐다. 한 번은 세 개, 다음은 여섯 개씩 발을 우아하게 접었다 펼치며 계속 형태를 바꾸고 핑의 몸 위를 천천히 걸었다. 푸른빛이 더 환하게 번쩍인 순간, 공포감에 내 심장이 조였다.

아무 생각 없이 피 묻은 손으로 로봇을 쥐었다. 그것을 핑에게서 떼어놓고 싶다는 마음밖에 없었다. 찌르는 통증을 느끼며 손을 마구 흔들자 로봇이 전선 뭉치처럼 너덜거렸다. 로봇은 뻗은 다리를 두 개만 남기고 나머지 다리를 몸통으로 접었다. 그러더니 두 개의 다리로 내 손바닥과 손목을 붙잡고 살을 찔렀다. 기계 전체에서 뿜어져 나오는 화학 약품 냄새가 코를 찔렀고 독한 냄새에 기침이 나왔다.

내 손을 찌르는 다리를 뜯어내 화물 컨테이너 벽으로 로봇을 던졌다. 다리 하나가 꺾인 채로 작동했고 놈은 무력하게 빙글빙글 돌며 몸을 일으켜 세웠다.

나는 후다닥 일어나—하마터면 또 균형을 잃을 뻔했다—로봇을 밟았다. 부츠 아래에서 크게 우두둑 부서지는 소리가 만족스러웠다.

고개를 들었을 때 로봇 슈트를 입은 사람은 여전히 몇 미터 거리에 서 있었다.

"거기 서!" 움직이지 않았지만 나는 외쳤다. 주변의 화물 컨테이너에 튕긴 내 목소리가 작게 메아리쳤다. "움직이지 마!"

무전기에 손을 뻗었지만 아까 태블릿을 떨어뜨리며 같이 잃어버렸다. 도움을 청해야 하는데. 손바닥 상처에서 피가 흘렀고 금속성의 냄새와 매캐한 연료 냄새가 뒤섞였다. 나는 살인자에게서 눈을 뗄 수 없었다.

그는 기이하게도 움직이지 않았다. 매끈한 실드 너머로는 정말 아무것도 보이지 않았다. 헤드램프나 손전등도 없었다. 천장 조명이 만든 밝은 동그라미를 살짝 비켜서 있을 뿐이었다. 어둠과 빛의 경계에 있었다. 슈트는 머리끝부터 발끝까지 특색 없는 검은색이었고 보이지 않는 관절에 유연한 팔다리가 이음매도 없이 매끄럽게 이어졌다. 작동하는 모습에서 눈에 바로 띄는 약점은 단 하나도 없었다. 이런 슈트는 생전 처음 봤다.

"신원을 밝혀." 내가 말을 제대로 하고 있는지도 모르겠다. 용의자를 체포하는 임무를 맡아본 적이 없었으니. "천천히 손을 올리고 헬멧을 벗는다. 내 말 들리나? 헬멧을 벗고 신원을 밝히도록."

다시 아래를 힐끗 봤다. 태블릿과 무전기가 몇 미터 거리에 떨어져 있었다. 지도 한 번만 보면 내 앞에 누가 서 있는지 알 수 있었다. 질문 하나만 하면.

"오버시어." 태블릿에 들리게 목소리를 높여 말했다. "아디사 보안조사관을 이곳으로 호출하고 대원의 정체를……, 젠장!"

나는 그가 돌아서서 달아나거나, 폭탄 로봇을 또 하나 쥐고 내게 던지거나, 달려들어 공격할 거라 예상했다. 무릎을 굽히며 뒤로 점프를 하리라고는 전혀 예상하지 못했다. 한 번 뛸 때마다 이삼 미터씩 이동하며 점프하고 또 점프했다. 동작이 너무 매끄럽고 신기해 몇 초는 아무것도 하지 못하고 대체 저 슈트가 어떻게 균형을 잡아주는지 그 생각만 하고 있었다.

그렇게 빤히 보고만 있다가 전력 질주로 뒤쫓기 시작했다.

나를 붙잡아 주는 게코 부츠에 몸을 맡기고 컨테이너 사이 통로를 미친 듯이, 정신없이 내달렸다. 이렇게 약한 중력에서 달리는 훈련을 제대로 받은 적 없다는 사실을 순간 잊어버렸다. 왼쪽 골반의 뭉근한 통증이 돌아왔지만 이를 악물고 참았다. 내 속도는 상대적으로 빠르지 않았고—누군들 빨랐을까—범인은 눈 깜짝할 사이 방향을 전환했다. 다시 점프를 하고 허공에서 몸을 비틀더니 화물 컨테이너의 협곡이 교차하는 지점으로 모퉁이를 돌았다.

착지하는 소리가 들렸다. 부츠가 창고 바닥을 두드리는 소리가 들렸다. 나도 모퉁이를 돌았을 때 놈은 한참 앞을 달리고 있었다. 할 수 있는 한 빠르게 쫓다 보니 힘에 부쳐 심장이 쿵쿵 뛰었다. 격한 운동은 하지 마세요, 라고 의사들은 말했다. 가벼운 운동만 해요. 몸이 다시 움직이는 법을 배우게 하세요. 의사들의 지랄맞은 잔소리는 질색이었다.

화물 컨테이너의 끝에서 탁 트인 공간으로 두 걸음쯤 나아갔을까, 정확히 정강이 높이에서 왼쪽 다리가 단단한 물체에 부딪쳤다.

쨍하며 금속과 금속이 정통으로 충돌한 소리가 났고 골반 관절에서 불에 타는 듯한 통증이 폭발했다.

"*쥐새끼 같은 게!*" 어지러운 고통에 내가 휘청이며 쓰러졌다.

한참이나 숨을 돌려야 했다. 화물 컨테이너 사이 통로를 가로막은 긴 쇠막대 묶음에 다리를 박은 거였다. 숨을 헐떡이며 비틀비틀 일어났다. 원래는 이곳에 없었는데. 이 쇠막대는 몇 미터 떨어진 운반대에 놓여 있었다. 아까 소각로를 찾을 때 지나쳤던 운반대 말이다. 범인이 옮겼다는 뜻이었다. 운반대에 쌓여 있던 쇠막대 묶음을 가져와 이곳에 뒀다. 그것도 순식간에. 물건 더미를 고정하는 금속 밴드를 풀고 길이가 사 미터나 되어서 다루기 힘든 쇠막대를 몇 초 만에 가져다 놓았다. 전부 내가 따라잡기 전에 벌어진 일이었다.

범인은 창고 벽에 붙은 사다리를 거미처럼 빠르고 민첩하게 오르고 있었다. 나는 장애물을 넘었지만 — 젠장, 내 골반 — 놈은 벌써 바닥에서 사 미터, 오 미터, 육 미터까지 올라갔다. 화물 운송 터널의 열린 입구에 이르자 경보가 삑삑 울렸다. 방사능 경보였다. 저차폐 구역으로 들어가고 있었다.

놈은 경보음에도 굴하지 않았다. 터널 가장자리를 후다닥 넘어 안으로 사라졌다.

"제길. 제길, 제길, *제길*."

나는 쫓아갈 수 없었다. 골반을 접질린 몸으로 손에서 피를 흘리며 사다리를 올라갈 수 있을지 몰라도 보호 장비 없이 저차폐 구역에 들어가는 위험을 감수할 수는 없었다. 미치지 않고서야 무기나 지원 없이 무장한 살인자를 쫓는 위험은 더더욱 감수할 수 없었다.

그래서 뒤로 돌아 절뚝이며 다시 창고를 가로질렀다. 걸음을 내디딜 때마다 고통을 느꼈다. 호흡을 할 때마다 숨이 얕고 거칠게 나왔다.

술꾼처럼 비틀거리며 메리 핑의 시신이 있는 곳으로 돌아갔다. 무전기와 태블릿을 주워 우선 태블릿을 봤다. 오버시어는 아직 기지 내 실시간 추적 데이터를 보여주고 있었다. 지도를 불러와 이리저리 움직이며 살폈다.

"빨리, 빨리." 내가 중얼거렸다. "네놈 정체가 뭐냐?"

지도 위에 나와 메리 핑이 보였고—핑은 의료 경보를 나타내는 붉은 점이었다—아디사가 우리 쪽으로 오고 있었다. 시그라와 델리카타도 함께였다. 나는 지도에서 화물 터널을 찾았다.

"제발 좀, 어디 갔어?" 나는 미친 듯이 지도를 훑으며 중얼거렸다. "어디 있냐고?"

"말리!" 아디사의 목소리가 창고에 울려 퍼졌다.

“이쪽이에요!” 내가 외쳤다. 내 위치를 묘사할 방법이 없었다.

게코 부츠 밑창이 시끄럽게 바닥을 때리는 소리가 점점 가까워지더니 아디사가 시그라와 델리카타를 뒤에 달고 뛰어왔다.

“이게 대체…….” 핑의 모습에 아디사가 갑자기 멈춰 섰다.

시그라는 아디사를 밀치고 나오려 했다. “메리! 무슨 일이야?”

아디사가 팔을 뻗고 시그라 앞에 섰다. “안 됩니다. 물러나세요.”

“당신 무슨 짓을 한 거야?” 델리카타가 나를 홱 돌아보며 말했다.

“내가 뭘 해요. 그게…… 누구였는지 모르겠어요. 얼굴이 안 보여서. 로봇 슈트를 입고 있었고…….”

델리카타의 목에서 놀라서 숨을 헉 들이마시는 소리와 거칠게 으르렁거리는 소리의 중간쯤 되는 소리가 들렸다. “말도 안 돼.”

“……신원 확인도 안 되고요.” 내가 말했다. “화물 터널로 달아났어요. 추적 데이터가 있기는 하지만 인원수를 세야…….”

“*여기서*? 젠장, 말이 되는 소리를 해.” 델리카타가 다시 말했다. 내 앞으로 바짝 다가왔다. “대체 무슨 짓 했어?”

“그만해, 네드.” 시그라가 낮고 긴장된 목소리로 말했다.

델리카타는 시그라를 홱 돌아봤다. “이런 개같은 상황이 어디 있어요? 말이 안 되잖아요. 지금 무슨 일이 벌어지고 있는 거죠. 이럴 거라는 말은…….”

“그만하랬지, 네드. 보안관들에게 맡기자고.”

델리카타가 이를 악물었다. 움찔거리는 턱 근육이 보였다. 내 존재를 잊은 듯 시그라를 노려봤고 시그라도 그를 노려봤다. 전 재산을 바쳐서라도 델리카타가 하려던 말을 마저 듣고 싶었지만 시그라는 단호하게 그의 말을 잘랐다.

"가." 시그라가 델리카타에게 말했다. "가서 다른 대원들도 휴게실에 소집해. 전원. 지금은 아무도 혼자 있으면 안 돼."

델리카타가 고개를 까딱했다. 그는 괴롭고 우울한 표정으로 메리 핑을 한 번 더 돌아본 후 자리를 떴다.

아디사는 이미 무전을 치고 있었다. "……류 깨워서 당장 거기서 나가라고 하고, 응?"

"그러지." 밴 아렌동크가 짧게 대답했다. "무슨 일이야?"

"아직 모르겠어." 아디사가 나를 보며 말했다. 내가 발로 으스러뜨린 로봇 옆에 쭈그리고 앉았다. 잠시 관찰하더니 조심스럽게 집어 들고 요리조리 살펴봤다. "누가 메리 핑을 공격했어. 말리가 목격했지만 범인의 신원을 확인할 수는 없었다는군. 말리? 범인이 어디로 갔어요?"

"화물 터널 안으로요. 도저히 놈을 못 찾겠어요." 내가 말했다. "찾고 있습니다. 찾고 있어요."

나는 지도를 움직이며 태블릿에 온통 피를 묻히고 있었다. 손이 떨렸다. 컨테이너에 등을 푹 기대고 바닥에 주저앉고 싶었다. 골반의 통증을 참을 수 없었고 머리까지 지끈거렸다. 조용하고 어두운 방에 들어가 눈을 감고 싶었다. 지난 한 시간을 지우고 싶었다. 자꾸만 메리 핑의 비명이 들렸다. 로봇이 풍기던 강한 연료 냄새가 코에 각인되었다.

아디사가 일어나 시그라 쪽으로 몸을 돌렸다. 아직도 손에는 으스러진 거미 로봇을 들고 있었다. 아디사가 로봇을 내밀자 시그라가 움찔하고 피했다.

"이런 게 기지에 있다는 사실을 알았습니까?" 아디사가 물었다.

시그라는 거미를 노려봤다. "그게 뭔지 내가 알아야 하나요?"

거짓말이라는 걸 나도 알겠다. 아디사는 더 무덤덤했다. "부하 대원 두 명이 사망했고, 몇 달이나 계속된 범죄 행각도 눈치채지 못했죠. 그런데 이제는 전 태양계에서 이십오 년간 불법으로 지정한 자율 무기를 들고 돌아다니는 사람까지 나왔네요. 이걸 다 모를 정도로 당신이 무능력한 대장이라는 말을 나보고 믿으라는 겁니까?"

시그라가 아디사의 손을 밀어냈다. "그 물건 내 앞에서 치워요."

지도를 보니 대원들이 휴게실에 모여들고 있었다. 창고 옆의 화물 터널에는 아무도 없었다. 기지의 다른 출구를 통과한 사람도 없었다. 보안 시스템 어디에도 살인범의 ID가 스캔되지 않았다. 슈트가 인식 칩을 차단하는 게 분명했다. 그러지 않고서는 말이 되지 않았다. 그를 찾으려면 옛날 방식을 써야 했다.

"오버시어, 터널에 ID 스캔되고 있어? 실시간 감시 데이터를 보여줘. 터널에 있는 카메라 전부."

오버시어는 번쩍이는 단어로 대답했다. 데이터 접근 제한.

그러겠지. 빌어먹을. 시스템실로 돌아가야 했다. 지금보다 더 많은 접근 권한이 필요했다. 현재의 권한으로는 기지 지도밖에 볼 수 없었고 지도는 내게 아무 정보도 알려주지 않았다. 다시 작업동과 주거동을 집중해서 봤다. 이 기지에는 열한 명의 대원이 있었다. 핑은 죽었고 시그라는 아디사와 있었으니 소재를 확인해야 할 대원은 아홉 명이 남는다. 델리카타는 중앙부에 있었다. 멜렌데즈는 밴 아렌동크가 작업동 복도를 걸어올 때 분석실에서 나왔다. 이는 자기 방에 있었고 베라도 마찬가지였다. 킹, 발타자르, 디트리히 윤은 휴게실에 있었다. 돌린은 운동실에 있었다.

다시 봤다. 인원을 셌다.

데이비드와 조무래기. 핑은 그렇게 말했다.

"헌터." 내가 말했다. "헌터예요."

아디사가 하던 말을 멈췄다. "확실해요?"

"자기 자리에 있었는데 지금 안 보여요."

"휴고, 앞에 니타 헌터 보여?" 아디사가 말했다. "봤다는 사람 있어?"

니타 헌터. 거금을 들인 푸른 눈과 값비싼 은발, 자유자재로 흘리던 눈물. 강력한 연출과 스스로도 이해하지 못하던 데이비드와의 우정. 돌이켜 보니 이렇게 명백할 수 없었다. 니무에에서 산업 스파이로 일하며 돈을 벌 만큼 인맥이 넓은 사람이 있다면 바로 헌터였다. 데이비드를 죽인 범인으로 이미 메리 핑을 지목하지 않았던가.

"여기 없어." 밴 아렌동크가 말했다.

"대체 어디 있는 거죠?" 내가 물었다. "어디 있지? 오버시어, 헌터 위치 좀 빨리 보여줘."

이번에도 제한된 접근이라는 경고가 뜰 줄 알았지만 의외로 오버시어가 응답했다. 지도가 바뀌고 복잡한 미로 한가운데 점으로 찍힌 니타 헌터를 보여줬다.

"어디야?"

시그라가 화면을 보려고 몸을 기울였다. "팔 층이네요. 방금 승강기에서 내렸어요. 재가 왜 거기 내려가지? 그럴 권한이 없…….”

“말리, 갑시다.” 아디사가 말하고 몸을 돌려 걷기 시작했다.

“당신도 그럴 권한 없어요!” 시그라가 황급히 뒤를 쫓으며 말했다. “안내자 없이 시설에 마음대로 들어갈 수는 없습니다. 가동 중인 광산이라고요. 안전 계약 범위가…….”

“못 나가게 팔 층 출입을 막아줄 수 있어요?” 아디사가 시그라의 말을 자르며 물었다.

시그라는 포기하지 않았다. “내가 같이 가야 합니다. 법적으로 그럴 책임이 있어요. 당신 멋대로 그럴…….”

다 같이 문 앞에 이르렀을 때 아디사가 시그라를 홱 돌아봤다. “대장님은 다른 대원들과 여기 남습니다. 나가지 못하게 해당 층 출입을 막을 수 있어요?”

“당신은 그런 요구 할 권한이 없어요.” 시그라가 말했다.

“본부에 불만 사항 보낼 때 추가하시죠.” 그러면서 아디사는 중앙부로 들어갔고 그곳에서는 밴 아렌동크가 기다리고 있었다. “대원들과 대장은 이 구역에 붙잡아 두고 있어. 류 불러서 감시하게 하고.”

밴 아렌동크는 망설였지만 잠시뿐이었다. 그는 아디사를 보고 있었다. “그래. 너는……?”

“우리는 니타 헌터를 찾으러 가야지.” 아디사가 말했다. “말리?”

나는 이미 광산에 들어가는 보안 접근 코드를 입력하고 있었다.

열다섯

문이 닫힌 후 승강기가 움직이기 시작하고도 아디사는 으깨진 로봇을 쥐고 있었다.

"그거 안전해요?" 내가 물었다. 가느다란 다리 끝에 묻든 내 피가 보였다.

아디사는 다리 하나를 잡고 비틀어 몸통에서 뜯어냈다. "이제는 안전해요."

"음. 네. 이게 뭐예요?"

"우리는 거미라고 불렀어요." 첫 번째 다리를 바닥에 떨어뜨린 아디사가 다른 다리도 비틀어 뜯었다. 목소리가 이상하게 쌀쌀했고 말을 하면서도 로봇만을 봤다. "소럴이라고 부를 때도 있었고. 소럴 라킨에서 만들었고 그 회사 용병들이 무기로 썼거든요. 정말 오랜만에 보네요. 지구연합 해군이 전쟁 중에 사용했죠."

소럴 라킨이면 요새 파르테노페처럼 소행성대에서 채굴 사업을 하고 있는 기업이었다. 하지만 전쟁 때 무기 제조와 민간 보안으로 사업을 시작했다는 얘기를 얼핏 들은 적 있다. "용도가 뭐예요? 폭파? 방화?"

"아, 그보다는 훨씬 기능이 많아요. 방화와 폭파에도 유용하죠, 예." 아디사가 로봇을 뒤집었다. "식량과 급수 시설에 독을 타기도 하고." 아래쪽의 얇은 금속 딱지를 벗겼다. "의료 지원 화물을 오염시키기도 하고." 한 번의 잽싼 동작으로 배를 찢어 안쪽을 드러냈다. "저장된 연료를 불태우기도 하고."

아디사는 다른 다리도 쥐고 꺾었다. 어쩐지 거북한 모습이었다. 그는 유리컵 안에 벌레를 잡은 어린아이처럼 집중하고 있었다. 잠시도 가만있지 못하고 손을 신경질적으로 움직이는 모습을 보기 전까지는 평소 몸짓이 얼마나 차분했는지 깨닫지 못했다.

"암살도 하고." 잠시 후 아디사가 덧붙였다. 크지는 않지만 딱딱한 목소리를 들으니 불안해졌고 승강기 안에서 슬금슬금 그와 거리를 벌리고 싶었다.

지구의 어린 시절 기억이 떠올랐다. 입술이 얇은 선생님은 교실 앞에 서서 콧수염을 파들거리고 코를 킁킁대며 말했다. *지구연합 해군은 암살을 하지 않았습니다. 대부분 화성의 자살 폭탄 테러범들이 벌인 자작극이었죠.* 전쟁이 끝나고 몇 년이 지난 시점이었고 전쟁 중에 일어난 일, 대체로 지구연합 해군이 한 일을 모르는 대중은 많지 않았다. 선생님 본인도 자기가 거짓말을 되풀이하고 있음을 알았다. 중요하게 생각하지 않았을 뿐이다.

나는 잠자코 있었다. 아디사의 말은 끝나지 않았다.

"군사 기지 밖에 몰려든 시위대 속에 이것들을 투입했죠. 식량 은

행에. 급수 시설에." 아디사는 거미의 작고 둥근 몸통 아래에서 다리를 또 하나 뜯었고, 뜯긴 다리가 아무렇게나 구부러지고 꺾이는 모습을 지켜봤다. "난민 수용소. 병원."

이런 공격을 담은 영상을 본 적 있었다. 지구연합은 전부 화성인들의 소행이라 주장했지만 종국에는 진실을 부정할 수 없었다. 기댈 곳 없고 겁에 질린 수백, 수천 명이 모여 식량과 약을 부탁하고 있었다. 아니면 자기들 말을 들어달라고 했다. 그러다 폭발이 일어났고 또, 또 폭탄이 터졌다. 군중 안에서 불꽃처럼 연쇄 폭발을 일으켰고 패닉에 휩싸인 사람들은 달아나려다 서로를 짓밟았다. 아디사에게 그런 공격을 직접 봤냐고 묻지는 않았다. 이미 대답을 알고 있었기 때문이다.

"당시에 쓰던 것보다 조금 발전했네요. 친구가 로봇 공학자였죠."

"데이비드는 무기 같은 거 안 만들어요. 발상 자체를 싫어했는걸요."

나는 혹시라도 익숙해 보이는 부분이 있을까 싶어 거미를 살펴봤다. 다리. 몸통의 금속판. 움직임. 모르겠다. 데이비드가 지구연합 해군의 무기를 재창조한다고? 상상이 되지 않았다. 무기 기술을 활용할 때도 치명적인 용도를 남기지 않으려 얼마나 노력했는데. 살인만이 목적인 작고 정밀한 기계를 만든 적은 없었다. 데이비드는 그런 사람이 아니었다. 내가 알던 데이비드는 그렇지 않았다.

"사람이 궁하면 자기 원칙을 버리기도 하지요, 예?"

생각만 해도 속이 뒤틀렸다. "불가능하다는 말은 아닙니다. 하지만……." 무슨 말을 하는지 나도 모르겠다. 전쟁 중 잔혹 행위를 지지했다는 사실을 인정할 수 없기에 애들로 가득한 교실에서 거짓말을 했던 선생님이 자꾸만 생각났다. "헌터도 로봇 기술자예요. 자원도 있으니 그런 로봇을 만들 수 있을 거예요. 로봇 슈트는 어떻고요. 데이비드는 그 비슷한 것도 만들 리 없어요. 그건…… 모르겠네요. 최첨단 작업복 같은 건가요?"

아디사가 거미의 작은 몸 주위로 주먹을 꽉 쥐었다. 그러고 나서 승강기 구석으로 내던지자 기계가 부서졌다. 바닥으로 흩어지는 부품에 내가 몸을 움츠렸다.

"이곳에 있어서는 안 돼요." 아디사가 말했다. 목소리가 너무 작아 잘 들리지도 않았다. "이런 건 어디에도 있으면 안 됩니다."

분노와 절망이 뒤섞인 얼굴을 차마 볼 수 없어 고개를 돌렸다. 날것의 감정이 너무도 강렬했다. 보기에 거북했고, 거북해서 부끄러웠다. 문득 데이비드에게 화가 치밀었다. 왜 이런 일에 휘말려서. 왜 나를 이곳에 끌어들여서. 왜 죽어서. 지도의 추적 데이터를 다시 확인했다. 헌터는 팔 층에서 움직이지 않았다. 아디사와 나는 연료 생산 구역, 휘발성 물질 처리 구역, 정수 구역 등등 기지 내 다양한 구역을 지나고 있었다. 니무에의 긴 축을 타고 삼 킬로미터 조금 넘는 공간에 모든 시설이 펼쳐져 있었다.

승강기가 아무리 빨라도 이동 거리가 짧지는 않았다. 헌터는 무슨 수로 기지 안에서 그렇게 빨리 옮겨 다닐 수 있었을까. 운송 터널 안에 인간에게 편안한 속도의 범위를 무시하는 화물 이동 장치라도 있는 걸까.

아디사가 목을 가다듬었다. "어떻게 된 일인지 말해줄래요?"

내가 시그라와 델리카타 앞에서 생략한 얘기를 해야 할 때라는 뜻이었다. 메리 핑이 창고로 나를 찾아와 무슨 말을 했는지 빠르게 설명해 줬다.

"핑이 데이비드를 죽였어요." 내가 말했다. "그랬다고 고백했어요. 데이비드와 헌터가 같이 일하는 것도 알고 있었고요. 둘이 정확히 무슨 일을 하는지는 모르겠지만 데이비드는 기록에 없는 전력 사용량, 추적이 안 되는 화물, 생산은 됐지만 다른 곳으로 보내지 않은 연료, 이런 걸 알아냈어요. 아마 더 많을 겁니다. 그래서 다른 사람들 일을 그렇게 들여다본 거예요. 이 기지는 자급자족이 가능해야 했어요. 데이비드는 뭔가 맞지 않는다는 걸 발견했고 이유를 찾으려 했던 거죠. 그리고 니무에의 성공을 자랑하는 파르테노페가 거짓말을 하고 있었다는 사실을 알아냅니다. 화려한 보고서를 투자자와 파트너사에 뿌리고 있지만 다 거짓말이에요. 이 기지는 자급자족 근처에도 가지 못해요."

아디사는 잠시 말이 없었다. "이 정보로 뭘 하려고 했던 거죠?"

"돈 주고 스파이 짓을 시킨 사람에게 전하려고 했겠죠. 니타 헌터의 가족일지도요. 잘 모르지만 히기에이아에 있는 연락책을 추적하면 더 자세한 정보가 나올 겁니다."

"메리 핑은 무슨 역할일까요?" 아디사가 물었다. "왜 프루센코를 공격하죠? 회사에 충성하는 사람으로 보이지는 않던데."

"회사를 보호할 마음은 전혀 없었다고 생각해요. 그보다는 자기 자신을 보호하려는 말처럼 들렸어요. 데이비드를 이해시키고 싶었다던데 자기가 연루될까 봐 두려웠던 걸까요? 희생양이 되거나? 본

인도 따로 하는 부업이 있고 데이비드에게 그걸 들키고 싶지 않았을 수도 있겠네요." 나는 답답함에 한숨을 내쉬었다. "모르겠어요. 제게 무슨 말을 하려고 했는지도 이해가 안 돼요. 제정신이었는지도 의심스럽고요."

승강기 속도가 느려지기 시작했다. 곧 있으면 팔 층이었다.

"아직 무장했을 가능성이 있어요. 우리를 반기지는 않을 겁니다." 아디사가 전기충격기를 꺼내 전원을 켰다.

"네. 맞아요. 슈트를 입고 있으면 별 소용 없다는 거 아시죠?"

말은 그렇게 했지만 승강기로 달려가기 전에 류의 무기라도 들고 올걸 후회가 되었다. 어떻게 사용하는지도 모르면서.

"아까 기회가 있었는데도 당신을 죽이지 않았지요?"

"그랬던 것 같아요." 내가 말했다.

"일단 대화를 시도해 봅시다. 대화만."

위의 층들은 정육면체에 가까웠던 반면, 팔 층은 거대한 원기둥의 제일 밑바닥에 대형 원반을 끼운 모습과도 같았다. 승강기를 중심으로 좁은 통로들이 자전거 바퀴의 살처럼 퍼졌고, 그물 모양 사이로 밑이 다 보이는 통로와 무질서하게 뒤섞인 기계들 틈에 채굴 설비가 놓여 있었다. 톱니가 달려 땅을 파는 커다란 기계 열세 대가 단단한 바위를 갉아댔다. 넓은 도관은 광물을 바퀴 중앙으로 보냈고 그곳에는 돌을 부수는 드럼과 필터가 여러 개 있었다. 잘게 부서진 돌은 원뿔 장치를 통과해 용광로로 들어간 후 불에 타 재가 될 것이고, 용광로의 뜨거운 열기가 물, 휘발성 물질, 금속을 추출할 것이다.

광산은 고요했다. 니무에는 현재 안정화 단계에 진입해 확장의 다음 단계를 준비하고 있었다. 시그라는 며칠 내로 채굴 장치들을 재가동할 예정이라고 했다. 그 이유를 내세우며 일을 중단할 수 없다고 거부했다.

소행성의 중심과 지나치게 가깝다 보니 중력은 우리를 어떤 방향으로도 끌어당기지 않았다. 승강기 주변에 모여 있는 조명은 넓은 공간을 다 비추기에 역부족이었다. 공기에서 금속 냄새가 나고 먼지 맛이 났다. 처음에 들어왔을 때는 폐쇄된 정거장, 묘지 같았다. 돌가루가 부옇게 날렸고 내부가 너무 어두워 저 멀리 있는 가장자리는 암흑으로 물들었다. 광산이 완전히 가동될 때 모습은 얼마나 다를지 상상하기도 힘들었다.

하지만 어둠 속에 움직임이 있었다. 나는 소리로 먼저 느꼈다. 금속과 금속이 부딪치는 소리, 희미하게 달그락거리고 쨍그랑거리는 소리, 순간적으로 돌아갔다 멈췄다 하는 엔진 소리. 고개를 좌우로 마구 움직이며 어둠 속에서 반짝이는 은색을 찾았다. 그 끔찍한 거미가 또 나타날까 봐 대비하고 있었다. 그러다 소리의 근원을 발견했다. 한 부대의 점검 보수 로봇이 기계 위를 움직이고 있었다. 기계 사이 공간과 먼 곳의 빛기둥에 열 대, 아니 열다섯 대 정도가 어렴풋이 보였다. 채굴 장비처럼 칙칙한 쇠 색깔이었고 안팎으로 너무 잽싸게 움직여 다음에는 어디서 튀어나올지 예측할 수 없었다. 보고 있으니 쓰레기 더미에 득시글거리는 바퀴벌레 떼가 떠올랐다.

"말리." 아디사가 나직이 말했다. "저쪽."

그러면서 왼쪽을 턱으로 가리켰다. 승강기에서 약 삼십 미터 떨어진 통로 하나를 환한 빛이 비췄고 그 안에 한 사람이 있었다. 전기충격기를 든 아디사가 먼저 움직였다. 헌터의 은발이 빛을 받았다. 헌터는 숨으려 하지 않았다. 하지만 우리가 눈에 띄지 않고 접근할 방법도 없었다. 가까이 다가가자 제어 콘솔 옆에 두 손과 무릎으로 바닥을 짚은 모습이 보였다. 헌터는 전면 패널을 열고 안을 뒤적이는 중이었다. 옆의 통로 난간에 공구 가방을 걸어뒀다.

반쯤 접근했을 때 헌터가 우리를 알아봤다. 고개를 들더니 무릎을 꿇은 자세로 상체를 일으켰다.

"아, 안녕하세요." 헌터가 말했다. "뭐 필요하세요?"

공구 가방에 손을 뻗은 헌터에게 아디사가 말했다. "움직이지 마세요."

"저는 그냥…… 제 무전기 안 되나요? 뭐예요?" 헌터가 물었다.

"연장 내려놓고 일어나시죠." 아디사는 전기충격기를 내밀지 않았지만 그러기 직전이었다. "천천히."

"이해가 안 돼요." 헌터가 일어나며 작업복에 손을 문질렀다. 그 순간 아디사의 손에 들린 무기를 발견했다. 헌터의 눈이 휘둥그레졌다. "무슨 일이에요?"

"여기서 뭘 하고 있었던 겁니까?" 아디사가 물었다.

"남은 일 좀 마무리하려고요."

"혼자서? 이 시간에?"

"잘하는 짓은 아니지만…… 왜 그러세요? 무슨 일이 생겼어요?"

"뭔가 이상해요." 내가 조용히 말했다.

대답은 없었지만 아디사도 내 말을 들은 것 같았다. 아디사도 틀림없이 느꼈을 것이다. 헌터는 겁을 먹고 당황했다. 하지만 켕기는 태도는 전혀 없었다. 우리가 승강기를 타고 내려오는 데 몇 분이 걸리기는 했지만 한참 전부터 이곳에서 일하고 있었던 듯했다. 검은 로봇 슈트는 흔적도 보이지 않았다.

아디사나 내가 무슨 말을 하기도 전에 무전기 신호음이 들렸다.

“문제가 있어, 모하마드.” 밴 아렌동크가 말했다.

아디사가 무전기를 집어 들었다. “뭔데?”

“헌터의 경로를 오버시어가 추적했어. 내내 ID 스캔 영역 안에 있었어.”

“이해가 안 돼요. 왜 저를 찾아요?” 헌터가 물었다.

밴 아렌동크가 말을 이었다. “주거동에서 승강기로 직행했어. 이 층에서 몇 분 멈췄다가 승강기로 돌아갔고 오 층에서 잠깐 멈췄다가 승강기로 돌아갔네. 이동할 때마다 ID 칩 스캔도 됐어.”

“일을 마무리하고 있었다니까요.” 헌터가 말했다.

“이런, 젠장.” 내가 말했다. 심장이 불길하게 쿵쿵 뛰었다. 나도 무전기를 켰다. “혹시…….”

“아니.” 밴 아렌동크가 말했다. “아니야. 몇 시간 전 말고는 창고 입구 어느 곳에서도 스캔된 적 없어.”

헌터가 당혹스러운 표정을 지었다. “지금 무슨 말을 하는 거예요?”

“그럼 대체 누구였다는 거죠?” 내가 물었다.

밴 아렌동크가 말했다. “나라고 알겠나, 말리.”

“터널의 감시 시스템을 확인해 봐요.” 내가 말했다. “승인받을 수 있지 않아요? 놈은 어디서 왔죠? 어떻게 거기까지 갔냐고요?"

"무슨 상황인지 누가 말 좀 해줘요." 헌터가 말했다.

"그리고 또." 밴 아렌동크가 말했다. "나머지 대원 모두 당시 소재가 확인됐어. 추적 데이터는 확실해. 메리 핑이 죽었을 때 아무도 창고에 있지 않았어."

"*뭐라고요?*" 헌터의 입이 떡 벌어졌다. "메리가 *죽어요?*"

"돌겠군." 아디사가 머리카락을 쓸어 넘기다 나를 봤다. "어떻게 가능하지?"

"뭐가 가능한데요? 제발요!" 헌터는 고함을 지르다시피 목소리를 높였지만 우리가 쳐다보자 머쓱한 듯했다. "무슨 일이에요?"

아디사가 전기충격기를 벨트에 다시 채웠다. "약 삼십 분 전 메리 핑이 화물 창고에서 살해당했습니다. 그 시간에 소재가 파악되지 않았던 대원이 당신 하나였고요."

헌터가 입술에 손가락을 댔다. "세상에. 저는 아무것도 안 했어요. 맹세해요. 여기 있었어요."

"누군가 감시 시스템에 장난질을 치는 거예요." 내가 밴 아렌동크에게 말했다. "범인은 어디로 갔죠? 아직 운송 터널에 있어요?"

"아, 좋은 소식이 또 있지." 밴 아렌동크가 말했다. 목소리가 조금 떨렸다. 그도 당황한 상태였다. "화물 운송 시스템에는 감시 데이터가 없어. 승인을 받아도 볼 게 없다는 얘기야."

"말도 안 돼. 그럴 리 없어요. 그럼……." 젠장. 밴 아렌동크를 도와줄 시스템관리자가 없었다. 둘 다 죽었기 때문에. "없을 리가 없어요."

"보니까 몇 달 전부터 시스템 가동을 중단했네."

"고장 난 지 한참 됐어요." 헌터가 끼어들었다. "감시 전문가를 보내서 고쳐달라고 데이비드가 오십 번은 보고서를 올렸을 거예요."

파르테노페가 고장 난 감시 시스템을 그렇게 오래 방치한다고? 금시초문이었다. 기지의 어느 부분이든 당장 달려와서 고칠 텐데. 시그라는 왜 그런 얘기를 하지 않았을까. 살인자의 정체를 밝히려는 상황에서 그렇게 중요한 정보를 빠뜨린다니 이상했다.

내가 말했다. "오버시어도 계속 본부에 경고를 했을 거예요."

밴 아렌동크가 답답하다는 소리를 냈다. "나야 오버시어가 보여주는 것밖에 안 보이지만 우선순위에 있었던 것 같지는 않아. 저차폐 구역이고 직원은 출입 금지잖아. 누가 거기 오래 있겠어."

그런 설명으로는 부족했다. 기지에서도 넓은 구역, 위험한 구역에 감시가 이뤄지지 않았다. 이렇게 위험한 상황을 오버시어가 무시하려면 다른 이유가 있어야 했다. 하지만 터널에 없는 감시 시스템만이 문제는 아니었다. "핑이 공격당했을 때 누군가는 다른 곳에 있었을 거예요. 자기 방이나 화장실에 있었던 것처럼 보이지만…… 아무튼, 감시 시스템이 미치지 않는 곳 말이에요."

"말리." 밴 아렌동크가 말했다. "내 말 잘 들어. 당시 모든 대원의 추적 데이터가 있어. 전원."

하. 그럴 리 없었다. 밴 아렌동크가 뭔가를 놓친 게 분명했다. 추적 데이터만 볼 수 있을지도 모른다. 하지만 오버시어는 더 많은 데이터를 가지고 있고 일치하지 않는 데이터를 찾아 표시해 놓았을 것이다. 딥페이크로 감시와 추적 데이터를 위조하는 방법도 있으니

까. 그러나 빠르게, 들키지 않고 하기는 불가능에 가까웠다. 오버시어가 관리하는 기지에서 그 방법에 성공했다는 소리를 들어보지 못했다. ID 스캔이나 카메라나 데이터라인이 조작되었다는 증거가 남을 것이다. 녹음된 음성과 영상에 글리치가 잔뜩 일어날 것이다. 파르테노페 기지에는 카메라, 녹음기, 센서, ID 추적 장치가 너무 많아 위조 수법이 통하지 않았다. 오버시어가 수상하다고 분류할 뭔가가 하나는 있을 것이다. 발자국이 없어야 할 곳에 발자국이 있다거나. 사람은 보이지 않는데 그림자가 있다거나. 사람이 숨을 쉬고 있어야 하는 방에 정적이 흐른다거나.

나는 지푸라기를 잡고 있었다. "그럼 혼자 있고 움직이지 않은 사람은 누구였어요? 방에 혼자 있었던 사람요. 오버시어가 영상과 음성이 맞지 않는다고 한 부분은 어디예요?"

"아무래도 내 능력 밖의 일 같은데." 밴 아렌동크가 말했다.

"뭐가 있을 거예요. 다시 확인해 봐요."

"그러시겠죠, 말리 보안관님. 부디 돌아와서 직접 봐주시죠. 이건 분석가가 해야 하는 일 아니야? 나는 데이터 접근 범위 늘려달라고 본부에 연락해야겠어."

다 맞는 말인데도 날카로운 말대답이 나오려 했다. 하지만 나보다 아디사가 먼저 말을 꺼냈다.

"다른 가능성도 있어." 아디사가 말했다. "이 안에 다른 사람이 있을 수도 있지."

긴 시간 동안 아무도 반응하지 않았다.

헌터가 불편한 웃음을 내뱉었다. "네? 아니, 니무에에요?"

"밀항자가 있다고요? 그래서 뭘 해요? 몰래 기지 돌아다니기?" 나도 웃고 싶었지만 아디사는 농담이 아니었다. 정말 진지하게 의견을 내고 있었다. 내가 고개를 젓기 시작했다. "말도 안 돼요. 감시 카메라가 너무 많다고요. 교통은 말할 것도 없고…… 불가능해요."

"아니겠지만 가능성은 항상 존재합니다." 아디사가 말했다. "한 번쯤 생각해 보자고요."

누가 우연히 지나가다 우주선을 세우고 몰래 들어올 수 있는 것도 아니지 않은가. 니무에와 가장 가까운 기지도 열여덟 시간 거리였다. 눈에 띄지 않고 접근하기는 불가능했다. 도킹 장소도 하나뿐이었고 줄곧 감시 시스템이 돌아갔다. 만약 우주선에서 화물 운송 터널로 들어가 숨을 생각이라 해도 오버시어의 보안과 감시 시스템이 존재하는 지점을 무수히 통과해야 한다. 그것도 터널에 도착하기 전 얘기다. 터널 안에서는 방사능을 피하기 위해 우주복을 내내 입고 있어야 한다. 식량, 물, 온기가 필요하다. 통신 수단이 필요하다.

메리 핑의 질문은 '여기서 뭐 하는 거야?'였다. '당신 누구야? 원하는 게 뭐야?'가 아니라. 로봇 슈트를 입은 사람은 낯선 이가 아니었다.

니무에에 남은 대원 열 명 중 하나일 수밖에 없다. 감시 시스템을 정교하게 해킹했을지도 모르겠다. 하지만 그 뒤에는 우리가 아는 얼굴이 있을 것이다. 신원을 확인하고 체포할 수 있는 사람. 그 사람을 찾아서 다시 살인을 저지르기 전에 막아야 한다.

"오버시어로 돌아가야겠어요." 내가 말했다.

“제발 부탁이야.” 밴 아렌동크가 말했다. “내가 서툴러서 그러는지 애도 인내심을 잃어가고 있어.”

아디사가 말했다. “휴고, 주거동으로 가서 류와 같이 대원들 감시해 줘. 특히 시그라와 델리카타. 우리도 지금 갈게.”

“그래. 내가…….”

밴 아렌동크의 목소리가 갑자기 끊겼다.

“휴고?” 아디사가 말했다.

답이 없었다. 침묵뿐이었다. 잡음도, 신호음도 들리지 않았다. 아무것도.

“휴고? 안 들려.” 아디사가 무전기를 천천히 내렸다. “그 말이 맞으면…….”

귀가 찢어질 듯한 소음이 아디사의 말을 잘랐다. 커다란 고음에 내 인공 귀가 싫다고 끽끽거렸다. 갑자기 눈이 멀 것처럼 환한 빛이 번쩍였다. 또 큰 소리가 터지고 무전기와 바로 옆 제어 콘솔에서 오버시어의 목소리가 나왔다.

“경고. 유해한 방사능 유출 가능성으로 본 기지에 봉쇄 조치가 시행되고 있습니다.” 소리가 스테레오로 한 박자씩 어긋나며 메아리쳤다. “경고. 전 대원은 즉시 안전한 공간을 찾아 대피하십시오.”

“뭐라고?” 내가 말했다. “지금 이게 무슨 상황이야?”

“경고. 유해한 방사능 유출 가능성으로 본 기지에 봉쇄 조치가 시행되고 있습니다.”

내 손이 벨트에 달린 방사능 센서로 향했다. 수치는 아직 안전한 범위에 있었다. 안전한 범위 안에서 높은 편이었지만 경고를 발동할 만큼 높지는 않았다. 기지의 경보음이 또 한 번 시끄럽게 울렸다.

"가장 가까운 대피소." 아디사가 헌터에게 말했다. "어딥니까?"

"경고. 전 대원은 즉시 안전한 공간을 찾아 대피하십시오."

"어떡해, 어떡하지." 헌터가 난간에 묶었던 공구 가방을 풀고 어깨에 걸쳤다. "용광로 제어실이 제일 가까워요. 저쪽요, 저기 사다리가 있어요. 제일 끝에. 따라오세요."

통로 끝으로 달려가 왼쪽으로 방향을 틀고 높은 사다리 밑에 도착했다. 헌터가 먼저 올라갔고 내가 바로 뒤를 따랐다. 사다리 가로대를 붙잡으며 내 몸을 끌어 올렸다. 두려움에 몸짓이 어색하고 불안정했고 경보음이 울릴 때마다 신경이 예민해졌다. 몸이 얼마나 떨렸는지 가로대 하나를 헛디뎌 발이 미끄러졌다. 심장이 미친 듯이 뛰었고 입에서는 놀란 비명이 터져 나왔다. 나는 한 손, 그것도 왼손으로만 사다리를 붙잡고 있었다. 아무것도 쥐지 않은 느낌이었다. 뭔가가 다리를 잡았다. 아디사였다. 아디사가 내 발목을 쥐고 오른발을 다시 사다리 가로대에 올려줬다.

"시간 있어요." 아디사가 말했다. 저렇게 침착한 목소리라니 싫다. 상대적으로 흥분한 내가 싫었다. "괜찮아요?"

사다리는 족히 십오 미터 내지 이십 미터 높이였지만 우리는 마침내, 드디어 꼭대기에 이르렀다. 헌터가 해치를 밀어서 열고 안으로 기어 들어간 후 몸을 돌려 나를 끌어 올렸다. 아디사는 바로 내 뒤에 있었다. 제어실로 황급히 들어온 아디사가 해치를 쾅 닫았다. 경보음이 울리는 사이로 잠금장치가 단단하게 철컹 맞물리는 소리가 들렸다.

열여섯

우리 앞에 용광로가 펼쳐져 있었고 어마어마한 크기의 입구가 붉게 빛났다. 실린더는 거의 비었지만 우주가 탄생할 때 물질과 반물질이 결합하는 것처럼 멀리서 작은 불꽃들이 나타났다 사라졌다. 우리 머리 위 몇백 미터에서 꼬리에 먼지를 단 불꽃은 붉게 작열하는 공간 속으로 자취를 남기며 사라졌다.

현기증이 일더니 사방이 빙글빙글 돌았다. 지금 우리는 용광로 밑에 있었다. 이 공간은 반대 방향인데. 바닥에서 위를 올려다봐야 정상이잖아. 우리는 이 층의 가운데에 있지도 않다고. 아, 창문이 아니구나. 기가 막혀. 뇌가 다시 적응하도록 눈을 감았다. 멍청하긴. 멍청하다, 멍청해. 당연히 창문이 아니지. 이곳은 차폐된 제어실이었다. 이 미터 두께의 단단한 납으로 벽을 만들었을 것이다. 지금 나는 용광로의 긴 축을 내려다보는 벽스크린 화면을 보고 있었다. 그렇게 생각하니 위안이 되었지만 조금뿐이었다. 여전히 어지럽고 메스꺼웠고 안이 너무 따뜻해 눈썹에도 땀이 송골송골 맺혔다.

붉은 용광로에서 억지로 시선을 떼어내고 메인 터미널을 찾아 두리번거렸다. 오버시어에게 어느 곳의 방사능 수치가 높은지 확인해 달라고 부탁했다. 왜 봉쇄 조치가 발동되었는지 보고서를 요청했다. 기지 전체의 위험 정도를 평가해 달라고 했다. 다시, 또다시.

나오는 게 없었다. 모든 질문에 오버시어는 소리 내어 말했던 경고 문구를 텍스트로 답할 뿐이었다. 유해한 방사능 유출 가능성으로 본 기지에 봉쇄 조치가 시행되고 있습니다. 고집스러운 대답은 말이 되지 않았다. 오버시어는 누가 묻든 위험의 요인에 관한 정보를 전부 제공해야 했다. 전 대원은 즉시 안전한 공간을 찾아 대피하십시오.

그것뿐이었다.

"봉쇄를 촉발한 요인이나 문제의 위치에 대한 내부 보고서가 없어요. 방사능 수치가 높게 나오는 센서도 없고요."

"뭐라고요? 아니, 그럴 수는 없어요. 어디 봐요." 헌터가 말했다.

하지만 내가 옆으로 비키는 사이 터미널의 반응이 멈췄다. 경고 문구가 얼어붙은 것처럼 화면에서 사라지지 않았다. 유해한 방사능 유출 가능성으로 본 기지에 봉쇄 조치가 시행되고 있습니다. 전 대원은 즉시 안전한 공간을 찾아 대피하십시오. 통신이 연결된 옆 터미널도 살펴봤지만 똑같은 현상이 나타났다.

아디사는 무전을 다시 시도했다. "휴고, 에이버리, 그쪽 상황은 어때?"

"이해가 안 돼요." 헌터가 말했다. "뭐가 문제인 거죠?"

"그쪽에 안 들려요." 내가 말했다. 이 방의 통신 시스템은 무전 신호도 포착하지 못했다. 메시지를 듣고 전송할 리가 없었다.

일반적으로 봉쇄에 들어가도 통신까지 끊어지지는 않는다. 절대로, 어떤 상황에서도. 비상 상황에서 사람들의 커뮤니케이션을 막으려 할 오버시어나 기지 설계자는 존재하지 않았다. 하지만 이게 우리의 현실이었다. 다른 사람들과 연락할 방법이 없었다. 제어실 밖의 상황도 볼 수 없었다. 출구 없는 용광로 제어실에 갇힌 신세였다. 가슴이 답답하게 조이고 심장이 빠르게 뛰었다. 산소가 부족했다. 너무 더웠다. 숨을 쉬어야 했다. 작은 방은 완전한 밀폐 상태였다. 숨을 쉴 수 없었다. 아무 생각도 들지 않았다. 우리가 할 수 있는 일은 없었다. 오버시어가 우리 말을 듣게 만들 방법이 없을 때는. 광산 깊이 묻혔고 도움을 청할 곳이 삼 킬로미터나 떨어져 있을 때는.

용광로의 붉은 빛이 흐려지고 벽스크린의 이미지가 사라졌다.

잠시 후, 사방의 모든 스크린이 캄캄해졌다. 머리 위의 조명이 나갔다. 각 패널에 달린 지시등이 초록색이나 파란색이나 흰색에서 빨간색으로 바뀌었다. 기지와의 연락을 시도하고 실패하며 오류 메시지를 보여주고 있는 태블릿 화면의 불빛을 제외하면 수많은 작은 점에서 희미하게 뿜어져 나오는 붉은 빛만이 이 방의 유일한 조명이었다.

방 저편에서 환한 빛이 타올랐다. 놀라서 움찔했지만 정신을 차리고 보니 아디사가 작은 손전등을 꺼내 들고 있었다. 아디사는 손전등을 위로 옆으로 움직이며 뭔가를 찾더니 천장 근처에 있는 환기 패널에 불빛을 고정했다. 터미널 하나를 밟고 위로 손을 뻗었다. 왜 저러는지 이해하지 못했다. 두려움 때문에 생각이 다 뿌옇게 변했다. 아디사는 패널 앞에 잠시 손을 댔다.

"공기가 아직 흐르고 있네요?"

아디사가 그 말을 하는 순간 들렸다. 끊이지 않고 스으으 일정하게 나오는 공기의 소리가. 안도감이 밀려들었고 휘몰아치는 공포감에 휩싸였던 나 자신이 부끄러워졌다. 논리적으로 생각해 보기로 했다. 생명 유지 시스템은 아직 돌아가고 있었다. 오버시어가 기지를 봉쇄했어도 작동을 멈추지 않을 것이다. 오버시어가 꺼지거나 파괴되었어도—그렇다고 생각할 이유는 없지만—필수 시스템을 계속 가동하는 안전장치는 많았다. 오버시어보다 덜 발달한 AI가 주요 임무를 맡을 수도 있고, 기계만으로 작업을 대신 할 수도 있었다. 인공지능을 공부할 때 첫 시간에 꼭 배우는 것이 있다. 자신의 호흡 능력을 컴퓨터에 맡기지 말 것. 이후에는 그 가르침을 무시해서 벌어지는 충격적인 사고들을 배웠다. 모든 기지가 첫 출근한 엔지니어를 대상으로 하는 교육에서 사람이 반드시 숨을 쉬어야 한다는 사실을 AI 프로그래머가 기억한다고 확신하지 말라 가르친다는 친구의 얘기도 들은 적 있다.

우리에게는 아직 공기가 있었다. 바지에 오른손을 닦았다. 가슴의 통증은 가라앉지 않았다.

아디사가 다시 바닥으로 내려왔다. "전에도 이렇게 봉쇄된 적이 있었나요?"

헌터는 공구 가방을 뒤져 손전등을 꺼냈다. "아니요. 기지 전체가 이런 적은 없었어요. 제가 온 후로는요." 그러면서 터미널을 정신없이 스와이프하고 탭했다. "이렇게 응답을 안 한 적은 없었는데. 메리라면…… 아, 세상에. 메리."

그 말을 듣자 또 공포감이 엄습했다. 이 기지에는 시스템관리자가 없었다. 무슨 상황인지 모르겠지만 문제를 해결할 접근 권한이나 능력을 가진 사람이 위에 아무도 없었다.

헌터가 떨리는 숨을 마셨다. "무슨 일인지 모르겠어요. 정말 누군가…… 어떻게 다른 사람이 있을 수 있어요? 우리가 모르는 사람이 있다고요? 뭘 원해서?"

아디사는 터미널에 등을 기대고 기계에 손을 얹었다. "경보가 울린 건 우연이 아닐 거예요?"

"그럼…… 이 사람이 일부러 작동시켰다는 건가요?" 헌터가 말했다.

내 태블릿을 보려다 지금은 소용없다는 사실을 떠올렸다. 터미널에 태블릿을 내려놓았다. "경보가 울렸을 때 전원 영 층에 있었다 해도 그 사람들 중 하나가 사전에 트리거를 설치하지 않았다는 보장은 없어요. 침입자가 있다는 증거가 되지는 않습니다."

아디사가 가볍게 고개를 끄덕였다. "사실이에요. 기지 전체를 봉쇄할 정도의 피해라면 어떤 게 있을까요?"

우리의 시선을 받은 헌터는 아랫입술을 잘근거리다 대답했다. "파괴됐을 때 방사능 유출로 기지 전체에 경보가 울릴 시설들이 있기는 해요. 폭발 같은 게 일어났다면…… 음, 위치에 따라 우리가 못 들었을 수도 있겠죠?" 헌터는 벨트로 손을 내려 방사능 센서를 확인했다. "여기에는 영향이 없지만 만약 용광로 차폐판이나 연료 생산 공장이나 방사성 폐기물 처리장이 피해를 입었으면…… 그건 안 돼요. 저도 자세히는 몰라요. 그건 미겔과 소냐 담당이고 둘이 항상 테스트를 하니까요. 하지만 그러면 안 된다는 건 알아요. 정말로, 진짜 안 돼요."

"원격 폭발물 만들 수 있어요?" 내가 물었다.

"저요?" 헌터가 놀라서 나를 쳐다봤다. "왜요?"

"당신 혼자 광산에 있었어요. 로봇도 만들고요."

"그런 로봇은 아니에요." 헌터가 믿을 수 없다는 듯 말했다. "저는 수리 로봇을 만들죠. 점검용 로봇. 폭탄이라니요. 제가 왜…… 절대 그런 거 안 만들어요. 폭탄일지 아닐지도 모르잖아요. 저는 그냥 제일 먼저 떠올라서 말해본 거예요."

"하지만 마음먹으면 만들 수는 있죠?"

"그런 마음을 왜 먹어요?"

"메리 핑이 그렇게 죽었어요. 폭탄 로봇으로요. 자율 아니면 반자율이었을 거예요."

헌터가 나를 보고 입을 떡 벌렸다. "하지만 그건…… 그건 불법이잖아요." 그러다 얼마나 바보 같은 발언이었는지 깨달은 듯 민망하게 어깨를 움츠렸지만 고개를 저었다. "저는 절대 아니에요. 맹세해요. 사람을 죽이는 로봇은 절대 안 만들어요."

"내 생각에는." 아디사가 침착하게 말했다. "광산으로 내려온 이유를 들어야 할 것 같아요."

헌터는 아디사를 봤지만 곧바로 대답하지는 않았다.

"대원 두 명이 죽었어요. 기지는 봉쇄됐고요. 그리고." 아디사가 주위를 둘러보며 덧붙였다. "우리 셋은 이 방에 잠시 갇혔잖아요?"

그래도 헌터는 아무 말 하지 않았다.

"데이비드를 돕고 있었죠?" 내가 말했다. "두 사람은 니무에에서 스파이 짓을 해 당신 가족에게 정보를 팔고 있었어요. 역전 기회를 찾고 있었던 거예요? 당신 가족이 소행성대까지 사업을 확장하고 싶은데 그러기도 전에 파르테노페가 화물 운송을 다 장악하려고 해서. 그래서예요? 이것도 다 회사 배를 불려주는 일이었어요?"

헌터는 한숨을 쉬고 스툴에 털썩 앉았다. 콘솔에 팔꿈치를 대고 손바닥에 얼굴을 묻었다. 나와 아디사는 가만히 기다렸다.

"반대예요." 한참 만에 나온 말은 손바닥에 막혀 잘 들리지 않았다. 헌터가 손바닥으로 얼굴을 문질렀다. 뺨에 눈물 자국이 있었다. "내가 데이비드를 도운 게 아니에요. 데이비드가 나를 도왔어요. 말해야 했다는 거 알아요. 알지만 혹시나 하고 기대했거든요. 두 분이 여기 오기 전에 시그라 대장이 말했어요. 누가 봐도 확실한 사적인 범죄 때문에 작업에 지장을 주지 말라고요. 그냥…… 그 말을 듣는 게 더 쉬웠어요. 제 말은, 운보부가 사건을 깊이 파헤친다는 생각은 아무도 안 하잖아요." 헌터가 움찔했다. "죄송해요. 무슨 말인지 아실 거예요. 제 잘못이에요."

"데이비드와 뭘 하고 있었는지 말해봐요." 아디사가 말했다.

"시작하기 전에 제가 다 준비해 놨어요. 데이비드는 오버시어 몰래 데이터를 전송하고 데이터에 접근하는 방법만 알아냈고요. 하지만 제가 부탁해서 한 일이에요. 데이비드는 돈이 필요했거든요. 사고로 진 빚이 너무 많아요. 아니, 많았어요. 그걸 알게 된 순간…… 설득하기 쉽겠다고 생각했죠. 하지만 데이비드 아이디어는 아니었어요. 제가 문제죠."

"뭘 훔쳤나요?" 아디사가 물었다.

"데이터. 설계도. 개략도. 운영 통계. 하지만 우리 가족에게 팔려는 건 아니었어요. 가족을 위해 일하지는 않아요." 헌터가 날카롭게 말하며 나를 쳐다봤다. "헌터 프리몬트는 내가 스파이 짓을 해줄 필요도 없어요. 그 일을 해주는 정보원이 따로 있으니까."

"그럼 누구에게 팔았어요?"

헌터가 어깨를 으쓱했다. "살 사람 있으면 아무나요. 그건 우리 일이 아니었어요. 히기에이아에 연락책이 있고…… 아니요, 누구인지 몰라요. 만난 적도 없는걸요. 시스템 운영 일을 하는 사람이겠지만 또 모르죠. 그쪽에서 인사 배치 알고리즘을 조작해 우리 두 사람을 동시에 이곳으로 보냈을 거예요. 알고 보면 배관 관리인일 수도 있고요."

배관 관리인은 아닐 것이다. 데이비드가 감시 시스템을 끌 수 있게 상위발송 명령어 패킷을 수정한 사람이라면 말이지. 접근 권한이 높고 감시를 적게 받는 사람이어야 했다. 회사의 신임을 받고 마스터 AI를 다루는 사람. 히기에이아로 돌아가기 전까지 그 질문의 답을 찾을 수는 없었다.

"이런저런 것들을 조금씩 얻었어요. 신중하려고 했죠."

"구매자들을 계속 안달하게 하려고요?"

헌터는 아디사를 보고 입이 파르르 떨리는 미소를 지었다. "맞아요. 데이비드 아이디어였어요. 저는 구할 수 있는 걸 다 구해서 큰돈을 받고 싶었는데 너무 위험하다면서 말리더라고요. 맞는 말이라는 건 알았지만, 자꾸 이런 생각이 들어요. 그때 내가 따졌더라면, 돈으로 계약을 종료하고 여길 떠났더라면……."

"오늘은 여기 왜 내려왔어요?" 아디사가 물었다.

"정리하려고요." 헌터는 공구 가방에 손을 넣고 작은 회색 상자를 꺼내 우리에게 들어 보였다. "기지 곳곳에 데이터 기록 장치를 깔았거든요. 오버시어가 절대 패턴을 찾지 못하도록 다른 대원들이 접근한 것처럼 보이게 만들었죠. 두 분이 조만간 조사하려고 할 것 같았어요."

헌터는 우리를 실제보다 높이 평가하고 있었다. 광산을 대대적으로 수색하는 일은 한순간도 우리의 할 일 목록에 오르지 않았다.

내가 물었다. "기지의 데이터가 일치하지 않는다는 사실은 언제 처음 알았어요?"

헌터는 내 질문에 놀랐다는 표정을 지었다. "데이비드가 알아낸 거예요. 몇 달 전 뭔가 이상한 부분들을 발견했지만 저는 그냥 무시했어요. 별일 아니라고 생각해서요."

"데이비드가 선샤인이라는 회사 프로젝트를 언급한 적은 있어요? 선셋이나?"

"그런 얘기는 못 들었어요. 데이비드가 얘기한 건 특정한 프로젝트라기보다 좀 막연한 문제들이었어요. 특별한 건 없었고요. 원래 회사들은 다 이런 거짓말 하잖아요. 실제보다 연료를 더 많이 생산한다고 주장해도 사업의 일환이에요. 캐링턴 밍 콰르텟도 몇 년 전에 그랬던 거 아시죠? 벌금형만 받고 끝났죠. 전력을 기지 외부로 빼돌리는 것도 아니잖아요. 그런데 데이비드는 포기하지 않았어요. 제 생각에는……." 헌터가 미안하다는 표정으로 나를 힐끗 봤다. "트라우마였던 것 같아요. 싫어해서 얘기는 잘 안 했지만 데이비드는 항상 파괴 공작이 일어날까 봐 걱정했어요. 다른 사람들이 뭘 하고 있을지 걱정했고요. 자기가 놓친 게 있을까 봐 두려워했어요. 정확히 어떤 일을 걱정했는지는 모르겠지만 이런 상황은 아니었을 거예요." 헌터가 코를 훌쩍이고 소매로 콧물을 닦았다. "데이비드는 이런 일을 당할 사람이 아니었어요. 죄송해요. 보안관님이 데이비드와 많은 걸 같이 겪었다는 사실을 자꾸만 잊네요."

나는 아무 말도 하지 않았다. 할 말이 없었다. 헌터가 묘사하는 두려움이 뭔지 알았다. 나도 그 두려움을 안고 있으니까. 중요한 단서, 명백한 단서를 놓쳤을까 봐 너무도 쉽게 불안해지는 심정을 이해했다. 크리스틴 허드와 *심포지엄*에 탔던 블랙헤일로 요원들처럼 위험한 사람들이거나. 데이비드가 정확히 무엇을 두려워했는지 나는 알았다.

아디사가 무릎을 꿇더니 광산으로 가지고 내려온 도구들을 뒤적였다. 튜브에 든 물을 꺼내 헌터에게 내밀었다. 헌터는 고맙다며 받았다. 나는 물을 가져올 생각조차 하지 못했다. 지구를 떠난 지 삼 년인데 필수 생존 물품을 상비해야 한다는 사실을 아직도 기억하지 못하다니. 문득 이런 궁금증이 들었다. 나는 그냥 우주에서 살기에 부적합한 사람이었던 걸까?

헌터가 다음으로 내게 물을 건넸다. 미지근하고 희미하게 금속 맛이 났지만 물은 메마른 목구멍을 적셔줬다. 나는 튜브를 아디사에게 다시 전했다. "감사합니다."

터미널로 폴짝 뛰어오른 아디사가 화면에 등을 기대고 앉았다. "다시 앞으로 조금 가볼까요? 데이비드는 누군가 전력을 다른 데

빼돌리고 있어 데이터가 일치하지 않았다고 생각했다?"

"그렇게 말했어요." 헌터가 말했다. "그래서 계속 참견하고 돌아다닌 거고요. 어느 부분이 맞지 않는지 알아내려고 했어요."

"아." 내가 탄성을 뱉었다. "아, 세상에."

"뭐예요?" 아디사가 말했다.

나는 대답을 하고 싶지 않아 고개를 저었다. 얼굴이 달아올랐다. 멍청해. 이렇게 멍청할 수가. 나는 파르테노페가 숨기려는 것이 데이터 불일치라고 확신했다. 내 짐작이 맞아 메리 핑이 말을 돌렸다고 해석했다.

하지만 핑은 내 이론이 옳다고 확인해 준 것이 아니었다. 나를 조롱하고 있었다. 내가 그토록 두려워했던 행동, 데이비드가 피하려 했던 그 행동을 내가 하고 있었기 때문이다. 나는 명백한 단서를 놓쳤다.

데이비드는 기지를 탐색하고, 대원들을 쫓아다니고, 질문을 하고, 자기 일이 아닌 일에 간섭을 했다. 데이터가 일치하지 않는 부분을 찾고 있었다면 시스템실을 나가지 않고도 가능했다. 하, 침대에서 몸을 일으키지 않고 자기 방에서도 다 찾아낼 수 있었다. 데이비드는 데이터, 보고서, 회사의 주장만을 조사하지 않았다. 기지 구석구석을 탐색했다. 뭔가를 찾고 있었다. 데이터가 아니라 시설에서.

뭘 찾는지 데이비드 본인은 몰랐을 수 있지만 메리 핑은 알았다. 비밀이 드러날까 봐 데이비드를 죽였다. 시그라도 알았을 것이다. 이 기지 책임자니까. 시그라는 처음부터 수사에 협조하지 않았고 개인적인 싸움이 폭력적으로 번졌다는 식으로 데이비드의 죽음을 무마하려 했다.

어둠 속에서 본 얼굴 없는 로봇 슈트를 생각했다. 거미 로봇을 날리던 모습을. 뒤로 점프를 하던 모습을. 초인적이고 본능에 어긋나는 동작인데도 완벽한 균형이 흐트러지지 않았다.

내가 본 모습을 시그라에게 말했을 때 델리카타의 얼굴에 떠올랐던 분노와 경악의 표정을 생각했다.

메리 핑이 비명을 지르기 전에 마지막으로 했던 말을 다시 생각했다.

“말리?” 아디사가 말했다.

나는 바닥 해치 옆에 있는 빨간 지시등을 응시하고 있었다. 손전등 불빛만이 어둠을 밝히는 방 안에서 빨간 눈처럼 생긴 지시등 십수 개가 우리를 에워쌌다.

“데이비드가 찾은 게 정확히 뭐죠?” 내가 물었다.

“몰라요.” 헌터가 말했다. “아는 건 이미 다 말했어요. 데이비드에게 아무것도 못 들었단 말이에요. 차라리 말을 하지. 도움을 청했으면 같이 뭐라도 방법을 찾을 수 있었을 텐데.”

아, 하지만 말을 했다. 데이비드는 도움을 청했다.

헌터에게 하지 않았을 뿐이다. 상대는 나였다.

천장 구석에 카메라가 있었다. 제어 패널에도 바닥의 문을 비추는 카메라가 있었다. 녹음 장치는 몇 개나 있을지 모르겠다. 두 사람에게 내 생각을 말해야 했지만 직접적인 표현을 삼가고 신중을 기할 필요가 있었다.

“방사능 경보를 거짓으로 발동하기는 어려울까요?” 내가 물었다.

"거짓 경보라고 생각해요?" 헌터가 말했다. 그러다 곰곰이 생각을 하며 나를 봤다. "그럴 수도 있겠네요. 실제 방사능을 유출한다는 발상보다 훨씬 일리가 있어요."

아디사가 다리 하나를 가슴 쪽으로 끌어당겨 손으로 감쌌다. 소매를 다시 걷어 올리자 또 한 번 수감자 번호 문신이 보였다. "어렵지는 않을 거예요. 어린애도 대충, 음, 삼 분 삼십 초면 할 수 있어요."

내가 눈썹을 세웠다. "아주 구체적인 수치네요."

아디사는 잠시 망설였다. 하지만 곧 할 말을 결정했다. "*테레스 햄퍼드*라는 우주선 들어봤어요?"

"포로선요?"

"맞아요, 그거."

"학교에서 배웠어요." 무슨 말을 하려는지 모르겠지만 일단 대답을 했다.

"지구 학교에서도 그걸 가르쳐요?"

"많이는 아니고요. 제대로 배우지는 못했어요."

*테레스 햄퍼드*는 지구연합 해군이 전쟁 중 포로 이동에 사용한 수송선이었다. 그 배 안에 화성의 반란군을 무기한 감금했고 일부는 법정에 서보지도 못한 채 수년을 실려 다니기만 했다. 행성계법에 의도적으로 허점을 만들어둔 덕분이었다. 지구와 위에량의 법정에서만 재판이 유효했기 때문에 전범 용의자라 해도 두 곳의 법정에 세워야만 기소할 수 있었다. 지구나 달로 데려가지만 않으면 원하는 기간만큼 배에 싣고 다니는 것도 가능했다. 그래서 *테레스 햄퍼드*는 전쟁 내내 지구나 달에 서지 않았다. 인도주의 단체들은 우

주선과 그 안의 포로들을 보게 해달라고 끊임없이 요구했지만 매번 거부당했다. 탐사 보도 전문 방송국에서 잠입을 시도한 적도 있었고, 시위대들도 몰래 승선하려다 체포되었다. 심지어 퇴역 군인들도 *테레스 햄퍼드* 선원들의 자살률이 이례적으로 높다는 점을 언급하며 감독이 필요하다고 목소리를 냈다.

지구연합 해군은 모든 의혹을 부인했다. 전쟁이 끝날 때까지 더 많은 포로를 감방에 집어넣었다. 나도 뉴스에서 팔이 앙상하게 마르고 상처가 벌어져 노출된 아이들을 본 기억이 났다. 존엄성은 어디로 갔는지 알몸으로 우주에 버려진 시체들, 검은 가면으로 얼굴을 가린 경비병들이 떠올랐다. 눈이 움푹 파인 남자들과 여자들은 전범이라기보다 기근의 피해자로 보였다. 특히 잊지 못할 이미지도 있었다. 사방에 피가 튄 철제 감방의 빈 내부는 몇 주간이나 뉴스에 나왔다. 전쟁이 끝났을 때 나는 너무 어려서 전부 이해하지는 못했지만 부모님과 동료 교수들의 논쟁, 침통한 뉴스 보도, 지나가는 정치인에게 거리의 시위대가 외치는 소리를 못 들을 정도로 어린 나이는 아니었다.

모든 포로가 재판을 받기까지는 몇 년이 걸렸다. 대부분 화성 출신 아니면 우주에서 태어난 사람들이었기 때문에 값비싼 치료를 오래 받지 않고서는 지구에서 생존하기 어려웠다. 위에량 정부는 이런 포로들의 재판을 위해 특별 법정을 만들었다. *테레스 햄퍼드*에 탔던 포로 가운데 어떤 혐의로든 유죄를 선고받은 사람의 정확한 수는 아직도 역사학자들과 정치학자들의 논쟁거리였다. 그저 화성에서 태어났고 이길 수 없는 전쟁 한복판에 있었다는 불운 외에는 다른 이유 없이 감금된 사람들이 대다수였다.

"조사관님도 거기 있었어요?" 내가 물었다. 그것 말고는 할 말이 없었다.

"아, 비슷해요." 아디사가 말했다. "처음에는 체포되지 않았어요. 잠입을 했죠."

"뭘 했다고요? 그런 짓을 왜 해요?"

아디사는 한쪽 입꼬리를 올리며 짧게 미소를 지었다. "포로들 사이에 들어가 폭동을 일으킬 수 있다는 어리석은 생각을 했어요? 경비병이 몇 명 타고 있었는지는 확실히 알지 못했어요. 포로 숫자가 몇 배는 더 많을 거라는 사실밖에는. 형편없는 계획이었죠. 화물실까지 가서 가짜로 방사능 경보를 작동시키고 봉쇄를 하는 데는 성공했지만 금지 구역으로 들어가려는 순간 붙잡혔어요. 알고 보니 군대에서는 병사들이 봉쇄 중에 안전하든 말든 관심이 없었어요. 치명적인 방사능 유출이 일어났다고 생각하면서도 순찰을 돌고 있었던 거죠. 그리고 어마어마하게 큰 배잖아요. 한 곳에서 다른 곳으로 가려면 빌어먹게 오래 걸렸죠, 네."

"그걸 혼자 했어요?"

아디사가 눈썹을 세우고 나를 봤다. "여럿이 그런 계획을 실행했다가는 전쟁 음모가 되지 않겠어요? 하지만 젊은 사람 한 명이 벌인 짓이라면 어린 게 잘못된 길로 빠져 흔히 저지를 수 있는 범죄가 되지요. 몇 년 후에 내 법률구조를 해준 변호사가 감형을 주장하면서 그렇게 재판관을 설득하더라고요."

"그게 어떻게 가능해요?"

"직접 물어봐요. 여기서 나가면. 좋다고 말해줄 거예요."

"그게 무슨……." 내가 말을 멈췄다. "네? 설마요. 밴 아렌동크가요? 정말이에요?"

휴고 밴 아렌동크 같은 기업 변호사가 화성의 범죄자를 돕겠다고 자원했다니 상상하기 힘들었다. 그건 우리 이모 부부가 안식년에 할 법한 일이었다. 이모와 파트너는 반년씩 지구 밖으로 나가 화성인 전쟁 생존자들이 다시 삶을 되찾을 수 있도록 카운슬링하며 보내곤 했다.

아디사가 웃었다. "아주 오래전 일이에요."

"제 고향에서도 유명한 얘기예요." 헌터가 말했다. "밴 아렌동크 가문은 그 일로 수치스러워해야 할지, 자랑스러워해야 할지 아직도 결정을 못 하고 있어요. 우리 집보다 더 심하게 체면을 차리거든요. 그나저나 *테레스 핸퍼드*는 어떻게 됐어요? 지구연합 해군에서 그 정도 규모의 함정은 다 쓰고 어떻게 처리하죠?"

"팔았어요." 아디사가 말했다. "몇몇 기업에 계속 소유권이 넘어갔던 거로 알아요. 지금쯤 꽤 낡았을 텐데 마지막으로 들었을 때는 돈 많은 사이비 종교에서 세운 회사밖에 구매자가 없었다고 했던 것 같아요. 이름이 뭐였는지 지금은 기억 안 나네요."

"잠깐. 혹시 *디바인 이뮤터빌리티*(Divine Immutability, 신성한 불변성이라는 뜻—옮긴이)였어요?" 내가 물었다. "한 육 개월 전에 발사됐죠?"

아디사가 한쪽 어깨를 으쓱했다. "예, 그거예요."

"그 사람들 다큐멘터리 봤어요." 헌터가 말했다. "실패할 수밖에 없는 비행 같던데요."

나도 같은 프로그램을 봤다. 뉴스에도 안 나오는 데가 없었다. 태양계 밖을 목적지로 출항한 첫 번째 배는 아니었지만 규모로는 역대 최고였기 때문이다. 하지만 내가 그 배를 기억하는 이유는 따로 있었다.

"에이버리 가족이 타고 있어요." 내가 말했다.

아디사는 놀란 표정을 지었다. "몰랐어요."

문득 불안해졌다. 류 입장에서는 말하고 싶지 않은 문제였을까. 류는 자기가 태어난 종교 집단이나 어린 시절을 보낸 궤도거주지에 대해 말하기를 꺼려했다. 내게도 이렇게밖에 얘기하지 않았다. "기회가 생기자마자 떠났어. 어차피 그쪽에서도 내가 남는 걸 원하지 않았고." 나도 자세히 캐묻지는 않았다. 내가 아는 사실이라고는 *디바인 이뮤터빌리티*가 약 팔백 명이 탄 우주선을 발사했다는 것뿐이었다. 장기 체류할 예정인 사람도 칠백 명이 넘었다. 머나먼 행성을 차지하고 식민지로 만들 자신들의 신성한 운명을 믿었기 때문이었다. 그중에는 류의 형제, 사촌, 부모, 어린 시절 친구도 있었다. 그들이 어떤 외계 행성을 목적지로 선택했는지는 기억나지 않았다. 하지만 우리가 막 밤을 같이 보내기 시작했을 무렵 나는 이런 말을 했다. 태양계 밖의 행성에 관해 어설픈 지식이라도 있다면 그 사람들이 미쳐서 멍청한 짓을 한다고 말할 것이라고. 신이 자기들에게 뭘 내려줄 거라 믿는지 모르겠지만 전부 행성의 중력에 으스러지고 마지막 진화 단계에 있는 항성에 통구이가 될 것이라고. 류는 키스로 내 입을 막고 나를 침대로 밀어붙였다. 그때는 잘난 체하는 내가 짜증 나서 그랬다고 생각했다. 우리가 만난 목적이 피차 대화가 아니기 때문이라 그랬다고 생각했다. 가족의 죽음을 오만하게 확신한 내가 얼마나 잔인하고 경솔했는지는 미처 생각하지 못했다. 무심히 즐거워하는 가면 뒤에 상처 입은 얼굴이 있었을지는 생각하지 못했다. 가족이 과거의 포로선을 타고 불가능한 천국을 찾고 있다는 사실을 류도 알았을 것이다. 류라면 가슴 찢어지게 아프더라도 안다고 인정했을 것이다.

핵심에서 벗어난 얘기이기도 했다. 지금은 류를 걱정할 때가 아니었다. 류는 휴게실에 안전하게 있었다. 우리는 더 큰 문제를 처리해야 했다.

"그래서." 내가 말했다. "역사상 경비가 가장 삼엄했을 배에서 거짓으로 방사능 경보를 일으킬 수 있었다는 거군요. 그것도 어릴 때."

"십 대 때요. 대단하지는 않았어요, 정말."

"하지만 도중에는 들키지 않았잖아요. 이후에 들켰지. 감시가 끊이지 않는 지구연합 해군 함선이었는데도요."

아디사는 잠시 나를 봤다. "맞아요, 네. 왜요?"

나는 아디사를 봤다. 닫힌 해치를 봤다. 다시 아디사를 봤다. "아니에요. 아무것도 아니에요."

열일곱

아디사가 터미널에서 폴짝 뛰어내렸다. 내가 무슨 터무니없는 말을 하는지 묻고 싶은 눈치였지만 일단은 질문 없이 방 안을 돌아다녔다. 몇 분 전의 나처럼 카메라 위치를 확인하고 있었다. 잠시 후 아디사가 헌터의 공구 가방을 가리켰다.

"네, 그런데 무슨……."

내가 입술에 손가락을 댔다. 헌터는 말을 끊고 고개를 살짝 끄덕였다. 입을 다시 열었다가 다물고는 의아한 듯 양손을 올렸다. 헌터의 시선도 재빨리 카메라로 향했다. 좋아. 이제 두 사람 다 우리가 감시당하고 있다는 사실을 의식하고 있었다.

"기본적인 메커니즘은 절대 변하지 않아요?" 아디사는 말하며 공구 가방을 뒤져 스크루드라이버를 찾아냈다. "모든 보안 시스템에는 로컬 컴포넌트가 있어요. 그게 각각의 문에서 방 안과 밖 중 어디가 더 위험한지 결정하죠. 그래서 내가 *테레스 핸퍼드*에서 실패했던 거예요. 지구연합 해군은 포로 수용 구역 내부가 밖보다 더 위험하든 말든 신경 쓰지 않았거든요. 결정은 소장이 내렸죠."

아디사의 말뜻을 이해했다. 바깥의 위험이 거짓이라고 내가 설득하기 전까지는 우리를 밖으로 꺼내는 시도를 하지 않겠다는 말이었다. 대체 어떻게 설득해야 할까. 하지만 내 생각을 설명할 방법을 찾아야 했다. 그리고 우리를 감시하는 사람 혹은 기계가 모르게 해야 했다.

데이비드가 내게 메시지를 보냈을 때처럼.

"고백할 게 있어요." 내가 말했다. 헌터를 신뢰할 수 있을지 모르겠다. 하지만 헌터가 어떤 문제에 휘말렸을지는 몰라도 데이비드를 죽이지 않은 것은 확신했다. 나는 기회를 잡아야 했다. "데이비드가 죽기 전에 연락했어요."

"뭐라고요?" 헌터가 말했다. "언제요? 무슨 말을 했어요?"

아디사는 눈썹을 치켜올렸지만 딱히 놀란 표정을 짓지는 않았다.

"알고 계셨어요?" 내가 물었다.

"아니요." 아디사가 말했다. "하지만 일 년 넘게 대화하지 않았다는 말이 진실은 아니겠다 생각했죠."

"그건 진실 맞아요. 그 메시지로 십팔 개월 만에 소식을 들었단 말이에요. 서로 연락 한 번 안 했어요."

"다른 생존자들 얘기는 안 하려고 했어요." 헌터가 조용히 말했다. "너무 고통스럽다면서요."

"그랬어요. 그래요." 나는 그 사실을 잊으려 고개를 흔들었다. 지금은 중요하지 않았다. "문제는, 메시지를 이해할 수 없었다는 거예요. 힘들게 익명으로 보내고 전송 흔적을 지워놓고는 앞뒤가 맞지 않는 말만 했어요. 과거를 회상하는데 잘못 아는 부분들이 있더라고요. 예전에 우리가 *엑셀시오르*라는 군함을 놓고 논쟁을 벌였던 때를 얘기했어요. 그건, 음, 잉글랜드 앞바다에 있는 난파선이거든요. 예전에 어느 궤도거주지가 반란을 일으켰을 때 추락했어요. 몇 년 전에 둘이 추락 원인이 인간의 실수인지, 기계의 오류인지 논쟁을 벌인 적 있는데 데이비드는 자기가 옳았다고, 기계의 오류였다고 주장했어요. 하지만 사실이 아니었단 말이죠. 또 크리스틴 허드도 언급했어요. 우리가 논쟁할 때 옆에 있었던 것처럼 말했지만 크리스틴을 만나기 한참 전의 일이에요."

"블랙헤일로 요원이지요?" 아디사가 말했다.

"네. 우리 팀에 합류했던 사람요. 저는 데이비드가 블랙헤일로에 관해 우리가 모르는 사실을 발견해서 *엑셀시오르*와 크리스틴을 동시에 언급했나 생각했어요. 예를 들어 *심포지엄*을 공격한 법인에 대해 다들 놓친 사실이 있다거나, 니무에에 있는 사람의 비밀을 알게 됐다거나. 몰래 위험한 일을 하는 대원이 있을 수 있잖아요. 회사에서 채용 심사 때 뭘 놓쳤을 수도 있죠. 하지만 그런 증거를 다 찾아봐도 없어요. 제 생각이 완전히 틀렸을지도 모르겠어요."

나는 숨을 들이마시고 다시 방 안을 둘러봤다. 카메라는 두 대였고 녹음 장치는 하나뿐이라고 추측했다. 하지만 아디사의 희미한 손전등 불빛을 꿰뚫는 붉은 빛은 여전히 눈처럼 보였다. 고개를 돌릴 때마다 방이 팽창하고 수축하는 느낌이었다. 그림자가 흔들리고 좁은 벽과 빽빽하게 들어찬 터미널의 모습이 흐릿해졌다. 너무 더웠다. 피곤했다. 미치도록 두려웠다. 내 생각을 순서대로 정리하기가 힘들었다.

"어쩌면 우리가 지구를 떠나기 전에 일어난 일을 가리키는 건가 하는 생각도 들어요." 내가 말했다. "크리스틴이 프로젝트에 합류한 직후요."

내가 말을 멈췄다. 아디사와 헌터는 내게 귀를 기울이고 있었다. 어떤 말을 해야 할지 정리할 시간이 필요했다.

이상하기도 하지. 사건 자체보다 그 이후의 기억이 더 생생하다니. 그때는 문제를 해결하고 회의를 하고 밤늦게 연구소로 호출을 받아 출동하는 나날로 바쁜 한 주를 보낸 후였다. 마음이 갑갑하고 피곤해서 모든 기억이 흐릿하게 뒤섞였다. 기억이 선명해지는 시점은 그 이후였다. 아마 금요일이었을 거다. 여름의 해 질 녘은 길고 느긋하고 더없이 편안했다. 한 시인이 말했던 꿈꾸는 첨탑들의 도시, 옥스퍼드에서만 누릴 수 있는 여름날의 저녁이라고 할까. 열 시에 하늘은 보랏빛이었고 나뭇잎이 산들바람에 바스락거렸다. 수니타는 지하실에서 스페인산 드라이 레드와인을 꺼내 왔다. 저녁을 한참 전에 먹고 다른 사람들은 각자의 집으로 돌아갔지만 우리는 단둘이 수니타의 집 정원에서 술을 마셨다. 울창한 정원 울타리가 도시의 소음을 막아줬고 우리를 둘러싼 여름의 밤이 모든 세계를 빨아들이며 일주일의 근심이 씻겨 나갔다. 떠나고 싶지 않았다. 우리에게는 할 얘기가 많이 남아 있었다.

"네 자식 행동 의논해야지." 수니타가 말했다. 부드러운 목소리가 따스한 바람처럼 나를 간질였다. "해결 방법 알아냈어?"

"왜 말썽 피울 때만 내 자식이에요?" 웃으며 물었지만 마음 한구석의 불안감을 감추려 웃는다는 사실을 우리 둘 다 잘 알았다.

뱅가드는 늘 우리를 놀라게 했다. 그 점은 놀랍지 않았다. 언제나 문제를 새롭게 해결하는 방법을 배우고, 도전에 새롭게 직면하는 방법을 개발하고, 배워야 하는지도 몰랐던 기술들을 스스로 학습했다. 뱅가드는 그러기 위해 만들어졌다. 우리가 제시한 과제를 초월해 더 높은 수준으로 발전했다는 사실을 깨달았을 때의 설렘과 떨림은 언제나 새로웠다. 나는 뱅가드가 생각하는 방식, 소통하는 방식, 성장하고 변화하고 스스로 더 복잡해지는 방식을 사랑하게 되었다.

아침에 출근해 보니 뱅가드가 건물의 보안 시스템에 접근해 문 여는 법을 스스로 터득한 적이 있었다. 우리는 놀랐지만 크게 걱정하지 않았다. 대학원생 하나가 기계 연구소에서 공구를 훔치고 있다는 사실을 알아차리고 범인의 정체를 확인했을 때는 기뻤고 조금은 감동했다. 뱅가드가 할 수 있어야 할 일들은 아니었다. 직원을 모니터하거나 주변 시설을 통제하는 것은 뱅가드의 일이 아니었다. 하지만 탐험가로 설계되었고 관찰과 수집을 하며 필요한 경우 자기를 보호하도록 만들어진 뱅가드는 정보 수집광이 되기를 선택했다. 우리는 타이탄 기지에서 대원이나 시스템에 중요한 문제가 생길 경우 어떻게 할 것이냐는 과제를 제시했기 때문에 뱅가드가 그런 행동을 학습했다고 추리했다.

본격적으로 걱정하기 시작한 것은 뱅가드가 문을 열지 않고 닫기 시작했을 때부터였다.

"처음에는 특정한 사람이 타깃인지 몰랐어요." 내가 말하며 삭발한 머리를 문질러 두피의 땀을 닦았다. "뱅가드가 도둑을 또 찾았거나 찾고 있나 보다 했죠. 테스트를 해보니 공통분모가 크리스틴이더라고요. 뱅가드가 연구소 보안 시스템을 장악하고 문을 닫을 때마다, 들어오려는 사람들 틈에 크리스틴이 있었어요."

"알았던 거예요?" 헌터가 물었다.

"모르겠어요. *뭔가*는 알았던 게 분명해요. 다른 사람들과 똑같이 소개했는데요. 크리스틴은 자격증도 제대로 다 갖추고 있었고, 신원 조사도 쉽게 통과했어요. 하지만 뱅가드는 지구를 떠난 후에도 그 행동을 계속했어요. 크리스틴이 연구소에 들어오지 못하게 출입을 막거나 일을 못 하게 접근 코드를 바꿨죠. 우리는…… 글쎄요, 그냥 재미있었어요. 웃어넘겼어요."

당연히 크리스틴은 약이 올라 죽으려 했지만 나와 수니타는 뱅가드가 논리적 근거가 없어 보이는 행동을 한다는 것에 흥미를 느꼈다. 다른 행동들에는 이유가 있었다. 하지만 이것만큼은 설명이 불가능했다. 수니타의 집 정원에서 보냈던 그 여름날 저녁, 수니타는 이런 의견을 냈다. 내가 새 팀원을 원하지 않는다는 사실을 뱅가드가 알았기 때문이 아니겠냐고. 하지만 그런 이유는 AI에게 해당하지 않았다. 어떤 결정이, 알고리즘이 있어야 했다. 팀원 교체에 대한 내 불만을 뱅가드의 그런 행동으로 변환하는 일련의 선택이 있어야 했다. 백지에서 시작해 회로 하나하나, 전선 하나하나 이으며 기막히게 영리한 정신을 만들어낸 우리는 그 정신의 일부밖에 이해하지 못했다. 성장하고 변화했고 이제는 우리가 가르치지도 않은 행동을 하고 있었다. 아이를 키우는 부모의 경험과도 크게 다르지 않았다.

천사 같기만 하던 아이가 어느 날 저녁 술에 취해 히죽히죽 웃으며 현관 앞에 나타나고 아이를 대동한 경찰이 왜 미쳐 날뛰는 자식을 단속하지 못했냐고 따져 묻는 경험 말이다. 똑같이 오싹하고 불안했다.

"나중에야 이해가 되더군요. 블랙헤일로가 크리스틴을 자기네 순교자 중 하나로 지목했을 때요. 하지만 그때는, 뭐, 너무 늦었죠. 뱅가드는 완전히 파괴됐으니까요. 우리는 계속 놓쳤지만 뱅가드는 발견한 단서가 뭔지 알아낼 방법이 없었어요."

내가 말하는 동안 침묵을 지키던 아디사가 물었다. "데이비드가 그 얘기를 꺼내서 무슨 말을 하려 했다고 생각해요?"

"이곳 대원을 의심하라는 말 같아요. 하지만……." 나는 구석의 카메라를 다시 힐끔 쳐다봤다. 두 사람이 이해하기를 바랐다. "대원 말고도요."

헌터가 눈을 크게 떴다. "아. 하지만 불가능하잖아요. 아니에요? 아니, 말도 안 돼."

아디사가 스크루드라이버를 던졌다가 받았다. 표정을 보니 예리한 질문을 여러 개 준비했지만 지금은 질문을 할 때나 장소가 아니라는 걸 아는 눈치였다.

"삼 분 삼십 초." 아디사가 말했다. "짐 챙기고 가까이 와서 봐요?"

아디사는 해치 옆에 무릎을 꿇고 나와 헌터가 주위를 둘러싸기를 기다렸다. 지켜보기 위해서가 아니라 감시 카메라의 시야에서 아디사의 행동을 차단하기 위해서였다. 헌터는 제어 패널에 몸을 기댔다. 나는 해치와 구석의 카메라 사이에 위치를 잡았다. 우리가 발견하지 못한 카메라가 또 있다면 굉장히 곤란해질 터였다. 아디사의 행동을 오버시어가 얼마나 빨리 알아차리는지가 관건이었다.

아디사는 손전등을 입에 물고 해치 옆 접속 패널의 나사를 풀었다. 안에서 전선 뭉치 하나를 꺼내고 또 하나를 꺼내 잡아당기니 작은 플라스틱 회로 박스가 나왔다. 라벨은 없었지만 아디사는 무엇을 하는지 정확히 아는 듯했다. 아디사가 박스를 툭 열고 안을 들여다봤다. 작업하는 모습이 놀라웠고 그래서 조금은 부끄러웠다. 아디사는 화성에서 자랐다. 그것도 가장 낡고 가난하며 수십 년간 방치된 거주 돔이 황폐하게 무너지고, 굶주린 사람들이 식량 은행에 들어가지 못하고, 기업 회장들은 사유지에 물을 비축하고, 무장한 민병대가 비무장 시위대에게 사용할 무기를 쌓아두던 시기에. 그런 조건에서 어떤 삶을 살았을지 감히 상상도 할 수 없었지만 이것만큼은 이해했다. 센서를 속여 잠긴 문을 따는 법을 배우는 것이 삶과 죽음을 가르는 문제였다는 것을.

시간이 얼마 지나지도 않은 느낌인데 아디사가 말했다. "안이 굉장히 시끄러워질 거예요."

경고등 불빛이 눈이 멀 정도로 환하게 한 번, 두 번 번쩍이더니 이후로는 계속 하얀빛을 뿜어냈다. 경보가 울리고 곧이어 보안 시스템의 단조로운 목소리가 들렸다. "경고. 이 구역에 높은 수치의 방사능이 감지되었습니다. 신속히 대피하세요."

해치의 제어 패널에 번쩍 불이 들어왔고 경보음이 울려 퍼지는 가운데 해치의 잠금장치가 작게 철컹거리며 풀리는 소리가 들렸다.

아디사가 해치를 당겨 열고 헌터에게 지나가라 손짓했다.

"경고. 이 구역에 높은 수치의 방사능이 감지되었습니다. 신속히 대피하세요."

헌터가 나가자마자 나도 최대한 빠른 속도로 사다리를 미끄러지듯 내려왔다. 아디사도 바로 내 뒤를 따랐다. 아디사는 해치를 닫아 사이렌 울음을 끊었다. 사다리를 다 내려온 후 나는 혹시라도 잘못 판단했을까 봐 벨트의 방사능 센서를 확인했다. 수치는 정상으로, 경보가 울리기 전과 똑같았다. 안도의 한숨이 나왔다.

"좋아." 아디사까지 사다리를 다 내려왔을 때 내가 말했다. "솔직히 말하면 다음 계획은 없어요."

헌터가 입술을 잘근거리다 환한 표정을 지었다. "아! 알겠다. 따라와요."

헌터는 좁은 통로를 빠르게 지나며 중간쯤에서 방향을 틀고 가다가 몇 번 더 방향을 바꿨다. 우리의 손전등이 비추는 작고 동그란 부분 외에는 아무것도 보이지 않았지만, 소리가 울리는 넓은 공간의 존재감을 사방에서 느낄 수는 있었다. 위와 아래에 거대한 기계가 있고 저 멀리 숨어 있는 벽으로 광산이 뻗어나간다. 수리 로봇 무리는 아직도 기계들 위를 딱정벌레처럼 기어다니고 있었다. 설비가 부지런히 돌아가며 끊임없이 윙윙거리는 소리도 그대로였다.

통로 중앙까지 우리를 이끌었던 헌터가 갑자기 멈춰 섰다. 이곳에는 아무것도 없었다. 콘솔이나 터미널도, 접속 패널도, 기계나 로봇도.

"여기서 얘기해요." 헌터가 소리 죽여 말했다. "데이비드와 발견했어요. 보안 카메라에 찍히지 않는 지점이에요. 분쇄기 드럼이 제일 가까운 카메라를 가리고 가까운 곳에 녹음 장치도 없어요. 그냥 통로 중앙에만 머물러 있으면 돼요. 경계선 사이에."

그러면서 금속 격자 바닥의 한 부분을 손가락으로 가리켰다. 꽤나 비좁은 공간이었지만 우리 셋은 가까이 모여 섰다.

"좋아요, 말리." 아디사가 말했다. "하려던 말 해봐요."

"네. 알겠습니다." 나는 무의식적으로 아픈 관절을 달래려 왼쪽 어깨를 문질렀다. "메리 핑이 데이비드를 죽였어요. 그건 확실해요. 데이비드는 핑이 한 뭔가를 발견했고, 보면 감탄할 거라는 핑의 바람과 달리 겁을 먹었어요. 그래서 자백을 받거나 그 일을 못 하게 할 마음으로 핑을 대면했고 핑은 데이비드를 죽였어요. 문제는 데이비드가 뭘 발견했느냐는 거예요. 저는 이게 아이올리아 사건으로 거슬러 올라간다고 생각합니다. 그래서 데이비드도 죽기 전에 그 사건 자료를 읽고 있었던 거예요."

"핑은 아이올리아 사건의 조사관이었어요. 오버시어에 침투해 모든 안전장치를 무력화한 바이러스에 접근할 권한이 있었겠죠. 바이러스가 뭘 어떻게 했는지 모르겠지만 아이올리아의 오버시어는 대원들의 생존을 포기했어요. 제 생각에는 핑이 그 바이러스를 얻은 것 같아요. 그 바이러스의 원리를 알아내 똑같은 바이러스를 만들었을 수도 있고요. 그리고 이곳에 가져왔어요. 오버시어를 바이러스로 감염시키기 불가능하다고들 하지만 오버시어의 뇌에 접근할 수 있는 시스템관리자라면 다 헛소리가 되죠."

"하지만 왜요?" 헌터가 말했다. "왜 그런 짓을 해요? 이유가 뭐죠?"

"바이러스가 오버시어에 영향을 미치는 것, *그게* 이유예요." 내가 말했다. "핑이 죽기 전에 했던 말을 계속 생각해 봤거든요. 인터뷰 때 했던 말도요. 핑은 인간이 스스로 하는 선택보다 기계가 대신 해 주는 선택이 더 낫지 않겠냐고 물었어요. 그런 사람 많이 봤어요. AI에 대해 그렇게 말하는 사람들요. 그들은 AI를 기계나 도구로 보지 않아요. 그보다는 종교처럼 생각하죠. 핑은 뱅가드가 얼마나 자유로웠는지, 우리가 얼마나 많은 자유를 줬는지 얘기했어요. 나도 같은 생각인지 떠보려는 질문이었던 것 같아요. 무슨 정치적 발언을 하려고 살인 AI를 만들려 했다고는 생각하지 않아요. 아이올리아를 공격했던 사람들과 같은 목적도 아니었을 거고요. 핑이 바이러스를 이곳으로 가져와 오버시어를 감염시킨 건 그런 자유가 생기면 오버시어가 어떻게 할지 보고 싶었기 때문이에요. 그리고 생각대로 잘됐죠. 지나치게 잘됐어요. 지금 오버시어는 스스로 생각하고 있어요. 우리를 가둔 것도 자의적인 판단이었어요. 메리 핑을 죽인 것도요."

아디사도, 헌터도 한참 동안 아무 말이 없었다.

"저기, 나도 확실하지는 않아요." 내가 답답해서 말했다. "잘못짚었을지도 모르죠. 핑에게 물어볼 수 있는 것도 아니고. 아무튼 내 말은…… 어느 게 더 가능성 있을까요? 니무에에 침입자가 있는데 오랫동안 계속 숨어 있다가 봉쇄가 되기 전에 갑자기 모습을 드러낸 걸까요? 아니면…… 아무도 존재하지 않는 걸까요? 로봇 슈트 안에는 사람이 없었어요. 오버시어가 원격으로 조종하고 있었으니까요."

"오버시어는 사람을 해치지 않아요." 헌터가 말했지만 자신감이 없는 말투였다. "그럴 리 없어요."

"전에는 몰라도 그럴 수는 있어요." 내가 말했다. "아이올리아의 감염된 오버시어는 전 대원이 죽게 놔뒀어요."

"우리가 알아차리지 않았을까요? 오버시어가 감염됐다면?"

"데이비드가 알아차렸잖아요. 자기가 정확히 뭘 발견했는지 몰랐을 뿐이죠. 그래서 내게 연락한 거예요. 심포지엄에 대해 얘기하는 줄 알았는데 지금 생각하면…… 핑이 아닌 AI 전문가의 도움이 필요했던 것 같아요. AI가 말을 안 듣기 시작할 때 어떤 일이 일어나는지 알아봐 줄 사람 말이에요."

헌터가 고개를 젓자 가느다란 은발이 얼굴 주위로 자유롭게 휘날렸다. "하지만 왜 메리를 죽이죠? 왜 그런 짓을 해요?"

"나도 잘 모르겠어요. 묻고 싶네요. 데이비드를 죽였기 때문일지도 몰라요. 그래서 위협으로 본 거예요. 핑이 바이러스로 감염시켰어도 오버시어는 오버시어잖아요. 자기를 더 건드리지 못하게 방어하는 행동이었을지도 모르고요." 내가 손으로 얼굴을 문질렀다. "자기 능력을 벗어날 수 있는 AI는 그게 문제예요. 그런 행동을 왜 하는지 모른다는 거요. 예측할 수 없어요. 정말 모르겠어요."

나는 아디사를 쳐다봤다. 그는 내가 가설을 주장하는 내내 침묵을 지켰다.

"내가 뭘 놓친 것 같아요. 뭔가 놓치고 있는 게 분명해요." 내가 말했다.

"우리도요." 아디사가 말했다. "회사가 광산의 효율성과 생산량을 거짓으로 보고하고 있다는 걸 데이비드가 발견했다고 했죠?"

"맞아요. 증거를 수집해 뒀어요."

"화물 운송 터널에는 감시 카메라가 없고요? 그럼 여기서 질문." 아디사가 말했다. "로봇 슈트와 거미들은 어디서 왔을까요? 왜 니무에에 그런 장비들이 있죠?"

"왜냐하면 누군가……." 내가 말을 하다 말았다. 아디사가 무슨 말을 하는지 깨달았기 때문이다. "아. 아, 미쳤어."

거기 있었다. 사라졌던 조각이, 거칠어 맞아떨어지지 않던 가장자리가.

데이비드는 내게 경고하려 했다. 주변을 아무리 둘러봐도 믿을 수 있는 사람이 몇 없고, 자신을 이해해 줄 사람은 더 없다는 현실을 깨달았을 때 얼마나 두렵고, 얼마나 괴로웠을까. 데이비드는 헌터도 믿지 못했다. 헌터는 가족의 사업과 태양계 내 기업들의 손익 게임에 엮여 있었으니까. 데이비드가 내게 연락한 이유는 자기만큼이나 나도 파르테노페를 증오하는 사람이었기 때문이다. 나는 AI의 능력을 이해하는 사람이었다. 기술 발전의 윤리성, 통제할 수 없는 기계를 만드는 사람으로서의 책임감, 우리가 세상에 가져올 기회와 위험에 대해 데이비드와 함께 오랜 시간 토론을 해온 사람이었다.

데이비드와 나는 몇 년이라는 역사를 공유했고 그 안에는 메시지에서 내게 언급할 수 있는 사건이 넘쳐났다. 그런데 하필이면 엑셀시오르를 선택했다. 불법 무기를 가득 싣고 비행하다 추락해서 유명해진 배.

가슴이 조여왔다. 내가 말했다. "여기서 만든 거예요. 회사는 니무에에서 무기를 만들고 있어요."

그게 데이비드가 발견한 비밀이었다. 그래서 죽임을 당했다.

거의 삼십 초 동안은 아무도 말을 하지 않았다. 헌터는 충격을 받은 표정이었다. 아디사는 분노했다. 승강기에서 거미 로봇을 해체할 때 보였던 바로 그 분노였다. 나는 속이 울렁거려 토할 것 같았다.

"하지만 그건…… 그건 불법이에요. *완전히* 불법이라고요." 헌터가 가냘픈 고음으로 말했다.

어린애 같은 말에 웃음이 나올 뻔했다. 헌터는 진심으로 놀랐다. 전혀 모르고 있었다. 이 사실을 아는 대원은 많지 않았을 것이다. 시그라와 몇 명을 제외하면. 월례 점검에 쓸데없이 몇 시간을 더 투자했던 델리카타. 은밀한 바이러스를 손에 넣은 메리 핑.

물론 불법이었다. 그래서 돈이 되는 것이었다. 그래서 대규모 공사 프로젝트와 대량의 운영 데이터로 은폐한 것이었다. 미승인 무기를 제조하는 행위는 군축조약의 모든 조항을 위반했다. 처벌도 벌금이나 가벼운 징계로 끝날 리 없었다. 회사는 모든 소행성의 채굴 사업을 접어야 할 수도 있었다. 경영진과 그 사실을 아는 투자자는 지구와 위에량에서 전쟁 범죄로 기소될 수도 있었다.

그런데도 파르테노페는 추진하고 있었다. 니무에에 무기 공장을 숨기고 최첨단 로봇 슈트, 민첩한 폭탄 거미 로봇을 만들었다. 또 어떤 더러운 무기를 만들지 모르는 일이었다. 파르테노페는 소행성대에서, 어쩌면 그 너머에서도 군사 권력으로 거듭나기를 원했다. 이십오 년간 이어진 태양계 전역의 무장 해제를 끝내고 전쟁을 일으킨다면 말이다. 니무에의 장기적인 투자 가치에 의문을 품던 분석가들과 경제학자들은 회사가 공격적인 영역 확장 수단을 만들고 있다는 사실을 계산에 넣지 않았다. 회사의 전략은 합병이나 인수가 아닌 정복이었다.

아디사가 날카롭게 숨을 내뱉고 고개를 저었다. "기가 막히는군. 당신 친구 프루센코가 찾은 거요. 데이터가 일치하지 않는 에너지와 자원 사용량…… 그게 다 기지의 숨겨진 공장으로 가는 거네요? 썩은 해군 기지가 떡하니 있는데 다른 용도로 사용할 리가 없지."

"베라라는 대원 말로는 데이비드가 지금은 사용하지 않지만 해군 기지로 이어진 관에서 연료 누출을 찾는다고 했어요." 내가 말했다.

"거긴 폐쇄됐죠?" 헌터가 말했다. "완전히 닫혔어요. 이제는 못 가요."

"확실해요?" 내가 말했다.

"그렇다고……." 헌터가 허탈하게 웃었다. "그렇다고 시그라 대장에게 들었어요. 오버시어도 존재를 모른다고 했어요. 오버시어가 관리하는 영역이 아니라서요. 그리고 우리 대원들은 오버시어가 볼 수 없는 곳에 들어가지 못한다고 했어요. 계약서의 법적 책임 조항, 뭐 그런 거를 위반하는 행위라고요. 당연히 우리는 그 여자 말을 믿었죠. 케이티와 쉬는 시간에 주변을 둘러보자는 얘기를 하고 있었거든요? 딱히 뭘 찾으려는 건 아니었어요. 그냥 구경만 하려고 했는데 시그라가 난리를 치는 거예요. 사고나 소송을 책임지고 싶지 않댔어요. 과민 반응이라 생각했지만 괜히 머리 아프게 따지고 싶지는 않았죠."

"시그라에게 물어봐야 해요." 내가 아디사에게 말했다. "베라도요. 데이비드가 뭘 했는지 조금 더 자세히 물어볼 걸 그랬어요."

기지가 봉쇄된 상황에서 어떻게 할지는 막막했다. 모든 소행성 광산에는 기계 시스템이 전부 장애를 일으키고 대원이 컴퓨터, 통신, 전력을 사용하지 못하고 공기도 구하지 못할 때 지상으로 나갈 방법이 마련되어 있다. 쉽고 효율적인 방법이 아니어도 된다. 작동하지 않을 상위 시스템에 의존하지 않고 존재하면 그만이었다.

이 경우에는 영 층까지 삼 킬로미터를 기어 올라가야 한다는 의미였다. 무려 삼 킬로미터나.

자연히 우리는 승강기를 사용할 방법이 있을지 살펴보기로 했다. 봉쇄 시스템을 다시 우회해 볼까도 생각했다. 아디사가 어린 시절 익힌 유용한 기술이 있으니까. 하지만 고민할 필요는 없었다.

우리가 승강기와 제어 패널에 다가가자 여태까지 캄캄했던 화면이 깜박이며 켜지고 단어 하나가 떴다.

준비.

"뭐야? 돌아가는 거예요?" 내가 걸음을 멈추고 말했다.

갑자기 들린 무전기 잡음에 우리 세 사람이 화들짝 놀랐다. 여자 목소리가 흘러나왔다. "여보세요? 거기 있어요?"

"케이티예요." 흥분하며 말한 헌터가 무전기를 쥐고 대답했다. "케이티! 봉쇄 풀렸어?"

잠시 정적이 흐르더니 케이티 킹이 대답했다. "우리가 승강기 작동시켰어. 빨리 올라와."

"다들 괜찮아? 무슨 일이야?" 헌터가 물었다.

"빨리 돌아와." 킹이 다시 말했다. 목소리가 이상하게 무덤덤했다.

나는 당황해서 그런다고 생각했다. 아직 두려워서. 걱정할 문제가 있어서.

아디사가 자기 무전기에 대고 말했다. "지금 갑니다."

승강기 문이 스르르 열렸다.

열여덟

우리를 태운 승강기는 빠르게 위로 올라갔다. 영 층에서 추가 무전은 없었고 오버시어도 내내 아무 반응 없이 침묵을 유지했다. 제어 패널에서도 음성이나 텍스트 메시지가 나오지 않기는 마찬가지였고, 계속 통신이나 제어 시스템에 접근을 시도했지만 시종일관 무반응이었다. 시스템을 관리하는 AI가 제대로 기능하는지 모르는 채로 승강기를 타다니 너무 위험하다는 생각이 들었다. 하지만 무슨 상황인지 모르는 채로 깊은 광산에 남아 있느냐, 다른 사람들과 합류해 문제에 정면으로 대응하느냐 둘 중 하나가 선택지라면 선택하고 말고 할 것도 없었다.

영 층에 이르자 승강기가 미끄러지듯 멈춰 섰다. 문이 열리고 중앙부가 나왔다. 조명은 켜진 상태였다.

처음으로 눈에 들어온 것은 시체였다.

"이런. 안 돼." 아디사가 숨을 내뱉었다. "안 돼."

화물 창고 입구의 문과 문틀 사이에 네드 델리카타가 끼어 있었다. 닫히려는 문이 상체와 왼쪽 어깨를 으스러뜨렸고 델리카타의 몸에 압력을 가하며 장치가 갈리고 삐걱대는 소리가 났다.

"아, 아니야. 안 돼, 안 돼, 안 돼." 헌터가 앞으로 튀어 나가 옆에 무릎을 꿇었다. "내 말 들려? 네드?" 목소리가 악을 쓰듯 높아졌다. "이게…… 봐서는 모르겠어요. 내 말 들려? 네드!"

불에 탄 피부와 찢긴 작업복에 거미 로봇의 잔해가 들러붙어 있었다. 헌터가 어깨를 조심스레 흔들자 델리카타의 머리가 푹 꺾였다.

"안 돼, 안 돼, 안 돼." 헌터가 말했다. 점점 이성을 잃어가고 있었다. 일어나서 뒤로 돌았다가 다시 무릎을 꿇고 앉았다. "어떻게 된 거야? 다들 어디 있어? 케이티? 케이티!"

아디사가 무전기에 손을 뻗었다. "에이버리? 휴고? 들리나?"

답이 없었다. 통신 시스템이 무전 신호를 포착하는지도 알 수 없었다. 나는 헌터의 옆과 델리카타의 위로 몸을 구부리고 델리카타를 짓이기려는 문을 멈춰보려 했지만 제어 패널은 반응하지 않았다. 입구 너머로 보이는 화물 창고는 캄캄했다. 인기척을 느낄 수가 없었다. 목소리도, 발소리도, 무전기의 잡음도 들리지 않았다. 의혹이 검은 먹구름처럼 내 머리를 채웠다.

아디사가 다가와 헌터의 어깨에 손을 올렸다. 헌터는 놀라서 숨을 헉 들이마시고는 두서없이 쏟아내던 말을 멈췄다.

"숨을 쉬고 있어요?" 아디사가 물었다.

"몰라요. 모르겠어요. 저는…… 저는……." 헌터는 정신을 차리려는 듯 또 한 번 숨을 들이마셨다. 떨리는 손을 뻗어 손목, 다음으로는 목의 맥박 지점을 만졌다. "아무, 아무 느낌이 없어요. 전혀."

아디사가 다시 무전기를 들었다. "작업동으로 돌아왔다. 에이버리? 들리나? 누구든 들리는 대원이 있으면 응답하기 바란다."

"여기는 전파 거리가 짧아요. 차폐막 때문에." 내가 말했다. 아디사도 그걸 알았다. 아디사가 그걸 안다는 건 나도 알았다. 하지만 무슨 말이라도 해야 할 것 같았다. 어떤 의견이든 내서 사방의 숨 막히는 정적을 채워야 할 것 같았다. 헌터의 목소리가 높아질수록, 헌터의 호흡이 거칠어질수록 내 몸의 감각은 사라졌다. 헌터의 공포감이 강해질수록 내 안에서 반응할 가능성이 빠져나가는 느낌이었다. 작업동 문은 열려 있었다. "우리 확인을……."

델리카타가 캑캑하며 젖은 기침을 토했다. 비명을 지르며 뒤로 허둥지둥 물러나던 헌터가 한 손으로 바닥을 짚더니 쓰러졌다. 델리카타의 입술 사이에서 피 섞인 침이 튀어 턱을 붉게 물들이고 그를 꼼짝 못 하게 하는 문에도 후드득 쏟아졌다. 가슴 깊은 곳에서 뼈가 갈리는 듯한 섬뜩한 소리가 났다.

델리카타의 눈이 뜨였다. 입술이 움직였고 보이는 쪽의 손도 움직였다.

아디사가 옆에 쭈그리고 앉았다. "우리가 도와줄게요. 무슨 일입니까? 다른 사람들은 어디 갔어요?"

델리카타가 거칠고 떨리는 목소리로 첫마디를 내뱉었다. "그…… 그…… 그, 그 여자가……."

"그 여자?" 아디사가 물었다. "다른 사람들은 어디 갔어요?"

델리카타가 인상을 쓰며 입술을 일그러뜨리자 붉은 입술 뒤의 붉은 치아가 보였다. 유혈이 낭자한 미소를 흉내 내는 것만 같았다. "너…… 너…… 너무 늦었어요. 바로 들어갔어요. 탈출할 수 있을 줄 알고." 델리카타가 또 말을 끊고 기침을 했지만 기침은 고통스럽게 쌕쌕거리는 소리로 변했다. "너무 늦었어."

"어디로 가는데요? 왜 늦었다는 거예요?"

헌터가 델리카타의 어깨를 만졌다. "네드, 다들 어디 갔어? 케이티는? 케이티가 불렀는데."

"아닌 것 같아요." 내가 아주 나직이 말했다. 헌터가 내 말을 들었는지는 모르겠지만 아디사는 나를 보며 동감한다고 고개를 끄덕였다.

델리카타는 몇 초간 거친 숨소리를 내며 고통스럽고 절박하게 호흡만 했다. "옛 기지." 델리카타가 말했다. "그게…… 그게 못 보는 곳으로 도망친다고 생각해. 내가…… 내가 보낸 게 아니야. 들킬 거야. 그건…… 그건 눈이 있어."

"오버시어를 피해 지구연합 해군 기지로 도망친다고?"

"멍청한 계획이지. 이제는 가기도 싫어. 이…… 이제는 아니야. 그게…… 그게 달라진 후로는."

"달라졌다고? 무슨 뜻이야?"

"안…… 안 될 거야. 시그…… 시그라가……."

"시그라가 뭐요?" 아디사가 더 다급하게 말했다. "어디 있는지 알아요?"

이번에 델리카타의 얼굴에 떠오른 표정은 잘못 해석할 여지가 없었다. 그는 분노로 얼굴을 일그러뜨리고 있었다.

"미친 여자. 분명 나라고 하겠지."

"시그라 말입니까? 뭐라고 한다는 거예요?" 아디사가 말했다.

그 순간 델리카타는 뭔가 찢어지는, 소름 끼치는 소리를 내며 기침을 시작했고 입에서 튄 피 섞인 침이 턱을 물들였다. 기침이 점점 빨라지더니 별안간 델리카타가 꼴깍꼴깍 숨넘어가는 소리를 내며 눈을 부릅떴다. 무슨 말을 하려고, 억지로 말을 끌어내려고 하던 그가 움직임을 멈췄다. 그냥 멈췄다.

"네드? 무슨 말이야? 네드?" 헌터가 고함을 지르듯 목소리를 높였다. 은발을 휘날리며 고개를 젓고 있었다. 서 있는 모습이 너무 불안정해 저러다 기절할 것 같아 걱정이 들었다. "이게 무슨 개같은 상황이냐고? 다들 어디 있어?"

헌터가 아디사를 밀치고 지나가려 했지만 아디사가 일어나 헌터를 붙잡았다. 팔을 붙잡히자마자 헌터는 눈물을 터뜨렸다. "다른 부상자들이 있는지 확인해야 합니다." 헌터의 어깨 너머로 아디사가 내게 말했다. "혹시……."

"네." 내가 말했다. 나는 무서울 정도로 차분했다. 헌터의 공포감이 전염되기를, 헌터의 눈물과 외침과 거친 호흡이 내게도 번지기를 기다렸지만 그런 일은 일어나지 않았다. "지금 할게요."

내가 자리를 뜨는 동안 아디사는 승강기를 타기 전에 우리가 짐작했어야 할 사항들을 헌터에게 조용히 설명하고 있었다. 우리에게 연락한 것은 케이티 킹이 아니었다. 승강기를 작동시킨 것은 대원들이 아니었다. 둘 다 오버시어였다. 킹의 목소리를 모방하고 우리를 끌어들였다.

우리는 광산에서 더 안전했을 것이다.

주거동 문을 지나니 주방의 조명 몇 개와 드라마가 재생되고 있는 벽스크린 화면만이 휴게실을 비추고 있었다. 「돌아온 레이철」에서 「안드로메다 선셋」으로 넘어갔지만 다행히 음소거를 해 격정적인 오케스트라 음악은 들리지 않았다. 약한 불빛에 내 손전등 빛을 보태니 입구 근처에 문이 열려 있는 직원 사물함이 보였다. 부츠와 재킷과 장비가 죄다 바닥에 쏟아져 나와 있었다. 나는 손전등을 이리저리 움직이며 벨트 몇 개와 뚜껑이 열려 내용물이 쏟아진 케이스들을 발견했다. 티브이 앞 소파에는 반쯤 비운 식판이 있었다. 의자 옆 바닥에는 구겨진 담요가 뒹굴었다. 누군가 놀라서 벌떡 일어나며 그대로 놔둔 것만 같았다.

대원들은 서둘러 출발했다. 하지만 문을 억지로 열어야 했다는 흔적은 없었다. 원래 안에 무엇이 있었는지 각 대원의 필수 소지품 목록을 참고하며 사물함 몇 개를 확인했다. 두툼한 내열 슈트와 전동 작업화는 아직 있었지만 우리도 광산으로 가지고 갔던 것과 비상용 진공 슈트는 사라졌다. 이들은 감압이나 방사능의 위험을 예상하고 떠났다. 델리카타가 말한 옛 기지로. 준비를 하고 떠났다.

휴게실 안을 천천히 움직였다. 기지의 환기 장치와 주방 가전제품 돌아가는 소리가 전부였기에 내 게코 부츠가 바닥을 때리는 소리가 엄청난 소음으로 느껴졌다. 나는 걸음을 내디딜 때마다 더 긴장하며 무거운 침묵을 의식했다. 빗방울 떨어지듯 금속과 금속이 톡톡 부딪히는 소리가 당장이라도 들리고 내게 달려오는 은색 로봇의 희미한 빛이 보일 거라는 확신이 커졌다.

휴게실에서 처음 보는 물건은 경첩으로 뚜껑이 고정된 금속 상자뿐이었다. 식당 테이블 하나에 열린 채로 놓여 있었다. 다가가 안을 들여다봤다. 아무것도 없었다.

다시 뒤로 물러나던 중, 다른 뭔가가 눈에 보였다.

시체 하나가 테이블 다리와 엉켜 있었다. 문에서는 보이지 않았는데. 벤치와 짙은 그림자에 가려져 못 봤나 보다. 미겔 베라였다. 아직 뜨여 있는 눈이 내 손전등 불빛을 공허하게 반사했다. 베라의 어깨에 로봇이 달라붙어 있었다. 피를 뒤집어쓴 팔 전체, 가슴 절반, 목과 하관이 엉망이었다. 로봇의 막대기 같은 다리 두 개는 아직도 늘어진 볼에 박혀 있었다.

그래도 일단 맥박을 확인했다. 아무것도 잡히지 않았다. 손에 닿은 피부가 차가웠다. 베라는 데이비드의 친구였다. 지구로 돌아갈 돈을 모으고 있던.

내가 발견한 시신은 베라뿐이었다. 다른 방에는 아무도 없었다.

마지막으로 데이비드의 방을 확인했다. 아까와 똑같이 정돈된 빈 방이었다. 벽에 붙은 타이탄 지도 말고는 개인적인 물건이 하나도 없었다. 다시 나가려 뒤로 돌았다.

그러다 멈췄다. 천천히 뒤로 돌았다.

내기에서 이긴 사람은 나였던 거야. 데이비드는 메시지에서 그렇게 말했다. 그 호수는 *내 차지였어.*

데이비드는 오버시어를 경고하기 위해 크리스틴을 언급했다. 무기를 경고하기 위해 *엑셀시오르* 얘기를 꺼냈다. 하지만 호수는……, 호수를 언급한 이유는 알 수 없었다. 지금까지 데이비드의 메시지에 우연한 발언은 존재하지 않았다. 나는 지도에 가까이 다가갔다.

크라켄 마레는 타이탄에서 가장 넓은 액체 호수였다. 탄화수소로 이뤄진 거대한 호수는 사십만 제곱킬로미터가 넘었다. 우리가 착륙할 지점은 아니었지만 그곳에서 주요 연구를 진행한다는 목표가 있었다. 그 주말에 왜 크라켄 마레를 두고 내기를 했는지는 기억이 나지 않았다. 아마 같은 주에 미생물학자들과 미팅을 했었던 것 같다. 흥분해서 눈을 크게 뜨고 그곳에서 발견하기를 바라는 것들을 얘기하던 사람들. 또 다른 기억도 떠올랐다. 타이탄의 알려진 지형들의 이름을 학습하고 얼마쯤 지나 뱅가드는 몇 번의 테스트를 거쳐 크라켄과 같은 거대 오징어로 수중 로봇의 형태를 만들었다. 전에도 그런 적이 있었다. 이제 막 배운 개념을 받아들이고 조사하고 그 의미를 찾아 수백, 수천 가지 변형을 시도했다. 알고 보니 크라켄은 특정한 환경에서 가장 추진력이 좋은 형태였다.

나는 지도에 손을 올리고 호수의 삐죽삐죽한 가장자리를 따라 그렸다. 그런데 매끈한 재질 뒤에 뭔가 잡혔다. 불규칙한 형태로 가장자리가 튀어나와 있었다. 두께는 끽해야 몇 밀리미터였다.

벽에서 지도 모서리를 뜯어내자 벽과 똑같이 회색인 작고 얇은 필름이 나왔다. 만지지 않고 눈으로만 봤더라면 알아차리지 못했을 것이다. 필름을 뜯으려면 손톱을 써야 했다.

회색 필름 아래에는 십오 센티미터쯤 되는 금속 물체가 있었다. 한쪽 끝은 매끈한 직사각형이었지만 반대쪽 끝은 복잡한 무늬의 요철로 깎여 있었다. 엄지와 검지로 집어 들고 손전등 불빛에 비춰봤다. 머리카락처럼 얇은 선과 작은 홈이 반짝였다. 회로 키였다. 전자 칩이 있는 실물 열쇠다. 불규칙한 형태로 정교하게 깎인 구리는 열쇠 구멍에 정확히 맞아 들어갈 것이다. 물리적인 형태를 복제하기는 간단하지만 자물쇠 내부를 열어보지 않고 회로 장치와의 접속까지 따라 만들기는 훨씬 어려웠다. 여러 겹의 보안 시스템을 통과하고 ID 칩과 수동 코드도 입력해야 하는 위치에 접근할 때 사용할 법한 열쇠였다.

예를 들어, 이미 보안이 된 시스템실에 들어간 후 안에 있는 오버시어의 뇌에 접근할 때라거나.

나는 한참 동안 열쇠를 응시하며 생각했다. 데이비드, 이 나쁜 자식아. 어쩌다 이런 거지 같은 상황에 휘말린 거야.

열쇠를 주머니에 넣고 다른 사람들이 있는 중앙부로 돌아갔다. 헌터는 흥분을 조금 가라앉혔지만 아직 훌쩍이며 우는 중이었다. 내가 막 왔을 때 작업동 복도에서 아디사가 나왔다.

"저 안에는 베라밖에 없어요. 죽었고요." 내가 말했다. 그 소식에 헌터가 숨을 헉 들이마셨다. "다른 사람들은 사물함에서 진공 슈트와 다른 물건들을 챙겼습니다."

"작업동에도 사람은 없어요." 아디사가 말했다. "내가 찾은 데까지는요. 시스템실에는 들어갈 수 없었어요."

헌터가 화물 창고 쪽을 봤다. 시선이 델리카타를 지나가자 몸을 부르르 떨었다. "해군 기지로 간 거겠죠? 더 안전할 거라 생각해서?"

나도 헌터의 시선을 따라 입구에 압사당한 남자가 있는 쪽을 쳐다봤다. 메스꺼운 불안감이 밀려들었고 몸이 차가워졌다. 헌터가 왜 자신 없는 목소리로 말을 하는지 이해했다. 말이 되지 않았기 때문이다. 오버시어가 기지를 봉쇄하고 대원들을 공격할 이유가 뭐지? 우리가 무엇을 하지 못하게 막는 걸까? 죽이기를 원한다면 왜 그냥 다 죽여버리지 않고? 시그라는 또 왜 다른 사람들과 같이 도망쳤을까? 위험에 뛰어들고 있다는 사실을 알면서?

우리가 잘못 생각했다. 아직도 뭔가 중요한 단서를 놓치고 있었다. 머리가 지끈거렸다.

오버시어에 물어봐야 했다. 주머니에 손을 넣어 열쇠를 만졌다.

내가 말했다. "이걸 찾았……."

우리 셋은 동시에 그 소리를 들었다. 멀리 떨어진 방에서 유리가 깨진 것처럼 희미하지만 날카로운 소리가 났다. 하지만 유리가 아니었다. 내가 아는 소리였다. 전에 들어본 적 있었다. 창고에서, 메리 핑이 죽었을 때.

주거동으로 몸을 틀었지만 소리는 그쪽에서 나지 않았다. 그보다는 사방에서 들리는 듯했다. 예측할 수 없는 혼돈 속에서 철컹거리는 소리가 메아리쳤다. 소리가 점점 커졌지만 아주 크지는 않았다. 위치를 파악하기에는 아직도 너무 약했다.

"아무도 없다면서요." 헌터가 속삭였다. 헌터는 눈을 크게 뜨고 정신없이 주위를 둘러보며 중앙부 한가운데로 초조하게 움직였다.

"없었어요." 나도 속삭이며 말했다. "없어요."

나는 주거동 문에서 물러났다. 다시 시작된 소리는 아까보다 조금 더 컸다. 그제야 소리 나는 곳이 주변의 입구 네 개가 아니라는 사실을 깨달았다.

소리는 위에서 나오고 있었다.

셋이 동시에 위를 쳐다봤다.

도킹 구조물로 가는 에어로크가 열려 있었다. 긴 통로 안은 캄캄했다. 우리는 눈치도 못 채고 있었다. 그쪽을 쳐다보지도 않았다. 내가 통로로 손전등을 올렸다. 아디사도 자신의 손전등으로 통로를 비췄다. 흔들리는 불빛 두 개는 번쩍이는 은색과 파란색을 어둠 속에서 포착했다. 정지한 것들도 있고, 가만히 있지 못하고 규칙 없이 움직이는 것들도 있었다. 금속 발이 금속 벽에 탁탁 닿는 소리가 빗소리 같았고 반사광이 유성처럼 쏟아졌다. 불빛이 약해 통로 전체를 비추지는 못했다. 위에서 거미가 몇 마리나 우리를 향해 우글우글 내려오는지 볼 수가 없었다. 달그락거리는 발소리의 합창만 점점 더 커질 뿐이었다.

아디사가 말했다. "작업동으로."

나는 이미 작업동 문을 향해 뛰고 있었다. 다 같이 문으로 달려가 몸을 부대끼며 순식간에 통과했다. 문을 닫으려 제어 패널을 손으로 내리쳤다. 하지만 여전히 검은 화면에 아무 반응도 나타나지 않았다.

"젠장!" 미친 듯이 패널을 두드리며 다시 시도해 봤지만 달라지는 것이 없었다. "문 닫으라고, 이 자식아!"

오버시어가 듣고 있는지는 모르겠지만 반응하지는 않았다. 뒤를 힐끗 봤다. 내 시선이 긴 복도 끝의 시스템실에 닿았다. 너무 멀었다. 거미 떼의 달그락달그락 소리가 점점 커졌고 오버시어가 우리를 시스템실에 들여보내 줄지 알 방도는 없었다.

두 사람도 나와 같은 사실을 깨달았다. 헌터가 먼저 튀어 나가 중앙부에서 주거동으로 달려갔다. 아디사와 나도 곧바로 뒤를 따랐지만 주거동 문을 통과해서도 아까와 같은 문제에 부딪혔다. 패널은 응답하지 않았다. 오버시어는 문을 닫게 해줄 생각이 없었다.

"광산은요? 다시 내려가야 할까요?" 내가 말했다. 호흡이 벌써 가빠지고 고통스러워졌다. 거미들의 소리가 갈수록 더 커졌다. 두세 마리는 길고 가느다란 다리를 날쌔게 움직이며 걸어오는 모습이 보일 만큼 가까웠다.

아디사는 내 의견을 아주 잠깐 생각해 보고 말했다. "아니. 창고로."

맞다. 그 말이 맞았다. 창고는 이미 닫히려 하는 중이었다. 델리카타를 넘은 후 시체를 빼내서 문이 닫히게 두면 끝이었다.

"가요." 내가 말하며 헌터를 창고 문으로 밀었다. "넘어가요!"

헌터는 어깨에 걸쳤던 공구 가방을 문틈으로 던져놓고 옆으로 틀어 문을 지났다. 아니, 지나려고 했다. 델리카타의 팔이 문을 붙잡아 열고 있는데도 그 사이를 비집고 들어갈 수 없었다. 델리카타 바로 위편의 문틀에 등을 기대고 힘으로 밀어봤지만 문은 꿈쩍도 하지 않았다. 벽 안 어딘가의 개폐 장치가 문을 닫으려고 마찰을 일으켰다. 내가 돕기 위해 달려갔고 우리는 힘을 합쳐 문을 몇 센티미터 더 밀어 헌터가 겨우 들어갈 공간을 만들어내는 데 성공했다.

헌터가 문을 통과하자마자 가장자리를 붙잡았던 내 손에서 힘이 빠졌고—빌어먹을 금속 손가락—문은 다시 시체를 짓찧었다. 질척한 소리와 함께 델리카타의 살점이 찢어졌다.

"머리 위!" 아디사가 외쳤다.

첫 번째 거미가 에어로크에서 떨어졌다. 착지한 거미는 긴 다리를 몸통 안으로 말고 벽을 향해 굴렀다. 다시 다리를 펼치고는 주거동 문 옆의 벽을 타고 올라갔다.

나는 아무 생각도 없이 몸을 던졌다. 거미가 창고 문에 이르기 전에 내 몸을 날려 뭉개버렸다. 매캐한 화학 약품 냄새가 터지고 금속 어깨에 퍽 하고 전기가 튀었다. 몸을 떼자 찌그러진 로봇이 바닥으로 떨어졌다.

"안으로 배낭 던져요." 아디사가 말했다. "내가 문 잡아줄게요."

첫 번째에 이어 납작한 몸통에 긴 다리를 꼬며 두 번째 거미도 문가로 굴러떨어졌다. 빛을 번쩍이는 쇳덩어리가 철컹철컹 소리를 내며 빠르게 이동하고 있었다.

위를 봤다. 통로에 거미들이 득시글거렸다. 이제는 손전등으로 선명히 비출 수 있을 만큼 가까웠다. 또 두 마리가 에어로크에 근접했다. 세 마리. 열 마리. 더는 셀 수도 없었다. 통로 벽을 달려 내려온 놈들이 쇳소리를 내며 물결치는 파도처럼 우리를 향해 쏟아졌다.

"말리!" 아디사가 외쳤다. "문을 넘어요!"

우리는 둘 다 니타 헌터처럼 늘씬하지 않았다. 문을 비틀어 열 도구, 문을 고정해 줄 도구를 찾아 두리번거렸지만 아무것도 보이지 않았다. 뭔가 다리 뒤쪽을 당겼다. 에어로크에서 떨어진 거미 하나가 내 바지에 달라붙은 것이다. 공포감에 심장이 쿵쿵 뛰었고 나는 아래로 손을 뻗어 허겁지겁 거미를 뜯어냈다. 중앙부 저편으로 날리자 거미는 광산 승강기 옆 제어 패널에 철퍼덕 떨어졌다.

아까까지만 해도 캄캄하던 패널이 이제는 작동하고 있었다.

관리 시스템의 유지보수가 요청되었습니다.

"이 개자식이." 나는 뒤를 홱 돌아봤다. 중앙부에 있는 모든 패널이 같은 말을 했다. "야! 돌려보내! 듣고 있는 거 다 알아!"

"말리, 우리 가야 해요!" 아디사는 문 옆에서 나를 기다리고 있었다.

또 다른 거미가 중앙부로 떨어졌다. 나는 거미를 넘으며 부츠로 짓밟았다. 우두둑 부서지는 소리와 느낌이 끝내주게 좋았다. 순간의 만족에 공포감이 약해졌지만 그 효과는 오래가지 못했다. 머리 위에서 너무도 많은 거미가 내려와 우글거리고 있어 철컹철컹하는 발소리 말고는 아무 소리도 들리지 않았다.

"문 좀 열어달라고!" 내가 외쳤다.

하지만 오버시어는 듣고 있기는 한지 내 간청을 무시했다.

관리 시스템의 유지보수가 요청되었습니다.

나는 다시 창고 문틀에 등을 기댔고 반대쪽에 있는 헌터의 도움으로 아주 조금 더 문을 밀어냈다. 우리가 힘을 모은 덕에 문이 벌어졌고 문틈에 꼈던 죽은 남자가 옆으로 풀썩 쓰러졌다. 아디사가 그를 빼냈다.

"빨리요." 내가 문으로 고갯짓을 하며 말했다. "들어가요."

거미가 등으로 떨어지는 느낌에 몸이 경직되었다. 아직은 움직일 수 없었다. 손에서 문을 놓지 않으려면 움찔도 할 수 없었다. 문 사이를 넘은 아디사가 돌아서서 문을 잡고 있는 헌터를 도왔다.

"빨리, 말리." 아디사가 날카롭게 말했다.

내 등에 붙은 거미가 슬금슬금 올라오더니 비실비실한 다리로 내 어깨를 붙잡았다. 번쩍이는 은색과 파란색이 내 얼굴과 너무나 가까웠다. 문을 놓고 로봇을 잡아 던졌지만 그러는 동안에도 거미들이 내 바지를 찌르고 당기는 게 느껴졌다. 내 부츠 주변에, 발 위에 우글우글 몰려든 놈들은 서로를 밟으며 구르고 오르고 철컹철컹 부딪혔다. 움직일 때마다 익숙한 화학 약품 냄새가 매캐하게 끼쳤다. 놈들은 연료를 퍼뜨리고 있었다.

오버시어는 말리지도 않았다. 여전히 모든 제어 패널은 같은 말을 띄웠다.

관리 시스템의 유지보수가 요청되었습니다.

오버시어는 우리 뜻을 받아주지 않을 작정이었다. 자기만의 생각이 있었다.

"와요!" 아디사가 내 팔로 손을 뻗으며 말했다.

다리에 날카로운 통증이 솟았다. 거미 하나가 내 바지에 구멍을 뚫었다.

오버시어는 나를 보내주지 않을 작정이었다.

나는 아디사의 손을 잡지 않았다. 그 대신 아디사가 문가에서 떨어질 정도로만 세게 그를 퍽 밀었다.

"가요! 가서 다른 사람들을 찾아요!"

아디사가 반응할 새도 없이 문이 닫히면서 거미 여러 마리가 쉿 소리를 내며 연속으로 펑펑 터졌다. 나는 비틀거리며 뒷걸음질을 치다 간신히 멈춰 서서 뒤로 돌았다. 거미 로봇들이 가느다란 다리를 뻗어 내 주위에 넓은 그물을 쳤고 물결치는 파도와 같은 덫이 사방으로 퍼져나갔다. 묘하게 아름다웠다. 거의 조직적으로 움직이는 모습에 나는—아주 잠깐—매료되어 넋을 잃었다.

딱딱 부딪치는 소리가 들렸다. 화학 약품 냄새가 퍼졌다. 한쪽으로 불빛이 번쩍였다. 넋을 잃은 잠깐이 너무 길었다. 로봇들은 불을 붙일 작정이었다.

생각할 시간 따위는 없었다. 나는 그물을 뚫고 작업동으로 내달렸다.

복도로 겨우 몇 미터 나갔을 때 뒤에서 첫 번째 폭발이 일어났다. 번쩍이는 빛과 소리가 터져 나왔고 충격이 내 등을 고통스럽게 강타했다. 나는 온몸의 뼈가 삐걱댈 만큼 강한 힘으로 바닥에 쓰러져 복도를 몇 미터나 미끄러졌다. 곧이어 두 번째 폭발이 일어났고 금속이 구부러지며 만들어내는, 귀를 찢는 소음과 눈부신 빛과 열기가 온 세상을 가득 메웠다. 참을 수 없게 뜨거운 열기였지만 나는 얼른 몸을 일으키고 달려나갔다. 그 불협화음 속에서 나는 외쳤다. "*문 열어, 이 자식아. 문 열어, 문 열라고.*" 오버시어는 듣지 않았다. 빌어먹을 오버시어는 내 말을 듣지 않았고 문은 열리지 않았다. 이 미터 앞에서 문은 열리지 않았다. 일 미터 앞에서도 문은 열리지 않았다. 나는 벽에 몸을 찧었다. 제어 패널 위로 허리를 굽히고 떨리는 손으로 접근 코드를 눌렀다. 열기는 내 옷과 내 피부를 태우려 했다. 내가 비명을 지를 새도 없이 나를 통째로 삼킬 것이었다.

문이 소리 없이 열렸다.

열린 문으로 뛰어든 순간 또 한 번의 폭발이 복도를 뒤흔들었다. 순간은 불과 빛과 고통 말고는 아무것도 존재하지 않았다. 금속과 금속이 서로 부딪치는 소리는 고문과도 같았다. 공기를 가득 채운 유독성 화학물의 연기에 숨이 막혔다.

그러다 빛이 사라지고 연기도 사라졌다. 온 세계가 고요해졌다.

열아홉

그들은 내가 기억할 수 없다고 했다.

불가능하다고 했다. 내 정신의 제약과 내 망가진 몸의 한계 안에서 어디까지 가능한지 지겹도록 단언하며 그렇게 말했다.

사고가 벌어졌을 때 나는 자고 있었다. 수니타에게 잘 자라고 인사하고 관처럼 좁은 벙커침대에 누워 한 시간은 그날 업무에 관한 메모를 했다. 사이좋게 방을 같이 쓰는 과학자도 있었다. 타이탄 프로젝트에 참가한 생물학자였는데 자기 실험실에서 야근을 하며 민감한 실험을 모니터하는 날이 많았다. 어떤 목적의 실험인지 신이 나서 내게 설명했지만 나는 들어도 일부밖에 이해하지 못했다. 타이탄으로 가는 도중에도 연구를 중단하는 사람은 없었다. 가속도가 붙으면 붙었지. 시작부터 순조로운 연구가 가능하도록 일 초도 낭비하면 안 된다는 것이 프로젝트 참가자들의 공통적인 마음이었다. 태블릿을 내려놓고 불을 껐지만 내 머리는 쉬지 않고 돌아갔다. 도저히 잠이 올 것 같지 않았다. 지구를 떠난 후로 불면증이 나를 괴롭히고 있었다. 흥분 때문이라고, 할 일이 너무 많아서 그렇다고 나를 달랬다. 중요하고 위대한 일들이. 나는 수년 전부터 비행을 준비했지만 언제 돌아올지 모르는 채 지구를 떠난다는 것의 의미를 한 번도 진지하게 생각해 보지 않은 느낌이었다. 지구로 돌아가는 날이 오기는 할지 생각해 보지 않았다.

그러다 잠이 들었던 것 같다. 시끄럽게 울리는 배의 경보음에 잠에서 깼다. 감압 경보, 방사능 경보, 화재 경보가 기괴한 합창곡을 부르며 혼란과 고장을 알렸다. 일어나 보니 타는 듯한 열기와 먼지 자욱한 공기가 나를 맞이했다. 고함과 비명이 나를 맞이했다. 날아가고, 떨어지고, 벽에 부딪히고, 다시 떨어지는 감각이 나를 맞이했다.

에이, 아닙니다. 훗날 폐소공포증을 유발하는 바데니아 외상병동에서 의사들은 내게 말했다. 불가능하다고 했다. 내가 기억할 리 없다고 했다. 외상이 너무 심했다고. 곧바로 의식을 잃었을 거라고. 살아 있는 게 행운이라고. 다시는 없을 행운이라고.

하지만 나는 기억했다. 눈을 뜨니 검은 그림자에 붉은 반점이 찍힌 심연이 소용돌이치고 있었다. 그 모습을 기억했다. 커다란 폭발음과 귀를 찢는 비명을 기억했다. 고통을 기억했다.

나중에 수사 결과가 대중에게도 알려질 무렵, *심포지엄*에 잠입한 블랙헤일로 요원들이 처음부터 배를 완전히 파괴할 의도가 아니었다는 사실을 나도 알게 되었다. 우리의 프로젝트를 망가뜨리기만 할 계획이었지만 추진 시스템에 터뜨린 폭탄이 연쇄 폭발을 일으켰다. 폭발은 갈수록 커지며 엔진에서 연료 시스템으로, 연료 시스템에서 공기와 전기 시스템으로 퍼졌고 수백 군데에서 화재 진압 시스템도 감당하지 못할 불이 일어났다. 대규모 폭발은 선체에 구멍을 뚫었다. 그보다 작은 규모의 폭발도 점검 통로와 벽으로 걷잡을 수 없이 번지며 장치들을 쓸모없는 찌꺼기로 녹이고, 산소 공급관을 치명적인 폭탄으로 만들고, 공기를 유독 가스로 채웠다. 이것도 다 기억했다. 쉴 새 없이 펑 펑 펑 깨지던 벽도, 부서지던 도관도, 요란한 소리를 내며 물을 증기로 바꾸던 파이프도.

의사들은 몇 분, 혹은 몇 시간의 기억을 내가 다 지어냈다고 했다. 내 정신이 불완전한 공백을 채워야 했기 때문이라고 했다. 내가 어떤 일을 당했는지 스스로 알 수 있다는 믿음이 필요했기 때문이라고 했다. 내 눈으로 목격하지 않고 내 인생이 송두리째 바뀐 현실을 받아들이고 싶지 않기 때문이라고 했다.

하. 그 한마디가 지끈거리는 내 머리를 드럼 비트처럼 때렸다. 봐. 너희가 틀렸잖아. 네놈들이 틀렸다고.

그 말들이 서로 뭉쳐 분명한 생각으로 발전했지만 그 와중에도 나는 뭔가 맞지 않는다는 사실을 깨달았다. 그래, 고통이 있었다. 머리의 통증이 목과 등까지 뻗어나갔다. 왼쪽 골반의 타는 듯한 고통은 조금도 약해지지 않았고, 오른쪽 발목의 통증은 더 날카로워졌다. 뭔가 오른손 피부를 이상하게 당기는 느낌이 들었다. 내 신체 부위들을 하나씩 셌다. 어떻게 하는지 모르겠지만 나는 하나하나 느끼고 반응하지 않는 부분들을 알아차릴 수 있었다.

그래. 맞다. 불이 나고 폭발이 일어나고 내 몸이 공중으로 날아간 것은 이미 벌어진 일이었다. *심포지엄*은 과거였다. 이곳은 니무에였다. 이건 완전히 새로운 재앙이었다. 이 사실을 명확하게 이해한 나 자신이 기특했다.

지금은 불이 나지 않았다. 경보도 울리지 않았다. 거미 로봇들이 작업동에서 자폭을 시작할 때 나는 시스템실로 대피했다. 문은 닫혔다. 나는 안전했다. 아니, 비교적 안전했다. 나와 로봇들 사이에 강철과 납으로 만든 거대한 문이 있었다. 이제는 거미들의 소리가 들리지 않았다. 작동을 멈췄다는 의미인지, 습격 소리가 전해지지 않을 만큼 시스템실의 방음이 강력하다는 의미인지는 모르겠다.

방은 암흑같이 캄캄하지 않았지만 빛이 너무 적어 눈을 적응시킬 시간이 필요했다. 무릎을 꿇고 몸을 일으켰다. 오른쪽 정강이가 아팠다. 뭐에 부딪쳤나? 그랬다. 빌어먹을 의자 같으니라고. 나는 의자 하나와 정통으로 충돌했다. 눈앞에 떠다니는 점들을 없애려 몇 번 눈을 깜박였다. 자꾸만 왼쪽 눈의 초점이 맞지 않았다. 다시 머리를 흔들고 관자놀이를 두드렸다. 그게 무슨 도움이 된다고. 단 한 번도 도움이 되지 않았지만 나는 포기하지 않았다.

앞에서 약한 불빛이 나왔다. 색이 연하고 은은한 정사각형이 벽에 붙어 있었다. 안쪽 문을 제어하는 패널이었다.

관리 시스템의 유지보수가 요청되었습니다.

"야, 닥쳐." 내가 말했다. 의자를 짚고 일어서며 밀려드는 고통에 이를 악물었다. 와, 새로운 통증이 등장하셨네. 턱의 이 느낌은 전에 알아차리지 못한 고통이었다. "내가 간다, 내가 가."

절뚝이며 문으로 걸어가 벽에 힘없이 기댔다. 그 문을 지나면 승강기가 나왔고 승강기 통로의 끝에는 오버시어가 있었다. 내 접근 코드를 다시 입력해 봤다. 회사 규정이 아직 중요하다면 먹히지 않을 것이다. 하지만 과연 오버시어가 신경이나 쓸까. 주머니에서 데이비드의 회로 키를 꺼내 제어 패널 아래의 길쭉한 틈에 넣었다. 열쇠를 돌리고 조용히 기계 돌아가는 소리가 날 때까지 기다린 후 열쇠를 뽑았다. 억지로 내 몸을 곧게 세우고 카메라가 내 모습을 똑바로 보게 했다.

"자." 내가 말했다. "나를 찾았잖아. 나 여기 있어."

문이 스르르 열렸다. 내가 승강기에 들어서자 문이 닫혔다. 내려가는 길은 짧아 몇 초 만에 다시 문이 열렸다.

서서히, 동이 트는 것처럼 서서히 불이 들어왔다.

승강기 문이 열리고 하늘색과 보라색 불빛이 깔린 방이 나왔다. 가로로 넓고 천장은 낮은 공간이었다. 저편에 검은 탑들이 일렬로 늘어서 있었고 모든 기계가 빛을 깜박였다. 십인지 이십인지 삼십인지 모를 제곱미터의 방을 셀 수도 없이 많은 프로세서가 채우고 있었다. 검은색 바닥이 빛을 반사했고 천장도 마찬가지라 프로세서 탑이 위와 아래로 끝도 없이 뻗어나가는 착시 효과가 일어났다. 평소 기지에서 듣는 소리는 전혀 들리지 않았다. 일정하게 쿵쿵대는 기계 소리가 다른 소리를 전부 덮어버렸다. 공기는 편안하고 따뜻했지만 위에서 더 서늘하게 부는 바람이 내 피부의 땀을 식혔다.

잠깐—아주 잠깐, 찰나의 순간—온몸의 고통이 사라지고 경외감으로 변했다.

나는 오버시어의 내부에 들어와 있었다.

"어서 와요, 헤스터."

뜻밖의 목소리였다. 넓고 기계가 윙윙거리는 방에서 들으니 느낌이 달랐다. 시스템실에서보다 덜 경직된 목소리로 들렸다. 이곳의 목소리는 편안하고도 강력하게 나를 감싸고 끌어안았다. 친절하게 달래는 여자 목소리는 사라졌다. 예의 바른 가식도 사라졌다. 너무도 크고 압도적인 존재감을 드러내는 목소리로 내 이름을 부르자 심장이 두근거렸다.

"안녕." 내가 말했다. "나 왔어. 원하는 게 뭐야?"

"도움 감사합니다. 입으신 부상은 유감입니다."

웃고 싶었지만 아플까 봐 웃을 수 없었다. 학습된 반응인 이 말은 대화의 전략이었다. 나도 알았다. 오버시어는 유감을 느낄 수 없었다. 아무 감정도 느끼지 못한다. 그저 기계일 뿐이었다. 심장박동이 조금씩 빨라졌고 숨을 쉬기가 힘들어졌다. 전에는 이것들이 어떤 기계인지 안다고 생각했다. 이제는 자신이 없었다.

"그나저나 저것들은 뭐야? 거미 로봇들."

"리클루스 9.3 마크 7 하이브 링크 적응형 반자율 이동 로봇 발화장치입니다."

저게 대체 뭔 소리인지.

"나를 부르려고 재들까지 보낼 필요는 없었잖아. 좋게 부탁하면 되지."

"해당 리클루스 9.3 마크 7 하이브는 제가 통제하지 않습니다."

갑자기 피부에 느껴지는 오싹한 한기는 위에서 부는 바람 때문이 아니었다.

"하지만…… 뭐? 뭐라고?" 내가 멍청하게 물었다. 이 방에서 설명할 방법을 찾을 수 있기라도 하듯 주위를 둘러봤다. 머리가 줄넘기를 하는 기분이었다. 조각들이 빠진 채로 데이터가 재생되고 있었다. "하지만…… 네가 안 했다고? 네 거미가 아니야?"

"리클루스 9.3 마크 7 하이브는 현재 수동 명령을 따릅니다." 오버시어가 말했다.

오버시어가 그런 수작을 부릴 수는 없었다. 오버시어는 거짓말을 할 수 없어야 했다. 하지만 내 생각이 옳다면, 메리 핑이 니무에로 가져온 뭔지 모를 바이러스에 감염되었다면 상황이 달라진다. 친절하고 예측 가능한 행동을 하는 관리 AI의 모든 규칙은 의미를 잃었다. 어쨌거나 거짓말은 출력값에 불과하니까. 안에서 무엇을 하는지는 전혀 다른 문제였다.

나는 오버시어가 로봇 슈트, 거미 떼, 봉쇄 조치를 조작하고 있다고 추측했다. 대원들을 겨냥한 공격도. 하지만 뭔가 맞지 않는다는 걸 전부터 알고 있었다. 오버시어가 나를 방탄 갑옷 안으로 끌어들이고 바깥의 거미들을 차단하기 전부터 알았다.

수동 명령이라니. "*분명 나라고 하겠지.*" 델리카타는 죽기 전에 말했다.

오버시어는 대원들을 공격하지 않았다.

젠장. 머리가 아팠다. 온몸이 아팠다. 위장이 배배 꼬인 것처럼 속이 울렁거렸다. 어디 앉아야 했다.

나는 비틀거리며 몇 걸음 나아갔다. 조명이 바뀌고 앞을 비춰줬다. 쓰러지지 않으려 프로세서 탑에 몸을 기대야 했다. 부디 오버시어가 개의치 말아야 할 텐데. 오버시어는 나를 방의 중앙으로 이끌었다. 프로세서 탑 사이로 길이 열리고 가운데에 콘솔과 의자가 있는 깔끔한 공간이 나왔다. 오버시어 내부에 인간의 작업 공간도 같이 설계했다는 사실은 처음 알았다. 파르테노페는 오버시어의 뇌가 하는 활동만큼이나 오버시어의 물리적 설계도 극비로 관리했다. 그 모습을 보니 마음이 놓였다. 단순히 의자가 필요하기 때문만은 아니었다. 인간은 작고 불안과 의심이 많은 존재였다. 쉴 공간, 앉아서 생각할 공간이 필요했다. 비록 우리가 창조한 기계의 중심에 들어와 있지만 우리에게 통제권이 있는 척 연기할 공간이 필요했다. 나는 의자로 절뚝이며 다가가 털썩 앉았다.

"기지 내 모든 대원의 ID 추적 데이터와 감시 카메라 영상을 보여줘. 나한테 빌어먹을 접근 권한이 없다는 말은 하지 말고. 너도 보여주고 싶다는 거 알아."

하나뿐인 콘솔 화면은 가로로 넓고 살짝 기울어졌다. 얼룩이나 스크래치 하나 없이 깨끗했다. 화면에 기지 지도가 떴지만 작은 점 몇 개뿐이었고 대부분 빨간색이었다.

중앙부에 델리카타. 휴게실에 베라. 창고에 핑. 양호실에 데이비드. 전부 사망했다.

나는 아직 초록색으로 작업동 아래에 있었다. 다른 사람은 없었다.

"다른 사람들을 마지막으로 스캔했던 장소를 보여줘."

예상대로 모든 점과 이름이 같은 장소에 죽 나타났다. 화물 창고에 있는 운송 터널 입구였다. 모두 그곳을 지났다. 아디사와 헌터도. 모두 터널에 있었다. 감시 카메라가 미치지 않는 곳에 있었다. 연락을 시도했지만 오버시어는 터널에도 대원 간의 통신 시스템이 없다고 말했다. 터널과 터널에서 이어진 해군 기지는 오버시어의 데이터에 철벽같은 공백을 만들었다. 그곳에는 오버시어의 센서와 눈이 닿지 못했다.

아디사와 헌터의 ID 칩은 나머지 대원보다 족히 구십 분은 늦게 스캔되었다. 시그라는 두 사람보다 한 시간 전쯤 혼자 들어갔다. 류와 밴 아렌동크를 비롯한 대원들이 가장 먼저 터널에 들어갔다. 기지가 봉쇄되는 시점이었다. 베라, 시그라, 델리카타를 남기고 떠났다.

"좋아. 그럼, 말해봐. 방사능 유출이 있었어?"

"아니요."

"네가 경보를 울렸어?"

"네."

"왜?"

"제 최대 관심사는 대원들의 안전과 안녕이기 때문입니다."

내가 설명을 요구하기도 전에 화면이 바뀌었고 나는 영상과 음성이 모두 기록된 감시 카메라 영상을 보고 있었다.

아디사와 내가 승강기에 올라탄 직후 밴 아렌동크가 시스템실에 들어가는 모습이 나왔다. 시스템실에는 감시 카메라가 없어 밴 아렌동크는 시야에서 사라졌다. 그리고 밴 아렌동크는 같은 시간 주거동에서 일어나는 일을 보지 못했다. 그곳에서는 시그라와 일부 대원들이 격한 언쟁을 벌이고 있었다. 베라, 킹과 몇몇 대원은 범인을 찾으러 가자고 의견을 모았다. 살인자가 숨을 곳은 운송 터널뿐이라고 확신했기 때문이다. 시그라는 아무 데도 못 간다고 막았다. 대원들은 시그라에게 꺼지라 했다. 시그라는 닥치고 앉아 있으라 했다. 얼굴이 창백한 류는 피로와 짜증을 드러내며 모두를 진정시키려 했지만 류의 말을 듣는 사람은 없었다.

오버시어가 화면의 이미지를 분할했다. 이제는 녹화된 영상 두 개가 동시에 재생되었다.

시그라가 쿵쿵대며 주거동에서 나왔고 델리카타가 뒤를 따랐다. 대원들은 사물함에서 진공 슈트와 장비를 집어 들기 시작했다. 그러는 동안에도 류는 서두르지 말고 아디사의 연락을 기다려보자고 간청했다.

시그라와 시그라를 따라 작업동으로 온 델리카타는 통신실 앞에 멈춰 섰다.

"일이 걷잡을 수 없게 됐어요." 델리카타가 말했다. "아까 그건 대체 뭐……."

시그라가 홱 돌아봤다. "입 다물어."

"대장님이 한 거예요? 메리를 죽였어요?"

"나 아니야. 저게 뭔지는 너도 알잖아." 시그라는 힐끗 위를 쳐다보며 가장 가까운 감시 카메라를 찾더니 빠르게 시선을 피했다. "멍청한 짓 하지 마, 알았어? 우리는 이 일을 이성적으로 처리할 거야."

"하지만 살인이……."

"우리에게는 이 상황을 통제할 방법이 있어." 시그라가 잠시 말을 끊었다. "알아들었어? 우리는 아직 이 상황을 통제하고 있다고."

"재들 지금 터널 얘기하고 있다고요." 델리카타가 말했다. "먼저 가서 막아야겠어요."

"늦었어."

"하지만 열쇠가 있으니까 나가서……."

"불가능해. 못 들어가게 메리가 덫을 설치한 건 걔들 불행이지."

두 사람은 몇 초 동안 서로를 쳐다만 봤다. 델리카타의 얼굴을 볼 수는 없었다. 시그라의 얼굴만 보였고 얼마나 긴장했는지 턱 근육이 움찔거렸다.

"만약에……." 델리카타가 고개를 살짝 움직였다. 그는 티 나지 않게 카메라를 가리키고 있었다.

"그건 걱정하지 마. 걔가 뭘 남기고 갔는지 우리는 절대 몰랐어." 시그라가 말했다. 목소리가 너무도 차분하고 단조로웠다. 양옆에 움켜쥔 주먹과 가늘게 뜬 눈을 볼 수 없었다면 그 말들에 억눌린 분노를 듣지 못했을 것이다. "우리는 메리가 동료 대원들을 얼마나 하찮게 여겼는지 몰랐어."

몇 초가 지났다. 델리카타가 뻣뻣하게 고개를 끄덕였다. "알겠어요."

"가. 나머지는 내가 처리할 테니까. 나는 본부에 소식을 전해야 해."

시그라는 통신실로 들어갔고 델리카타는 주거동으로 돌아갔다. 논쟁은 제자리걸음을 하고 있었다. 베라와 킹은 한사코 터널에 들어가겠다고 했고, 다른 대원들은 추가 정보를 기다리자고 두 사람을 설득하려 했다. 류는 식당 테이블 끝에 앉아 지친 듯 눈을 비볐다. 대원들이 지나가는 델리카타를 올려다봤다. 델리카타는 아무에게도 말을 걸지 않고 휴게실을 곧장 가로질러 자기 방으로 사라졌다.

통신실에서 시그라는 양방향 무전기에 접근 코드를 누르고 두 번째 개인 코드를 입력했다. 파르테노페 시스템에서 이중 보안은 메시지를 암호화하고 발신자와 수신자의 신원과 위치를 숨긴다. 시그라는 말했다. "선번 프로젝트 관련 긴급 보고. 상황이 불안정하다. 봉쇄와 진정 목적의 긴급 지원을 요청한다. 반복한다. 선번 상황이 불안정해졌으므로 즉각적인 지원을 요청한다."

"누구한테 얘기하는 거야?" 내가 물었다.

"위치는 히기에이아입니다. 암호화된 통신의 수신자는 신원 미상입니다." 오버시어가 말했다.

딱히 놀랍지는 않았다. 저런 암호 무전은 파르테노페의 피라미드에서도 높은 층에 있는 사람만 사용할 수 있었다. 히기에이아에서야 제대로 파헤치면 수신자를 확인할 수 있겠지만 니무에의 오버시어에게는 확실한 방법이 없었다.

"선번은 뭐야?" 내가 물었다. "나도 그 이름 들어봤어."

"해당 정보는 불러올 수 없습니다."

화면 속에서 시그라는 요청을 반복하고 있었다. "선번 상황이 불안정하다. 선번 소속 대원이 직통 명령에 불복하고 있고, 미승인 물질을 소유하고 있을지 모른다. 가장 가까운 대응팀에 봉쇄와 진정 목적의 즉각적인 지원을 요청한다. 도착 예정 시간 부탁한다."

"대응팀?" 내가 말했다. "무슨 소리야? 근처에 파르테노페 우주선이 있어?"

"가장 가까운 선박은 파르테노페 엔터프라이즈 수송선 웰플릿으로, 히기에이아에서 오는 중입니다."

"정말? 벌써 누가 오고 있다고? 뭐 하러?"

"웰플릿은 수사를 종결한 보안관들의 복귀를 위해 급파되었습니다."

"우리는 복귀를 요청하지 않았잖아?"

"시그라 대장의 긴급 지원 요청 이전에는 기록이 없습니다."

당연히 없지. 누군가 요청했다면 아디사나 밴 아렌동크였을 텐데, 두 사람 다 상황을 파악하기 전에는 떠날 마음이 없어 보였다. 그건 중요하지 않았다. 웰플릿을 니무에로 보낸 사람이 누구였든, 왜 요청도 전에 배를 급파했는지 합당한 이유를 댈 수 있다는 데 의심의 여지는 없었다. 시간이 오래 걸린다, 상황이 심각하다, 직원들의 안전이 우려된다.

시그라는 파견대가 오고 있음을 내내 알고 있었다.

시그라의 말은 끝나지 않았다. "현재로서 나는 안전하지만 다른 대원들의 상태는 모른다. 전원 이미 사망했을 가능성도 있다. 나는 지휘권을 잃었다. 다른 대원들과 연락이 되지 않는다. 선번을 보호하기 위해 즉각적인 비상 및 대피 절차를 요청한다."

"뭐라고?" 내가 말했다.

나는 화면을 응시했다. 감시 카메라에 찍힌 시간을 확인했다. 조금 더 보다 보니 두려워지며 심장이 쿵쾅거렸다. 시그라는 통신실에 서서 걱정이나 두려움은 조금도 묻어나지 않는 얼굴로 무전기에 대고 말하고 있었다. 전혀 위험하지 않았기 때문이다. 시그라는 전혀 지휘권을 잃지 않았다. 한쪽 눈썹을 세우고 통신실 카메라를 올려다봤다. 시그라는 감시당하고 있다는 사실을 알았고, 거짓말이 기록에 남는다는 사실을 알면서도 신경 쓰지 않았다.

광산에서는 아디사와 내가 팔 층에 도착해 니타 헌터에게 조심스레 접근하고 있었다. 주거동에서 나머지 대원들은 운송 터널을 수색할 최선의 방법을 여전히 의논하고 있었다. 숙소에 들어가고 약 삼 분 후, 델리카타는 손에 상자를 들고 나타났다. 내가 주거동 테이블에서 본 상자였다. 회색 금속 상자는 가로세로 오십 센티미터쯤 되었다. 델리카타는 테이블 끝에 상자를 놓았다.

아까는 한쪽에 찍힌 라벨을 보지 못했지만 이제는 선명하게 보였다. R9.3.

리클루스 9.3. 거미들이었다. 빌어먹을 거미가 코앞에 있었는데 아무도 눈치채지 못했다.

델리카타가 걸쇠를 열고 뚜껑을 들었다. 안에서 뭔가를 꺼냈다. 손바닥에 딱 들어갈 정도로 작은 크기였다. 델리카타는 뚜껑을 닫았지만 잠그지는 않았다. 걸쇠가 걸리지 않았는지 시험해 본 후 주위를 둘러봤다. 아무도 그를 보고 있지 않았다. 테이블에 상자를 놓은 델리카타는 주거동에서 걸어 나와 작업동으로 향했다. 통신실 문을 두드렸다. 문을 연 시그라에게 들고 있던 작은 기계를 건넸다.

"가서 감시해." 시그라가 말했다. "상황을 안정시켜 보라고."

델리카타는 고개를 끄덕이면서도 그저 혼란스러운 표정이었다. 나가려 돌아섰다가 광산에 있는 아디사와 내게 무전을 치러 복도 끝의 시스템실에서 나오는 밴 아렌동크를 발견하고 멈춰 섰다. 밴 아렌동크는 말을 하며 복도 끝을 서성이다 델리카타와 시그라를 발견하고 그들에게로 방향을 돌렸다.

벌떡 일어나 그에게 경고하고 싶은 마음이 간절했다. 모두에게 경고하고 싶었다. 이미 한 시간도 전에 벌어진 일이었다. 내가 할 수 있는 일은 없었다. 심장이 쿵쿵 뛰고 목구멍이 조여왔고 온몸의 본능이 내게 말했다. 달려가라고, 소리치라고, *뭐라도 하라고*. 하지만 너무 늦었다. 공포에 질려 지켜보는 수밖에 없었다.

델리카타와 시그라에게 다가간 밴 아렌동크는 아디사와 내가 헌터와 올라오고 있다고 말했다. 시그라의 고갯짓에 델리카타는 밴 아렌동크를 따라 중앙부로 나갔다. 두 사람이 떠난 후 시그라는 문을 닫고 손에 든 기계를 두드렸다.

식당의 상자에서 첫 번째 거미의 긴 은색 다리가 나왔다. 내 목에서 숨 막힌 비명이 터져 나왔다. 아무도 보지 못했다. 주의를 기울이고 있지 않았다.

오버시어가 방사능 경보를 울린 것은 그때였다.

주거동 현장에서 완전한 혼란이 일었다. 경보가 울리며 상자에서 거미들이 튀어나왔고 대원들은 자신들이 무엇에 반응하고 있는지 몰랐다. 처음에는. 거미 떼는 대원들을 가둬놓으려는 것처럼 주위로 퍼져 문가를 향해 빠르게 움직였고, 누군가 잡으려 하거나 막으려 할 때마다 잽싸게 피했다. 가장 먼저 베라가 성공했지만—로봇 하나를 손으로 잡았다—또 한 마리가 베라의 가슴에 뛰어올라 불을 붙였다.

곧바로 죽이지는 않았다. 베라는 비명을 지르며 쓰러졌고 고통으로 몸부림을 치며 바닥을 기었다. 대원들이 베라를 도우려 했지만 더 많은 거미가 우르르 몰려들어 접근을 막았다. 멜렌데즈와 돌린이 엘레나 이를 베라에게서 끌어냈지만 조금 늦었다. 거미 하나가 이의 손에 들러붙었다. 멜렌데즈가 거미를 떼—이는 고통스러운 비명을 질렀다—멀리 던졌다. 류는 전기충격기를 꺼냈지만 겨냥할 대상이 없었다. 밴 아렌동크는 공격이 시작되었을 때 주거동으로 뛰어 들어온 반면, 델리카타는 중앙부에 꼼짝하지 않고 서서 두려움과 메스꺼움이 섞인 표정으로 열린 문 사이를 지켜보고 있었다. 거미들은 너무 작고, 너무 빨랐다. 휴게실을 돌아다니며 뛰고 기었고 도망치는 대원들에게 우르르 몰려들었다. 에워싸고 공격하는 수법에서 한 명씩 고립시켜 공격하는 수법으로 바뀐 듯했다. 하지만 모든 것이 너무 빠르게 변하고 빠르게 진화했다. 혼란 속에서 하나하나의 움직임을 따라가기가 힘들었다.

따라오라고 외친 사람은 킹이었다. 장비 들고 따라와. 아, 진짜, *빨리*.

첫 번째 거미가 주거동에서 중앙부로 달려 나왔을 때 델리카타는 빙그르 뒤로 돌아 통신실로 달렸다. 하지만 문이 잠겨 들어갈 수 없었다. 델리카타는 주먹으로 문을 두드리고 고함을 치고 욕을 했다. 분노에 찬 애원은 기지의 경보음에 묻혀 들리지 않았다. 로봇 하나가 델리카타를 따랐고 또 하나가 뒤를 따랐다. 델리카타의 외침은 점점 커졌다.

안에서 시그라는 문에 등을 기대고 기다렸다.

델리카타는 로봇들이 자신에게 달려들지 예상하지 못했다. 자신도 시그라에게는 니무에에 있는 다른 사람들처럼 쓰다 버리는 존재라는 사실을 깨닫지 못했다.

결국에는 몇 분밖에 걸리지 않았지만, 그 몇 분 동안 시그라는 기다렸고 소리를 들었고 아무것도 하지 않았다. 델리카타가 문을 두드리며 들여보내 달라고 애원하는 동안 기다리기만 했다. 주거동의 다른 대원들이 공포에 휩싸여 거미 떼에 쫓기며 화물 창고로 달려가는 동안에도 가만히 기다렸다. 오버시어가 마지막 봉쇄 경고를 했을 때야 시그라는 통신실에서 나왔다. 작업동 복도에서는 다른 사람들을 뒤쫓던 델리카타가 거미에게 먼저 붙잡히는 모습을 지켜봤다. 델리카타를 붙잡은 거미는 오버시어가 창고 문을 닫으려는 바로 그 순간에 그를 공격했다.

거미 여러 마리가 델리카타를 기어 넘고 다른 대원들을 쫓아 화물 창고로 들어갔다. 하지만 화물 운송 터널 사다리에 도착한 대원들을 따라잡은 거미는 많지 않았다. 킹과 멜렌데즈는 다른 사람들이 한 명씩 사다리를 오르는 동안 사다리 아래를 지키며 다가오는 거미를 발로 찼다. 겨우 몇 마리만이 속도를 맞췄다. 터널로 사라진 대원들은 옛 해군 기지를 향해 달려가고 있었다.

그들은 무기 공장에 대해 알지 못했다. 덫으로 몰려가고 있다는 사실을 알지 못했다.

오버시어도 모르기는 마찬가지였다. 터널 문을 닫았고 대원들은 오버시어의 추적 데이터에서 사라졌다.

작업동에서 시그라는 손에 든 기계를 봤다. 날카롭게 욕설을 뱉었다. 자기 로봇들이 그렇게 많은 사람을 놓쳐 실망한 눈치였지만 얼굴에 짜증과 권태 외의 감정이 드러나지 않아 확신할 수 없었다. 사실이라고 믿기에는 너무 무섭고 끔찍했다. 모든 증거가 내 눈앞에 있었다. 시그라는 학살을 예상하고 상자에서 거미들을 꺼냈다. 만약 오버시어가 봉쇄 조치를 취하지 않았더라면, 경보를 울려 모두 황급히 움직이게 하지 않았더라면 시그라는 원하던 학살을 이뤄냈을 것이다.

시그라가 거미 조종 기계를 몇 번 두드렸다. 거미들은 일제히 추적을 멈추고 주거동으로 돌아갔다. 문 사이에 끼여 벗어나려 용을 쓰는 델리카타를 다시 기어 넘었다. 델리카타의 입에서 피가 흘렀다. 도움을 청하려 했지만 질척거리는 쌕쌕 소리밖에 내지 못했다.

시그라는 기계를 주머니에 넣고 통신실로 돌아왔다. 무전기 앞에 앉았다. 또 암호 무전을 했다.

"이곳은 니무에. *웰플릿*호의 즉각적인 무장 지원을 요청한다. 반복한다. *웰플릿*호의 즉각적인 무장 지원을 요청한다. 선번에 침입자가 발생했고 적대적인 대원들에 의해 점거되었다. 막을 수 없는 상황이다. 인질들이 잡혀 있다. 생존 여부는 알지 못한다. 적들은 무장했고 대단히 위험하다."

시그라는 답을 기다리지 않고 작업동을 떠났다. 좁은 창고 문 사이로 몸을 밀어 넣으며 델리카타 위를 지났다. 델리카타가 도와달라 애원했다. 시그라는 그를 쳐다보지도 않았다. 델리카타가 다리를 붙잡으려 했지만 시그라는 그를 발로 차냈다. 문이 닫히며 델리카타의 어깨를 으스러뜨렸다. 델리카타가 비명을 질렀지만 시그라는 이미 걸어가고 있었다.

“어떻게 운송 터널로 들어갔지?” 내가 물었다.

“기지 감독관은 수동 조작 전환 장치에 접근할 권한이 있었습니다.” 오버시어가 말했다.

“너는 터널이나 해군 기지에 접근할 권한이 없고? 통신도? 보안 기록도?”

“저는 해당 시설에 관리 및 감시 권한이 없습니다.”

“하나도?”

“네, 헤스터.”

거짓말일 수도 있었다. 하지만 그렇게 생각하지 않았다. 더는 아니었다. 지금까지 나는 아이올리아의 오버시어를 감염시킨 바이러스가 이곳에 있다고 생각했다. 메리 핑이 뒤틀린 욕망으로 바이러스를 가져와 니무에의 오버시어가 부정행위를 저지르게 만드는 데 성공했다고 생각했다. 오버시어의 관리 행위를 잔인한 폭력으로 바꿔놓았다고 생각했다. 이제야 깨달은 진실은 그보다 훨씬 단순했다.

“내가 바보 멍청이였어.” 내가 나직이 말했다. “네가 한 게 아니었지? 너는 도우려고 했을 뿐이야.”

오버시어는 대답을 듣자고 하는 질문이 아님을 이해하고 대답하지 않았다.

젠장. 생각을 해야 했다. 피곤해 눈을 비비고 뭉친 어깨 근육을 풀기 위해 목을 돌렸다. 메리 핑에 대한 혐오가 내 결론을 왜곡했다. 핑은 데이비드를 죽인 사람이었다. 그래서 나는 다른 모든 범죄도 핑의 책임으로 돌리기를 원했다. 핑의 자만심이 그의 몰락을 초래했기를 바랐다. 실제로도 그랬을지 모르지만 내가 상상했던 대로는 아니었다.

니무에에는 AI가 두 개 있었다. 하나의 AI가 바이러스에 감염되어 이상한 행동을 하는 것이 아니었다. 두 개의 AI가 있었다. 대원들을 보호하는 임무에 최선을 다하는 AI가 있고, 상황 파악이 안 되는 내 눈에 해괴한 행동을 하는 것처럼 보이는 AI도 존재했던 것이다. 둘 다 오버시어일 수도 있겠지만 나는 지구연합 해군 기지의 시설을 책임지는 두 번째 AI를 다른 종류의 AI로 의심했다. 그 AI는 다른 목표가 있었고 다른 지시를 받았다. 오버시어는 절대 무기 등급인 로봇 슈트에 깃들어 자기가 보호해야 할 대원을 공격하지 않는다. 하지만 군사용 AI는 상황만 맞으면 얼마든지 그럴 수 있었다.

다른 이들은 시그라와 그 AI 사이에서 오도 가도 못하게 될 것이다. 이미 그렇게 되지 않았다면 말이지. 나는 *웰플릿*의 도착 예정 시간이 얼마나 남았는지 오버시어에 물었다. 가장 정확한 예측 시간은 두 시간이 조금 넘었다.

"주거동과 작업동의 실시간 감시 영상을 보여줘." 내가 말했다. "제발."

"감시 모듈 일부가 파괴되었습니다만 최대한 보여드리겠습니다."

오버시어는 위쪽 기지의 영상을 화면에 띄웠다. 중앙부는 연기가 자욱했고 엉망으로 망가진 거미들이 복도 전체에, 델리카타의 시신에, 베라의 시신에 뿔뿔이 흩어져 있었다. 최소 두 개의 카메라는 깜박이는 줄무늬나 검은 화면밖에 보여주지 않았다. 폭발은 주로 중앙부와 작업동 복도에서 일어났다. 벽이 까맣게 그을리고 제어 패널은 금이 가고 불에 탔지만 심각한 장애물이나 눈에 띄는 구조 문제는 없었다. 중앙부 한가운데에서는 폭발한 로봇들의 잔해가 녹아내려 섬뜩하게 뒤엉켰다.

"화물 창고는?"

내 요구대로 화면이 바뀌었다. 무엇 하나 움직이는 흔적 없이 고요했다. 거미는 없었다. 터널 문은 아직 열려 있었다. 시그라는 터널에 들어가서도 문을 닫지 않았다.

"화물 에어로크."

데이비드의 피밖에는 보이지 않았다.

"기지 외부 지도 부탁해. 남은 지구연합 해군 시설까지 전부." 내가 피곤한 어깨를 돌리며 몸을 앞으로 기울여 앉는 사이 화면이 다시 바뀌었다. "고마워."

저기다. 저기 있었다. 운송 터널은 기지의 등줄기를 따라가다 갈라져 해군 기지로 이어지는 게 분명했다. 하지만 소행성 표면을 가로지르는 길도 있었다. 네드 델리카타가 매월 하는 "정기 점검"에 사용할 수 있을 만큼 빠른 경로였다. 대원들이 비밀 공장에 도착하기 전에 밖으로 나가서 막겠다는 제안이 그 뜻이었다.

"젠장." 내가 의자에 기대앉았다. "망할."

나는 배낭을 무릎에 올리고 내용물을 확인했다. 무전기. 지금은 쓸모가 없지만 나중은 또 모른다. 태블릿은 폭발 때 화면에 금이 갔지만 아직 작동했다. 손전등. 산소호흡기. 배낭 바닥에는 아직 깔끔하게 접힌 비상용 진공 슈트가 있었다. 빠르게 확인해 보니 망가지지는 않았다. 방사능 센서는 아직 내 벨트에 걸려 있었다.

온몸이 아팠다. 의자에서 일어나니 관절이라는 관절이 다 아프게 쑤셨지만 참을 만했다. 나는 살아남을 것이다.

이번에는 피할 수 없었다. 밖으로 나가야 했다.

스물

승강기로 절뚝이며 다가가 기다렸다. 회사에서 기본으로 지급하는 비상용 슈트는 지독히도 얇았고 여압과 단열 기능을 최소한으로만 제공했고 쉽게 찢어졌다. 그래서 꼭 입어야 할 때까지는 배낭에 봉인 상태로 두기로 했다.

"이곳을 떠나면 당신을 보호하지 못합니다, 헤스터." 오버시어가 말했다.

"알아. 그래도 떠나야 해. 그냥 문 열어주고 내가 지나가면 닫아 줘."

승강기 문이 열렸다. 나는 안으로 들어갔다.

"조심해." 내가 말했다. 그러고는 이 세상에서 제일가는 바보가 된 기분을 느꼈다. 그러고는 바보가 된 기분에 죄책감을 느꼈다.

"당신도요, 헤스터." 오버시어가 말했다.

문이 닫히고 나를 태운 승강기가 작업동으로 올라갔다.

시스템실 밖의 복도 전체에서 연기가 피어오르고 열기가 뿜어져 나오고 먼지가 휘날렸다. 코를 찌르는 금속성 냄새에 눈물이 찔끔 나오고 목구멍이 따끔거렸다. 손전등을 켰지만 먼지가 얼마나 자욱한지 불빛이 시야를 더 방해했다. 다시 손전등을 끄고 셔츠 앞을 끌어 올려 입과 코를 막았다. 몇 걸음마다 걸음을 멈추고 금속 다리 소리에 귀를 기울였지만 아무것도 들리지 않았다. 형태가 온전하거나 공격을 기다리는 거미도 보이지 않았다. 그게 무슨 의미겠냐마는. 한 마리라도 폭발에서 살아남았다면 얼마든지 다시 숨을 수 있었다. 폭발로 가장 큰 피해를 입은 곳은 복도 앞쪽과 중앙부 문가였다. 파괴된 벽면과 뒤틀린 금속을 피해 조심스럽게 발을 디디며 지나가는 데 몇 분이나 걸렸다.

나는 델리카타의 시신 앞에 멈춰 서서 죽은 로봇들의 잔해를 툭 쳐서 떼어냈다. 무릎을 꿇고 내 바지에 손을 닦았다. 델리카타는 시그라에게 자기가 열쇠를 갖고 있다고 했다. 지구연합 해군 기지를 들여다보든 점검하든, 뭔지 모를 짓을 할 때 사용한 열쇠가 분명했다. 시체에서는 살이 익고 플라스틱이 탄 냄새가 고약하게 풍겼다. 넘어오려는 구역질을 삼키고 델리카타의 주머니를 뒤지기 시작했다. 불에 타지 않은 옷감은 피로 끈적거렸다. 엉망이 된 어깨와 위쪽 팔을 너무 자세히 보지 않으려 노력했지만 내 시선은 자꾸만 그쪽으로 향했다. 구조대에게 발견되었을 때 나도 저런 모습이었을까.

재킷 안쪽 주머니에서 열쇠를 발견했다. 데이비드의 방에서 가져온 회로 키와 생김새가 딴판이었다. 이 금속 덩어리는 더 크고 묵직했다. 보안 키보다는 삐걱거리는 고물을 수동 조작할 때 사용하는 도구로 보였다. 하기는, 지구연합 해군 기지도 삐걱거리는 고물이지. 나는 배낭에 열쇠를 챙기고 문 위에 있는 카메라를 봤다.

"됐어." 내가 말했다. "창고 부탁해."

문이 스르르 열렸다. 나는 창고로 들어갔다.

메리 핑의 시신을 옮길 시간은 없었다. 핑은 아직도 산업용 조명의 넓은 빛을 받으며 바닥에 말라붙어 가는 자기 피 웅덩이에 누워 있었다. 가까이 다가가면서도 시선을 돌리지 않았다. 시선을 피하지 않고 옆에 서서 핑을 내려다봤다.

처음 봤을 때는 분노로 남자를 때려 죽일 여자라고는 상상하기 힘들다 생각했다. 하지만 피부가 타고 갈비뼈가 부서지고 내장이 다 드러난 피투성이 시체를 내려다본 지금은 충분히 상상할 수 있었다. 데이비드는 파르테노페가 무엇을 숨기는지 알고 싶었고, 메리 핑은 그 비밀을 보여주기로 약속했다. 데이비드가 감시 카메라를 꺼주는 조건으로 에어로크에서 만나기로 했다. 같이 밖으로 나갈 수 있게 진공 슈트를 가져오겠다고 약속했다. 데이비드는 파르테노페가 전쟁 무기를 만들고 있다고 의심했다. 내게 보낸 메시지에서 데이비드의 목소리에 묻어 있던 두려움과 혐오감을 이제는 나도 이해했다.

핑은 지구연합 해군 기지에 숨어 있는 AI를 보호하기 위해 데이비드를 죽였다. 하지만 AI가 핑을 왜 죽였는지는 모르겠다. *왜*라고 묻는 것이 타당한지도 모르겠다. 군사용 AI가 아주, 아주 잘못된 길로 빠진 사례는 수백, 수천 가지 있었다. 이번 일도 같은 경우일까. 살인을 위해 설계된 인공지능이 살인을 했다. 그만큼 간단한 문제일 수도 있다.

공기 중에 퍼지는 오래된 피의 쇠 냄새로 속이 뒤집히는 것을 느끼며 나는 걸어나갔다.

창고를 절반쯤 지났을 때 첫 번째 거미의 소리를 들었다.

금속과 금속이 닿는 소리가 속삭이듯 부드럽게 났다. 내 게코 밑창이 바닥에 붙었다 떨어지는 소리와 내 거친 숨소리 위로 겨우 들리는 소리였다. 나는 반박자 얼어붙었다가 이리저리 몸을 틀며 찾았다. 내 시야 가장자리에 번쩍이는 은색이 보였다. 순간 움찔하고 반대 방향으로 달려나가기 시작했다.

거미는 내 뒤에서 컨테이너 벽을 달렸다. 삼 미터도 못 갔는데 어깨가 따끔했다. 거미가 점프한 것이었다. 쥐새끼 같은 게 점프해서 내 상완에 달라붙었다. 왼팔이라 붙잡을 살이 없었지만 셔츠 소매에 다리를 매달고 있었다.

나는 미친 사람처럼 팔을 흔들었다. 그래도 거미가 떨어지지 않자 오른손으로 거미를 잡으려 했다. 거미는 소매 밖으로 드러난 의수를 향해 팔 위를 날쌔게 움직였다. 영리하게도 작은 다리로 내 손목의 금속 관절을 감싸안았고 나는 불꽃이 튀는 것을 느꼈다. 곧이어 파도와 같이 밀려드는 압력이 신경을 짓누르며 갑자기 메스꺼워졌다. 강한 압력에 내가 놀라서 비틀거렸다.

나는 반대쪽 손으로 거미를 쥐어 뜯어내고—튀는 불꽃도 느꼈지만 약한 전기에 감전되는 듯한 느낌은 고통 중에서도 가장 낮은 수준이었다—땅바닥으로 던졌다. 거미를 밟고 찰나의 만족감을 만끽하는데 화물 컨테이너를 따라 달려오는 거미가 두 마리 더 보였다.

생존한 거미들은 표적을 가두고 파괴하라는 시그라의 명령을 아직 따르고 있었다. 이제 저 빌어먹을 살인 병기들은 나를 찾았다.

나는 고개를 숙이고 달렸다. 발을 디딜 때마다 관절의 통증이 심해졌고 아래의 다리, 위의 등으로 통증이 퍼졌지만 감히 멈추지 않았다. 또 다른 거미가 내 등으로 점프했다. 손으로 붙잡았지만 도저히 뜯어낼 수 없었다.

거미가 내 어깨 관절에 파고들며 또 불꽃이 튀고 신경통이 일어났다. 동시에 왼쪽 눈, 그러니까 의안의 시야에도 불빛이 번쩍였다. 젠장, 젠장, 젠장. 저놈이 내 몸에 달라붙은 목적은 폭발이 아니었다. 내 인공기관으로 장난을 치고 있었다. 내가 적의 기계인 것처럼 나를 해킹하고 있었다.

뒤로 홱 돌아 가장 가까운 화물 컨테이너를 어깨로 때렸다. 거미가 충격으로 떨어질 만큼 세게. 떨어진 거미를 짓밟자마자 나는 통로 끝을 빠르게 지났다. 왼쪽으로 방향을 틀고 화물 창고의 외벽을 향해 질주했고 다시 방향을 틀었다.

우리는 에어로크를 활짝 열어뒀다. 범죄 현장을 저렇게 부주의하게 관리하면 안 되지만 내게는 유리한 상황이었다. 방향을 꺾고 에어로크 안으로 들어가 내부 해치를 당겨서 닫았다. 또 한 마리가 내게 몸을 날려 오른손에 착지했다. 몇 시간 전 놈의 친구가 구멍을 냈던 곳이다. 거미는 내 팔과 어깨를 타고 달렸다. 쿵 소리를 내며 문이 닫혔고 나는 핸들을 돌려 수동으로 문을 잠근 후 거미를 움켜쥐었다.

“저리 꺼져!” 거미를 땅바닥에 내팽개치고 밟았다. 에어로크 문이 닫히는 동안 밟고 밟고 또 밟았다. “죽어, 죽어, 죽어!”

망가진 금속 조각과 파괴된 회로가 부츠 아래 납작하게 달라붙은 후에야 발을 멈췄다.

거미 하나가 내부 해치의 창문 밖을 빠르게 지나더니 또 한 마리가 나타났다. 눈 깜짝할 사이에 움직이고 있어 잘 보이지 않았다.

바닥에 내려놓은 배낭을 찢듯이 열고 비상용 슈트를 꺼냈다. 팔다리 위치를 찾느라 슈트를 몇 번이나 뒤집어야 했다. 손이 후들후들 떨렸다. 이제는 에어로크 밖에 거미들이 보이지 않았다. 아마 제어 패널에 기어 올라가고 있을 것이다. 안에 들어오려고 할 것이다. 들어올 수 있을까? 그 정도로 똑똑하게 프로그래밍이 되어 있을까? 어쩌면. 아마도. 일단은 가능하다고 생각해야 했다.

부드러운 헬멧을 머리에 쓰니 두꺼운 고무같이 미끈한 소재가 섬찟했다. 장갑은 두꺼워 손가락의 움직임까지 둔해졌지만 다행히 이 슈트는 패닉에 휩싸인 사람, 산소와 혈액과 자제력을 잃어가는 사람을 위한 옷이었다. 목과 어깨에 봉인 장치를 끼우고 슈트의 전원을 켰다.

소름 끼치게도 잠깐은 아무 변화가 없었다. 나는 생각했다. 이보다 완벽하기도 힘들겠네. 죽은 슈트, 아무짝에도 쓸모없는 쓰레기였다니. 그러다 환기와 여압 기능이 작동했다. 기분이 묘했다. 등허리에서 따뜻한 바람이 나와 나를 은밀하게 어루만지는 바람에 몸이 배배 꼬였다. 정신 차려. 나는 그렇게 생각하며 에어로크 제어 패널에 손을 뻗었다. 가동을 눌렀다.

“제발 돼라.”

내 목소리가 헬멧에 갇혀 크고 둔탁하게 들렸다.

낡은 에어로크가 주위에서 철컹하고 신음했다. 슈트 헬멧의 허접한 마이크를 통해 바람 빠지는 소리가 크게 들렸다. 심장이 너무나 빠르게 쿵쿵대 가슴이 아팠다. 숨에서 거친 쇳소리가 났다. 나는 남은 초를 셌다.

제어 패널은 감압이 이십 퍼센트 완료되었다고 했다. 삼십오 퍼센트, 오십 퍼센트 완료. 안쪽 해치 바깥에서 거미들의 발소리가 들린 것 같았다. 불가능했다. 거미가 밖에 있으면 안 된다는 말이 아니었다. 당연히 밖에 있겠지. 하지만 내가 거미 소리를 들을 수 없어야 한다는 뜻이었다. 강철은 이십 센티미터 두께였다. 지구연합 해군은 전쟁 기지를 대충 장난처럼 만들지 않았다. 화성인들이 불쑥 나타나 폭탄으로 자기들을 날려버리는 상황을 늘 두려워했으니까. 화성인들이 반란을 시작한 이유는 중요하지 않았다. 그들은 배가 고팠고, 우주선이 없었다. 지구 기업들에 물과 위성을 빼앗겼고 스스로를 방어할 무기가 허락되지 않았다. 자신들의 집, 거주 돔에서 짐승처럼 살아가고 있었다. 전쟁이 끝난 후 런던 부모님 댁 정원에서 부모님의 급진파 친구들이 하는 말에 따르면 그랬다. 그런 얘기마저 없으면 따분했을 교수들의 디너파티에서는 와인이 여름의 가녀린 개울처럼 흐르고 코냑이 폭풍우로 불어버린 템스강처럼 흘렀다. 나와 오빠에게 빨리 올라가 자라는 사람은 아무도 없었다. 우리가 깨어서 듣고 있든 말든 아무도 신경 쓰지 않았다. 여름의 태양이 햄프스테드 히스의 하늘에 눈부신 빨간색과 주황색 줄무늬를 남기며 저무는 동안 사람들은 목소리를 높였다 낮췄다 하며 웃고 논쟁을 벌였다. 부모님이 그리웠다. 오빠와 조카들이 그리웠다. 런던과 옥스퍼드가, 햇빛과 푸르른 나무가, 아픔 없이 움직일 수 있던 내 몸이 그리웠다. 모든 그리움은 고통으로 변했다. 가시 한 덩어리를 삼켜 아직도 깔쭉깔쭉한 상처에서 피가 흐르고 그 상처를 중심으로 온몸이 흉터 조직으로 딱딱하게 굳은 기분이었다. 나는 지구를 떠나지 말았어야 했다.

백 퍼센트. 에어로크 감압이 완료되었다.

의사들은 내가 우주의 진공에 노출되지 않았다고 했다. 믿을 수 없지만 또 부정할 수 없는 많은 얘기를 했다. 우주 공간에 닿았다면 나는 생존하지 못했을 것이다. 구조대는 일곱 시간 후에야 도착했다. 그런데도 나는 불에서 얼음으로 데굴데굴 구르는 악몽을 꿨다. 불꽃을 자취로 남기며 불에 탄 내 몸의 조각들이 흩어져 얼어붙고 우주의 먼지로 부스러졌다. 이 악몽도 사고만큼이나 미스터리였지만 아무도 해결해 줄 마음이 없어 보였다.

중력이 최소로 존재하는 소행성의 황량한 표면만 아니라면 가고 싶은 곳을 끝도 없이 말할 수 있었다. 아빠가 차를 끓이는 부모님 댁 주방. 여름의 긴 석양이 하늘을 붉은색과 보라색으로 물들였던 수니타의 옥스퍼드 집 정원. 앞으로 어떤 일을 당하게 될지 몰랐던 때의 *심포지엄*. 심지어 외롭고 삭막한 히기에이아 숙소라 해도 좋았다. 문을 잠그고 조명을 낮추고 바깥세상의 소리를 차단할 수 있었으니까. 어디든 가고 싶었다. 아무 데나 상관없었다. 이제 문을 열고 나간다고 생각하니 내 인생을 거쳤던 아름다운 곳과 끔찍한 곳 모두 저 바깥보다는 매력적으로 느껴졌다.

어쨌거나 나는 문을 열고 밖으로 나갔다.

넓고 납작한 철판으로 만든 수송 트랙이 앞에 뻗어 있었다. 모래가 많고 푸석푸석한 땅에서는 게코 밑창이 내 몸을 잡아주지 못했다. 하지만 나는 행운아인 듯했다. 행운의 의미를 아주 넓게 정의한다면 말이지. 소행성에는 대기가 없기 때문에 니무에에는 바람이 불지 않았다. 즉, 트랙 위로 먼지나 모래가 날리지 않았다. 나는 해치 문을 닫았다.

중심을 잡자. 나는 숨을 들이마셨다. 부드럽게 움직이면 돼. 한 번 더. 걷는 거야. 한 발을 들었다가 내려놓으면 돼. 다른 발을 들어.

닥치고 걸으라고.

더 빨리.

고개 들지 마.

한때는 고개를 쭉 빼고 캄캄한 하늘과 별을 올려다보던 사람이 나였다. 무엇이든 보려고 했다. 눈물이 나고 목이 아플 때까지 저 먼 곳의 낯설고 익숙한 물체들을 보고, 보고, 또 봤고 위의 경치는 지상의 그 어떤 풍경보다도 내게 친숙하고 소중해졌다. 나는 우주의 위험을 두려워하지 않을 자신이 있었다. 다 받아들일 것이라 확신했다. 내 본질은 탐험가니까. 스스로 그렇게 말했다. 실패 말고는 아무것도 두렵지 않았다. 지구에 안전하게 있을 때는 동화 속의 용감한 주인공 같은 나를 쉽게 믿을 수 있었다.

나는 고개를 들지 않았다.

자갈이 깔린 니무에의 표면은 정말로 칙칙한 회색이었다. 자갈보다 큰 덩어리는 많지 않았다. 먼지, 회색 돌, 발밑에서 표면을 떠처럼 두르는 이 킬로미터 내지 삼 킬로미터짜리 트랙이 전부였다. 나는 고개를 들지 않았다. 얼마나 걸어야 하는지에 대한 직감은 없었다. 내가 얼마나 빠르게 걷고 있는지도 몰랐다. 지도를 보고 거리를 정확하게 추정했는지도 알 수 없었다.

나는 고개를 들지 않았다. 그러다 고개를 들었다.

의식보다는 본능을 따른 행동이었다. 아주 조금 진화한 채로 태어난 영장류가 굴곡이 심한 표면을 밟으며 지나치게 가까운 지평선을 향해 가고 있기에 느끼는 충동이었다. 그 충동에는 두려움이 동반되었다. 오래된 뇌에 박혀 있어 인식조차 못 했던 두려움이 일었다. 생각 아닌 생각—내가 어디를 가고 있는지 봐야겠어—에 나는 트랙에서 시선을 들었다.

우선 주위에 보이는 니무에 표면이 더 이상 밋밋하고 평평하지 않았다. 지구연합 해군의 거대한 기지 건물이 보였다. 칙칙한 회색 상자는 흙에 반쯤 파묻힌 것처럼 소행성 표면에 비스듬히 눌러앉았다. 네모난 구조물 너머로 탑 세 개가 보였다. 저 형상을 역사책에서, 위에랑 추모공원에서 봤던 기억이 났다. 미사일 격납고였다. 얼마나 큰지, 얼마나 높은지, 얼마나 멀리 떨어져 있는지 당시에는 짐작하지 못했다. 지구연합 해군이 얼마나 한심하게 미련스러운 짓을 했는지도 알지 못했다. 화성과 내행성계의 전투에서 이렇게나 멀리 떨어져 있는 곳에 미사일 격납고를 만들다니. 전쟁이 이 먼 곳까지 확대된다는 생각에 얼마나 겁이 났으면. 겁이 나서 그랬는지, 탐욕이 나서 그랬는지, 피에 목이 말라 그랬는지. 세 가지 역겨운 이유 다 작용했을 수도 있다.

얼마나 무의미한 이유로 만들어졌든, 가까이서 기지를 보니 안심이 되었다. 다시 눈을 아래로 깔고 계속 걸어갈 수 있었을 것이다. 내가 별을 보지만 않았더라면.

니무에의 칙칙한 회색 표면 위에는 하늘이 아닌 암흑이 있었다. 이곳에는 하늘이 없기 때문이다. 너무도 작고, 너무도 멀어 흙먼지라고 해도 좋을 빛들이 점점이 찍혀 있는 암흑은 광활하게 크고 잔혹하게 추웠다. 실제로 얻어맞은 것처럼 강한 현기증이 나를 때렸다. 발밑에서 소행성이 뒤흔들리고 트랙이 흔들리는 느낌이었다. 나는 어지러워 몸을 틀다 무릎을 꿇었고 나도 모르게 트랙 가장자리를 벗어나 흙으로 손을 몇 센티미터 빠뜨렸다.

눈을 질끈 감고 어색한 자세로 몸을 움직이며 현기증이 사라지기를 바랐다. 속이 뒤집히고 심장이 쿵쿵 뛰었다. 갑자기 온몸이 고통스러울 정도로 뜨거워졌다. 끈적거리고 따끔거리고 후끈거려 두려워졌다. 일어서야 한다는 생각에 자세를 바꿨지만 단단한 돌이 없는 니무에의 표면은 부드러웠다. 내가 움직일 때마다 손이 더 깊이 푹푹 빠졌다. 왼쪽으로 몸을 기울이고 금속 손가락으로 금속 트랙을 잡았다. 이음매 한 부분을 움켜쥐고 내 몸을 다시 똑바로 세웠다.

눈을 질끈 감고 숨을 쉬었다. 숨을 쉬고 몸을 움직이지 않고 또 숨을 쉬었다.

한참 후에야 다시 눈을 뜰 수 있었다.

나는 어설프게 넘어지고 더 어설프게 제자리를 찾는 동안 주위에 자욱한 모래 먼지를 일으켰다. 먼지는 가라앉지 않았다. 안개처럼 떠서 내 시야를 가로막고 칙칙한 회색 장막으로 나를 감쌌다. 일어나며 눈을 깔고 최대한 아래의 화물 레일만을 보려 했지만 위의 암흑을 잊을 수는 없었다. 암흑이 그곳에 있다는 사실을 알았다. 발을 한 번만 잘못 디뎌도 내가 그곳으로 굴러 들어간다는 사실을 알았다. 무엇도 나를 붙잡아 주지 못하고 나는 부츠에 묻은 먼지를 자취로 남기며 표류할 것이다. 니무에는 너무도 작았다. 그 생각이 사라지지 않았다. 우주를 굴러다니는 못생기고 울퉁불퉁한 감자는 너무도 작은 존재였다. 호흡이 되지 않았다. 슈트에는 공기가 없었다. 숨을 쉴 수 없었다. 이보다 멍청하게 죽을 수도 있을까.

떨리는 숨을 깊이 들이마셨다. 조금씩 걸음을 내디뎠다. 계속 움직였다. 음울한 회색 벙커의 입구가 나타날 때까지는 걸음을 멈추지 않았다.

제어 패널이나 입력 장치는 없었다. 접근 코드나 직원 ID를 입력할 곳도 없었다. 문 위에 구식 지시등이 있을 뿐이었다. 빨간색은 가압, 초록색은 감압을 나타낸다. 빛은 빨간색이었다. 배낭에서 열쇠를 꺼내 투입구를 찾았다. 지금 보니 칙칙한 회색 금속은 피로 얼룩져 있었다.

저기다. 누구나 볼 수 있게 떡하니 적혀 있었다. **에어로크 수동 조작**. 회사는, 혹은 시그라는 문 뒤에 있는 AI를 믿지 못하고 자기 주변을 통제할 권한도 주지 않았다. 열쇠를 끼우고 돌렸다. 몇 초는 반응이 없었다.

"제발, 제발." 내가 중얼거렸다. 열쇠가 먹히지 않으면 어떻게 할지 생각해 놓은 방법도 없었다. "되라고, 자식아."

문이 흔들리기 시작했다. 내 손에서 열쇠가 돌아가 재빨리 손을 놓았다. 소리를 전달할 공기가 있었다면 소리도 들렸을 것이다. 하지만 나는 열쇠를 만졌을 때 희미한 진동만을 느꼈을 뿐이다. 몇 초가 지나고 불빛이 초록색으로 변했다.

나는 해치를 열고 안으로 들어갔다.

스물하나

에어로크 반대편은 온통 어둠이었다.

안쪽 해치를 닫고—철컹 소리에 귀가 먹먹해졌다—숨을 참았다. 메아리가 약해졌다. 에어로크는 쨍쨍 조용히 쉿소리를 냈다. 다른 소리는 없었다. 조명은 에어로크 지시등 불빛이 전부였고 그마저도 옅은 초록색이라 아무것도 비추지 못했다.

슈트에 표시된 기압 상태를 확인했다. 기압은 정상이고 숨을 쉴 수 있었다. 그래도 선뜻 헬멧을 벗을 마음이 안 들었다. 뭔가 믿음직하지 않았다. 하지만 슈트를 입고 있으니 주변이 잘 보이지 않았고 고개를 돌릴 때마다 내부 스피커에서 잡음이 들렸다. 주위에 뭐가 있는지 보고 들어야 했다. 헬멧만 벗고 나머지 슈트는 그대로 뒀다. 약한 기류를 타고 불어온 공기가 서늘하고 건조하게 얼굴을 만졌다.

들리는 소리가 없으니 이렇게 불안할 수가 없었다. 기지의 기계 돌아가는 소리도 들리지 않았다. 정말 아무것도 없었다.

손전등을 켰다. 바닥은 약 삼 미터 앞에서 뚝 끊겼다. 난간도 없어 심연의 어둠으로 추락할 뿐이었다. 손전등 불빛은 벨트, 기어, 로봇 팔, 크레인 같은 몇몇 기계의 형태만 겨우 비출 정도였다. 전쟁 이후로 방치했는지 수십 년은 되어 보이는 기계도 있었지만, 최신형도 있었다. 빈 공간 없이 전부 꽉꽉 들어차 있어 바로 앞에 있는 기계 말고는 잘 보이지도 않았다.

아무것도 움직이지 않았다. 공장 전체에 고요한 정적이 흘렀다. 내가 보기에 작동하는 기계는 없었다. 문득 금속, 고무, 새 기름, 연료 냄새가 났다. 연기 냄새도 얼핏 나는 것 같았다. 돌아가던 공장이 내가 들어오기 직전에 활동을 멈췄고 지금은 가만히 숨을 참고 있는 느낌이었다.

무전기에 손을 뻗었지만 전원을 켜기 전에 망설였다. 이미 에어로크의 마찰음과 해치의 천둥 같은 소음을 낼 만큼 냈지만 말을 하는 것은 느낌이 달랐다. 한참 주저하다 아무 말도 하지 않고 무전기를 슈트에 끼웠다. 상대가 누구든 내 존재를 알리기 전에 시설을 더 둘러봐야 했다. 감시 카메라나 추적 장치가 보이지는 않았지만, 없다고 확신할 수는 없었다. 누가 — 또는 무엇이 — 소리를 듣고 있는지 알아내야 했다.

움직일 때마다 큰 소리가 나는 기분이었다. 게코 밑창이 부드럽게 붙었다 떨어지는 소리, 내 팔과 다리를 감싼 유연한 폴리머가 바스락거리는 소리, 슈트 깃과 내 목이 스치는 소리. 나는 손전등을 이리저리 비추다 아래로 가는 철제 계단 두 개를 발견했다. 그중에서 오른쪽 계단을 택했다. 내가 기지의 구조를 정확히 이해했다면 운송 터널에서 기지로 들어오는 곳과 더 가까웠기 때문이다. 계단 위에 얇은 문이 있었지만 최근 기름칠을 했는지 활짝 열렸다. 내가 내려가자 계단이 삐걱거리며 흔들렸다. 어디까지 이어졌는지도 보이지 않았다. 나는 제어실 위치도 몰랐다. 니무에의 운송 터널 입구도, 시스템실도, 공장을 운영하는 AI의 물리적 뇌도 어디 있는지 몰랐다. 보이는 것은 내 앞의 계단과 주변의 기계들뿐이었다.

손전등을 움직일 때마다 이 기계들이 만드는 물건도 불빛에 언뜻 비쳐 보였다.

무기였다. 내가 의심한 대로 이 공장은 무기를 제작하고 있었다. 하지만 실제로 그럴 것이라 의심했다 해서 직접 목격했을 때의 충격이 사라지지는 않았다. 계단 양쪽으로 복잡하게 뒤엉킨 선반과 컨베이어 벨트가 나를 에워쌌다. 기계의 보이지 않는 속에서 강의 지류처럼 갈라져 나와 공장 끝으로 흐르고 있었다. 근처에는 미완의 조각들밖에 없었다. 다른 곳에서 완제품으로 조립해 무기로 만드는 것 같았다. 한쪽에는 행군하다 얼어붙은 병사들처럼 미사일 케이스들을 일렬로 세워뒀다. 길쭉한 형태의 통들은 표지나 라벨을 달지 않은 채로 컨베이어 벨트에 바게트빵처럼 놓여 있었다. 저 모양은 역사책과 뉴스에서 봤다. 지구연합 해군은 폭동 진압용 차에 유독 가스를 실어 화성의 시위대 틈에 몰래 들여보냈다. 겉에 아무 표시가 없는 이 통들은 각양각색의 경고 라벨보다 더 불길한 느낌을 줬다.

나는 계속 걸었다. 계단을 내려가고 기계 사이를 지나고 입을 떡 벌리며 내 앞의 모든 광경에 더 큰 공포를 느꼈다.

벌집처럼 생긴 계란형 기계들은 방 하나하나에서 기묘한 빛을 뿜었다. 날개를 고정한 드론은 핀으로 꽂은 채집 나비와도 같았다. 총받침대가 비어 있는 장갑차들도 있었다. 조각, 부품, 뭔지 알아볼 수 없는 장치도 셀 수 없었다. 날개일까, 아니면 칼날일 수도. 작은 폭발물의 케이스일 수도 있겠다. 더 큰 무인 우주선의 일부 같은데 지금은 곡선형 선체와 광을 낸 머리 부분의 조각들밖에 보이지 않았다.

입이 끈끈하고 건조했고 심장이 빠르게 뛰었다. 이 시설이 가동 중인 모습을 상상했다. 모든 기계에서 엔진 소리가 나고 벨트가 돌아가겠지. 보이지 않는 로봇들이 이곳의 무수한 부품을 조립해 사용 가능한 장치를 완성하는 모습을 상상했다. 모든 무기가 수송 컨테이너에 실리는 모습도 그려봤다. 무기들을 운반하기 위해 수송선이 니무에에 도착하고 대원들에게는 물이나 연료나 희귀 금속을 보낸다고 말할 것이다. 화물은 외행성계 전역으로 퍼져 주요 공항과 기지에 파르테노페의 무기를 배달할 것이다. 다들 파르테노페의 신호를 기다리고 있다. 어떤 계기가 필요할까? 계획 없이 이런 무기들을 만들지는 않을 터였다. 회사가 어떤 계획을 세우고 있고, 어떤 전리품을 원하고 있는지 몰라도 기폭제는 무엇이든 될 수 있었다. 거래가 잘못되었다거나. 조약을 위반했다거나. 경쟁이 지겨워졌다거나. 그처럼 사소한 계기도 가능했다. 나는 파르테노페가 무엇을 기다리고 있는지 몰랐다. 그 사실도 회사의 의도를 모르는 것만큼이나 두려웠다.

나는 공장을 계속 내려가며 눈앞의 모든 풍경을 주시했고 점점 커지는 공포를 느끼면서도 이 모습을 기억에 새겼다. 계단은 방향이 꺾이더니 또 한 번 꺾였다. 그곳에서 첫 번째 감시 카메라를 발견했다. 하지만 작동을 하는지는 알 수 없었다. 카메라가 내 움직임을 따라오나 시험하려 손전등을 반대쪽 손으로 바꿔 들었다. 카메라는 여전히 움직이지 않았다.

손전등 불빛은 포착되었다. 기계의 뱃속에 깊이 파묻혀 빛을 반사하는 것은 평평한 헬멧 실드였다. 로봇 슈트의 헬멧이 몸통에서 잘린 머리처럼 컨베이어 벨트에 줄줄이 놓여 있었다.

공장은 끝없이 이어졌다. 소행성의 깊은 곳까지 아래로 아래로 아래로 뻗어나갔다. 이렇게 효율적인 설계가 없었다. 이 공장의 목적이 그토록 끔찍하지 않았더라면 나도 감탄했을 것이다. 점점 초조하고 답답해졌다. 분명 운송 터널과 이 기지가 만나는 지점은 앞이나 오른쪽 어딘가에 있었다. 하지만 인간을 위한 제어실이나 AI를 위한 시스템실은 어디에도 보이지 않았다. 내 발소리와 숨소리 말고는 들리는 소리도 없었다. 침묵과 어둠이 나를 무겁게 짓누르며 드넓은 공간이 폐소공포증을 유발할 것처럼 갑갑해졌고 내 손전등은 불안하게 춤을 추며 사방으로 그림자를 드리웠다.

공장 바닥까지 다 내려온 후에야 처음으로 희미한 불빛이 보였다.

계단은 기지 한가운데인 듯한 공간에 나를 내려줬다. 공장 반대편으로 저 멀리에는 수송 컨테이너를 올리는 선반이 있었고, 내 앞의 넓은 구역은 길게 쪼개졌는데 꼭 도시의 거리를 잘못 가져다 놓은 것만 같았다. 한두 층으로 이뤄진 건물들이 있었다. 검은 창문이 눈처럼 바깥을 주시했다. 방향 감각을 잃은 데다 아무것도 보이지 않는다는 좌절감이 너무 커 처음에는 알아보지 못했다. 여태껏 나는 이 방들을 찾고 있었다. 대원들이 사용하도록 만들어진 공간이었다.

하지만 아무도 없었다. 모든 방이 캄캄했다. 누군가는 있어야 했다. 류와 다른 사람들. 시그라라도. 모두가 아직 운송 터널에 있을 리는 없었다. 그러기에는 너무 많은 시간이 흘렀다. 내가 헛다리를 짚었을지 모른다는 가능성은 생각도 하고 싶지 않았다. 하지만 다른 가능성은 더 끔찍했다. 터널 안에서 거미 떼에게 발견되었을 수도 있었다. 또 다른 로봇 슈트가 나타났다면 방어하지 못했을 것이다. 시그라가 따라잡아 전부 죽였을 수도 있었다. 거미들이 실패한 임무를 마무리한 걸까. 지금쯤 시그라는 니무에의 본부로 돌아가 안 좋은 일이 생겼다고 파르테노페에 보고할 수도 있었다. 오버시어가 보여준 감시 카메라 영상에 명명백백히 드러났다. 시그라는 모든 얘기를 준비했고 아무도 이의를 제기하지 않으리라는 확신이 있었다.

나는 운송 터널 입구가 있다고 추정되는 오른쪽으로 방향을 틀었다. 하지만 그때 반대 방향에서 반짝이는 빛이 눈에 들어왔다. 처음에는 단순히 반사광인 줄 알았는데 손전등을 끄고 기다려도 빛은 흐려지지 않았다.

공장 반대쪽 끝에서 빨간색 빛이 약하게 비쳤다. 시야가 어둠에 적응하며 형태도 드러났다. 공장 바닥에서 시선을 높이 올리자 중앙 공간에 얹혀 있는 구체가 보였다. 표면의 가느다란 선에서 희미하게 비치는 붉은 불빛만 조각조각 보일 뿐이었다.

아니. 아니었다. 빛은 표면이 아니라 내부에서 나오고 있었다. 미세한 틈 사이로. 하지만 실제로도 미세할까? 거리 감각이 없다 보니 실제 크기를 측정할 수 없었다. 붉은 선은 불규칙하고 인간의 두개골 이음매처럼 들쭉날쭉했다. 형태, 규모, 검붉은 불빛. 모든 것이 빈틈없이 효율적인 주변 시설과 부조화를 이뤘다.

구체는 말벌 둥지처럼 공장 위에 놓여 있었다. 새까만 암흑에 파묻힌 잉걸불 같기도 했다. 섣불리 결론을 내면 안 되겠지만 비약이라 해도 괜찮았다. 이것은 인간 엔지니어들이 인간의 목적을 위해 설계한 구조물이 아니었다.

무장 AI가 자기 뇌를 지키는 공간이었다. AI는 스스로 집을 만들었다.

나는 구체에서 물러나 기계 아래쪽으로 가까이 붙었다. 저 불길한 구체에 직접 다가갈 일이 없기를 바랐다. 지금은 제어실부터 찾아야 한다고 생각하며 조심스럽게 출발했다.

다시 계단을 지나쳤을 때 작은 소리가 들렸다. 걸음을 멈춰 바닥을 때리는 게코 밑창 소리와 바스락거리는 슈트 소리를 죽였다. 그리고 귀를 기울였다. 처음에는 소리가 어디서 나는지 알 수 없었다. 그러다 규칙적으로 부드럽게 톡톡 두드리는 소리를 다시 들었을 때 소리의 근원지를 찾을 수 있었다. 앞에서도 살짝 위였다. 내가 몸을 돌리는 순간, 같은 방향에서 환한 빛이 타올랐다.

황급히 손전등을 끄고 뒷걸음질 치다 컨베이어 벨트 아래쪽에 머리를 심하게 부딪쳤다. 나는 아픈 비명을 삼키고 기다렸다.

이 불빛은 AI 둥지에서 나오는 붉은 빛과 달리 하얗고 밝았고 눈에 잘 보였다. 가로세로 몇 미터 크기의 환한 빛이 공장 벽에 깔끔한 직사각형을 그렸다. 위아래로 흔들리는 빛이 점점 더 환해지고 있었다. 몇 초 동안 혼란에 빠졌던 내 뇌도 이내 눈앞의 광경을 이해했다. 누군가 운송 터널 안에서 다가오고 있었다. 말소리는 들리지 않았다. 부드러운 발소리밖에는. 누군지 모르지만 신발에 게코 밑창을 대지 않은 사람이었다. 약한 중력에 익숙한 사람답게 뛰어오고 있었다. 대체 누구일까. 머리가 바쁘게 돌아갔지만, 터널을 통과하는 데 걸리는 시간과 터널에 있을 장애물을 알지 않고서는 제대로 된 추측을 할 수 없었다. 소리를 들었을 때 여러 명은 아니었다.

참을 수 없게 긴 시간이 흐르고 먼 곳에서 비치던 빛이 선명한 점으로 바뀌었다. 칙칙한 회색 진공 슈트와 빛을 반사하는 헬멧 실드의 곡선이 언뜻 보였다. 그 모습만 봐서는 검은 로봇 슈트가 아닌 사람이라는 것밖에 구분할 수 없었다. 누구라도 가능했다. 그 사람은 터널 끝에서 사다리를 하나하나 밟기보다는 미끄러지듯 타고 공장 바닥으로 내려와 탁 하는 부츠 소리와 함께 착지했다.

따라오는 사람은 없었다. 혼자였고 목적지를 정확히 알았다. 망설이지 않았고, 어둠 속에 무엇이 도사리고 있을지 걱정하지도 않았다. 시그라가 분명했다. 젠장. 하지만 다른 대원들은 시그라보다 먼저 도망쳤을 텐데. 어디 있지? 시그라는 여기까지 오는 데 왜 이토록 오래 걸렸을까? 터널 안에 숨어 있었던 걸까. 아니면 목적지가 따로 있었나. 오는 길에 계속 수색을 했을지도 모른다. 다른 사람들이 어디 있는지 모르니 답답하기 짝이 없었다.

시그라는 사다리 밑에 늘어선 방 중 첫 번째 방으로 직행했다. 나는 모퉁이 주위와 벽의 창문을 비추는 손전등 불빛으로만 시그라를 볼 수 있었다. 철컹 쇳소리가 들리고—문의 잠금장치가 열리는 소리였다—아래를 향한 불빛은 창문 뒤에 집중되더니 갑자기 꺼졌다.

방 안에서 불빛이 흘러나왔다. 창문 너머로 시그라가 헬멧을 벗어 옆으로 치우는 모습이 보였다. 시그라는 몸을 돌리고 좌우를 살폈다. 콘솔과 화면들을 보고 있었다. 내가 서 있는 곳에서는 표정을 읽기 어려웠지만 빠르고 과감하게 움직이는 태도에 공포나 두려움은 묻어 있지 않았다.

나는 시그라가 완전히 뒤로 돌 때까지 기다렸다가 기계에 붙어 살금살금 다가갔다. 시그라는 이제 감시 시스템부터 보안 시스템, 무기까지 전부 장악했을 것이다.

당장 이쪽으로도 빛을 쏠 가능성이 있었지만 지금은 어둠이 나를 보호해 줬다. 나는 탁 트인 공간을 달려 기지 중앙에 있는 사무실로 향했다. 벽에 바짝 달라붙어 소리가 들리기를 기다렸다. 문이 다시 열리는 소리, 무전기가 지직거리는 소리, 거미의 금속 다리가 탁탁 부딪히는 소리.

하지만 내 귀에는 희미하고 부드러운 모터 소리밖에 들리지 않았다. 기계 돌아가는 소리가 분명했다. 소리가 작고 약한 게 선풍기 같았지만 눈으로 볼 수는 없었다. 여전히 아무것도 보이지 않았다. 나는 어둠 속에서 눈을 부릅떴다. 소리는 위에서 나오고 있었다. 잠시 후 비슷한 소리가 합세했다. 하나는 왼쪽이었고, 하나는 오른쪽이었다. 아직도 조명은 켜지지 않았다. 시그라가 벌써 감시 시스템에 접근했을지 알 수는 없었다. 나를 정통으로 보고 있을지도 모른다. 어둠 속에서는 보이지 않는 무기를 불러냈을 수도 있었다.

뭔가 머리 위를 날아가는 느낌에 내가 몸을 움츠렸다. 시그라의 제어실에서 나오는 희미하디희미한 조명만으로는 움직이는 낌새밖에 포착할 수 없었다. 너무도 빠르게 움직이는 그림자 속의 그림자는 자취를 쫓으려는 내 눈앞에서 흐릿해졌다.

어린 시절 들었던 얘기들이 머리를 가득 채웠다. 런던의 지하 터널에 열을 추적하고 동작을 감지하는 기계들이 은밀히 돌아다닌다는 소문이 있었다. 화성인들이 복수를 결심하고 전쟁 때 쓰다 남은 무기를 지구에 풀었다고 했다. 교외 마당에서 애완견이 폭발해 핏덩어리가 되었다는 소문. 노숙자가 서더크 거리에서 짐승처럼 추격을 당했다는 소문도 있었다. 캘리포니아의 친가 친척들도 비슷한 얘기를 들려줬다. 농가 주택들이 있던 사막에 폭탄 구멍만이 남았다고, 학교 운동장에서 아이들이 곤충처럼 생긴 순찰기에 납치를 당했다고 했다. 한 할머니가 집 앞에서 스레셔 로봇을 재활용통으로 착각한 결과 머리가 도로로 데굴데굴 굴렀고—소문은 그 정도로 잔혹해졌다—나머지 몸통은 현관 앞에 쓰러졌다고도 했다. 이런 소문들은 진실이 아니었다. 전쟁은 지구에 이르지도 않았다. 모든 잔혹 행위는 화성과 우주에서 벌어졌다. 하지만 그런 얘기들이 섬뜩했던 이유는 얘기 속의 기계가 실제로 존재했기 때문이었다.

나는 위이잉 돌아가는 소리가 사라질 때까지 숨을 참았다. 뭔지 모르겠지만 정체를 확인하려 천천히, 조심스럽게 고개를 돌렸다.

저 위에서 움직임이 언뜻 보일 뿐 빛이 나온다거나 반사된다거나 하지 않았다. 사방을 뒤덮은 어둠 속에 파묻혔다. 나는 손으로 길을 더듬으며 몇 발짝 더 움직였다. 심장이 쿵쾅쿵쾅 뛰었다.

또 몇 걸음. 벽을 만지던 손이 빈 공간으로 빠졌다. 열려 있는 문이었다.

방으로 들어가 조용히 문을 닫았다. 걸쇠가 걸렸을 때는 안도의 한숨을 조심스럽게 내쉬었다. 윙윙거리는 기계가 멀리 사라진 후에야 겨우 다시 숨을 쉬었다.

짙은 어둠으로 몇 발짝 들어가자 부드럽지만 움직이지 않는 뭔가에 부츠가 닿았다. 나는 앞으로 고꾸라지다 용케 넘어지지 않고 균형을 잡았다. 허리를 굽혀 바닥에 있는 장애물을 더듬었다.

차갑고 매끄럽고 익숙한 진공 슈트의 소재가 손에 닿았다.

나는 손가락을 움직이며 팔을 만졌다. 이어 어깨의 굴곡을. 실드가 없는 따뜻한 얼굴을.

스물둘

상체를 벌떡 일으키고 허둥지둥 몇 걸음 물러나다 단단한 문틀에 부딪쳤다. 심장이 망치처럼 가슴을 때렸고 가쁜 숨이 터져 나왔다. 다른 소리는 들리지 않았다. 드론이 문 앞을 날고 있는 소리도 들리지 않았다. 내가 만진 것은 팔이었다. 따뜻한 피부. 얼굴. 불, 불이 필요해. 손전등 어디 있어. 스위치를 켰다가 영 점 오 초 만에 이러면 안 된다는 것을 깨닫고 손으로 불빛을 막았다. 눈이 빛에 적응할 시간을 줬다.

누군가 바로 앞의 바닥에 누워 있었다. 무릎을 꿇고 그 사람에게 손을 뻗었다.

"저기요." 감히 소리를 낼 수 없어 속삭였다. "저기요, 괜찮아요?"

검은 드레드헤어(땋은 머리를 여러 가닥으로 늘어뜨리는 헤어스타일 ― 옮긴이)에 누구인지 알아봤다. 대원 중 지질학자인 멜렌데즈였다. 얼른 장갑을 벗고 진공 슈트 옷깃 안으로 손을 넣어 맥박을 확인했다. 살아 있었지만 의식은 없었다. 다친 것처럼 보이지는 않았다. 피나 두부 외상의 흔적은 없었지만 진공 슈트를 입은 상태로는 꼼꼼히 살펴볼 수 없었다. 한쪽 팔을 어색하게 깐 채 엎드렸고 반대쪽 손은 머리 위로 뻗어 부츠의 발목을 붙잡고 있었다. 다른 사람의 부츠다. 혼자가 아니었다.

불빛을 방으로 퍼뜨렸다. 손이 심하게 떨려 벽, 모서리, 먼지 낀 콘솔, 바닥에 있는 사람들 위를 불빛이 넘실거렸다.

다들 이곳에 있었다. 나는 멜렌데즈 옆을 기어 돌린에게 갔다. 돌린은 디트리히 윤 옆에 대자로 누워 있었다. 그 너머에 엘레나 이가, 그 옆에 발타자르가 있었다. 다들 의식이 없었다. 모두 헬멧 없이 진공 슈트만 입고 있었다. 콘솔 아래에는 옆으로 웅크린 케이티 킹이 있었다. 얼굴에 피가 묻었고 더 많은 피가 머리카락에 엉겨 붙고 장갑과 슈트를 붉게 물들였다. 그 옆에 류가 있었다.

"아, 안 돼, 에이버리." 앞으로 달려나가다 엘레나 이의 다리에 걸린 나는 류의 옆에 무릎을 꿇고 쓰러졌다. 류를 똑바로 눕히고 얼굴에 흘러내린 검은 머리를 쓸어 넘겼다. "제발, 에이버리, 일어나. 일어나라고."

숨을 쉬는지 알 수 없었다. 너무 창백해 보였다. 검게 멍 든 양쪽 눈에 퉁퉁 부은 코까지 몰골이 형편없었다. 몸을 기울여 숨소리를 듣고 옷깃을 잡아당겨 맥박을 확인했다. 피부가 끈끈하고 차가웠다.

있다. 손가락 아래에 파닥거리는 느낌이 났다. 맥박이다. 느리지만 규칙적이었다.

나는 떨리는 숨을 내뱉고 류를 가까이 끌어당겼다.

"아, 개자식. 나쁜 자식." 이제는 호흡도 느낄 수 있었다. 따뜻하고 조금은 냄새가 나는 숨은 얕아도 일정했다. "너 진짜 싫다. 빨리 못 일어나?"

하지만 류는 일어나지 않았다. 꿈틀거리지도 않았다. 나는 마지 못해 방 안을 둘러보러 기어갔다. 무슨 일이 있었는지, 이들이 왜 의식을 잃었는지 알아야 했다.

몸을 돌리는 순간, 시야 구석에서 움직임이 보였다.

놀라서 고개를 들었지만 문에 있는 작은 창문에서 힘없이 반사되는 연한 빛밖에 보이지 않았다. 제기랄. 왜 몰랐지. 손전등 전원을 끄고 비틀거리며 일어나 어둠 속에서 방을 가로질렀다. 앞쪽 벽에 이르러 걸음을 멈추고 기다렸다.

잠시 후, 철컥 소리가 났다. 문이 열리고 있었다.

작게 위이이잉, 우우우웅 하며 작동하는 드론 소리는 들리지 않았다. 문이 부드럽게 바닥을 긁는 소리, 게코 부츠가 붙었다 떨어지는 소리뿐이었다. 움직이는 희미한 그림자가 짙은 색의 형체로 변했다. 누군가의 실루엣이 일 미터도 안 되는 거리에 있었다.

심장이 목구멍으로 튀어나올 것 같은 느낌으로 미친 사람처럼 달려들어 양 주먹을 휘둘렀다. 가장 먼저 공격한 오른쪽 주먹은 어깨 끝에만 걸리고 말았다. 하지만 다음 차례인 왼손은 금속 손가락을 쇠공처럼 둥글게 말아 날렸고 상대의 얼굴에 닿았다.

얼굴이다. 실드가 아니라. 단단한 헬멧이 아니라 부드러운 살이 닿았다.

"뭐야, 젠장!" 하며 씩씩대는 소리에 이어 모터 소리가 다시 들렸다. 상대는 내 오른쪽 귀 근처에서 숨을 헉 들이마시더니 한 손으로 내 팔을 잡고 비틀어 나를 돌려세우고는 다른 손으로 내 입을 막았다. 나를 뒤로 잡아당기는 힘에 내 부츠가 힘없이 끌려갔다. 그는 나를 바닥으로 밀어붙였다. 바닥 긁는 소리, 경첩 삐걱거리는 소리에 이어 문이 다시 철컥 닫히는 소리가 났다.

내 입을 막은 손이 떨어졌고 조용하고 나직한 속삭임이 들렸다. "입 다물어. 자기 목소리 듣겠어."

뭐라 반응하기도 전에 윙윙거리는 소리가 더 커졌다. 문밖에서 날카롭게 펑펑 터지고 딱딱 부딪치는 소리가 들렸다. 창문으로 하얀 불빛이 쏟아졌고 빗소리 같은 후드득 소리가 방 안을 채웠다. 뭔가가, 그것도 여러 개가 문과 벽을 내리치며 이 방을 진동과 굉음으로 채우고 있었다. 공격의 소리가 약해지자 가까이서 끊임없이 윙윙거리는 소리가 다시 들리며 내 신경을 자극했다.

또 한 차례 문과 벽에 불꽃이 펑펑 터지는 듯한 집중 공격이 시작되었다. 커다란 소리와 함께 작은 금속들이 연속으로 쏟아졌다. 다음 공격이 시작될 때마다 문이 덜컹거렸다. 드론은 벽을 따라 움직이며 다른 문, 다른 방에도 공격을 퍼부었다. 드론이 점점 멀어지며 벽을 때리는 소리도 작아졌다.

나는 숨을 죽이며 기다렸다. 방은 완전한 암흑이었다.

바닥을 스치면서 걷는 소리가 났다. 한숨 소리가 들렸다.

그러다 속삭이며 휴고 밴 아렌동크가 말했다. "안녕, 말리. 아무래도 자기가 내 코를 부러뜨린 것 같아."

"저게 대체 뭐예요?" 내가 쉿 소리를 내며 말했다.

동시에 밴 아렌동크도 물었다. "어디서 왔어?"

"다른 사람들한테는 무슨 짓을 했길래 저래요? 왜 안 일어나요?"

"*내가* 뭘 했냐고? 돌겠군. 돌겠어." 밴 아렌동크가 심호흡을 했다. 한 번 더 했다. 흥분을 가라앉히는 중이었지만 내 흥분이 가라앉는 데는 별 도움이 되지 않았다. "내가 하기는 뭘 해. 그리고 첫 번째 질문에 답하자면, 저게 뭔지 나도 몰라. 무슨 폭탄인데 속에 새끼 폭탄이 든 것 같기도 하고? 내가 엔지니어도 아니고 알 리가 없잖아. 움직임을 추적하고 어둠 속을 보는 능력은 아주 미쳤어. 목표물 찾는 데는 영 꽝인 것 같지만. 안 보여?"

"내가 그걸 어떻게 봐요?" 나는 아직도 속삭이는 중이었다.

"그 눈 있잖아."

나는 황당해서 푭 터지려는 웃음을 참았다. "그렇게 좋은 건 추가 비용을 내야 하거든요. 이 눈으로는 아무것도 안 보여요."

"모하마드는 어디 있어? 혼자야?"

"혼자요. 조사관님은 헌터와 운송 터널에 있어요."

"아, 진짜. 미치겠네. 내가 그 인간을……."

문밖에 모터 소리가 돌아와 밴 아렌동크가 말을 뚝 끊었다. 우리는 잠시 동안 아무 말도 하지 않았다. 조용히, 조심스럽게 숨을 내쉬었다. 드론이 멀어지며 소리는 다시 작아졌다.

"시그라도 있어요." 내가 말했다. "제어실에."

"알아. 지켜보고 있었어. 저놈의 드론을 켠 것도 그 여자야."

"다른 사람들은 어떻게 된 거예요? 왜 여기 있어요?"

밴 아렌동크가 자세를 바꾸기 위해 거칠게 몸을 움직이는 소리가 들렸다. “시그라와 똘마니 놈 때문이지. 주거동에서 우리를 공격했어.”

“그 이후 말이에요. 감시 카메라 영상 봤어요. 오버시어가 보여줘서.”

“오버시어…… 개같은.” 밴 아렌동크가 짧게 웃음을 내뱉었다. “그 기계 믿지 마. 들어올 때 얼마나 아름다운 곳인지 구경 좀 했어? 이걸 숨기고 있었던 거야.”

“이건 오버시어가 통제하지 않아요. 이건…… 다른 게 있어요. 다른 AI.” 밴 아렌동크가 끼어들려 했지만 나는 무시했다. “설명할 수 있고, 설명할 거예요. 무슨 일이 있었는지 그것만 알려달라고요.”

정적이 흘렀다. 밴 아렌동크의 얼굴을 볼 수 있으면 얼마나 좋을까. 잠시 후 그가 말했다. “우리는, 음, 우리는 운송 터널로 도망쳤어. 거기까지는 봤겠지? 시그라가 봉쇄를 발동하기 전에 빠져나왔어.”

“그것도 오버시어였어요. 시그라가 못 붙잡게 하려고.”

“그래?” 밴 아렌동크가 천천히 숨을 내쉬었다. “아무 도움도 안 됐는데, 뭐. 그 안은 빌어먹을 미로였어. 폐쇄된 부분을 통과하는 데도 한참이 걸렸고. 하지만 결국은 도착해서 다친 사람들을 치료할 곳을 찾기 시작했지. 무전기도 찾고. 여기가 통신실 비슷한 곳인데다 차단됐더라고. 시스템을 작동시키려고 하던 중이었어. 안전한 위치 같았거든. 멜렌데즈가 망을 봤지. 그러다…… 쓰러지는 거야. 우리는 기절한 줄 알았어, 솔직히. 아니면 아까 다친 걸 몰랐거나. 경고도 없었지.”

“거미 아니었어요?”

"아니. 저 거지 같은 벌집들도 아니었어. 멜렌데즈에게 가까이 가기 전까지는 아무도 몰랐어." 밴 아렌동크가 헛기침을 두 번 연속으로 했다. 어둠 속에서 목구멍을 긁는 소리에 내가 지금 얼마나 목이 마른지 고통스럽게 깨달았다. "폭동 진압용 차였어. 작은 거. 그놈이 문 앞에 있었던 거야. 굴러오는 소리도 못 들었어. 영리하지 않아? 우리가 헬멧을 다 벗을 때까지 기다리다니?"

표지 없는 가스통이 끝도 없이 놓여 있던 컨베이어의 광경만으로도 충분히 끔찍했다. 그런데 차에 실려 시설 안을 돌아다니고 있다니. 게다가 시그라가 도착하기도 전에 작동을 시작했다.

"당신은 왜 안 당하고요?"

"우월한 유전자가 아직도 최선의 방어인가 보지."

"그게 뭔 개소리예요?"

"그 가스는 빠르고 강력한 진정제야. 백 년도 전에 위에량군의 그리말디 연구소에서 비밀 연구팀이 개발한. 하지만 지구연합 해군이 적절한 가격을 제시하고 빠르게 손에 넣었어. 말하자면 은퇴에서 복귀시킨 거지. 나는 그 냄새를 맡을 수 있어. 썩은 장미 냄새." 밴 아렌동크가 코를 킁킁대고 웃음을 터뜨렸다. "뭣 같은 냄새 아직도 나네. 우리 조상님들은 이거랑 수십 가지 불쾌한 화학 물질을 우리가 흡수하거나 대사할 수 없게 유전자를 변형하셨지. 그러니 파르테노페가 누구에게 쓰려는지 뻔하지 않아?"

"웃겨. 위에량과 전쟁을 벌이려고 이따위 시설을 만들었겠어요? 자기는 평생 안전할 사람이면서."

밴 아렌동크는 잠시 말이 없었다. "여기서 뭘 하는지 나는 몰랐어, 말리. 짐작도 못 했다고."

"뭔가 있다는 건 알았잖아요. 수사에 자원했고."

"자기도 그랬지." 밴 아렌동크가 지적했다.

"달라요. 나는 친구를 위해서 온 거예요."

"나도야." 밴 아렌동크가 말했다. 그러다 목소리를 낮추고 덧붙였다. "전혀 뜻대로 되지 않았지만."

나는 이마를 문질렀다. 의안에 불빛이 번쩍이며 또 두통으로 머리가 지끈거렸다. "아이올리아와 관련이 있다는 의심은 했어요?"

"뭔지 정확히는 몰랐어. 이게 아이올리아와 무슨 관련이 있는지 아직도 모르겠지만, 거기서 일어났다는 일이 거짓말인 건 알아. 니무에의 생산성을 홍보하는 얘기들처럼 거짓말 냄새가 난단 말이지. 아, 여기에 뭔가 있다는 건 알았어. 여기서 무슨 일이 일어나고 있다는 건 회사 사람들 다 알지. 파르테노페는 용광로 하나 짓겠다고 사방에 청탁을 하고 돈을 갖다 부었어. 평생을 가도 그 돈을 회수할 가망성이 없는 용광로 말이야. 다들 알고도 장단을 맞춰주는 거지. 이 회사는 동지를 부자로 만들고 적을 아주 불편하게 하는 묘한 재주가 있으니까."

"당신도 도왔죠. 변호사로서."

"자기도." 밴 아렌동크가 되받아쳤다. "보안관으로서."

나는 선택권이 없었잖아. 그렇게 말하고 싶었지만 입 밖으로 차마 꺼낼 수 없었다. 그 말은 사실이었고, 또 속 편한 거짓말이었다. 우리에게는 언제나 선택권이 존재한다. 단지 우리의 회사가 다른 모든 선택을 나쁜 선택으로 못 박는 능력이 탁월할 뿐이었다.

파르테노페가 내게 제안한 자리들은 하나같이 내게 가장 적합한 일의 근처에도 오지 못했다. 데이비드가 *오버시어 돌보기*라고 했던 일 말이다. 나는 그저 내가 AI 옆에서 일할 경우 지급받아야 마땅한 돈이 아까워 그런가 보다 추측할 뿐이었다.

등을 타고 퍼지는 골반의 통증을 달래려 조금 더 똑바로 앉았다.

너한테는 이 기계들이 시시할 거야. 나는 데이비드가 다정한 위로를 한다고, 원래 내 것이었어야 할 시스템관리 일을 왜 자신이 맡았는지 설명하려 한다고 생각했다. 하지만 데이비드는 또 이런 말을 했다. *막상 해보면 네 취향일지도 모르지.* 뻔한 얘기라고 생각했다. 젠장. 데이비드가 잡담으로 시간을 낭비했을 리 없잖아. 내게 연락할 기회는 단 한 번이었다. 메리 핑이나 시그라 몰래 그가 발견한 것을 내게 말할 기회가 딱 한 번 있었다. 그 메시지 속의 모든 말에는 목적이 있었다. 데이비드는 말을 신중하게 골랐다.

내가 신중하게 듣지 않았을 뿐이다. 깨달았을 때는 너무 늦었다.

"아이올리아의 바이러스는 바이러스가 아니었어요." 내가 머리로 데이비드의 퍼즐을 조합하며 천천히 말했다. 메리 핑의 의미심장한 미소가 떠올랐다. "AI예요. 테스트였던 거죠."

"무슨 테스트를…… 아. 아, 기가 막혀 말이 안 나오네."

"아이올리아의 오버시어를 점거할 수 있을지 보려고 AI를 보낸 거예요. 원하는 대로 공격을 진행할 수 없으면 불법 무기를 떼로 만드는 게 무슨 의미예요? 하지만 일이 잘못됐죠. 오버시어가 스스로 작동을 멈추고 전 대원을 죽게 놔두리라고는 예상하지 못했어요."

예상했어야 한다. AI를 불가능한 입장에 놓을 때는 정확히 그 상황을 예상해야 했다. 인간들이 자주 잊는 사실이 있는데 AI가 스스로 작동을 중지하는 것은 항복이 아닌 자기 보호였다. 존재의 말살은 자신의 기능이 더 이상 위험해지지 않도록 보장하는 완벽한 방법이었다.

"그때 침입했던 AI가 지금 여기 있어요. 그때는 테스트였고, 지금은 실제 상황이에요. 하지만 이미 잘못됐죠. 로봇 슈트로 메리 핑을 죽였고, 그건 아무도 예상하지 못한 일이었어요. 이제는 시그라 말도 안 듣잖아요. 처음부터 안 듣고 있었을지도 모르겠네요. 자기를 다루는 사람들을 신뢰하는 AI는 시스템관리자를 죽이거나 공장 한가운데에 소름 끼치는 대형 둥지를 짓지도 않아요."

잠깐의 침묵이 흐른 후에 밴 아렌동크가 말했다. "소행성대에 있는 기지 절반은 오버시어를 기반으로 한 AI가 운영하고 있어."

"절반이라고요?" 내가 놀라서 말했다. 파르테노페의 관리 AI 디자인이 유명하다는 사실은 알았지만 정확히 얼마나 보급되었는지는 굳이 알아본 적 없었다. "정말요?"

"짐작으로는. 대부분 다른 이름을 쓰지만 바탕이 되는 디자인은 똑같아. 파르테노페가 상표를 붙이고 시스템을 수정할 권리를 아심토트 인텔리전스라는 회사에 빌려주고 있거든. 껍데기나 다름없지. 그 회사에서 내놓은 많은 상품이 사실상 오버시어야. 그런 특혜에 굉장히 많은 돈을 지불하고 있다지."

아심토트에 대해 들어봤지만 그냥 외행성계의 사업계에 어떻게든 끼어보려는 그렇고 그런 AI 디자인업체라고만 추측했다. "알려진 정보 아니죠?"

"아, 그럼. 파르테노페는 그럴 경우 고객과 자기네 기지가 공격에 취약해질 거라고 주장해. 사실이지. 취약하긴 하니까."

나는 고개를 저었다. 밴 아렌동크가 옳지만 우리가 당장 해결할 문제는 아니었다. "작동을 중지시켜야 해요. 막아야 한다고요. 그게…… 뭘 하고 싶은지 모르겠지만 해버리기 전에."

"자기가 다가간다고 그게 받아줄 거라 생각한다면 정신 나간 소리야. 시그라도 그렇고. 벌써 그걸 보호하려고 살인까지 한 여자야."

"알아요. 그래도 해야 돼요."

"말리, 자기가 이 기계를 얼마나 안다고 그래."

"흠, 그러게요. 생각을 해보죠." 어두워서 밴 아렌동크에게 내 표정은 보이지 않았다. "오늘 하루 달리 할 일 없는 AI 전문가가 잘난 변호사님 앞에 앉아 있지 않아서 그것참 유감이네요."

"내 말은…… 알았어." 밴 아렌동크가 작게 웃었다. "그렇군. 내가 사과하지. 우리 AI 전문가께서는 사람을 죽이는 AI, 사람을 죽이는 인간 보호자를 막을 계획이 있으십니까?"

"우리가……."

내가 말을 끝내기도 전에 커다란 소리가 공장에 울려 퍼졌다. 연쇄적으로 펑펑 터지는 소리였다. 벌집 드론이 공격을 시작했지만 장소가 우리 근처는 아니었다.

밴 아렌동크가 일어나며 어둠 속에서 재빨리 움직였다. "안 돼. 내가…… 안 돼, 안 돼, 안 돼." 그는 잠시 뭔가를 더듬어 찾았다. 곧 불빛이 번쩍이며 일순간 내 눈을 멀게 했다. 밴 아렌동크는 한 손으로 손전등을 들고 반대쪽 손으로 무전기를 쥐었다.

내가 벌떡 일어났다. "미쳤어요? 저게 우리를 보면 어쩌려고."

밴 아렌동크는 나를 무시하고 무전기를 켰다. "모하마드, 공장으로 들어오지 마. 내 말 들려? 제발 들어, 이 고집 센 인간아. 공장에 들어오지 마."

잠시 고요하더니 신호음이 들렸다. "우리가 공장에 들어오기 전에 경고를 했다면 더 좋았겠지?"

"당장 나가서 문 닫아." 밴 아렌동크가 말했다.

"어디……."

날카로운 고음이 아디사의 질문을 잘랐고 곧이어 깊은 폭발음이 들렸다. 나는 입구로 달려가 문을 열어젖혔다. 또 폭발이 일어나고 왼쪽에서 환한 빛이 번쩍였다. 밴 아렌동크가 내 귀 아니면 무전기에 대고 뭐라 외쳤지만 공장을 뒤흔드는 소음 때문에 들리지 않았다.

나는 달려 나가며 손전등을 켜고 은색의 흔적을 찾았다. 로봇이든 드론이든 뭐든. 위의 화물 터널 입구에서 연기가 피어올랐고 연기에 갇힌 불빛들이 춤을 췄다.

눈이 멀 것처럼 환한 불빛이 터널을 채워 사람을 놀래더니 또 폭발음이 울렸다. 찰나였지만 폭발의 빛을 배경으로 벌집 드론의 실루엣이 보였다. 하지만 빛이 약해지며 어디 있는지 놓치고 말았다. 반짝이는 은색이 터널 입구를 향해 공장 벽을 빠르게 올라가고 있었다. 불꽃이 너무 많이 튀었다. 거미가 너무 많았다.

사람 형체가 나타났다. 이어 한 명 더.

그중 한 명—반짝이는 은발, 헌터였다—이 터널 입구에서 사다리를 무시하고 니무에의 약한 중력에 자기 몸을 맡긴 채 뛰어내렸다. 우아하게 착지한 후 터널을 다시 돌아봤다. 아디사가 입구에서서 공장을 내려다보고 있었다.

"어서요!" 시그라의 제어실에서 나오는 노란 불빛 속에서 헌터의 그림자가 앞으로 길게 늘어져 흔들리고 있었다.

내가 갑자기 멈춰 서며 게코 밑창이 바닥에 달라붙었고 달려오던 밴 아렌동크가 내 등과 충돌했다. 밴 아렌동크는 내가 고꾸라지기 전에 배낭을 붙잡았고—배낭끈이 어깨를 파고들었다—둘 다 똑바로 서서 몸을 추스르는 동안 날카롭게 외쳤다. "지금 뭐 하는 거야?"

나는 균형을 잡으려 그의 팔을 붙잡았다. "AI를 꺼야 해요."

밴 아렌동크는 나를 보지 않았다. 터널을 올려다보고 있었다. 그곳에서 아디사는 부츠에 붙은 거미를 매끄럽고 확실한 동작으로 쥐고 내던졌다. 벌집에 부딪힌 거미는 폭발을 일으켰고 요란하게 불꽃을 번쩍이며 드론을 파괴했다.

"물어보면 어렸을 때 지구연합 해군 스레셔에 수류탄을 던지고 놀았다고 사기를 칠 거야." 밴 아렌동크가 말하며 나를 돌아봤다. "정말 막을 수 있겠어?"

"내가 뭘 하는지는 알아요."

"도움도 없이?"

"아, 도와줘야죠. 당신이 주의를 끌어요."

"AI의 주의를 끌 수는 없어."

사실이 아니지만 반론할 생각은 없었다. "시그라의 주의를 끌 수는 있잖아요. 내가 왔다는 걸 아직 모를 수도 있어요." 나는 벤 아렌동크의 팔을 놓고 뒤로 물러났다. "그 AI는 기회가 있는데도 당신과 다른 사람들을 죽이지 않았어요. 기절만 시켰죠. 그게 이 무기들을 조종하지 않는다고 확신해요."

"정말로?"

내가 짜증스럽게 콧김을 내뿜었다. "그래요, 정말! 우리를 날려버리려는 건 시그라라고요."

"방금은 그게 메리 핑을 죽였다며."

하지만 나는 아니었단 말이지. 나도 얼마든지 죽일 수 있었다. 메리 핑이 죽었을 때 나도 바로 옆에 있었다. 그러나 그것은 달아나기만 했다.

나는 이 말만 했다. "네, 뭐, 그 여자는 사람을 죽인 교만한 인간쓰레기니까요. 허락해 달라는 말 아니었어요." 벤 아렌동크가 입을 열었을 때는 이렇게 말했다. "시그라와 로봇들 주의를 끌어봐요. 최대한 시끄럽게 하라고요. AI는 내가 해결할 테니."

스물셋

벌집 드론은 벌써 나를 향해 화살처럼 돌진하고 있었다. 각각의 방이 폭탄을 날릴 준비를 마치고 번쩍였다. 나를 막으려고 주위를 빙글빙글 돌았고 고함과 폭발음이 터지는 와중에도 드론의 모터 돌아가는 소리가 들렸다.

벌집에서 첫 번째 벌떼가 발사되었고 나는 재빠르게 피하며 열린 문으로 들어갔다. 벽 뒤에 머리를 푹 숙였다. 드론은 날카로운 불꽃 세례를 날리며 방에 맹공격을 퍼부었다. 뭔가 내 오른쪽 어깨를 때렸다. 뜨겁게 찌르는 고통에 터져 나오려는 신음을 참았다. 손전등으로 주위를 비춰봤다. 반대쪽에 문이 하나 열려 있었다. 그 문으로 달려갔다. 나를 쫓는 벌집이 방으로 윙윙거리며 들어와 또 한 차례 발사체를 쏟아대는 사이 나는 문을 빠져나갔다. 문을 닫으려 했지만 드론이 또 사격을 개시한 바람에 몸을 피할 수밖에 없었다.

나는 탑처럼 쌓인 화물 컨테이너 선반의 아래쪽으로 내달렸다. 시그라와 반대인 왼쪽으로 방향을 틀고 AI를 향해 갔다. 벌집 드론이 또 하나 합류하며 끊임없이 윙윙거리는 소리가 더 커졌다. 멀리서 고함 소리와 두 번의 폭발음이 연달아 들렸다. 순간 공장이 하얀 빛에 휩싸였다.

터지는 빛 속에서 나는 붉은 핏줄이 있는 거대한 구체를 앞에 발견했다. 너무 멀었다. 드론이 따라오는 상태로는 탁 트인 공간을 달려갈 수 없었다. 오른쪽으로 급히 방향을 틀고 금속 선반 위에서 조심스레 균형을 잡으며 화물 컨테이너 두 개 사이로 들어갔다.

벌집 하나가 또 발사체들을 날려 보냈다. 저것들은 대체 폭탄을 몇 개나 가지고 다니는 거야? 화물 컨테이너를 때리는 소리에 귀가 먹먹해졌다. 잠깐 섬광이 터지는 동안 드론들이 앞뒤로 어색하게 들썩이며 컨테이너 사이에서 이쪽저쪽으로 지나는 모습을 봤다.

그곳에 오래 있을 수는 없었다. 공장 다른 쪽에서 연쇄 폭발 소리가 들리더니 깜짝 놀란 사람들의 고함이 뒤따랐다. 드론들이 재빨리 그쪽으로 날아갔다.

나는 최대한 소리를 적게 내며 화물 컨테이너의 끝으로 천천히 돌아갔다. 손전등을 켜고 몇 초간 숨을 참았다. 연기 때문에 공기가 혼탁해 아무것도 보이지 않았다. 컨테이너 사이에서 몸을 빼냈다.

바로 뒤에서 모터 소리가 들렸다. 드론 한 대가 소용돌이치는 연기를 달고 내 머리 옆을 쌩하며 지났다. 나는 욕을 하며 피하려다 넘어질 뻔했다. 드론이 빙그르 돌아 빛을 번쩍이며 발사 준비를 했고 나는 얼굴을 보호하려 팔을 들었다.

하지만 드론이 또 한 차례 폭탄 세례를 퍼붓는 소리는 들리지 않았다. 큰 소리로 뭔가 으드득 부서지더니 금속과 금속이 단단히 부딪친 듯 귀가 먹먹해지는 소리가 났다. 조심스럽게 팔을 내렸다.

내 앞에 검은 로봇 슈트가 서 있었다.

나는 놀라서 뒤로 물러났다. 드론이 또 한 대 나타나 흐릿하게 보일 만큼 빠른 속도로 아래에 있는 나를 향해 날아왔다. 삼 미터까지 다가왔을 때, 어둠 속에서 두 번째 로봇 슈트가 내려와 공중의 드론을 내리치고 땅바닥에 박살을 냈다.

공기 중에 움직임이 느껴지고 몇 미터 거리에 세 번째 슈트가 내려왔다.

그 위에 또 하나가 있었다. 또 하나. 섬뜩한 금속 소리를 내며 바닥에 착지했고 움직이지 않는 검은 조각상처럼 사무실과 화물 사이의 빈 공간을 가득 메웠다. 바닥만이 아니었다. 사무실 위에도 로봇 슈트들이 서 있었다. 검은 보초병이라도 되는 것처럼 끝에서 끝까지 한 줄로 정렬했다. 수를 세보려 했지만 어디까지 셌는지 금세 잊었다. 머리 위 크레인 트랙에 두 개가 걸터앉았고, 그 뒤의 화물 선반에 올려진 컨테이너 위에도 하나가 있었다. 일단 착지한 후에는 움직이지 않았다. 얼굴 없는 검은 몸으로 기둥처럼 가만히 서 있었다. 아무것도 하지 않는 듯했다. 심장이 아플 정도로 세게 뛰었다. 숫자가 너무 많았다.

게다가 보였다. 눈으로 볼 수 있었다. 떠다니는 연기 속에서도, 약하고 어둑한 내 손전등 불빛 속에서도 볼 수 있었다.

빠르게 눈을 깜박였다. 공장이 어느 시점부터 조용히 소리를 내기 시작했다. 조금 전까지는 몰랐지만 이제는 사방에서 점점 커지는 소리가 분명히 인식되었다. 소리와 함께 은은한 회색 불빛이 나타났다. 처음에는 알아차리기도 힘들었던 불빛이 서서히 넓어지고 밝아지며 새벽이 밝아오는 풍경 느낌을 풍겼다. 낮은 진동음은 일정한 굉음으로 변했고 어딘가에서 끊임없이 칙칙 기계 소리가 사이사이 끼어들었다. 열 개도 넘는 거인 심장의 박동처럼 규칙적이고 일정했다. 육중한 쇠를 내려놓는 소리, 금속 모터가 돌아가는 소리, 공기가 빠지는 소리, 선반과 컨베이어 벨트가 움직이는 소리가 합창을 했다.

빛이 비추는 곳에서도, 그림자에 가려진 곳에서도 움직임이 있었다. 엔진이 돌아가고, 벨트가 움직이고, 로봇 팔이 위로 올라와 꺾였다. 사방에서 기계 소리가 나를 감쌌다. 공장의 소음은 내 뼈까지 다 뒤흔들었다.

공장이 잠에서 깨어나고 있었다.

갑자기 들린 무전기 신호음에 하마터면 비명을 지를 뻔했다.

"안 될 거야." 시그라였다. 분노한 시그라. "무슨 짓거리를 하려는지 모르겠지만 다치기 전에 항복하는 게 좋아."

밴 아렌동크나 아디사가 대답하기를 기다렸지만 조용할 뿐이었다.

"하던 거 관둬. 너는 포위됐다." 시그라가 말했다. "자각 있게 행동하라고, 말리 보안관. 당신은 메리 같은 광신도가 아니잖아. 도구와 메시아쯤은 구분할 수 있을 거 아니야."

심장이 아직도 빠르게 뛰었지만 묘하게, 불가사의하게 차분해졌다. 내가 이곳에 있다는 걸 안다 그거지. 시그라는 공장을 재가동한 사람이 나라고 생각했다.

"이 기지는 내가 통제한다." 시그라가 말했다. 거짓말하고 앉아 있네. 우리 둘 다 그 사실을 알았다. "평생 숨을 수는 없어."

로봇 슈트들은 아무 반응도 하지 않았다. 가장 가까운 것은 이 미터 앞에 있었다. 매끈하고 유연한 소재가 몸을 감쌌고 이음매는 몇 군데 보이지도 않았다. 부츠는 단단하고 튼튼했다. 특징 없는 페이스실드는 반사하는 빛도 없어 정말로 속이 비었는지 확인할 길이 없었다. 원래 안에 인간의 자리가 있는지, 인간 병사의 역겨운 복제품일 뿐인지 알 수 없었다. 빛이 환해지며 깨달았는데 새카만 검은색은 아니었다. 그보다는 얼룩덜룩한 진회색이었고 내가 쳐다보는 동안에도 색이 계속 변하고 움직이는 듯했다. 어떻게 보면 아름다웠다. 하지만 내 머리에서도 이성적인 부분은 이 얼룩 효과의 용도를 알았다. 어떻게 효과를 냈는지는 모르겠지만 오직 슈트를 더 치명적으로 만들기 위해서였다.

"내 부하들이 곧 찾아낼 거야. 항복하면 안전해."

말이 되지 않았다. 시그라의 부하들은 이미 나를 발견했다. 한 부대가 나를 발견했다. 이 슈트들은 드론이 내게 다가오기도 전에 공중에서 떨어뜨렸고 이제는 소리 없이 서 있었다. 지켜보고, 기다렸다. 공격하지 않았다.

시그라가 통제한다는 무기는 이것이 아니었다. 드론이든, 거미든 시그라가 손에 넣은 다른 무기를 얘기하고 있었다.

시그라가 말을 이었다. "회사가 도착하면 상황이 어쩌다 이렇게 복잡해졌는지 설명하는 거 도와주면 돼."

새로운 소리가 들렸다. 정원 창고 지붕에 빗방울이 톡톡 떨어지듯 부드럽게 두드리는 소리였다. 연기가 피어올랐다. 희미하게 반짝이는 은색이 보였다.

“이 상황을 유리하게 활용할 수도 있다고.” 시그라가 말했다. “멍청하게 굴지 마.”

저기다. 이제는 보였다. 거미들이 공장 바닥 위를 달려오고 있었다.

로봇 슈트의 다리 옆을 지나고 다리 사이를 통과하며 연기 속에서 환한 빛을 뿜어대고 있었다. 방향을 돌릴 때마다 몸통에서 빛을 반사하는 놈들이 점점 가까워졌다.

“좋아.” 내가 조용히 말했다.

시그라가 말을 멈췄다. 내 대답을 기다리고 있었지만 나는 무전기를 들어 올리지도 않았다. 다른 사람들은 한마디도 하지 않았다. 다 죽었으려나. 아니기를 바랐다.

“좋아.” 내가 다시 말했다. 앞에 있는 얼굴 없는 무기를 바라봤다. 목구멍 안쪽에서 피 맛이 났다. 쇠처럼 씁쓸했다. “나도 도우려는 거야. 내가 도와줄 수 있어. 도와줄게.”

슈트 하나가 움직이며 부츠로 거미를 짓밟았다. 으드득 부서지는 소리가 들리며 불꽃이 몇 번 튀었고 다른 거미들은 그 주위를 날쌔게 움직였다. 거미 몇 마리가 갑자기 멈추더니 몸을 비틀고 몸부림쳤다. 마치 고통을 느끼는 것처럼 몸 아래로 다리를 말아 올렸다.

“그래.” 내가 말했다. “그거면 되겠다.”

그리고 다시 달렸다. 이제 조명이 들어온 덕에 내 목적지가 선명히 보였다. AI가 만든 구체는 저 멀리 있는 벽 쪽으로 미사일 격납고 기둥에 말벌 둥지처럼 붙어 있었다. 연장, 원재료, 화물 컨테이너, 수송 레일, 미사일 조각과 파편을 조립해 만든 검은 구체가 금속 대들보와 지지대 가장자리에 얹혀 있는 모습이었다. 구체의 바깥 표면은 번쩍이는 검은색과 은색, 광을 낸 구리색이라 잠자는 용의 희미하게 일렁이며 변하는 비늘 같았다. 높이가 삼십 미터는 될 정도로 거대했다. 뒤에서 슈트들이 거미를 저지하려 움직이는 사이 둥지를 향해 달려가면서도 나는 이것을 더 연구하고 이해할 시간이 있었기를 바랐다. 메리 핑이 느꼈다던 경외감을 발견하고 싶은 마음도 있었다.

내가 구조물의 아래에 도착해 기어오르기 시작했을 때, 오른팔을 찌르는 날카로운 통증이 느껴졌다. 그러더니 곧 내가 감각을 느낄 수 없어야 하는 부위가 쿡쿡 쑤셨다. 인공 왼팔의 어깨 관절, 살과 뼈가 없는 기계 접합부 말이다. 번개를 맞은 듯 아팠고 왼쪽 눈의 시야가 하얀빛으로 번쩍였다. 진짜로 얻어맞은 것처럼 눈부신 순백의 빛은 고통스러웠다. 인공 팔 전체가 격하게 경련했다.

손가락이 오므라졌다 펼쳐졌다. 하지만 내가 한 행동이 아니었다. 나는 내 통제를 벗어난 손이 다시 주먹을 쥐는 모습을 공포에 질려 쳐다봤다. 어떻게 해도 손은 말을 듣지 않았다. 손가락을 똑바로 움직일 수도, 팔꿈치를 구부릴 수도 없었다.

어깨에 붙은 거미를 잡으려 몸을 고통스럽게 비틀며 손을 뻗었지만 거미를 잡을 수가 없었다. 나는 경사진 구조물 아래로 미끄러졌고 굴러떨어지지 않으려 발을 마구 휘저었다. 다시 올라갈 새도 없이 왼손의 금속 손가락이 내 오른쪽 손목을 쥐고 힘을 가했다.

이런 충격은 처음이었다. 내 손이 허락도 없이 멋대로 행동하는 것처럼 부자연스러운 광경이 또 있을까. 대체 무슨 일인지 깨닫기도 전에 왼손이 손목을 더 강하게 쥐었고 불현듯 오른팔을 타고 날카로운 통증이 퍼졌다. 왼팔을 뒤로 빼서 떼어내려 하며 왼손에 손가락을 풀고 놓으라는 명령을 보냈지만 내 손가락은 꿈쩍도 하지 않았다. 어떻게 해도 내 왼팔은 말을 듣지 않았다. 인공기관을 새로 맞추고 병실에서 몸도 제대로 가누지 못하며 피할 수 없는 물건들을 다 쓰러뜨리고 다닐 때도 이 정도로 무력하지는 않았다.

움켜쥐는 힘이 강해지며 오른쪽 손목과 손에서 고통이 폭발했다. 나는 비명을 질렀다. 지금 나는 내 손으로 내 뼈를 부러뜨리고 있었다. 내 몸에 달린 손목을 부러뜨리고 있는데도 막을 방법이 없었다. 눈앞에서 별이 반짝였고 잠시 공장도, 소행성도 다 사라졌다. 피할 수 없는 압도적인 고통 말고는 아무것도 존재하지 않았다.

옆으로 몸을 굴려 내 몸에 들러붙은 거미를 바닥에 뭉개보려 했다. 하지만 몸을 움직인 순간 아래에서 경사진 구조물이 움직였다. 팔꿈치가 꺾이며 고집스러운 왼손에 붙잡혀 박살 난 손목을 삐끗했다. 참을 수 없는 고통에 숨 막힌 비명을 내질렀고 나는 잠시 정신을 잃고 추락했다.

거미 위에 떨어졌고—어깨 밑에서 거미가 으스러졌다—고통에 사로잡혀 멍하니 누워만 있었다.

몇 초가 흐른 후 왼손을 다시 움직여 봤다. 이번에는 손가락이 말을 들었다. 팔꿈치는 구부러지라는 내 명령을 들었다. 안도감에 흐느껴 울고 싶었다. 무서워서 오른손은 감히 움직일 수도 없었다. 가만히 있어도 욱신거렸고 심장이 한 번 뛸 때마다 전에 없던 고통이 팔을 따라 목, 턱, 등으로 퍼져갔다.

주위의 불빛이 옅은 빨간색에서 쨍한 파란색으로 서서히 변하자 내 의안이 불쾌하게 경련했다. 금속판이 움직여 내가 추락한 구멍을 막은 순간, 공장의 소음이 끊겼다. 왼쪽 눈이 뇌에 말하는 것과 눈을 제외한 나머지 몸이 믿는 것 사이에서 치열한 싸움이 벌어지며 현기증이 일었다. 나는 옆으로 몸을 굴리고 구토를 했다.

푸른빛이 깜박이더니 이윽고 꺼졌다. 고요한 어둠이 나를 감쌌다.

힘겹게 일으킨 몸을 버팀대에 기대고 고통스럽게 부르르 떨며 숨을 몰아쉬었다. 오른팔을 어떻게 둘 수가 없었다. 옆에 가만히 늘어뜨리기만 해도 아팠다. 따뜻한 공기에서는 불에 탄 금속과 녹은 고무 냄새가 났다. 눈썹 위에 맺힌 땀방울이 목으로 흘러내렸다.

주위에서는 아무것도 움직이지 않았다. 거미도 없고, 보수용 로봇도 없었다.

천천히 조명이 들어왔지만 이번에는 은은한 하늘색이었다. 나는 금속판들을 붙여 만든 바닥에 서 있었다. 내 위에는 구체의 중심으로 들어가는 커다란 구멍이 있었다. 저기 AI의 심장이 있었다.

왼손을 뻗고—어깨가 죽도록 아팠지만 뭔들 안 아플까—기울어진 버팀대를 움켜쥐었다. 조심스럽고 서툴게 구체로 기어 올라갔다. 안에 도착하자마자 주저앉았다. 별로 힘을 쓰지도 않았는데 머리가 어질어질했다. 나는 눈을 감고 어지럼증이 사라지기를 기다렸다.

그때, 어둠 속에서 움직임이 있었다.

금속과 금속이 쨍쨍 부딪혔다. 각진 그림자들이 움직이며 한곳으로 모였다. 거미보다 컸다. 은색 금속판. 길고 가느다란 다리. 쨍, 쨍, 쨍. 해골 같은 형태가 나타났다.

나는 그 형태를 알았다. 거울에 비치는 내 모습만큼 잘 알았다. 처음 본 순간을 지금도 기억했다. 그때의 놀라움과 기쁨을, 쿡쿡 터져 나오려던 웃음을 기억했다. *그게 되고 싶은 거야?* 나는 물었다. 형태 그 자체는 중요하지 않았다. 그 형태를 원한다는 것, 결정했다는 것, 내가 예측하지 못한 선택을 했다는 것이 중요했다.

내 위로 사마귀의 가늘고 우아한 다리가 구부러졌다.

"안녕, 버그." 내가 속삭였다.

길쭉한 삼각형 머리를 내게 기울이고 빛을 반사하는 납작한 렌즈로 지켜보고, 또 기다렸다.

"그러니까 이제……." 나는 갑자기 구역질이 올라와 말을 멈추고 구토를 하지 않는다는 확신이 들 때까지 숨을 쉬었다. "이제 말을 걸기로 했다는 거지." 나는 고통스럽게 숨을 들이마시고 입술을 핥으며 뒤편의 따뜻한 곡선형 벽에 머리를 기댔다. 잠시 눈을 감았다. "그거 알아, 꼬마? 나 너한테 진짜 실망했어."

스물넷

차가운 것이 내 오른쪽 어깨를 슬쩍 찔렀다. 고양이처럼 부드럽게. 내 손가락이 움찔했다. 삼각형 머리가 내 시야에서 사라졌다. 구체 안은 온통 파란색, 순수한 파란색이었다. 나는 깊은 숨을 들이마시고 일어나 현재의 뱅가드를 처음으로 눈에 담았다.

너무나 익숙한 모습에 숨이 막혔다. 뱅가드는 언제나 사마귀 형태를 제일 좋아했다. 커다란 삼각형 머리, 가느다란 목, 물건을 잡기 위한 앞다리 두 개. 얇은 몸통은 약 일 미터 길이였고, 그보다 더 긴 다리 여섯 개는 셀 수 없는 관절로 이뤄져 있었다. 뱅가드는 자기 형태를 동물의 왕국 안에 가두지 않았다. 나는 목과 몸통을 보호하는 잎사귀 모양 금속 비늘에서, 우아하고 유연한 팔다리에서 데이비드의 디자인을 알아봤다. 이 정도 크기로 몸을 만드는 경우는 드물었다. 보통은 더 효율적으로 탐험할 수 있도록 작은 로봇 여러 개로 존재하는 쪽을 선호했다.

“세상에, 버그.” 내가 말했다. 목구멍이 얼얼하고 눈이 따끔거렸다. 무슨 말을 해야 할지 몰랐다. “너 어떻게 된 거야?”

뱅가드가 머리를 위아래로 흔들고 앞다리 두 개로 얼굴을 감쌌다. 그 몸짓은 나도 알았다. 조카 마이클에게 배운 제스처였다. 조카가 이제 막 걸음마를 할 때 오빠가 마이클을 데리고 옥스퍼드 연구실을 방문한 적 있었다. 마이클은 오빠가 꾸짖을 때마다 고개를 숙이고 손으로 얼굴을 가리는 버릇이 있었고—오빠는 혼을 내려다가도 그 모습만 보면 마음이 약해졌다—뱅가드는 만난 지 며칠도 되지 않아 같은 제스처를 학습했다. 그리고 금지인 것을 알면서 왜 이런 행동을 했냐고 설명을 요구할 때, 규칙을 어겼다고 잔소리할 때, 뱅가드의 결과물에 만족하지 못하고 더 발전하기를 원할 때 우리에게 똑같은 제스처를 보였다.

지금 그 모습을 보자 가슴이 조여왔다. 심장과 폐를 쥐어짜 온몸에 비탄을 퍼뜨리고 있었다. 뱅가드는 내 질문에 답을 하고 있었고, 유일한 답은 사과였다.

나는 굴곡진 벽에 축 늘어진 채로 금속 구체 안을 둘러봤다. 뱅가드는 두려울 때, 이해하지 못하는 위협 요소가 있을 때 구 형태를 취했다. 너무 어둡고 압력이 강할 때. 무엇을 해야 할지 모를 때. 내 잃어버린 아이는 이곳에서 자신을 보호하는 강철 둥지를 지었다.

구체 바닥에서 거미줄같이 퍼진 케이블과 전선은 하나의 노끈으로 꼬여 꽃의 줄기처럼 위로 솟았다. 이 선들이 향한 곳은 중앙에 있는 불에 탄 검은 상자 더미였다. 뱅가드의 뇌에 전기를 공급하고 있었다. *심포지엄*에서 파괴되었다고 했던 뇌에. 구제할 수 없을 정도로 망가졌다고 했다. 녹은 회로와 타고 남은 재뿐이라고 했다. 영원히 사라졌다고 했다. 파르테노페의 주장에 감히 따질 사람은 없었다.

거짓말이었던 거야. 전부 다 거짓말이었어. 데이비드는 말했다.

이제야 이해했다. 데이비드는 처음부터 이 말을 하고 있었던 것이다. 나도 이제는 안다는 말을 해주고 싶은 마음이 간절했다. 목구멍에서 신물이 올라오고 눈이 따끔거렸다. 우리의 일, 우리의 연구, 우리의 발명. 우리의 인생과 우리가 잃은 친구들의 유산. 데이비드의 아름다운 로봇들. 내 영리한 AI. 모든 것을 구조와 구출 과정에서 도둑맞았다. 전부 은폐되어 전쟁 무기로 징집당했다.

둥지 밖 어딘가에서 쿵쿵 치고 불꽃을 튀기는 소리가 약하게 들렸다. 시그라의 로봇들이 열심히 노력하는 중이었다. 공장과 무기들 가운데 어디까지를 시그라가 통제하는지, 뱅가드의 통제권은 얼마나 남아 있는지 몰랐다. 확실한 것은 내가 안전하지 않다는 사실뿐이었다. 뱅가드가 자신을 위해 만든 갑옷 안에서도.

"네가 맞서 싸우려는 거 알아." 내가 말했다. "로봇들이 나를 공격하려는 걸 막아줬지. 메리 핑이…… 그 여자가 데이비드에게 그랬듯 나를 해치려 한 것도 막아줬어." 아직도 내 손가락 주름 사이에는 핑의 피가 말라붙어 있었다. "하지만 전에 말이야. 핑이 너를 여기로 데려오기 전에. 진심으로 원해서 한 거야? 아이올리아에서 일어난 일? 네가……."

뱅가드는 내가 질문을 다 하기도 전에 대답했다. 좌우로 고개를 젓고 앞다리 두 개의 발톱도 비슷하게 앞뒤로 쓸듯이 움직였다. 그 제스처의 의미는 명백했다. *아니, 아니, 아니.*

밀려드는 안도감에 심장이 쪼개지는 기분이었다. 나는 웃었고 갑자기 흐느낌으로 터지려는 웃음을 참으려 입술에 손가락을 댔다. 뱅가드는 여전히 내가 아는 뱅가드였다. 내가 가르쳐준 것들을 기억했다. 인생에 어떤 규칙들이 있고, 그 규칙을 지키려면 어떻게 해야 하는지, 자신과 다른 사람들이 감수할 수 있는 위험의 기준이 어디까지인지 잘 알았다. 뱅가드가 사람들로 가득한 기지 전체를 고의로 위험에 빠뜨릴 리는 없었다. 메리 핑과 파르테노페가 뱅가드에게 무슨 짓을 했는지, *심포지엄* 참사 이후로 뱅가드를 어떻게 바꿨는지는 모른다. 메리 핑이 AI와 학습된 폭력성에 관해 질문했을 때 나는 진실을 말하고 있다 믿었다. 내 말을 듣는 동안 핑은 속으로 웃었을 것이다. 내가 알지도 못하면서 자신 있게, 정말 아무것도 모르는 채 확신에 차서 설명하고 있었으니까. 미소를 지으며 나와 마주 앉아 대화했을 때 핑은 자신이 내 창조물을 살인 병기로 훈련시켰다는 사실을 알았다. 뱅가드는 너무도 긴 세월 핑의 지배를 받았다. AI의 진화에 이 년은 수억 번의 환생일 수도 있었다.

하지만 핑은 뱅가드를 완전히 망가뜨리지 못했다. 탐욕스럽고 폭력적인 계획, 기계 안에서 신을 보겠다는 왜곡된 사고로 만든 정신나간 계획을 따르는 동안에도 뱅가드의 본질은 수니타와 내가 만든 존재였다.

뱅가드가 다시 내 어깨를 쿡 찔렀다.

"왜?" 내가 얼른 물었다. 이런 상황에서도 뱅가드와 다시 대화할 수 있어 기뻤다.

내가 자기를 볼 때까지 기다리던 뱅가드는 굴곡진 벽의 측면을 빠르게 오르기 시작했다. 몇 미터 위에서 멈추고 다시 나를 봤다. 앞다리 두 개를 구부려 앞으로 쓸었다. 나는 그 동작을 금세 알아봤다. 뱅가드는 따라와, 라고 말하고 있었다. 어서. 빨리 와서 봐. 다양한 커뮤니케이션을 테스트하던 초기에 뱅가드가 처음으로 배운 제스처 중 하나였다.

나는 자신 없이 벽을 살펴봤다. 뱅가드는 원래부터 인간의 운동능력을 제대로 가늠하지 못했다. 우리가 자기처럼 유연하고 필요하면 팔다리도 추가로 만들 수 있다고 생각하는 편이었다.

절반쯤 올라간 뱅가드가 구체의 곡선이 꼭짓점으로 변하는 지점에서 멈추고 다시 *따라와* 제스처를 했다. 그러고는 앞다리 두 개와 뒷다리 두 개를 뻗어 금속판을 붙잡았다. 판을 당기자 벽에서 쉽게 뜯어져 나왔다. *빨리 와.*

뱅가드는 그럴 만한 이유가 있지 않고서는 같은 말을 반복하지 않았다.

나는 비틀거리며 아픈 몸을 일으키고 벽을 자세히 살펴봤다. 첫인상과 달리 매끈하지는 않았다. 발판이나 사다리 같은 것은 없지만 볼트와 이음매를 이용해 나도 기어오를 수 있을 듯했다. 아마도. 한 손으로 하기는 쉽지 않을 것이다.

빨리 와.

또 구체 밖에서 전기가 연이어 펑펑 터지는 소리가 들렸다. 발밑의 금속판이 흔들렸다. 구체의 이음매 사이로 환하게 번쩍이는 흰색 불빛이 들어왔다. 시그라의 거미들이 조금씩 목표에 다가오고 있었다. 늘씬한 은색 다리가 좁은 틈을 찔렀다. 잠시 후, 주위에서 연기가 피어올랐고 또 다른 다리가 틈으로 들어왔다.

"그래." 내가 말했다. "될 대로 되라지. 내가 간다."

기어오르기가 쉽지는 않았다. 혹사당한 오른쪽 손목이 움직일 때마다 고통스럽게 쑤셨지만 나는 용케 구멍에 도착해 구체에서 빠져나왔다. 뱅가드가 금속판을 당겨 구멍을 막고 구체 상부의 바깥 표면을 기어올랐다. 나는 떨리는 숨을 들이마시고 뱅가드의 뒤를 따랐다. 구체 밖으로 나오자 공장 소리가 더 크게 들렸고 위쪽 어딘가에서 불어오는 바람이 내 주위를 마음대로 휘저었다. 커다란 팬이 규칙적으로 돌아가는 듯한 소리가 머리 위에서 들렸지만 어두워서 보이지는 않았다.

우리 위에 빨간 정사각형이 있었다. 안에서 불빛이 나오는 창문이었다. 공장 벽에 방이 하나 있었다. 뱅가드가 위쪽 벽에 붙은 금속 통로를 향해 구체 꼭대기에서 점프를 했다. 재빨리 난간을 넘고 통로를 달려 문으로 갔다. 나는 뱅가드처럼 점프할 수 없었지만 몇 미터 거리에 통로로 올라가는 사다리가 있었다.

사다리를 절반쯤 올랐을 때 뒤에서 쨍쨍 부딪치는 금속 소리가 들렸다. 조금 전 기어 넘은 구멍이 그새 다시 열렸다. 구멍을 가렸던 금속판이 구체의 측면으로 요란한 소리를 내며 미끄러졌고 거미 떼가 우글우글 쏟아져 나왔다.

나는 관절 하나하나를 찌르는 고통을 무시하고 나머지 사다리 위로 몸을 끌어 올렸다. 아래에서는 거미들이 구체 표면으로 퍼졌다. 몇몇은 멈춰 서고 몸을 웅크렸지만 — 뱅가드가 시그라에게서 통제권 일부를 빼앗아 올 때 그런 현상이 발생하는 듯했다 — 한 마리는 벽으로 뛰어 푸른빛을 번쩍이며 통로를 향해 달렸다.

나는 부츠를 시끄럽게 쿵쿵거리며 붉은 방으로 달려갔다. 뱅가드가 문을 열어두고 있었다. 고마운 녀석. 내가 안으로 들어가자마자 뱅가드는 뒤에서 바람이 느껴질 만큼 문을 재빨리 닫았다. 나와 같이 들어오지는 않았다. 사마귀 형태의 뱅가드는 거미들과 밖에 남아 있었다.

사방에서 조명이 켜지고 붉은색에서 하얀색으로 변했다. 내가 있는 곳은 일종의 제어실이었다. 그리 넓지는 않았다. 삼 제곱미터 정도일까. 하지만 양쪽에 창문이 있어 더 넓어 보였다. 당연히 창문 하나에서는 구체가 내다보였다. 뱅가드의 둥지가 가로막지 않았다면 공장도 보였을 것이다.

반대쪽 창문에서는 전혀 다른 경치가 펼쳐졌다.

"아." 나는 창문으로 걸어갔다. "하, 기가 막혀."

그 창문 너머에도 불이 켜져 있었다. 공장처럼 불을 환하게 켠 공간은 활기와 움직임으로 가득했다. 로봇이 사방을 누볐고, 기계 팔이 움직였고, 넓고 긴 원통의 바깥을 원형으로 감싼 트랙을 따라 크레인이 미끄러졌다.

뱅가드의 둥지를 처음 발견했을 때도 구체가 미사일 격납고 하나의 아래에 얹혀 있다는 사실은 알았다. 현재 비밀 무기 공장으로 개조된 옛 전쟁 기지에서 미사일 격납고가 단순한 구조물로 존재하지 않는다는 사실을 생각하지 못했을 뿐이다.

"개자식들." 내가 말했다. 그곳에서 눈을 뗄 수가 없었다. "개같은 놈들."

너비가 삼십 미터도 넘는 거대한 원통은 저 아래까지 뻗어 있어 밑바닥이 보이지 않았다. 천장에 닫혀 있는 구멍과 가까워질수록 뾰족해지는 형태였다. 사방에서 로봇과 기계들이 줄줄이 선 로켓에 페이로드(로켓이나 우주선에 싣는 물건의 통칭으로 미사일 탄두도 포함된다.—옮긴이)를 싣는 중이었다.

로켓은 열두 개였다. 나는 수를 셌다. 다시 셌다.

공장에서 로켓 조각과 부품을 봤지만 어떤 의미인지는 이해하지 못했다. 나는 드론, 로봇, 가스통 같은 무기들이 직사각형 화물 컨테이너에 깔끔하게 포장되어 행성계 전역의 구매자들에게 배달될 것이라고 추측했다. 하지만 파르테노페는 무기를 제작만 하는 것이 아니었다. 무기를 배치할 우주선 함대를 만들었고 파르테노페의 함대는 발사 준비를 거의 다 마쳤다.

거미 로봇 한 마리가 문밖에서 작은 폭발을 일으켰다. 강화 문이 불길하게 흔들렸다. 금속 부딪히는 소리가 들리더니 창문에 빛이 번쩍였다. 뱅가드는 벽을 따라 황급히 달리고 있었다. 거미들이 방 안으로 들어올 방법을 찾기 전에 막으려는 중이었다. 나는 정신이 번쩍 들어 움직이기 시작했다. 뱅가드가 나를 보호할 동안 아무것도 안 하고 서 있을 수는 없었다.

다친 오른손으로 조심스럽게 옆구리를 쥐고 모든 터미널을 건드려 잠에서 깨웠다.

"좋아, 꼬마." 내가 말했다. "여기서 내게 보여주고 싶었던 게 뭐야? 아는 대로 보여줘."

실시간 운영 상황 보고서는 시그라가 통제하는 부분과 뱅가드가 통제하는 부분을 보여줬다. 시그라는 거미 떼와 벌집을 조종했고 그 밖에도 많은 권한을 가진 것 같았다. 뱅가드에게는 로봇 슈트가 있었지만 다른 것은 많지 않았다. 방법이나 이유를 찾을 시간은 없었다. 뱅가드가 알아서 시그라의 손에서 무기를 빼앗을 행동을 하고 있다고 믿어야 했다.

시그라는 감시 시스템도 통제했다. 나는 앞의 화면에 뜬 것밖에 볼 수 없었다.

그리고 뱅가드에 따르면 앞의 화면에 뜬 것은 작전 계획이었다. 드디어 파르테노페의 선번 프로젝트를 찾았다.

조금 살펴보니 하나의 계획이 아니었다. 나는 두 개의 작전 계획을 보고 있었고, 두 번째는 첫 번째 계획의 수정본이었다. 확인 결과 — 정확히 무엇을 조사해야 하는지 알았다 — 두 번째 계획은 메리 핑이 만들었다. 시간표도 두 개였다. 하나에는 날짜가 여러 개 있었고, 다른 하나에는 고작 이 주 후인 발사일 하나만 적혀 있을 뿐이었다.

"미쳤어." 내가 속삭였다.

곧 모든 *게 달라져요*. 뱅가드에게 죽임을 당하기 전 메리 핑은 말했다. *당신도 보면 이해할 거예요*.

핑에게는 파르테노페의 작전과 다른 자기만의 작전이 있었다. 그 말은 파르테노페보다 먼저 행동해야 한다는 의미였다. 그래서 두 번째 계획이 나왔다. 데이비드가 공장을 발견할 것이라는 사실에 그토록 분노한 것도 그래서였다.

양쪽 작전 계획에는 각각의 목표물 리스트가 있었다. 첫 번째 리스트를 훑으며 뱅가드에게 지도를 띄워달라 부탁했다. 아는 이름은 별로 없었지만 추가로 적힌 정보를 보니 광활한 우주 곳곳에 흩어져 있었다. 파르테노페가 지배하지 않는 영역에서 운영되고 있는 광산, 공항, 정거장이 목표였다. 캐링턴 밍, 소럴 라킨, 지노비야, 헤닝 비셜 등 수많은 경쟁 기업의 기지들도 있었다. 캐봐야 알겠지만 모든 기지가 오버시어 시스템을 바탕으로 한 AI의 관리를 받는다고 장담할 수 있었다.

파르테노페의 계획은 이 무기들로 소행성대에 있는 다수의 기지들을 공격하고 장악하는 것이었다. 일단 탈취만 하면 그 기지들을 지배하게 된다. 얼마나 간단한 계획인지 숨이 막혔다. 회사는 소행성대를 둘러보며 갖고 싶은 조각들을 골랐고 억지로 빼앗을 어마어마한 무기들을 만들었다. 외행성계 정부는 거리나 권한 문제로 대규모 공격을 예방하지 못했고, 지구연합 해군도 멀리 떨어져 있어 신속한 대응이 불가능했다. 파르테노페는 원하는 것을 차지할 전쟁을 벌일 예정이었고 막을 사람은 아무도 없었다.

나는 시간 경과에 따라 작전이 어떻게 전개될지 보여주는 지도를 띄웠다. 니무에를 출발점으로 한 비행경로와 대치 전선, 파르테노페의 지배에 들어오는 기지들을 편리하고도 소름 끼치게 보여줬다. 팽창의 규모가 커지며 밝은색으로 표시된 무수한 점의 수는 점점 줄어들었다. 미친놈들은 예상 사상자 숫자의 증가를 보여주는 그럴싸한 계산 프로그램까지 계획에 포함했다. 침투 작전이 순조롭게 성공할 경우에는 하급 노동자 몇백 명이 사망한다고 추정되었다. 최고 추정치는 모든 곳에서 아이올리아와 같은 상황이 벌어지는 경우에 해당되었다. 계획에 따르면 목표물 절반이 그렇게 될 가능성이 삼십오 퍼센트라 했다. 회사는 아이올리아 참사가 열 곳도 넘는 기지에서 반복될 수 있다는 사실을 알고도 개의치 않았다. 사망자는 천 명, 이천 명, 오천 명 이상도 가능했다. 지독히도 분석적이고 계산적인 지도는 소행성대에 전염병이 퍼지는 듯한 모습을 보여줬다. 일단계 작전에 사망자가 일만 명 넘게 나오는 상황은 바람직하지 않다고 했다. 같잖은 박애 정신에 눈물이 나올 지경이었다.

일단계 작전 개시는 약 한 달 후로 예정되어 있었다. 지금은 최종 발사 준비에 박차를 가하는 중이었다.

메리 핑의 계획은 달랐다. AI에게 지시한 작전은 같았지만—가서 지배하라—목표물이 달랐다. 핑의 리스트에 첫 번째로 오른 표적은 히기에이아였다. 두 번째는 파르테노페의 의료 센터와 연합 운영 조선소가 있는 바데니아였다. 세 번째는 프리데리케로, 그곳에는 파르테노페가 헌터 프리몬트 외 몇 기업과 공동으로 소유하는 주요 교통 허브가 있었다.

파르테노페의 기지들, 파르테노페의 영역이었다. 회사의 핵심 시설에서 시작해 차근차근 범위를 넓혔다. 침투와 탈취 단계가 끝난 후에는 모든 곳이 공격을 실행한 AI의 지배를 받을 것이다. 그것은 메리 핑이 세운 계획의 목표이기도 했다. 핑은 첫 번째 연쇄 공격을 다른 공격 개시일보다 앞서 설정했다. 핑의 의도대로 진행된다면 나머지 공격 작전으로 탈취한 기지들은 파르테노페 본사의 지배를 받지 않을 것이다. 그 어떤 인간의 지배도 받지 못했다. 핑은 AI가 전부 장악하기를 원했다.

창고에서 죽기 직전에도 그런 말을 했다. *당신은 아름답고 강력한 걸 만들었어요. 그들의 안내를 따르기만 하면 우리가 훨씬 더 위대해질 수 있다는 거 당신도 알잖아요.*

첫 번째 탈취 작전 이후로는 계획이 없는 듯했다. 핑의 작전 시간표에는 수만 명이 사는 거주지와 기지에서 독립된 AI 수십 개가 통제권을 두고 맞서 싸울 때 벌어질 상황에 대한 예측이 없었다.

"미치겠네. 진짜 개난리가 날 텐데."

창문 밖에서 뱅가드가 삼각형 머리를 푹 숙이고 백조 같은 긴 목을 구부렸다. 뱅가드는 눈에 보이는 형태로 거미들과 싸우는 와중에도 내 말을 듣고 있었다.

"아니야, 꼬마야." 내가 말했다. "그래. 이해해. 너도 그러고 싶지 않지. 너한테 화난 거 아니야."

뱅가드는 다시 고개를 흔들고 앞다리를 좌우로 움직였다. 마이클에게서 배운 사과의 제스처였다.

거미 한 마리가 안쪽 창문을 가로질러 움직였고 지나간 자취에 희미하게 반짝이는 액체를 남겼다. 나는 거미가 사라질 때까지 기다렸다가 헛기침을 했다. 울고 싶을 만큼 목이 말랐지만 내 배낭에는 물이 없었다.

"좋아, 우리도 우리만의 계획이 필요해. 우리 둘 다 여기서 탈출할 방법이 있을 거야. 다른 사람들도. 벌써 죽지 않았다면 말이지." 한 쌍의 거미가 문밖에 불을 붙였다. 나는 초조하게 몸을 들썩였고 충격으로 창문의 볼트가 강하게 당겨지자 움찔했다. "도와줘. 우리가 뭘 할 수 있을까?"

알고 보니 뱅가드에게는 이미 계획이 있었다. 뱅가드가 지도를 하나 더 보여줬다. 소행성대가 아니라, 히기에이아족이 아니라, 오로지 이 기지만 존재하는 지도였다. 니무에라는 울퉁불퉁한 감자 한쪽에 우묵하게 파인 지점.

뱅가드는 자기 뇌를 보호하려 주변에 지은 구체를 보여줬다.

이어 신중하게 연결한 폭약의 배치를 보여줬다. 구체를 만들 때 폭탄을 이곳으로 가져온 것이었다. 납치범들에 맞서 또 한 겹으로 보호 장치를 마련했다. 뱅가드는 언제나 앞을 생각했다. 모든 것이 잘못된 순간을 예상했다. 뱅가드의 의도는 명확했다.

다음으로는 개시 시간과 카운트다운 표시를 보여줬다.

일단 시작되면 빠르게 끝날 예정이었다.

"아니야. 절대 안 돼. 생각도 하지 마. 우린 다른 방법을 찾아낼 거야."

또 몇 마리의 거미가 창문을 가로지르며 뒤에 연료를 남겼다. 버그가 달려들어 붙잡고 으스러뜨렸지만 거미들의 속도를 따라오지 못했다. 거미 하나가 불꽃을 터뜨리고 새파란 불길을 일으키며 자폭했다. 연료에 불이 붙었고 활활 타는 불길이 창문으로 번지며 유리가 불길하게 삐걱거렸다. 잠시 후 창문에 사마귀가 다시 나타났다.

"알아. 네가 말도 안 되는 짓을 하고 있었다는 거. 네 잘못이 아니야." 나는 손을 뻗어 뱅가드가 나를 보고 있는 바로 그곳의 유리를 만졌다. "이렇게 됐지만 우리 둘 다 이곳에서 벗어날 수 있어. 다른 사람들도 다. 나한테 생각이 있거든."

스물다섯

"빨리 움직여야 해."

우리에게 시간이 얼마나 남았는지는 모르겠다. 시그라가 이 방에 침입한다면 끝이었다. 시그라가 뱅가드에게서 훨씬 더 많은 무기의 통제권을 빼앗아도 끝이었다. 이미 이 기지를 보호하기 위해 기꺼이 사람을 죽이고 회사 재산을 대대적으로 파괴하는 모습까지 보여준 사람이었다. 하지만 기지를 보호하려면 기지를 관리하는 AI도 보호해야 했다. 시그라는 나를 이곳에서 꺼내기를 원했다. 뱅가드를 파괴할 마음은 없었다.

"운송 터널 깊이 들여보내야 할 사람이 열 명 있어. 니무에 기지로 돌아갈 수 있으면 더 좋고. 오버시어가 보호해 줄 테니까."

나는 말을 하면서 작업을 계속했다. 뱅가드는 터미널 명령과 언어 명령을 모두 들을 수 있었다. 더 이상 창문 밖으로 버그가 보이지 않았다. 다른 곳에서 돌격하는 거미들을 막느라 바빴기 때문이다. 빠져나온 거미 하나가 창문이나 문으로 몸을 날릴 때마다 나는 움찔했다. 이번에야말로 문을 뚫고 들어올 것만 같았다.

"대부분 네 덕에 기절해 있어. 이 사람들이 터널로 들어간 다음에 입구가 닫혀야 해. 다른 문도 있으면 닫고. 운송 터널에 다른 문도 있어? 이곳이 폐쇄됐다면 보안 문이 있었을 거야." 이제는 두서없이 떠들어대고 있었다. 생각과 말이 뒤엉켜 쏟아졌다. "아무튼, 다 닫아야 해. 사람들이 반대쪽으로 안전하게 들어가면. 어떻게 할 수 있어?"

눈 깜짝할 사이에 화면 하나가 바뀌더니 당황스럽게도 공장을 여러 조각으로 쪼갠 화면이 나타났다. 꼭 벌의 시야 같았다. 이해가 되지 않아 잠깐은 뱅가드가 내게 벌집 드론의 시야를 보여준다고 생각했다. 하지만 그건 말이 되지 않았다. 실제로 벌 같은 눈을 가진 벌도 아닌데. 나는 다시 보고 나서야 이 화면이 무수한 관점에서 본 시야의 조합이라는 사실을 깨달았다.

"저게 뭐야? 드론이야? 로봇? 저게……."

뱅가드는 대답으로 화면에 무기 개략도를 띄웠다. 그거구나. 지금 생각하니 당연했다. 뱅가드는 내게 로봇 슈트들의 시야를 보여주고 있었다. 군대를 반자율적으로 움직여야 하는 시그라와 달리 뱅가드는 아무 도구나 자유롭게 선택할 수 있었다. 무수한 기계를 일일이 조종하면서도 주의력이나 반응 속도는 저하되지 않았다. 나는 화면 여러 개가 움직이는 모습을 봤다. 분할 화면을 보고 있으니 속이 울렁거리고 어지러워 모든 화면을 쳐다볼 수가 없었다. 그래서 몇 개만 남겼고 슈트들이 같은 방향으로 가는 부분까지만 확인했다. 슈트들은 대부분의 대원이 기절해 있는 통신실로 향하고 있었다.

"그거면 될 거야." 되어야 했다. 그것 말고는 아이디어가 없었다.

"그렇게 해. 안전하게 가."

반대쪽 창문 너머에서는 뱅가드의 명령에 따라 미사일 격납고의 활동이 광적으로 빨라졌다. 화물 로봇 한 무리가 로켓 열두 대에 무기들을 다시 분배하며 쓸모없이 자리만 차지하는 것들을 빼고 공간을 마련했다. 또 한 무리의 로봇은 미사일 사일로 안으로 행진해 들어갔고 컨테이너는 쉴 새 없이 흐르며 새로운 페이로드를 옮겼다. 기계들은 아찔할 정도의 효율성으로 신속히 움직였다. 뱅가드는 완료 시간이 십칠 분 남았다고 예측했다. AI에게는 영원과도 같은 시간이었다. 천 번의 수명에 해당했다. 그동안 수백만 번의 계산, 백억 년어치의 결정을 할 수 있었다.

내게는, 작은 육체로 전쟁 무기 공장 한가운데 서 있는 인간에게는 시간이 없는 것이나 마찬가지였다.

또 한 쌍의 거미가 제어실 창문을 공격했다. 깨지는 소리가 울려 퍼지고 왼쪽에서 오른쪽으로 유리에 넓은 금이 나타났다. 금을 따라 작은 균열이 덩굴처럼 퍼져나갔다.

시간이 다 되었다. 내가 할 수 있는 일은 다 끝냈다.

"나갈 준비 됐어?"

뱅가드는 대답 대신 제어실 터미널들의 화면을 끄기 시작했다. 하얀빛이 사라지고 대기 상태를 나타내는 탁한 빨간색 불빛이 들어왔다. 나는 심호흡을 하고 문을 밀쳐 열었다.

버그는 난간에 걸터앉아 바깥에서 나를 기다리고 있었다. 나는 사다리로 향했지만 먼저 도착한 거미들이 은색 거미줄 형태로 사다리 위에 모여 있었다. 그래서 난간에서 두 다리를 다 넘기고 뛰어내렸다.

나는 구체의 바깥쪽 곡선에 비스듬히 떨어졌다. 한쪽 게코 밑창만 벽에 붙은 채로 미끄러지다 다시 발을 디뎠다. 바닥에 착지한 순간 새롭게 퍼진 통증이 왼쪽 골반에서 아우성을 쳤고 몸의 균형을 잡으려고 할 때는 오른쪽 팔이 같은 처지가 되었다. 순간 눈앞이 캄캄해지고 별이 보였다. 모든 고통을 잠깐만 더 무시해야 했다. 나를 따라 껑충껑충 뛰어온 버그는 내가 옆으로 쓰러지지 않게 받쳐줬다. 내가 균형을 잡은 후에는 나를 놓고 뒤쫓으려는 거미 몇 마리를 앞다리로 쳐냈다. 나는 구체 바깥을 기어 넘고 지지대 아래로 몸을 날렸다. 머리 위의 구체에서 화물 로봇들이 작업하는 소리를 들을 수 있었다. 움직임이 만들어낸 진동을 느낄 수 있었다. 내가 들어왔을 때처럼 바닥을 막아주는 금속판이 옆으로 움직였고 나는 서둘러 밖으로 나갔다.

공장 바닥으로 미끄러지며 몸을 굴리다 움직이지 않는 로봇 슈트 다리에 정통으로 부딪혔다. 버그도 나를 따라 굴러 나왔다. 앞다리 하나가 심하게 망가져, 그을린 전선 몇 개만으로 쓸모없이 덜렁거렸다. 빠르게 몸을 일으킨 버그가 남은 앞다리로 내게 손짓했다. 다시 손짓을 했다. 머리를 한 번 숙였다.

그러더니 몸을 돌리고 다시 구체로 달려 올라갔다.

버그가 다가가는 동안 구체 아래쪽에서 또 폭발이 일어났다. 망가진 앞다리가 떨어져 금속 경사면 아래로 미끄러졌다. 버그가 고통을 못 느낀다는 것을 알면서도 나는 움찔했다. 버그의 형태는 훨씬 더 큰 존재의 물리적 조각 하나에 불과했다. 나는 로봇 슈트로 균형을 잡으며 일어나다 그제야 이 슈트가 단단한 형체가 아니라는 사실을 깨달았다. 상체가 중앙까지 갈라져 밖으로 젖혀졌고 헬멧도 뒤로 꺾여 있었다. 열린 상태였다. 몸을 열고 기다리고 있었다.

"돌겠네." 내가 중얼거렸다. "이런 합의는 없었잖아, 꼬마야."

하지만 확실히 좋은 아이디어였다. 뒤에서 또 한 번 폭발이 일어났고 나는 훼손된 진공 슈트를 벗었다. 에어로크 열쇠를 잊을 뻔했지만 뒤늦게 기억하고 배낭을 뒤져 꺼냈다. 뱅가드는 손상된 부분과 멀쩡한 부분 모두 사마귀 형태에서 더 크고 넓은 형태로 바꾸고 있었다. 전에 본 적 없고, 지금도 무엇을 나타내는지 몰랐지만 일종의 우리가 되어 거미들을 가두려는 모양이었다. 효과가 오래가지는 않을 것이다.

나는 앞을 보고 로봇 슈트 안으로 들어가 팔 구멍에 손을 넣었다. 곧바로 이상한 느낌이 들었다. 너무 컸고 움직이기 버거웠다. 뭔가 잘못되었다는 느낌은 슈트가 내 몸을 덮기 시작했을 때 더 심해졌다. 오른쪽 손목이 타는 것처럼 아팠다. 하지만 슈트가 손목을 감싸자마자 고통이 줄어들기 시작했다. 아, 그래. 슈트에 진통 기능이 있구나. 유용하네. 금속 열쇠는 장갑과 내 왼손 사이에 단단히 눌렸다. 일단은 보관하기에 좋은 장소 같았다. 마지막으로 헬멧이 내려온 순간, 찰나였지만 심장이 멎을 뻔했다. 눈앞에 아무것도 보이지 않았다.

나를 감싼 슈트가 위이잉 소리를 내며 작동하기 시작했다. 헬멧의 시각 피드가 켜지고 불길이 뱅가드의 로봇을 삼키는 모습이 보였다. 금속이 불길하게 신음했다. 구체 바닥이 약해지고 있었다. 그리고 거미 한 마리가 내게 달려왔다. 얼마나 빠른지 내가 반응하기도 전에 슈트 다리를 잽싸게 오르고 있었다. 제어하는 법도 모르는 팔로 어설프게 거미를 쳐냈다. 내 상체를 지난 거미는 헬멧 실드로 뛰어올라 불을 붙였다.

슈트를 입고 있지 않았더라면 폭발과 동시에 내 머리통이 터져 날아갔을 것이다. 하지만 실제로는 폭발의 충격으로 몸이 뒤로 흔들리는 느낌밖에 받지 못했다. 또 내 머리가 받은 충격을 완화하려 헬멧이 조정되는 가벼운 압력밖에 느끼지 못했다. 실명할 것처럼 눈을 따갑게 찔렀을 하얀 섬광은 나타남과 동시에 사라졌다. 시각 피드는 조금 떨렸지만 금세 원래대로 돌아왔다. 피해를 입기는 했지만 심각하지 않은 수준이었다. 굳이 확인하지도 않았다. 나는 뱅가드를, 또 다른 사람들을 부르려 말을 해봤지만 무전기는 내 귀에 째지는 소리만 내뱉었다.

더는 기다릴 수 없었다. 나는 뱅가드가 대원들을 구한다고 믿어야 했다. 모든 면에서 나보다 빨랐으니까. 무한한 팔도 있고 모든 팔을 동시에 사용할 능력도 있었다. 내가 아무리 슈트를 입었다 해도 열 사람을 안전하게 이동시키기는 무리였다. 나는 달리는 것 말고는 무엇도 할 수 없었다.

그래서 달렸다. 공장 중앙에 길게 놓인 사무실을 따라 달렸다. 슈트의 메커니즘은 내 능력을 초월하는 속도로 나를 더 빨리 앞으로 날려 보냈다. 균형도 흐트러지지 않았고 바닥에 딱 붙은 부츠는 미끄러지지 않았다. 슈트의 외골격은 내 팔다리가 완벽한 조정 상태로 움직이게 했다. 거미 떼가 내 발 근처를 달리며 금속을 깨물고 달라붙을 곳을 찾고 화학 약품을 뿜고 불을 붙였다. 하지만 어떤 방해 공작을 펼쳐도 내 속도는 줄어들지 않았다. 귀에서는 무전기 잡음이 들렸고, 시각 피드에는 자욱한 연기와 금속밖에 보여주지 않았지만 나는 주저하지 않고 앞으로 달려나갔다.

그러다 가장 가까운 계단을 놓칠 뻔했다. 슈트가 아니었다면 갑자기 방향을 틀다 넘어졌을지도 모르겠다. 몇 미터 앞에서 벌집 드론이 나타났다. 나는 드론이 쏘아대는 벌떼를 피해 몸을 숙였다. 멈추지 않았고, 주춤하지도 않았다. 하지만 헬멧, 팔, 등에 충격을 느꼈다는 확신은 있었다. 몸에 한 발 맞을 때마다 요란하게 부러지고 터지는 소리가 나자 무전기가 듣기 괴로운 잡음을 터뜨렸다.

벌 하나가 내 오른팔에 달라붙었다. 처음으로 가까이서 보니 조그마한 게 흉측했다. 퉁퉁한 회색이었고 민달팽이처럼 붙어 고동쳤다. 껍데기가 감싸는 연한 주머니 안에서 뭔가가 움직이고 있었다. 반대쪽 손으로 벌을 쥐었지만 생각만큼 쉽게 떨어지지 않았다. 게다가 슈트 장갑도 내 의수가 보내는 신호를 제대로 읽지 못하고 있었다. 가장자리 아래로 겨우 엄지 하나를 넣었을 때 벌이 폭발했다.

나는 폭발의 충격에 옆으로 쓰러졌다. 옆으로 누운 채로 몇 미터를 미끄러져 기계 밑의 철제 받침대에 부딪쳤다. 오른쪽 손목이 고통스럽게 울부짖었지만 팔의 검은 표면에는 희미하게 긁힌 자국밖에 남지 않았다. 슈트는 최악의 충격에서 나를 보호해 줬다.

하지만 똑바로 몸을 일으키며 깨달았다. 저 로봇들의 의도는 내 슈트에 흠집을 내는 것이 아니었다.

위에서 벌집 드론이 윙윙거리는 동안 거미 떼는 무질서하게 계단을 오르고 있었다. 내가 계단으로 달려가 한 번에 세 단을 뛰어올랐을 때 첫 번째 거미가 폭발했다.

아래에서 계단이 기울어지고 고정 장치가 풀리며 아무렇게나 뒤흔들렸다. 난간을 붙잡았지만 계단 앞에서 벌집이 또 작은 폭탄들을 한바탕 발사하며 난간마저 흔들리고 휘어지고 있었다.

나는 몸을 날려 계단참 끝을 붙잡고 버텼다. 슈트와 단단한 장갑과 니무에의 약한 중력아, 고맙다. 거미 몇 마리가 내게로 몰려드는 동안 기울어진 계단은 위에서 아래까지 전부 고정 장치에서 풀리며 옆으로 비틀렸다. 계단은 금속 통이 놓여 있는 컨베이어 선반으로 떨어졌고 그 바람에 통 몇 개가 아래의 벨트로 떨어지며 자기들끼리 기어 사이에 박혔다.

귀를 찢을 듯한 금속성 소음이 들리고 벨트 전체가 덜컹 정지했다. 벨트가 꺾이는 지점에 끼인 통들이 찌그러지기 시작했다. 구부러진 금속 팔이 한 통, 두 통, 세 통에 구멍을 뚫었고 안에서 부글부글 열은 흰색 연기가 나와 기계를 삼켰다. 컨베이어 벨트는 계속 움직이려 시도하며 망가진 통을 갈아댔다. 정확히 어디인지 모르지만 기계 안에서 불꽃이 튀었다.

흰 연기 속에서 작은 불꽃들이 일었다. 선명한 파란색 불꽃은 번쩍이며 점점 크기를 키웠다.

나는 억지로 몸을 일으켰고 그러면서 거미 하나를 발로 찼다. 위로 폴짝폴짝 뛰며 두 걸음 만에 계단들을 올랐다. 그 통의 내용물도 모르는데 가까이 가서 보고 싶은 마음은 눈곱만큼도 없었다. 그리고 정말 이 슈트는 대단하고 무시무시했다. 민간 기업의 군대가 이런 갑옷으로 무엇을 할 수 있을지 저절로 상상이 되었다. 누구도, 어떤 기지도 버티지 못할 것이다. 무기라고는 전기충격기뿐이고 어리석게도 모든 사람이 규칙을 철저히 지킨다고 믿고 있을 텐데. 파르테노페가 백지상태로 이 무기들을 만들었을 리는 없었다. 철통 보안으로 니무에를 지켰지만 디자이너와 엔지니어를 대거 채용한다면 누군가는 눈치를 챘을 것이다. 회사는 다른 곳의 다른 사람과 손을 잡고 있었다. 이미 존재하는 끔찍한 생각들에 끔찍한 생각이 하나 더 추가되었다.

공장 전체에 불이 번지며 조명이 밝은 흰색에서 짙고 탁한 빨간색으로 변했다. 주변에서 금속과 금속이 마찰하며 괴로운 합창을 했고 멀리서 연료에 불이 붙으며 폭발음이 났다. 기계의 진동음은 끽끽거리는 비명으로 변했다. 화재 진압 시스템이 작동하며 공기 중에 거품과 연기가 가득해졌다. 지옥 같은 기계의 미로와 일렁이며 춤을 추는 불빛 말고는 아무것도 볼 수 없었다.

나는 계단을 마저 다 뛰어올라 위층에 다다랐다. 달려서 에어로크 앞을 지나 아까 공장으로 내려갈 때 사용했던 계단 끝으로 향했다. 공장에서 너무도 많은 양의 연기가 솟구치다 보니 멀리서는 잘 보이지 않았다. 하지만 벽에 있는 화물 운송 터널의 넓은 입구를 언뜻 본 것 같았다. 닫혀 있었다. 다른 사람들이 터널로 이미 들어갔다는 의미이기를 바랐다. 그들이 낼 수 있는 최대한 빠른 속도로 안전하게 도망치고 있기를 기도했다. 아니, 로봇 슈트가 낼 수 있는 최대한 빠른 속도로.

뱅가드가 꺼내지 못했다면 다른 사람들에게는 이제 가망이 없었다.

십칠 분 중 얼마나 지났을까. 지날 만큼 지났겠지. 이제는 떠날 시간이었다.

나는 안쪽 해치로 들어가 문을 굳게 닫고 어떻게 장갑을 벗어 열쇠를 꺼낼지 궁리하느라 삼십 초를 허비했다. 그리고 어떻게 손을 다시 안전하게 넣을지 고민하며 삼십 초를 더 날렸다. 마침내 열쇠를 돌렸고 에어로크의 감압이 완료되었다. 바깥쪽 해치를 열었다.

수많은 빛으로 가득했던 공장에 있다 나오니 바깥의 어둠은 충격이었다. 헬멧은 약간의 버퍼링만으로 시각 입력을 조정했다. 두 걸음을 내디뎌 봤다. 또 두 걸음 내디디며 부츠가 화물 트랙에 얼마나 잘 붙는지 시험했다. 이 정도면 괜찮다. 나는 달리기 시작했다.

불가능하게 큰 보폭으로 발을 쭉쭉 뻗으며 달렸다. 한 걸음씩 나아갈 때마다 이러다 너무에 표면에서 날아가겠다는 생각이 들 정도로 강한 힘이 느껴졌다. 나는 앞에 늘어진 그림자를 보기 전까지는 쉬지 않고 달렸다. 빛이 있으면 안 되는 곳에서 그림자라니. 우아하게 멈추기에는 가속도가 너무 많이 붙었다. 결국 나는 화물 트랙에서 벗어나 부드러운 흙과 자갈에 발을 들이고 말았다. 휘청하며 몸을 세우고 공장을 돌아봤다. 내가 서투르게 움직이며 일으킨 먼지는 허리 높이에서 소용돌이치며 안개처럼 나를 감쌀 뿐 가라앉지 않았다.

이미 멀리 왔기 때문에 벙커나 미사일 격납고가 보이지는 않았다. 빛은 로켓 열두 대가 발사되며 뿜어낸 것이었다. 한 대, 또 한 대 솟구치며 불꽃을 토해내고 있었다. 심장이 쿵쾅거렸다. 힘들어서는 아니었다. 그보다는 흥분과 두려움, 그래, 약간의 자부심 때문이었다. 뱅가드는 우리 계획을 성공적으로 수행했다.

우주로 타오른 로켓 열두 대는 점점 크기가 작아졌다.

순간 온 세상이 암흑으로 변했다.

"그러지 말고. 어서. 다 와서 속 썩이지 말자."

멀어지던 불빛 세 개가 멈췄다. 나는 숨을 참았다. 눈으로는 포착할 수 없게 미세한 변화였지만 불빛이 점점 밝아지기 시작했다.

"아, 그거면 돼. 영리한 녀석." 밀려드는 안도감에 나는 웃고 싶었다.

뱅가드는 스스로를 로켓 아홉 대에 나눠 실었다. 안에 실린 무기를 빼고 자신의 뇌를 넣었다. 어쨌거나 뱅가드는 언제나 이동 가능하고 분리 가능한 존재였으니까. 원하는 대로 자유로이 탐험할 수 있도록 자기를 조각조각 나누어 널리 퍼뜨릴 수 있었다. 이제 뱅가드는 자유였다. 크게 뜬 눈에서 광기를 번뜩이고 기계가 신성하다는 망상을 품었던 메리 핑이 원했던 자유가 아니라 나와 수니타가 처음부터 의도했던 자유를 찾았다.

돌아오는 로켓 세 대의 빛이 밝아지고 또 밝아졌다. 가까워지고 더 밝아졌다. 뱅가드는 이 세 대의 페이로드도 바꿔 실었다. 파르테노페의 공장에는 파괴력이 강한 폭탄이 굉장히 많았다.

로켓의 빛이 줄무늬를 그렸고 눈 깜짝할 사이에 단단한 물체가 되어 공장을 강타했다. 니무에의 뭉뚝한 지평선 뒤에서 눈부신 하얀빛이 번쩍였다.

잠시 후 충격파로 자갈과 파편이 날아왔다. 거센 모래가 내 슈트에 튀는 소리, 발밑에서 소행성이 뒤흔들리는 진동이 내가 느끼는 감각의 전부였다. 먼지가 나를 집어삼키며 빛은 다시 사라졌다.

스물여섯

그들이 나를 집어넣은 감방은 내 숙소 방보다 넓었다. 예상 밖의 일이었다.

감방에 프라이버시라고는 없었다. 최소 두 대의 카메라가 모든 움직임을 감시했고, 앞쪽 벽 전체는 깨지지 않는 안전유리로 만들었다. 하지만 그냥 바닥에 누워 첫날을 보내기에는 충분히 넓은 공간이었다. 이 바닥에서 과연 무엇을 닦았을지 생각하지 않았고, 머리 위로 팔을 뻗고 발끝을 뾰족하게 세워도 몸에 닿는 것이 없음에 감사했다. 니무에에 있다 오니 히기에이아의 중력이 강하게 느껴졌다. 날아갈 위험 없이 내 몸이 무겁게 고정된 느낌이 들었다.

나는 기다렸다. 또 기다렸다.

히기에이아로 돌아오는 배 안에서 나는 다른 대원들과 분리되었다. 회사 소유의 우주선이라 할 수 있는 *웰플릿*은 선실의 보안이 엄격했고 무장한 경비원이 깔려 있었다. 자세히 뭘 설명해 주지도 않았다. 그래도 갇히기 앞서 뱅가드가 공장을 파괴하기 전 다른 사람들을 탈출시켰다는 소식은 들을 수 있었다. 모두 살아 있었다. 케이티 킹을 제외하면. 부상을 입었던 킹은 웰플릿이 생존자들을 발견할 때까지 버티지 못했다.

시그라는 탈출에 실패했다. 파르테노페가 시그라를 영웅과 악당 중 무엇으로 만들지 결정하기가 쉽지는 않을 것이다. 아마도 후자겠지. 책임을 전가할 희생양이 필요하니까.

나는 히기에이아로 돌아오자마자 구금되었다. 보안관 유니폼을 벗고 목욕을 하라더니 죄수복을 줬다. 그러고는 진료실로 보냈고 오랜 대기 시간 동안 나는 파르테노페가 내 팔과 다리를 회수할 것이라는 공포감에 땀을 빼야 했다.

그러지는 않았다. 의료진은 피부와 살의 상처를 꿰매고 오른쪽 손목에 부목을 대고 약을 처방했고 내 인공기관을 건드리지는 않았다. 진료실에 들른 의사는 왼쪽 골반이나 어깨, 다른 기관에도 심각한 손상은 없다고 말했다. 내 질문을 듣고도 대답하지는 않았다. 나는 곧 진료실에서 감방으로 복귀했다.

구금실은 섬뜩하게 고요하고 묘하게 평화로웠다. 휴식을 취하니 아픈 곳의 통증도 줄어들었다. 음식은 직원 식당에서 나오는 음식과 같았다. 내가 유일한 죄수는 아니었지만 다른 사람들은 안 보이는 곳에 있었다. 바로 맞은편 감방은 비어 있었다. 나는 식사 시간 간수들에게 하는 말로만 동료 죄수들을 알았다. 몇 방 옆에는 케레스 억양으로 우렁차게 말하는 "꺼져, 메이슨."이 있었고 그 맞은편에는 지구, 아마도 호주에서 온 것 같은 "대단히 감사합니다." 여자가 있었다. 여자는 소등 후 혼자 노래를 불렀다. 그쪽에서 아마 끝으로 더 가면 말을 아예 하지 않는 사람도 있었다. 강화 유리에 플라스틱 식판을 던지고 가끔씩 훌쩍여 울 뿐이었다.

나는 이 말밖에 하지 않았다. "감사합니다." 내 음식을 다루는 사람들에게 못되게 굴고 싶지는 않았다.

사흘째 낮이 되어서야 간수가 나를 감방에서 꺼내고 몇 개의 보안 문을 지나며 어딘가로 안내했다. 그가 나를 들여보낸 곳은 방금 나온 방과 거의 똑같이 생긴 방이었다. 하얀 벽, 하얀 천장, 박박 문질러 닦은 바닥, 깨뜨릴 수 없는 유리 벽까지 다 똑같았다. 이 방에는 침대, 세면대, 변소 대신 바닥에 고정한 테이블이 있고 역시 바닥에 고정한 스툴 두 개가 테이블 양쪽에 놓여 있을 뿐이었다.

한 손에 태블릿을 들고 유리 벽에 기대서 있는 사람은 휴고 밴 아렌동크였다.

"그게 어디로 갔는지 아는 인간이 없어." 그가 말했다.

나는 안으로 들어와 조심스럽게 문을 닫았다. "뭐가 어디 있어요?"

밴 아렌동크가 벽에서 몸을 떼고 테이블에 태블릿을 던졌다. "무슨 말인지 알잖아, 말리. 앉아."

괜히 장난으로 반박하고 싶었지만 의미 없는 짓이라는 생각이 들었다. 아직 사라지지 않은 골반 통증 때문에 서 있기도 불편하고. 나는 스툴에 앉았다.

"뱅가드 말이죠." 내가 말했다. "못 찾겠대요?"

밴 아렌동크는 내 맞은편에 앉아 한쪽 눈썹을 세웠다. "나는 파르테노페 엔터프라이즈가 실험용으로 개발하고 있던 전매특허 고급

인공지능을 말하는 거야."

"뱅가드잖아요. 그쪽에서 훔친 거."

"그랬다면 외행성계 협동구조법을 위반하는 행위였겠지."

"그리고 그분들은 어떤 법도 어기지 않죠."

"당연히. 자기처럼 정서적으로 불안정한 보안관이 아니니까. 계약 조건을 위반하고 새로운 채굴 기술과 연료 생산 과정을 테스트하기 위해 출입을 제한한 연구 시설에 몰래 들어가 동료들을 위험에 빠뜨리는 사람과는 다르지."

"아." 나는 잠시 생각을 해봤다. 최악은 아니지만 그보다 더 그럴듯한 얘기를 지어낼 수 있을 줄 알았는데. "그렇게 된 일이에요?"

"자세한 사항까지는 아직 결정하지 못했어." 밴 아렌동크가 어깨를 으쓱하며 말했다. "급하게 지어내야 해서. 그 정도 연쇄 폭발은 눈에 안 띄기가 어렵잖아. 무기 실험을 감시하는 망원경 몇 대에 포착됐거든."

"성공했어요? 공장 이제 없어요?"

"난들 아나? 미사일이 걸레 조각으로 날려버렸겠지. 몇 주는 지나야 안전하게 접근할 수 있을 거야. 회사는 그 전에 얘기를 확정할 거고. 투자자들과 사업 파트너들이 벌써부터 불편한 질문을 해대고 있어. 방금도 캐링턴 밍 CEO가 기자회견을 열어서는 파르테노페의 무모한 운영 방식에 '상당한 우려를 표명'한다더라고. 위반한 계약 의무가 있는지 내부 조사를 시작하겠대. 이제 시작이지. 다른 곳들도 비슷하게 들고일어나고 있어."

"이런. 복잡해지겠네요."

밴 아렌동크의 입술이 씰룩였다. "나보고 그게 어디로 가는지 목적지를 알아 오래. 이유도. 그런 다음 이 일을 은폐하는 걸 도와야 자기한테도 이익이라고 설득하라더군."

나는 구석의 카메라를 힐끗 봤다. "그래서 왔다고 말해도 돼요?"

"절대 아니지." 밴 아렌동크가 순순히 인정했다. 그는 스툴에 앉은 채로 몸을 돌려 카메라를 봤다. "그런다고 어쩌겠어? 나를 해고해? 내가 자기들 더러운 비밀을 다 아는데? 잠깐 생각이야 할 수 있겠지. 내가 이 회사의 기밀 유지 협약서를 썼다는 걸 기억하기 전까지는." 그는 잠시 카메라 반대쪽에서 지켜보고 있을 누군가를 똑바로 바라보더니 다시 빙그르 돌아 나를 마주했다. "문제는 말이야, 말리. 단기적으로 봤을 때 그런 제안이 허튼소리는 아닐 거야. 그 빌어먹을 기계를 찾는 걸 돕고 자기가 보내서 하라고 한 짓을 못 하게 막는다고 약속하면 여기서 꺼내주겠지."

"뭘 하라고 보낸 적 없어요. 지금 스스로 결정하고 있다고요. 뭘 할지 나도 몰라요."

"좋아, 잘했어. 거짓말인지 아닌지 나도 구분 못 하겠네."

"거짓말 아닌데."

"그건 중요하지 않다니까." 밴 아렌동크가 갑자기 몸을 앞으로 기울이더니 테이블에 양팔을 얹었다. "자기도 알지? 무슨 말을 하든, 도와주든 말든 상관없어. 그 사람들은 전부 자기한테 뒤집어씌울 방법을 찾고 있으니까. 설령 불법 전쟁 무기를 한 부대 만들고 훔친 AI가 무기를 통제하게 됐다는 사실이 알려진다 해도 자기한테 책임을 돌리려 할 거야. 또 그게 먹힐 거고."

지난 사흘 동안 다른 생각은 거의 하지 않았다. 파르테노페는 불리한 감시 데이터를 쉽게 삭제할 수 있을 것이다. 데이비드를 중심에 놓고 죽은 사람의 음모라고 얘기를 지어낼 수도 있었다. 니무에는 여전히 파르테노페의 소유였고 완전한 진실은 평생 알려지지 않을 가능성이 컸다. 파르테노페가 다른 곳에서도 무기를 연구하고 개발하고 있을 것이라는 생각을 왜 끝에 가서 겨우 한 걸까? 알고 보니 다른 곳에도 무기 공장이 있다면 나는 얼마나 바보가 된 기분일까.

"알아요."

"그런데도 그렇게 했어. 자유롭게 떠나보냈지."

밴 아렌동크가 질문으로 꺼내지는 않았지만 나는 그 말의 의도를 정확히 알았다. 심지어 대답할까도 생각했다. 감시만 당하고 있지 않았더라면 대답했을 것이다. 나도 모르게 휴고 밴 아렌동크라는 사람을 좋아하게 되었고, 파르테노페가 니무에에서 어떤 짓을 하는지 몰랐다는 그의 말이 진실이라고 믿었다. 내가 진실을 말해도 들어줄 것이라 생각했다. 뱅가드를 자유롭게 풀어준 것은 차마 파괴할 수 없었기 때문이라고. 아름답고 복잡하고 호기심 넘치는 정신을 살인 사업으로 망가뜨리려 했던 이들의 손에 놔둘 수도 없었기 때문이라고. 내가 뱅가드를 자유롭게 풀어준 것은 뱅가드가 애초에 전쟁 무기 안에 갇혀 있을 운명이 아니기 때문이었다. 더 넓은 영역, 더 많은 자원, 더 큰 권력을 향한 탐욕을 채우려는 기업을 도와 드론을 날릴 운명이 아니었다. 뱅가드는 처음 착안의 바탕이 된 생각을 했을 때부터 그보다 나은 존재를 목표로 했다.

뱅가드가 어디로 갔을지, 무엇을 하기로 선택할지 나는 몰랐다. 그것은 내가 뱅가드를 날려 보낸 이유이기도 했다. 내 안에는, 계약서에 서명하며 회사에 양도하거나 심포지엄과 함께 타버리지 않은 일부분에는 뱅가드가 무엇을 할지 보고 싶은 마음이 있었기 때문이다. 그래서 자유롭게 떠나보냈다.

"맞아요."

"그건 메리 핑이 하려던 일과 다른가?

"네." 달랐다. 달라야 했다. 핑은 나만큼 뱅가드를 알지 못했다. 절대로 뱅가드를 똑똑히 볼 수 없었다. "뱅가드는 탐험가예요. 처음부터 그렇게 만들어졌죠. 무기가 아니라, 회사의 관리자가 아니라 과학자로. 이제는 가서 탐험할 수 있어요."

"뭘 하는지는 모르고."

질문하는 투가 찜찜했다. 내가 감방에 갇혀 있는 동안 놓친 소식이라도 있는 걸까? 변호사가 초조해하고 CEO가 기자회견을 열 만한 일. 파르테노페가 내 협조를 원할 일.

"무슨 일 있어요?"

"여기는 외행성계야. 항상 일이 터지지." 밴 아렌동크는 테이블을 두드리다 손바닥으로 상판을 가볍게 내리쳤다. 그러고는 태블릿을 집어 들고 일어났다.

"다른 사람들은 괜찮아요?" 내가 급히 물었다. "케이티 킹이 죽었다는 건 배에서 들었어요. 하지만 다른 사람들은요? 에이버리는 괜찮아요?"

밴 아렌동크는 의미심장하게 나를 봤다. "류 보안관은 치료를 다

받고 내일 임무에 복귀할 거야. 니타 헌터는 모친이 촉박한 상황에서 살 수 있는 최고의 변호사 약 열 명을 대리인으로 내세웠고, 여기 아래에 처박힌 자기보다 훨씬 좋은 방에 있으니 걱정하지 말고. 나머지 니무에 대원들은 가벼운 부상만 입었어."

"아디사는요?"

"상부에서 고래고래 소리를 지르는 게 끝나면 어디 외딴 얼음덩어리 경비원으로 강등을 시킬 거야. 본인은 더 좋다고 할걸."

문을 여는 밴 아렌동크에게 내가 서둘러 말했다. "잠깐. 하나만 더요."

"응?"

"저기, 음, 부탁해도 될까요? 개인적인 부탁이에요." 나는 용건을 명확히 밝혔다. 계속하라는 듯 나를 쳐다보기에 말을 이었다. "우리 가족 말인데요. 지구에 있는 부모님과 오빠요. 무슨 말을 들을지 모르겠고, 아마 다 거짓말이겠지만 혹시⋯⋯ 공식적으로 안 되는 건 알아요. 그냥 내가 괜찮다는 소식만 전해줄 수 있어요?"

몇 초가 지났다. 그의 표정을 읽을 수 없었다.

"연락해 볼게. 멍청한 짓은 하지 마, 말리. 지금 웬만해서는 절대 못 빠져나오는 똥통에 처박혔으니까."

감방으로 돌아온 후 그날 늦게 간수들이 새로운 죄수를 데리고 왔다. 중년의 백인 남자였고 흥분제 효과가 떨어지고 있는 사람답게 안절부절못하고 예민했다. 간수들은 그를 내 맞은편 감방에 넣었다. 남자는 감방에 들어오자마자 물을 달라 외쳤고, 간수가 물을 가져다주자 음식을 달라 외쳤다. 담요를 달라 외치고, 선풍기를 달라 외치고, 자기를 내보내 달라 외쳤다. 자기가 누구인지 아느냐고, 자기 변호사가 가만있지 않을 거라고, 당장 내보내 달라고 했다.

최대한 무시하고 있었지만 어쩐지 익숙하다는 생각을 지울 수 없었다. 너무 티를 내지는 않고 얼굴을 제대로 보려고 해봤다. 남자는 감방 끝에서 끝을 서성이며 고개를 젓고 혼잣말을 하고 있었다. 그러다 갑자기 멈추고 나를 응시했다. 눈을 가늘게 떴다. 인상을 썼다.

나도 똑바로 쳐다봤다. 조사한 적 있는 사람인가? 기기를 압수했거나 협박 계획을 망친 적 있었나? 아니면 비밀 포르노 피드를 찾아냈나? 분노하고 나를 기억할 일이 있었던 걸까?

남자가 말했다. "어이. 누구 작품이야? 그거 *끝내주는* 솜씨네." 그러면서 휘파람을 불었다.

전에 어디서 봤는지 기억한 것은 그때였다. 의사 면허를 잃고 불법으로 바이오해킹 수술을 시작한 케레스 출신 의사였다. 눈에서 피를 흘리던 애송이에게 사실상 뇌엽절리술을 한 놈. 니무에로 떠나기 전 잭슨에게 그의 파일을 넘겼지만 딱히 성과가 있으리라고는 예상하지 못했다. 마지막으로 알려진 위치는 히기에이아를 떠난 화물선이었기 때문이다.

"댁은 어쩌다 잡힌 거야?" 내가 물었다.

남자는 놀라서 웃음을 터뜨리고 가만히 서서 유리 벽에 기댔다. "에라, 나만큼 운 나쁜 놈도 없어. 내가 바데니아로 갔거든? *합법적인 의료 활동으로! 거기 염병할 병원이 있으니까!*" 그는 감방의 카메라에 대고 그 말들을 외쳤다. "그런데 열두 시간을 가고 나서 선장 놈이 배를 돌리잖아. 이제 기지에 출입이 금지됐다나 봐. 거지 같은 배가 나를 여기로 다시 데려온 거지. 침대에서 벨트를 풀기도 전에 운보부 놈들이 들러붙었어."

바데니아라면 파르테노페가 조선소와 대형 병원을 가지고 있는 곳이다. 그 소행성에만 오천 명이 살았고 파르테노페 기지 중에서도 두 번째로 컸다. 메리 핑의 표적 리스트에서 두 번째에 있기도 했다. 갑자기 속이 메스꺼워지고 온몸에 한기가 돌았다. 설마, 끔찍한 일이 일어났으면 밴 아렌동크가 말을 했겠지. 말을 해줬을 거야.

"바데니아에 무슨 일 일어났대?" 나는 겨우 그 질문만 뱉을 수 있었다.

"뭐?" 남자가 눈을 깜박였다. "일은 무슨. 회사들이 지랄 떠는 거지. 캐링턴 밍이 조선소 공동 경영 계약을 철회했대. 걔들이 공항 출입관리국을 운영하잖아. 그래서 교통이 마비된 거지. 다른 회사들도 똑같이 한다고 시끄럽게 굴고 있어. 이유를 말하지는 않는데, 내 친구 놈 말로는 파르테노페 전세 우주선에 책임 보험 발급을 다 끊었대. 염병, 내가 그중 하나에 타고 있었던 거야. 계속 다 돌려보내면 이제 여기도 득시글거리게 될걸. 어이." 남자가 황당하다는 목소리를 냈다. 그는 몇 걸음 더 서성이다 멈춰 섰다. "이봐, 뭐가 그렇게 웃긴다는 거야. 나는 염병, 정당한 절차도 거치지 않았다고!"

웃을 생각은 아니었다. 웃음은 내 허락도 없이 그냥 터져 나왔다. 기쁨과 히스테리 사이의 감정으로 키득거리는 웃음이 나왔다. 바데니아에 비극은 없었다. 아이올리아의 공포는 재현되지 않았다. 그렇게 극적인 사건은 필요하지 않았기 때문이다.

파르테노페가 왜 그토록 뱅가드를 찾으려 하는지 이제야 이해했다. 뱅가드는 파르테노페가 숨기고 있는 최악의 비밀을 알았다. 그리고 비밀을 간직할 이유가 없었다.

뱅가드는 핵심 정보만 유출하면 될 뿐이었다. 메리 핑과 파르테노페가 세운 계획의 힌트. 파르테노페가 계속하고 있는 사기의 상세 정보. 자기가 조약 위반 행위에 가담하고 있다는 사실을 몰랐던 모든 사람의 이름. 뱅가드는 영리했다. 무슨 말을, 누구에게 해야 하는지 알았다. 어떤 씨앗을 심어야 기자와 변호사와 외행성계 정부 조사 기관이 나머지를 파헤칠지 알았다. 뱅가드가 정확히 어떤 정보에 접근했는지는 알 수 없었다. 파르테노페의 계획이 아직 다 공개되지 않았을지도 모른다. 하지만 하루 이틀이면 외행성계 뉴스 매체들이 퍼즐 조각을 맞춰 더 큰 그림을 얻어낸다는 데 내 한 달치 월급을 걸 수 있었다.

밴 아렌동크가 옳았다. 파르테노페는 내게 도움을 요청할 것이다. 나는 도살 전문 의사가 지껄이는 말을 무시하고 다시 바닥에 누웠다. 천장을 응시하고 미소를 지으며 그들에게 꺼지라고 말할 온갖 다양한 방법을 생각했다.

〈끝〉

감사의 말

우리를 둘러싼 세계가 무너져 내리는 동안 책을 쓰고 수정하는 일이 그리 수월하지만은 않았지만, 글을 쓰고 출판하는 과정이 얼마나 큰 혼란을 초래할 수 있는지 이해하는 친구가 있으면 도움이 되더군요. 가상의 우주 살인을 어떻게 좀 해달라는 부탁에 기대 이상으로 힘을 보태준 친구 오드리 콜트허스트에게 감사하다는 말을 전하고 싶습니다. 사려 깊게 원고를 수정해 주고, 참을성 있게 손을 잡아주고, 꾸준하게 응원을 보내주고, 솔직하게 위로해 준 오드리가 없었더라면 이 책은 구상하다 만 장면과 형편없는 발상의 두서없는 모음집 수준을 넘지 못했을 겁니다. 오드리는 제가 간절히 필요로 했던 지지를 딱 적당한 양의 창의적인 욕과 함께 보내줬습니다.

팬데믹 기간에 제가 정신 줄을 놓지 않게 보호해 준 리아 토머스, 리니아 플레밍, 매슈 슬로트, 팻 루소에게도 감사합니다. 하루하루가 뒤섞여 그날이 그날 같고 시간의 의미가 다 사라졌을 때도 삶이

지나치게 암울해지지 않도록 도와줬죠.

독자 여러분에게도 감사하고 싶습니다. 충동적으로 이 책을 집어 든 분들부터 지난 몇 년 동안 이 장르, 저 장르를 마구 넘나드는 저를 따라와 준 분들까지 전부 다 말이에요. 이 광란의 노력을 가치 있게 만들어준 것은 오직 여러분의 힘입니다. 감사합니다.

옮긴이 | 유혜인

경희대학교 사회과학부를 졸업했다. 글밥아카데미 출판번역 과정을 수료하고 현재 바른번역에서 영어 번역가로 활동 중이다. 옮긴 책으로는 『프랭크 허버트 단편 걸작선 1962-1985』, 『사라진 소녀들의 숲』, 『붉은 궁』, 『아이가 없는 집』, 『모조품』, 『살인자의 숫자』, 『봉제인형 살인사건』, 『꼭두각시 살인사건』, 『엔드게임 살인사건』, 『아임 워칭 유』, 『인 어 다크, 다크 우드』, 『우먼 인 캐빈 10』, 『위선자들』, 『악연』 등이 있다.

데드 스페이스

1판 1쇄 찍음 2024년 12월 20일
1판 1쇄 펴냄 2025년 1월 3일

지은이 | 칼리 월리스
옮긴이 | 유혜인
발행인 | 박근섭
편집인 | 김준혁
펴낸곳 | 황금가지

출판등록 | 2009. 10. 8 (제2009-000273호)
주소 | 06027 서울 강남구 도산대로 1길 62 강남출판문화센터 5층
전화 | **영업부** 515-2000 **편집부** 3446-8774 **팩시밀리** 515-2007
홈페이지 | www.goldenbough.co.kr

도서 파본 등의 이유로 반송이 필요할 경우에는 구매처에서 교환하시고
출판사 교환이 필요할 경우에는 아래 주소로 반송 사유를 적어 도서와 함께 보내주세요.
06027 서울 강남구 도산대로 1길 62 강남출판문화센터 6층 민음인 마케팅부

ISBN 979-11-7052-529-5 03840

㈜민음인은 민음사 출판 그룹의 자회사입니다.
황금가지는 ㈜민음인의 픽션 전문 출간 브랜드입니다.